三國風雲之

曹賊

第二部

卷之參

隱市升龍飛天

庚新（風回）著
超合金叉雞飯 繪

二部 卷參

目錄

章一 漢家顏面 005

章二 欺人太甚 021

章三 怒砸將軍府 035

章四 鄧稷回許都 069

章五 二選一，選擇題 105

章六 三字經 127

章七 好事成雙 151

章八 劉備入荊州 173

章九 合久必分，分久必合 197

章十 男人，真難 211

章十一　三年後　221
章十二　自古紅顏多薄命　235
章十三　最後一課　249
章十四　都不是省油的燈　267
章十五　念天地之悠悠　281
章十六　割喉禮　295
章十七　瞞天過海　313
章十八　匈奴，匈奴　327
章十九　胡茄十八拍　349
章二十　誓不低頭　361

人物

曹朋

曹朋

甘寧

龐統

曹操

魏延

典韋

許褚

陳群

呂布

貂蟬

劉備

袁紹

章一 漢家顏面

華燈初上，正是高升樓生意火爆之時。酒樓中已高朋滿座，推杯換盞之聲不絕於耳。雖則前方戰事日益激烈，但許都仍舊歌舞昇平。

袁紹大軍已渡過鴻溝，兵臨圃田澤。曹操依官渡而立，與袁軍對峙，官渡之戰正式拉開序幕。

「聽說，今兒個發生了一件事情。」

「什麼事？」

「曹八百知道嗎？曹八百的姐姐，被撞傷了！」

「有這種事？」

「是啊，據說傷得不輕……連少府太醫令和太常太醫令都過去診治，生死還在兩說。據說就是在外面的街上被人縱馬撞傷，但行凶者至今仍未找到……而且，曹八百今天已抵達許都。」

「嘖嘖嘖……那接下來，肯定要熱鬧了。你說，會是誰做的的事情？這要是被曹八百查出來，少不得又是一場腥風血雨。我可是聽說了，那曹家小子如今可了不得，十七歲忝為越騎校尉，在延津可是殺人如麻，戰功顯赫。」

「誰說不是呢？」

酒客們交頭接耳，竊竊私語。

忽聽酒樓外長街之上，傳來一陣疾風暴雨般的鐵蹄聲。鐵蹄踏踩青石路面，發出金石交擊之音。緊跟著，長街上一陣喧譁，不時傳來驚恐的叫喊聲。

「執金吾奉命行事，無關人等立刻離開。」

一隊身著黑色披衣，如狼似虎的軍卒闖進酒樓大堂。為首一員青年將領，手持丈二龍鱗，身披甲冑，威風凜凜，殺氣騰騰。

高升樓掌櫃連忙跑上前去，「軍爺……」

可未等他開口，那青年將領手持一副印綬，厲聲道：「奉執金吾丞之命，高升樓即刻關門，所有人隨我等前往執金吾衙門。無關閒雜人等立刻離開，否則一同隨行前往執金吾衙門。」

執金吾丞？

在這高升樓的酒客，也並非販夫走卒，雖說不上是什麼大人物，但也有些眼力。

自漢帝遷都許縣以來，執金吾一直空缺，許都治安大都是由北軍五校或者羽林軍代行職責。後來賈詡出任執金吾，也沒有收回權力。

畢竟作為一個新依附曹操的降臣，賈詡不會輕易觸動朝堂上固有的利益集團。加之時間短，更來不及進行整頓。延津之戰開啟之後，賈詡隨曹操前往，北軍五校隨之離開，這執金吾的權力便暫交由衛將軍府，也就是曹仁代行。執金吾衙門，一直都是空有其名，卻未行責。

這執金吾丞，又是哪一個？

「快走！」酒客甲一把拉起同伴，一臉卑謙笑容，離開高升樓。「我有個外甥在尚書府當值，聽說尚書府已命曹汲出掌執金吾丞。如今執金吾不在許都，整個許都的治安就是由執金吾丞負責……咱們快點走，要出大事了。」

「你是說……」

「我什麼都沒說，這幾天別亂走動，估計會有事情發生。」

有人帶頭，酒樓裡的酒客立刻紛紛告辭離去。

「軍爺，這、這究竟是怎麼回事？」

「到了衙門，你自然清楚……把你的人都點齊了！包括後廚的人員，乃至雜役伙夫的名單交出來，少一個人，就有你受的了。」

高升樓掌櫃算是看出端倪，這些軍卒絕非善類，那身上所散發出的濃濃殺氣，一看就知道是剛從戰場上下來。和這些人，沒道理可講！別看這青年將領現在還能客氣說話，如果再不從命，估計就沒有好果子吃，甚至可能殺人。

能在許都開設酒樓，那也不是等閒。但是高升樓掌櫃還是恭敬的應命，不敢有半點違抗。

不一會兒的工夫，軍卒押解著幾十名雜役夥計走出了酒樓大門。

高升樓的掌櫃就看見在長街上，一名少年將官一身戎裝，跨坐照夜白，沉靜而立。先前進酒樓的青年將領走到那少年跟前，把名冊遞上去，少年接過名冊後，看了一眼掌櫃眾人。

那目光清冷，在掌櫃身上掃過後，令掌櫃不由得一個寒顫。

「所有人都在嗎？」

「在，都在這裡……」

「嗯，那就隨我走吧。」

少年撥轉馬頭，剛準備離開，忽聽酒樓旁邊的小巷子裡傳來一陣騷亂。

一個家奴打扮的少年，和幾名軍卒拖著一個雜役模樣的少年，從小巷裡走出來。

「公子，剛才我看到這傢伙從後門偷偷摸摸的溜出來，似乎想要逃走，於是便把他抓回來。」
馬上少年的嘴角一翹，露出一抹冷森笑容。
「軍爺，我不是想要逃走，我只是，我只是……」
「你只是什麼？」曹朋冷哼一聲，猛然轉頭向那高升樓掌櫃看去，「這就是你所謂的『人到齊了』？」
「啊，公子誤會了，這小廝名叫高婁，只是臨時在小號做事，平日裡幫忙為客人停放車馬……算不得小號的人。所以剛才公子詢問，小人一時也沒有想起來，還請公子見諒，見諒！」
「見諒與否，先隨我走吧。」曹朋說罷，撥馬就走。
高婁苦著臉，「掌櫃的……」
「你這傢伙跑什麼？險些連累到我。」
「我、我……」高婁唯唯諾諾，卻不知該如何開口。
一行人直奔毓秀門大街的執金吾衙門之後，但見那衙門已經開啟，大門兩邊站有十幾名軍卒。
「阿爹到了沒有？」
「已經到了！」
曹朋點點頭，在衙門外翻身下馬，逕自走進了衙堂。
曹汲已換上了一身官服，端坐在衙堂之上。
陰森的衙堂，光線並不是特別好。當酒樓掌櫃等人走上衙堂時，不由得感到一陣戰慄。
曹朋走到衙堂大門後的暗處，就見郭昱戰戰兢兢立在那裡。郭寰陪著她，輕聲的勸慰安撫。
曹朋上前問道：「可認出妳說的那個夥計？」
「就是那個人！」

曹賊

章一

漢家顏面

郭昱伸手一指，順著她手指的方向，卻見高婁躲在人群後面，彎著腰，似乎想要躲避什麼。

曹朋點點頭，「小寰，帶妳阿姐回去吧。」

他說著，招手示意夏侯蘭過來，用手一指高婁，「把他帶下去，請國讓刑訊，把他的嘴巴撬開。」

「喏！」夏侯蘭答應一聲，領著兩個軍卒走過去。

「你們幹什麼？」高婁正躲躲閃閃，忽然被兩個彪形大漢拖出人群，忍不住驚聲叫喊起來。

可是，卻無人回答……

「今日叫你們過來，是要問一下，日間在你酒樓外所發生的那樁案件。」曹汲陰沉著臉，根本不理睬高婁的叫嚷，只盯著高升樓掌櫃道：「你們都看到了什麼，一五一十說出……若有任何隱瞞之處，一俟被我查出，以同罪處置……高升樓掌櫃，就從你開始吧……」

伏均匍匐在地上，身子微微顫抖。一個婦人拚命攔著伏完，哭喊不停。

伏完手中拿著一根藤杖，半晌後突然一聲輕嘆，「逆子，你闖了好大禍事。」

「爹，不就是撞了那女人嗎？爹你只管放心，我已讓人把小三送出許都，藏在城外田莊裡，他們絕對查不出來。」

「現在不是你能否查出來的問題，是有人要藉由此事，興風作浪。」伏完說罷，頹然棄了藤杖，坐在榻上後輕聲道：「荀文若已向陛下稟報了此事，並言明會徹查到底。」

「那讓他查啊？」伏均疑惑不解。

「你懂個什麼……荀彧這是透過陛下，向我們發出警告。本來，我們還可以有所舉措，可因為你這孽子，荀彧找到了藉口，要準備下狠手了……」

對於朝堂上的爭鬥，伏均瞭解的並不多。

但伏完卻明白，荀彧要透過這件事情向曹操表明立場，並且會下手對許都進行一番整治。

此前，由於孔融開了口，使得朝堂上不少人開始蠢蠢欲動，反對曹操與袁紹交惡，並要求曹操迎袁紹來許都，二人一起執掌朝綱。這個主張，為許多人贊成。可以說，此前許都的動盪，荀彧未能及時鎮壓固然是一方面，但另一方面，也有伏完等人在暗中推波助瀾的作用。

衣帶詔事發之後，伏完提心吊膽。同時又暗自慶幸，當時自己沒有在衣帶詔上簽名。他倒是參與了其中，卻非常聰明的沒有留下任何把柄。即便是曹操對他有懷疑，一時間也奈何不得他。董承等人被殺，伏完著實老實了許多，但這並不是說他就此向曹操低下了頭。相反，他越發感受到曹操在朝堂上的話語權太大，於是暗中行事，尋找機會給予曹操打擊。

伏完很聰明，他並沒有去聯絡朝堂上的那些老臣。表面上，他只是和孔融這些名士談論風月，但私下裡，卻又透過這些名士之口傳達他的想法。

輿論！

在這個時代，名士的影響力巨大。特別是如孔融這樣的人，說出的每一句話都有可能產生巨大的影響。而這些名士，有些時候非常單純，很容易被人利用。伏完透過和孔融這些人交流時，不經意闡述一些自己的觀念，潛移默化到孔融等人的思想之中，而後，由這些名士開口，便能產生出巨大的作用。

本來，這件事進行的很順利。許都城裡，很多人都生出了如孔融這樣的想法。可伏均這一樁事情出來，使得荀彧下定決心要進行鎮壓。

荀彧此前還沒有什麼藉口，可現在……

伏完看著伏均，一副恨鐵不成鋼的模樣。

半晌後，他輕聲道：「你阿姐派人過來詢問此事……秉國，你阿姐的意思是，你也大了，總待在家裡也不是個常事。所以她向陛下請求，準備送你到隴西，且先去做個戎丘都尉。」

章一 漢家顏面

伏均聽聞，愕然張大嘴巴。

戎丘，在哪裡？

他因為腿腳的關係，想要留在許都當個文官，頗有些困難。可戎丘？伏均連聽都沒有聽說過。不過他知道隴西，那是涼州所轄。涼州，乃苦寒之地，而且羌漢混居，矛盾重重，時常有戰亂發生。

「阿爹，我不去戎丘。」

「不去戎丘，留在這裡等死嗎？」

「我阿姐是皇后，我就不信誰敢殺我！」

伏完冷笑道：「若有人要殺你，根本不費吹灰之力……秉國，你已經長大了，當知道如今這局勢並沒有表面上看去那麼平靜。你以為你能瞞過誰？當初雒陽大案發生，沒有絲毫頭緒，可那曹朋過去便輕而易舉的破獲……他要想查出你，並不困難，說不定他現在……」

閉上眼睛，輕輕揉了揉太陽穴，伏完陷入沉思。

片刻後，他果決道：「走，現在就走，馬上離開許都！」

「啊？」

「我這就去找人幫忙，先把你連夜送出許都……而後，我會請皇后為你爭取一個官位，到了戎丘之後，你先設法與槐裡侯取得聯繫。相信槐裡侯會照拂於你……你就在隴西待著，什麼時候我讓你回來，你才能回來。否則，你只要敢踏進許都一步，我就第一個殺了你。」

伏完面色陰冷，凝視伏均道：「我剛才說的那些話，你可聽明白了？」

離開許都，到那苦寒之地……伏均雖然不願意，可看著伏完那陰冷的面容，心知若他敢說半個『不』字，伏完定然能狠下心來。

雖說虎毒不食子，但伏完能做得出來。畢竟，伏均在某種程度上，也代表著皇室臉面。哪怕這皇室臉面如今已算不得什麼，可伏完也必須要維護。必要的時候，伏完一定會親自動手殺了伏均，以保住皇室的尊嚴……

「孩兒，願從阿爹之命。」

伏完點點頭，「你下去準備一下吧。」

「是！」

看著伏均一瘸一拐的走了，婦人忍不住道：「老爺，真要這麼做嗎？長公主故去，如今只剩下他這一條血脈，把他送去隴西那苦寒之地，秉國怎能受得了呢？把他留在許都，我不信那曹朋敢打上門來……」

「他敢的。」伏完深吸一口氣，輕聲道：「此事妳莫再插手，我意已決。馬壽成在涼州根基深厚，秉國到了那邊，也不會受太多罪……再說了，他也該去歷練一番。妳看那曹家子，才十七歲，已得了多少功勞？若讓秉國繼續留在許都，那就等於害了他。」

說罷，伏完站起身來，「我這就去找臨沂侯，請他設法幫忙。」

高婁幾乎癱在地上，全身被冷汗濕透。

「小人……小人真的不認識那個行凶之人，也不是想要包庇。不過，小人倒是認出了那匹馬！小人在高升樓，就是負責為人牽馬，事發時，小人認出那匹馬，就是事發前不久，小人從馬廄裡牽出來的那匹馬。當時有一位客官說要離去，讓小人把馬匹牽出來……而後不久，小人就見有人騎著那匹馬，在長街上撞飛了曹娘子……其他的，小人真的什麼都不知道！」

田豫微微一笑，「真的不知道？」

曹賊 章一 漢家顏面

「真不知道。」

「那我問你，牽走馬的那個人，你可知曉來歷？」

「小人不太清楚，只記得當時那個人是隨著一群人過來。哦，我想起來了，他是跟著一位公子前來吃酒。那位公子……是坐車而來，下車時小人覺得他腿腳似乎不太方便，走路時有些跛腳。但小人只是臨時打雜，根本不可能湊過去，所以……」

田豫起身，繞過了屏風。

曹朋坐在屏風後面，面露若有所思的表情。

「公子，看起來這小廝是真不知道，沒有說謊。」

「跛腳？私怨？」曹朋沉吟一下，「去告訴阿爹，讓他問一問那高升樓掌櫃，說不定他會知道那個跛腳人是誰。」

「喏！」田豫離開小廳，逕自去了衙堂。

片刻後，他便返回小廳，恭敬的回道：「公子，已經問出來了！今日到高升樓飲酒的，的確是有一位跛腳公子，就是那輔國將軍伏完和陽安長公主之女，皇后之弟，伏均。」

伏均？

曹朋愕然抬起頭。說實話，他真記不太起來伏均是誰，但伏完和伏皇后，他卻是記得……

由伏完和伏皇后，曹朋旋即想起了一件事情。建安二年，他舉家隨典韋初至許都時，曾與一幫子紈褲發生過一次衝突，也正是因為這件事，才有了後來的金蘭結義、小八義之名。曹朋閉上眼睛，仔細回想一番，當時那群紈褲裡似乎有一個叫做伏均的傢伙，只是這件事在他出獄後便拋到了腦後，甚至沒有半點印象。若不是田豫提起，他還真想不起來……

「伏均，是個跛腳？」

田豫苦笑一聲，輕輕點頭。

看樣子，曹朋還真記不起這件事了！

也難怪曹朋忘記伏均。他離開許都之後，經歷了太多事情，也見識了太多大能和牛人。伏均，一個微不足道，甚至在後世裡很少人知曉的人物，曹朋又怎可能把他放在心裡？

要知道，曹朋接觸的，那都是呂布之流的超一流人物。

伏均，太微不足道！

「說起來，伏均的跛腳，和公子有關。當初公子和他發生衝突，曾打斷了他的腿。後來雖醫治好，卻留下了殘疾……以至於他二十多歲，還是個白身，至今未能入仕。如果那行凶之人是伏均所差，倒也可以說得過去。」

曹朋的臉色，隨之更加陰沉。

夜已深，伏完輕車而出，帶著伏均來到了臨沂侯府。他讓伏均在外面等著，逕自前去拜會臨沂侯劉光。

劉光坐在書房裡，正捧著一卷書在翻閱。

「臨沂侯，救我！」伏完走進書房，便跪在地上。

劉光卻沉下臉來，把書卷放在了書案上，目光清冷的看著伏完，沒有起身還禮。他已經得到了宮中傳信，伏皇后請出漢帝，讓劉光設法周旋……至少，要保住伏均的命。

對於伏均的作為，劉光也很不高興。

在他看來，你和曹朋有恩怨，只管去找曹朋算帳就是。可你不敢去招惹曹朋，卻要對曹朋的姐姐、一介弱女子動手，這實在是沒有道義！好嘛，如果所有人都和你一樣，在外面與人結仇之後，找對方的家眷出氣，那會變成什麼模樣？

恐怕連劉光都要戰戰兢兢，生怕有人對付他的妻兒。所以，從內心講，他不願意出手相助。但，伏均是陽安長公主如今唯一的兒子。

伏完五個兒子，其中陽安長公主生了三個，長子伏德、次子伏雅都已過世，只剩下伏均一個。其餘如四子伏尊、幼子伏郎，皆非陽安長公主所生。若論輩分，伏均還是劉光的姪子。同時，伏均又是伏皇后的親弟弟，再加上漢帝親自派人，令劉光無法拒絕。

這不僅僅是要保住伏均的性命，也是要保住漢家的顏面……總不成讓伏均為一女子而喪命？漢家所剩的顏面和尊嚴已經不多，如果伏均死了，那才是真的顏面全無。

劉光不想幫忙，也必須要幫忙……

看著伏完那一副白髮蒼蒼的模樣，劉光也有些不忍。片刻後，他起身，走到伏完跟前，伸手把他攙扶起來。

「輔國將軍，事情的緣由，我已經聽說了！我只想說……你那個兒子，真是……陛下和皇后命我送他離開許都，此事我可以應下。明日一早，我會讓我妻子返回潁川娘家，到時候讓伏均扮作僕從，混出許都。不過，我只保他到潁川，而後就要看你的手段，我不好涉足過多。」

劉光的妻子，也是潁川大族之女。

伏完聽聞，連連點頭，「多謝臨沂侯。」

「今晚就讓伏均留在我府中，你快點回去吧。請你告訴秉國，到了隴西之後，切莫再如在許都這般行事……到時候出了事，誰也保不得他。」

「老朽明白。」

伏完雖然也是漢室宗親，但是在劉光面前，也不得不恭恭敬敬。他千恩萬謝之後，告辭離去。

劉光把伏完送到了門口，目送伏完離去，忍不住長嘆一聲，輕輕搖頭。

一入宮門，想要再脫身可沒那麼容易。如果能夠做出選擇，劉光寧可不生在這帝王之家！

這次若幫了伏完，恐怕也就要惡了曹朋……日後若被他知曉，那麼自己此前的一番苦心，就要付之東流。

伏均啊伏均，你還真是成事不足，敗事有餘！

曹汲看著曹朋，突然生出無力之感。沒想到撞傷自己女兒的，居然是輔國將軍伏完的兒子，而且是陽安長公主唯一的男丁。

「阿福，怎麼辦？」

報仇？牽扯太大！

可不報仇……難不成女兒就白白被人撞了？

曹汲如今也不是那個只能忍氣吞聲的鐵匠。身為太僕丞，暫領執金吾丞之職，也算是兩千石俸祿的朝廷大員，曹汲的心氣也隨之高漲，這口氣是萬萬不能忍，否則如何做人？

連自己的女兒都不能護住，就算成了三公，也沒有任何意思。

曹朋森冷一笑，「阿爹，人家欺到了咱們頭上，這口氣絕不能忍。別說是一個輔國將軍，就算是天王老子來了，我也要取那伏均狗命，為我阿姐出這口惡氣。」

曹汲長身而起，「就依我兒所言，咱們到輔國將軍府上要人。」

曹朋笑了，點頭應下。他大步走出房間，厲聲喝道：「傳我命令，黑眊立刻出動，隨我到輔國將軍府上拿人！」

話音剛落，卻見鄧巨業沿著兩廡匆匆走來。

「老爺，公子……荀尚書派人過來，請你們立刻到尚書府去，說是有重要的事情商議。」

曹朋聽聞，眉頭蹙起，扭成了一個『川』字。

荀彧這時候找我，又是什麼意思？

曹汲走出房門，看著曹朋道：「莫非荀尚書也查到了真相？」

如果換作一個人，曹朋根本不會理睬。但荀彧卻不一樣，他是曹操留在許都的肱骨之臣，這個面子必須要給。和荀彧鬧翻了的話，絕不是一件好事。雖說曹朋甚得曹操寵信，但就目前而言，曹操對荀彧的依仗遠非曹朋可以相比。荀彧找他父子的意思……曹朋隱約可以猜出。

「阿爹，荀尚書請我們去，怕是想要安撫我們。」

「那我們先過去看看荀尚書怎麼說。反正要我忍氣吞聲，我絕不答應……你阿姐這件事，必須要有人受到懲罰。」曹汲咬牙切齒，惡狠狠說道。

曹朋當下也點了點頭，與曹汲一起走出府門。

荀彧派來了一隊人，為首的家將曹朋倒也認得，就是當初隨荀衍一同出使江東的那名家將。曹朋記得，他叫荀猛。

荀猛一見曹汲父子，便上前躬身行禮：「奉車侯、曹校尉，我家老爺命我前來迎接兩位。」

迎接？恐怕沒有那麼簡單吧！

曹朋心裡冷笑一聲，但也不好與荀猛翻臉，只是拱了拱手，和曹汲一起登上了尚書府的車馬。

來到尚書府時，荀彧正在花廳等候。

曹汲和曹朋上前與荀彧見過禮，荀彧便開門見山直截了當的說：「我請奉車侯與友學前來，只有一件事相求。我想，以友學之能，一定已經找出了頭緒，甚至弄清楚了事情狀況。」

「我知道，這樣做很為難你們。不過我還是要懇請奉車侯與友學，請不要動伏家……至少，在目前這個時候，不要去碰觸他們。」

曹汲父子的臉，透著陰沉。

在來的路上，他們已經想到了這麼一個結果，可沒想到，荀彧竟然如此開門見山的提出來。而且，荀彧的口吻不容置疑，帶著命令的語氣。

曹汲還好一些，可曹朋的心裡變得很不舒服。

「為什麼？」曹朋瞪著荀彧，幾乎是咬牙切齒的詢問。

荀彧猶豫了一下，沉聲道：「傍晚得到消息，袁紹今晨，在官渡發動了攻擊！」

袁紹出擊了？

這並不出乎曹朋的預料。官渡之戰是註定了的事情！在袁紹囚禁沮授之後，歷史已註定了要朝著它原有的方向發展。剩下的，只是時間早晚而已。袁紹挺進圃田澤，不就是為了這一戰嗎？

「呼……」曹朋長出一口氣，心裡面或多或少舒服了一些，因為他大致上已猜出荀彧的想法。

「若是在平常，伏均做出這種事情，我絕不會饒他。但是現在，我必須要阻止你尋伏家的麻煩。」

荀彧目光灼灼，盯著曹朋。

半晌後，他起身在廳裡徘徊，許久後站定腳步，負手於廳門內，看著屋外搖曳的枝椏。杏花已開，一片雪白，在夜色中透著一抹淡雅的氣韻。

荀彧說：「我本不需向你說這些，但我並不希望你因此而對我心存芥蒂。阿福，你前程遠大，將來必然能有大成就。所以我告訴你這些，就是希望你知道，有些時候，為大事者須知取捨，懂得進退。伏均的所作所為，我極厭惡。但在這種時候，我卻只能讓委屈你一下……你知為何？」

「伏完乃國丈，伏均不僅有皇室血脈，更是國戚。你現在動了他，勢必會引發許都動盪。你也知道，朝堂上許多人正蠢蠢欲動，這時候，許都亂不得！許多人說，曹公把持朝堂，挾天子以令諸侯，乃奸雄所為，早晚必然會禍亂朝綱，謀朝篡位。但他們沒有藉口，始終發作不得！哪怕是孔文舉他們，也只能建議主公與袁紹合作，共同輔佐漢室江山。」

「這時候，你若動了伏均，就足以給他們一個藉口。而你又是主公最鍾愛的族姪，所以也就更容易被他們找到把柄……阿福，為了漢室的顏面，他們會想出各種理由，到最後許都必然會有一場大波動。而主公在中牟全力與袁紹交鋒，若許都亂，則中牟亂；中牟亂，主公危矣。」

曹朋默不作聲，只是低著頭，不知在考慮什麼。

他明白荀彧的意思，是希望他暫時不要動手，至少在官渡之戰結束，分出勝負之前暫隱忍下來。可，那是我姐姐啊！

曹朋猛然抬起頭，想要開口拒絕。

荀彧道：「阿福，我可以給你一個保證，待時機成熟時，你一定可以出這口惡氣。」

「我……」曹朋話到嘴邊，又嚥了回去。

不得不說，荀彧給足了他面子。以荀彧現在的身分和地位，把話說到這個分上，就如同是在哀求。

曹朋張了張嘴，最終又低下頭。

半晌後，曹汲終於開口：「荀尚書，我信你。」說著，他站起身來，對曹朋道：「阿福，我們回去吧！」

曹朋起身，隨曹汲往外走。

當走到門口的時候，他突然停下腳步，回頭道：「我可以暫不追究伏均，但那行凶之人，必須要交給我，否則難消我心頭這一口惡氣。荀先生，我父子敬你，所以信你，望你莫令我父子失望。」

荀彧微微一笑，點了點頭。

曹朋凝視他片刻，轉身隨著曹汲揚長而去。

目送曹汲父子的背影漸漸遠去，荀彧不由得如釋重負般長出一口氣，身上一陣輕鬆。

不得不說，當他得知事情真相時，也很惱火。伏均所為在他看來，非但是不知輕重，更失去了道義。可他卻不得不站出來壓制曹朋的反擊，因為他知道，若這個時候曹朋對伏均開刀，定然會引發出一場不小的騷亂。許都，並不如看上去的那麼平靜，這一點，荀彧的心裡也非常清楚。

真是一樁麻煩事！

荀彧在榻上坐了片刻，恢復一下情緒之後，猛然抬頭道：「荀猛！」

「小人在。」

「立刻去輔國將軍府，告訴輔國將軍，交出那行凶之人，否則後果自負。」

「喏！」

「來人，備車！」荀彧站起身來，邁步走出大廳。

「老爺，這麼晚了，要去哪兒？」

「我想，我應該去拜訪一下臨沂侯了！」荀彧說著話，臉上露出一抹苦澀笑容。

這事情看似結束了，但事實上，才剛開了頭……接下來，他還要做很多事情，否則定有麻煩。

章二 欺人太甚

父子倆回到家中時，曹楠仍未清醒。

華佗沒有離開曹府，而是留了下來，以防傷情出現反覆。洪娘子、郭娘子（郭永之妻）、郭昱、郭寰，還有步鸞都沒有歇息，或是陪著張氏說話，或是照顧曹楠。鄧艾在黃月英的照顧下，已經睡了。曹朋去探望了一下，卻見鄧艾躺在榻上，臉上還有淚痕，稚嫩的面龐帶著一抹憂色，睡夢中不時輕聲呼喚『阿娘、阿娘』。

黃月英在一旁，眼睛都紅了。

「阿福，怎麼樣？」

「找到了！」

曹朋輕手輕腳走出房間，眼中透出一抹濃濃的怒色。

黃月英走到他身後，輕舒手臂，環住他的腰身。如今的黃月英，已出落的亭亭玉立，個頭比曹朋只矮了一點，約一百七十三公分左右，體態高挑而纖細，一襲鵝黃色長裙，更透出無限風韻。

只覺得後背被兩團柔軟頂著，曹朋轉身，伸出手把黃月英摟在懷裡。

「月英，妳知道這世上最可惱的是什麼事情？」

「什麼？」

「我明明知道仇人是誰，偏偏又無可奈何。」他咬著牙，輕聲把事情的經過說了一遍。「可恨那伏均……若非荀尚書阻攔，我定不會饒他性命。」

黃月英一怔，從曹朋懷中脫身出來，看著曹朋，半晌後輕聲道：「阿福，你以為你能報仇？」

「荀彧說，待戰事結束，可由我行事。」

黃月英苦笑道：「戰事結束？且不說這場勝負，如果戰事結束，我敢保證，你也無法報仇。」

「哦？」曹朋聽聞，不由得愕然。

「月英，妳這話是什麼意思？」

「我覺得，荀尚書絕不會任由你行事，畢竟這關乎漢家顏面。你要知道，如今漢室衰頹，所以也格外看重這個顏面。若伏均死於你手，則漢室顏面必蕩然無存。我雖然不瞭解朝堂上的事情，但根據荀尚書的作法，可以感覺得出來他對漢室頗有感情……我覺得，他一定會設法維護漢家顏面，維護伏均。」

曹朋一聽，愣住了！急問道：「那怎麼辦？」

「這件事，你不妨去請教一下袁先生。」

曹朋一拍額頭，心道一聲：我怎麼把他忘記了？

在曹府裡，還藏著一位大牛。李儒化名袁玄碩，在曹府中修行，正好可以請教一下他的主意。

「月英，謝謝妳，若非妳提醒，我險些忘了！」

黃月英微微一笑，輕輕推了曹朋一把，「你且去吧，我會在這裡照顧好小艾，無須費心。」

月光下，黃月英俏生生而立。曹朋忍不住把她摟在懷中，在那張嬌嫩的面頰上輕輕一吻。

和黃月英認識到現在，已經有三、四年了。這也是曹朋第一次做出如此親密的動作，卻讓黃月英那吹彈可破的粉靨頓時羞紅。

她推了曹朋一下，用幾若不可聞的聲音道：「快些去吧，說不定袁先生已經歇息了！」

「嗯！」曹朋點頭，轉身匆匆而去。

黃月英則站在門廊上，看著曹朋漸漸遠去的背影，許久後才返回房間。

李儒還未歇息。似乎已猜到曹朋必然會來找他，故而就在佛堂裡相候。

曹朋走進佛堂的時候，李儒正對著一尊佛像行禮。聽到腳步聲，他直起身，轉過頭，朝曹朋一笑。那遍布傷疤的面龐，因這一笑顯得有些猙獰。

曹朋向李儒躬身一禮，「先生，我特來求教。」

「可查出了凶手？」

「嗯！」

「哪一個？」

「伏均……輔國將軍伏完之子，伏皇后的兄弟。」

李儒嘶了一聲，臉上透出凝重之色。

半晌，他輕聲一嘆，「想來，你要報仇，怕不太容易。」

「不錯，荀彧方才把我和父親叫去了尚書府，嚴令我不可以生事，去尋那伏均的麻煩。回來後，月英也說，只怕報仇很難。所以我想要請教先生，如何才能報仇？」

李儒沒有回答，陷入了沉思。

「你要想報仇，的確不太容易。伏完那人我倒是有些瞭解，是個有籌謀的傢伙。荀彧這樣做，一定是害怕惹出什麼禍事。以目前情況來看，確實也不適合動手報仇，否則麻煩無窮。只要他們能拖過這段時日，一定會送伏均離開許都，到時候你想找伏均，恐怕更難。」

「我亦以為如此，故而前來求教。」

「指教倒說不上，這件事的確是有些棘手。」

李儒不禁苦笑道：「應該說這件事發生的太過湊巧。若早幾日，或者晚些時候，都沒有這麼麻煩。但是現在你的確是不好動手……除非你不顧一切，仿效那莽夫所為。可那樣一來，這麻煩就不僅僅是你的，包括曹阿瞞恐怕也要面臨無盡的麻煩，不可取！」

「那怎麼辦？」

許久，李儒抬起頭，看著曹朋，從口中吐出一個字來：「忍！」

忍？我也知道要忍，可究竟要忍到什麼時候？

曹朋輕輕的揉動太陽穴，也覺得頭疼，「那要忍到什麼時候？」

「漢室顏面無存之時，便是你報仇雪恨之日。」

這不是廢話嘛……

可曹朋知道，李儒說得倒也沒錯。

「阿福，隨我頌佛吧……讓自己保持平和冷靜，唯有平和冷靜，你才能想出更好的主意。」

「算了，我不信這個。」

曹朋拒絕了李儒的好意，起身離開佛堂。

和李儒的這一番交談，倒也說不得沒有收穫。他可以聽出，李儒對漢室的未來同樣不太看好。至於歷史究竟會走向何處？曹朋也不知道。至少現在，他無心去考慮此事。

第二日，許縣縣令前來告知，行凶之人已經抓到。

那縱馬撞傷曹楠的，名叫牛賢，豫州陳郡人。建安四年豫州大旱，牛賢舉家逃難，來到許縣。問他為何要撞傷曹楠時，牛賢解釋說是馬受驚了！

旋即，許縣縣令宣布，案件告破。

牛賢於鬧市縱馬，以至於撞傷曹楠，判秋後問斬……

曹朋得到消息之後，總覺得有些古怪。不過他卻顧不得詢問此事，因為官渡之戰已拉開序幕！

袁紹率十二萬大軍，屯兵圃田澤，在官渡和曹操展開了一場慘烈的攻防。一開始，袁紹的攻擊極其凶猛，曹操似有些抵擋不住。雙方鏖戰數日，夏侯惇率部抵達管城，才使得袁紹不得不暫時緩住攻勢。曹操趁機整頓兵馬，以樂進屯駐浚儀縣，同時調集人馬，穩住陣腳，大量物資源源不斷的從許都送往中牟。

而曹楠被撞傷一案，也隨之消失在人們的視線之中……

曹仁不斷徵召鄉勇，在許都近郊加緊訓練，隨時準備調往官渡；荀彧也把精力轉移到了官渡戰場，並命令曹朋立刻從鄉勇中抽調兵馬，重組越騎營。整個許都，在短短幾天之中，籠罩上一層濃濃的戰爭陰雲。

之前在朝堂上的各種聲音，一下子消失了！

但所有人都知道，這消失只是短暫的息聲，那些反對曹操的大臣們正在蓄積力量，等待時機。一俟曹操出現危局，各種聲音會重新出現。

曹楠已經醒過來了，並沒有生命之虞，只不過她暫時還無法下床，只能在床上躺著……

曹朋見阿姐逐漸康復起來，總算是放下了一顆心。越騎營還在重組之中，所以暫時不需要他去費心。但另一件事，曹朋卻必須要立刻開始。

除了越騎營校尉之外，他還有一個職務，那就是宮中旁門司馬。

一大早，曹朋穿戴好了甲冑，邁步走出曹府大門。

他剛準備上馬，卻見從街對面的小巷裡衝出一個人來。那人來得很快，眨眼間就到了曹朋跟前。兩邊衛士上前剛要阻攔，卻見來人撲通一聲跪下。

「曹公子，冤枉啊！」

跪在地上的是一個青年，看上去大約二十一、二的模樣，濃眉大眼，體格壯碩。他身穿一件打著補丁的灰色斜襟襜褕短襖，腳下蹬著一雙薄底兒布鞋，站起來大概在一百八十公分左右，透著一股英氣。

曹朋一見，心裡不由得感覺非常奇怪。

這青年，在找我喊冤嗎？

也難怪曹朋會奇怪，按道理說，喊冤告狀的話，應該是找許縣衙門，而不是來找他。說起來，曹朋是軍職，並無權管轄地方的事情。哪怕是曹汲，也只有治安權，無管轄權……

擺手示意身邊人讓開，曹朋走上前，上下打量對方。

「公子，冤枉，冤枉啊！」

「漢子，你有冤枉，理應去許縣縣衙告狀，為何要找我喊冤？」

「公子，我要告的，就是那許縣縣令！」

曹朋一怔，眉頭不由得緊蹙一起。

這時候，曹汲正好從府裡走出，看到這一幕也感到奇怪，於是喊道：「友學，出了什麼事？」

出則喚表字，入則呼乳名。沒有外人的時候，曹汲會稱呼曹朋『阿福』，但當著外人的面，曹汲則喚曹朋的表字。當了幾年的官，這官場上的規矩曹汲學了不少。這是官體，也是為了曹朋的顏面考慮。

曹朋說：「阿爹，這個人攔住我喊冤，說是要告許縣縣令。」

「哦？」曹汲邁步走上前，沉聲問道：「你要告許縣縣令？」

「正是！」

「你叫什麼名字？」

「小人名叫牛金，原本是豫州陳郡人。去年隨母親和家兄一起來到許縣，幸賴司空慈悲，開倉賑濟，才使我一家三口得活。小人知道，今天所為不合規矩，可為了我兄長，小人不得不來告狀。我那兄長並不是行凶之人，他連騎馬都不會，又怎可能縱馬撞傷曹娘子……」

「慢著慢著，你兄長叫什麼名字？」曹朋聽出了端倪，看起來這件事情，還與自家有關。

「小人兄長，名叫牛賢！」

「牛賢？」曹汲一震，向曹朋看去。

曹朋眸光一閃，閃過一抹獰色。他輕聲道：「阿爹忘了？前兩日許縣縣令不是說，撞傷阿姐的凶手已被抓到，就叫做牛賢……已被定為秋後問斬。」

「家兄沒有撞傷曹娘子！」

曹汲陡然厲聲喝問：「牛金，究竟是怎麼回事？你說清楚！」

他身為執金吾丞，執掌許都治安。這一發火，自有一股威嚴，令牛金不由得膽戰心驚。

「牛金，你且起來，慢慢說。」曹朋溫言道。

牛金起身，戰戰兢兢道：「家兄和我帶著老母來到許縣，就住在東城外的棚區。眼見著春暖花開，家中也沒了口糧，家兄便想著進城找點事情，也好養家糊口……我和家兄一直在城裡打短工，前幾日家兄說找到了一個活計，還拿了一貫錢與我，說要出遠門。我當時也沒考慮太多，加之老母身體不好，需要有人照應，所以便沒有追問。」

「哪知昨日我進城，卻聽說家兄被判了秋後問斬……我當時就大吃一驚，連忙打聽情況，才知道家兄因縱馬撞傷了曹家娘子，故而被抓問罪。天見可憐，我家一貧如洗，家兄更從未騎過馬，怎可能縱馬傷人？我想要去大牢見家兄，可那牢頭卻說縣令有命，不許任何人見。我越想越覺得奇怪，家兄定然是被人冤枉，所以……我斗膽前來喊冤，聞曹公子有明察秋毫之能，請公子為家兄做主。」

曹汲糊塗了！

而曹朋則氣沖斗牛……

「伏完，欺我太甚！」

「友學，究竟是怎麼回事？」

卻見曹朋臉通紅，身子輕輕顫抖。

「夏侯，隨我到縣衙！」他厲聲喊喝。

夏侯蘭連忙答應一聲，隨著曹朋上馬，直奔縣衙而去。

但曹朋沒有去衙堂，而是直奔縣衙旁邊的大牢。

在牢房門口，曹朋被兩個獄吏阻攔下來。

「爾等何人？」

「瞎了你的狗眼！此越騎校尉曹公子，還不給我讓開！」夏侯蘭上前，一把將獄吏推開。

曹朋邁步要往裡走，卻見那兩名獄吏相視一眼，一個掉頭往縣衙走，另一個則再次攔住曹朋。

「曹校尉，您不能進。」

「為何？」

「縣令有命，監牢重地，若無縣令手諭，任何人不得進入。您雖為校尉，可這……」

不等他說完，曹朋抬手就是一巴掌。只聽啪的一聲響，那獄吏半邊臉頓時紅腫起來，蹬蹬蹬連退兩步，一下子摔倒在地上。

「袁紹十萬大軍，我尚能進入由心，我倒要看看，今天哪個敢攔我去路！」說著話，曹朋按繃簧，鏘的抽出腰刀，邁大步向大牢中走去。

只看他殺氣騰騰的架式，誰又敢上前阻攔？誰不知道這小八義的曹朋，此前方從戰場上下來，是個殺人不眨眼的主兒。

有牢頭得到消息，哆哆嗦嗦跑上前來，「曹校尉，敢問您……」

「牛賢何在？」

「啊？」

「我再問你一遍，牛賢何在……膽敢欺瞞，我砍了你的狗頭！」曹朋一把攫住牢頭的衣服領子，厲聲喝問。

看著他手裡那把明晃晃的大刀，牢頭也有點慫了，「校尉休怒，校尉休怒，小人這就帶您過去。」

牢頭在前面領路，曹朋緊隨其後。飛眊則一擁而上，將牢門看守起來。夏侯蘭隨著曹朋，一同走進牢房……在他們身後，牛金也緊緊跟隨。

牢房裡，光線昏暗。一條長長的窄道，兩邊盡是一間間牢室，有的大，有的小。每一間牢室中，或多或少都看押著犯人。見有人進來，這些犯人紛紛湧到牢門口，大聲嘶喊。曹朋根本不理睬，只隨著牢頭一直往裡走。

拐了一個彎之後，就見最裡面一間只有幾平方米大的牢室中，一個彪形大漢被捆綁在一根柱子上，遍體鱗傷。

「大哥！」牛金一見那男子，不由得大聲叫喊。

曹朋站在牢門外面，看著裡面的漢子，眉頭一蹙，「他身上的這些傷，是怎麼回事？」

「這個……」那牢頭似乎猶豫不決，眼珠子滴溜溜直轉。

夏侯蘭伸出大手，搭在那牢頭的脖子上，「校尉在問你話，老實回答，否則扭斷你的脖子。」

「是縣令，是縣令吩咐。」

「何故如此？」

「這賊囚進來之後，一直大喊冤枉，說他不是行凶之人。縣令聽說後，就讓我們好好招呼他一下，讓他閉上嘴巴，不許胡言亂語……校尉，小人不過奉命行事。」

話剛出口，眼見寒光一閃。那牢頭嚇得一聲尖叫，卻聽卡嚓輕響，曹朋揮刀斬斷了牢門上的鎖鏈。牛金健步如飛，衝進了牢室，將那彪形大漢鬆綁，平躺在髒兮兮的草堆上，「兄長，醒來！兄長，醒來！」

牛賢慢慢睜開眼，見到牛金，他顫聲道：「阿金，我沒有傷人……他們給我一貫錢，要我認了這件事。他們說，反正沒死人，只要咬死了是馬驚了，才撞傷人，最多也就是判一兩年。可沒想到，他們竟要我死……」

牛賢的聲音很小，但曹朋卻聽得真真切切。一隻手握成了拳頭，身子不停的打顫。好半天，他猛然大吼一聲：「荀文若，你竟敢騙我！」

「公子……」

「來人，把牛賢抬出來，隨我出去。」

「校尉，不行啊！」牢頭嚇了一跳，連忙喊道：「您這是劫牢，那是死罪啊！」

「爾等可以魚目混珠，爾等可以黑白顛倒……我今天要帶著他去見荀彧。我倒要看看誰敢攔我！」

曹朋說著話，伸手按在牢頭的胸口，猛然發力。就見那牢頭的身子呼的飛出去，狠狠的撞在牢門上，哇的就噴出一口鮮血。曹朋大步流星往外走，夏侯蘭和牛金架著牛賢，朝著牢門方向走去。

「有人劫牢！」牢頭癱在地上，嘶聲叫喊。

可這種時候，誰又敢走上前來阻攔？

曹朋一路暢通無阻，走出大牢，在牢門外翻身上馬。

「曹校尉，你這是幹什麼？」得到消息的許縣縣令，帶著幾十名衙丁差役從縣衙中趕來，遠遠的看到曹朋，他就大聲叫喊。

曹朋在馬上端坐，眼睛眯成了一條縫。

許縣縣令是新任上來，曹朋甚至記不得他叫什麼名字，只隱隱約約記得這傢伙好像是姓陳。不過，並非潁川陳群的『陳』，好像是汝南人。

臉上浮起一抹獰笑，曹朋突然催馬，照夜白希聿聿一聲長嘶，朝著那許縣縣令就衝了過去。

許都的銳卒，幾乎都被抽調出去，縣衙裡這些個衙丁差役，大都是一群烏合之眾。眼見照夜白撒蹄狂奔，雖僅一騎，卻透出凜冽殺氣。衙丁們嚇得大叫一聲，連忙向旁邊躲閃，可那位許縣縣令卻來不及閃躲了！

曹朋就是衝著他過去。百米的距離，只在眨眼間邁過，等那許縣縣令反應過來時，只見眼前一抹暗紅色的血光掠過，嚇得他脖子一縮，大叫一聲，跌坐在地上，頭上的高冠被曹朋一刀斬為兩段……

「抱歉，我的馬驚了！」

「啊？」

許縣縣令臉發白，嘴唇都在打顫。剛才那一刀，令他差一點以為自己死了！

他這才想起來，眼前這位爺，是在延津殺得袁軍血流成河的主兒。說不好聽，叫做殺人不眨眼，殺人如麻；說好聽一點，那也是取上將首級的主兒。曹朋要殺他，還真算不得困難。

「今天誰敢攔我，我就取誰的狗命……天王老子來了，都休想阻我！」

曹朋在長街之上，仰天長嘯。

那許縣縣令跌坐在地上，更是一動也不敢動。

「怎麼回事？怎麼回事？」

「不知道，好像是曹校尉帶著人衝進牢裡救人……」

「救誰？」

「我哪知道！」

路旁，行人竊竊私語。

有人突然一聲驚呼：「那不是牛賢？」

「牛賢是誰？」

「你忘了，前些時候曹校尉的姐姐，曹娘子在街上被人撞成重傷，後來查出就是這個牛賢所為……怪了，曹校尉為何要救這個牛賢？那可是他的仇人！難不成他想要親手斬殺牛賢？」

八卦之火，在眾人心中熊熊燃燒。但卻沒有一個人敢靠過去，因為誰都看得出，那位曹校尉此時正在瘋狂。

「牛金，你有沒有膽略？」

「若非校尉，家兄險些死在牢中，俺有何不敢？」

「帶著你兄長去尚書府門口喊冤……把你們的遭遇給我一五一十的喊出來，讓全天下人都知道。」

「敢！」牛金也怒了！

合著我哥哥的命，只值一貫錢？

若不是我找到了曹公子喊冤，我哥哥就算是死，也要背著一個冤屈。

看著牛賢那遍體鱗傷的樣子，牛金感到無比憤怒。他也豁出去了，不就是一死嗎？他就聽曹校尉一回，看那些人能奈他何！

曹朋叫上兩個飛眊，陪著牛金去尚書府。

夏侯蘭上前問道：「公子，咱們去哪兒？」

「去輔國將軍府……我看在荀彧的面子上，退讓一步。可他們卻如此欺我，當我曹朋好欺負嗎？」

曹朋說罷，扭頭對身後的飛眊道：「隨我去輔國將軍府做客！」

照夜白鐵蹄踏踩長街，噠噠噠作響。數十騎飛眊緊隨曹朋身後，朝著輔國將軍府邸的方向衝去。

「有熱鬧了，有熱鬧了！」

行人一個個萬分興奮，交頭接耳道：「看起來，曹校尉要和輔國將軍翻臉了，看熱鬧去！」

而那位許縣縣令這時候才算清醒過來，他臉色煞白，心知事情不妙。

這一次，可真麻煩了！

之前就是伏完將他喊去，讓他把牛賢抓走之後，頂了他那家臣的罪名……

不是伏完想要和曹朋為難，而是他也嚥不下這口氣。想他堂堂國戚，居然被一個村夫之子逼到如此地步。到最後，連自己的兒子都保不住，只能送離許都，讓伏均去那苦寒之地受罪。

別看他教訓伏均的時候，頭頭是道，可這心裡面，也憋屈得很……

那天從臨沂侯劉光家中回來之後，他又被家中的婦人好一陣抱怨。

「老爺您是輔國將軍，堂堂國丈，現在連自己的兒子，而且還是長公主唯一的血脈，都要送去苦寒之地受罪，這天下還是漢家的天下，這江山還是劉氏江山嗎？您這將軍，忒窩囊。」

正是這一陣抱怨，讓伏完下定決心。他嘴上雖答應荀彧交出凶手，可心裡面盤算著：你讓我交人，我就交人？我偏不交人……我找個人當替死鬼，將來也好羞辱你們！

說實話，一開始伏完也有些提心吊膽，可隨著官渡之戰拉開序幕，所有人的注意力轉移到官渡戰場上之後，伏完的心也就隨之落了下來。至少，這件事可以到此結束，無人知曉。

今天，正是朝會之日。

不過和往常一樣，漢帝並未臨朝，而曹操不在，也無人主持。

伏完應了一下卯，在班房裡閉目養神，準備過一會兒去宮中見一見女兒，順便說一點事情。哪知道，他剛走出班房，就見一人匆匆走來。

「國丈，出大事了！」

章三

怒砸將軍府

輔國將軍府，是一座位於雍門外的大宅。

在漢代，修建房屋有著極其嚴格的等級制度。列侯公卿以及食邑萬戶以上的住宅，才能稱之為『宅』，或者『邸』。而宅邸的大門，可以直向大街，出入不會受裡門開閉的限制。兩丈多高的宅邸高牆，突顯出輔國將軍府的深厚底蘊。門廡高大，設有七階門階。

大門外，幾個門丁正在交頭接耳的說著閒話，神態悠閒而輕鬆。就在這時，從雍門大街盡頭傳來隆隆鐵蹄聲。門丁停止交談，疑惑的抬起頭向外看去，心裡還奇怪：誰在雍門縱馬疾馳？

雍門，臨近皇城。按照禮法，近皇城不得縱馬，否則便是對皇室不敬。

門丁探頭張望，只見數十鐵騎風馳電掣般行來，眨眼間便在輔國將軍府門外停下。為首的，是一個少年，胯下一匹神駿異常的寶馬良駒，掌中一口大刀。他勒馬抬頭，凝視門廡上的門匾。黑漆門匾，上書兩個斗大的金字『伏府』。

建安元年，漢帝遷都許縣之後，伏完見曹操勢大，便交出了手中所有的權力，以免受猜忌。於是，曹操授伏完儀同三司，中散大夫之職。

曹朋看著伏府的橫匾，突然發出一聲冷笑。門階上的門丁剛要站出來說話，卻見曹朋抬手，一枚鐵流星脫手飛出，挾帶萬鈞之力，破空呼呼作響，啪的就打在那橫匾之上。

這鐵流星，是曹朋回許都之後，專門讓河一工坊打造。每一枚鐵流星重三斤，比之原先幾乎多出一倍。曹朋含怒出手，力道自然十足。

經歷小潭搏殺之後，曹朋初明『勢』之奧妙。不過這並不是說他已進入超一流武將的行列，只能說他對力量的運用，領悟更深。鐵流星打在門匾上，頓時將門匾砸裂開來，從門廡上轟隆墜地。

這也表明，曹朋和伏家再無轉圜餘地。

門階上的門丁嚇呆了，一時間不知道如何是好。

「飛眊，給我打進去！」曹朋一聲怒喝，催馬便衝上門階。

別看伏府的門階很高，對照夜白而言，根本算不得什麼。

曹朋縱馬衝上門階，那門丁才反應過來。

「有人上門生事！」

十幾個門丁一擁而上，想要把曹朋攔住。卻見曹朋二話不說，掄刀就打。不過，曹朋心中雖有怒氣，也沒有莽撞行事，他用刀背拍打，只聽啪啪啪聲響不絕。眨眼間，三個門丁被他用刀背打得骨斷筋折，倒在地上慘叫不停。

照夜白輕靈越過門檻，曹朋看了一眼兩邊的大門，猛然抬刀劈斬。

蓬蓬！兩聲悶響。大刀凶狠的劈斬在大門之上，厚重的大門頓時被劈得四分五裂。

剛衝到前堂的那些伏府家丁家將，看到這一幕，不由得臉色發白。一般而言，上門生事也就是打打人，闖進內堂；可曹朋上來就劈了伏府的大門，哪裡是生事，分明是來拚命……

夏侯蘭縱馬挺槍，隨著曹朋衝進了輔國將軍府。

「給我打！」

曹朋厲聲怒喝，只見夏侯蘭挺槍就衝向了那些家丁家將。

伏完本是輔國將軍，府中自然也蓄養有私兵部曲。

不過，他這些部曲和私兵，平日裡欺負些尋常百姓、狗仗人勢一番倒還可以，若是對上飛眊這些個從戰場上九死一生而歸的銳士，顯然不是同一個檔次。再加上曹朋和夏侯蘭兩個幾近一流巔峰的武將，眨眼間，那些家丁家將便被打得抱頭鼠竄，一個個鬼哭狼嚎不停……

也是曹朋和夏侯蘭沒有下死手，所以一路衝過來，倒沒有造成傷亡。可即便如此，飛眊橫衝直撞，猶入無人之境，所過之處，伏府家丁無一人能站立起來，不是被打得骨斷筋折，就是被戰馬踹得口吐鮮血，一個個倒在地上，發出淒厲的哀號之聲。

「你們是什麼人，膽敢闖伏府？」一個婦人領著幾名婢女從中閣走出，大聲喝問。

曹朋勒馬，森然道：「妳又是誰？伏完老兒莫非沒了膽子，只能靠著一群女人出來壯膽？」

「若我家將軍在，早把你們碎屍萬段！」這婦人倒是頗有膽氣，厲聲回答。

她本姓楊，是陽安長公主病故之後，伏完娶來的平妻。她出身弘農楊氏，也是赫赫京兆大族。本來，她完全有資格坐上正妻的位子，可由於陽安長公主的緣故，她只能得平妻之位，甚至連『夫人』的封號也無法獲得。不過，楊氏人也不差，哪怕是這種情況她也沒有任何怨言，一力擔下了伏府事務。

許是在府中驕橫慣了，楊氏並沒有看出情況有些不妙。

曹朋眼睛一瞇。

「伏完不在？」

「今日朝會，難道你不知道？」

朝會！還真就忘了這件事。

本來曹朋今天應該去宮中值守，卻因為牛金攔路告狀，把這件事忘記了！

沒錯，今天是朝會……

曹朋突然笑道：「既然如此，老子就在這裡等那伏完老兒回來！」

「你……」

「夏侯，給我砸！伏完老兒什麼時候回來，就什麼時候住手。」

曹朋今天是豁出去了，了不起最後被定罪貶官。可這口氣，他必須要出，否則阿姐不就是平白被人傷害？

曹朋和曹楠相處的時間並不久，但姐弟之間感情很好。曹楠對曹朋也是格外關心，聽張氏說，小時候曹楠時常背著曹朋到中陽山上玩耍，有什麼好東西都會留給曹朋。雖說今日之曹朋，並非昨日曹朋。昔日曹朋已死，可是卻把他對曹楠的那份依戀，保留了下來。

曹朋此前被荀彧所迫，不得不暫時忍耐，可這並不代表，他會不追究這件事情……

伏完所為，徹底激怒了曹朋。

隨著他一聲令下，就見飛眊在夏侯蘭的帶領下，徑直衝進了前堂大廳。

楊氏大怒，「你們敢……」

不等她說完，曹朋催馬已上了中閣，掌中大刀在空中挽了個刀花，刷的一刀橫抹出去，只嚇得楊氏大叫一聲，縮頭跌坐地上。縷縷青絲隨風而落，楊氏那高聳雲鬢頓時被抹開，變得披頭散髮。

「哪個再敢聱言，我就砍了他的腦袋！」

當森冷的刀光掠過時，楊氏感到了死神的逼近。她終於意識到，眼前這個看上去好像人畜無害的少年，並非是她幾句話就能嚇退的莽撞少年。

這，是個殺人不眨眼的主兒！

雖說伏府家丁不少，可此時此刻都躲在一旁，不敢上前。前堂庭院裡，那些哭號不止的家丁似乎是在給他們做出警告……

廳堂裡，房舍中，只聽劈啪聲響不斷。

楊氏嘶聲叫喊道：「你、你究竟是誰！」

「蠢女人，到這時候才知道問我名字……我也不妨告訴妳，我叫曹朋，妳應該知道我為何而來。」

楊氏激靈靈打了個寒顫，暗道一聲不好。她當然知道曹朋是什麼人，心裡也隱隱猜到曹朋打上門來的原因。

當初，就是她出主意不讓伏完交人，因為那縱馬行凶的小三，就是弘農楊氏族人，楊三。

弘農楊氏，數百年大族。楊氏心高氣傲，加之伏完的身分地位擺放在那裡，讓她向一個鐵匠鄙夫家族低頭，自然不太願意。再說了，楊三是她的族人，她又怎可能眼睜睜看著族人代伏均受過呢？

在楊氏看來，以弘農楊氏，再加上伏完的地位，曹家就算再厲害，也無可奈何。

畢竟，曹汲父子，並不能代表曹操！

可她卻忽略了一件事，曹朋雖然也是以文揚名，卻非那種手無縛雞之力的文弱士子。在歷經無數次大戰之後，曹朋的性格中夾雜了許多武將獨有的剛烈。此前，曹朋之所以退讓，固然是荀彧所迫，但也有從大局考慮的因素。可伏完的舉措，卻是赤裸裸打了曹朋的臉。

「你！你可知你擅闖伏府，乃死罪！」

「死罪不死罪，我不知道……我只知道，有人欺負到我家裡，我絕不能善罷甘休。楊夫人是吧？妳伏家得七世皇恩，當知報效國家，遵行律法……我為什麼來，想必妳也清楚，我索性把話跟妳說開，如果伏完老兒今日不給我一個說法，老子拚了一死，也要殺得妳伏家絕戶滿門！我說得到做得到，妳最好老實一點，給我閉上嘴巴，否則我拿妳先開刀。」

森然殺意，直迫而來……

楊氏嚥了口唾沫，臉色發青。

曹朋刀口翻轉，撲稜壓在一名婢女脖子上：「誰撞傷了我阿姐！」

「我、我不知道……」

「不知道？」曹朋一笑，「不知道，妳還活著作甚！」

刀口順勢一抹，好大一顆螓首落地。那婢女甚至連聲音都沒有發出，一腔子鮮血噴濺的四處都是。屍體直挺挺倒在了堂上，鮮血更濺在楊氏的臉上，只嚇得楊氏啊的發出一聲慘叫。

曹朋目無表情，大刀蓬的壓在一個家丁肩上：「誰撞傷了我阿姐！」

「小人、小人……小人真不清楚……」

「答案錯誤！」

曹朋手腕一抖，一刀抹過那家丁咽喉。一蓬血霧噴出，那家丁倒在地上，頓時氣息全無。只是，那身子仍在血泊中一陣抽搐……

曹朋目光森冷，向楊氏看去，只看得楊氏幾欲昏厥過去。

「你、你瘋了！」

「沒錯，我是瘋了……本來，我可以不發瘋，但妳伏家欺人太甚，逼得我不發瘋都不行。別昏，妳敢昏過去，我就讓人扒了妳的衣服，扔在大街上。夫人，別激怒我，我說得出來，就能做得出來……爾等名門望族，可高高在上，橫行霸道；我不過一介莽夫，雖然什麼都沒有，可我還有這一腔熱血。了不起，咱們同歸於盡就是。」

楊氏真的想昏過去，可是被曹朋這一句話嚇得不敢出聲。她丟不起那個人，伏完丟不起那個人，弘農楊家也丟不起那個人……

「我再問一次，誰撞傷了我阿姐！」

染血的大刀架在一名婢女的脖子上。濃濃的血腥味，衝得那婢女一陣陣眩暈，可她卻不敢昏過去，臉上已沒了半點血色，嘶聲大叫：「楊三，楊三！是楊家三哥所為！我什麼都不知道！」

曹朋笑了！

大刀一轉，用刀身拍了拍婢女的臉，他道：「妳看，這樣不是挺好？我不喜歡殺人，妳只要回答出來，就可以活命。」

刀上的血，沾了那婢女一臉。

曹朋猛然撥轉馬頭，厲聲喝問：「楊三在哪兒？」

一雙雙目光，唰的一下子集中在一個躲在中閣角落，體型魁梧的青年身上。

楊三心裡暗中咒罵，全都是沒義氣的傢伙！但事到如今，他也知道躲不過去了，於是挺身站出來，傲然抬頭，看著曹朋道：「爺爺在此……」

哪知，他話未說完，耳聽金鋒銳嘯。

誰也沒有看清楚曹朋是怎麼出手的，一枚鐵流星彷彿跨越了時空，突然間到了楊三跟前。楊三嚇得連忙想要閃開，卻已經晚了。

啪！鐵流星正中楊三的額頭，巨大的勁力將他的頭骨頓時砸得凹陷進去，鮮血順著額頭流淌，並參雜著黃白且渾濁的腦漿。曹朋催馬到跟前，揮刀下去，將楊三的人頭削下來，隨手掛在馬脖子上。

「傷我家人，縱登天九霄，入地黃泉，我也不會饒過！」

聲音，在伏府上空迴盪。

楊氏感覺自己快要瘋了……那濃濃的血腥味，還有眼前的一具具死屍，讓她忍不住哇的嘔吐起來。

而曹朋卻視若不見，只冷冷的看著楊氏，嘴角勾勒出一抹古怪的笑容。

伏府前堂，此時鴉雀無聲。

「曹友學，欺人太甚！」

伏完得到了許縣縣令的傳信，二話不說，立刻帶著人往家跑。遠遠就看見自家大門外圍聚著許多人，但卻無人開口出聲，死寂得令伏完心驚肉跳。

「輔國將軍來了，輔國將軍來了！」

有人突然高聲叫喊，人群頓時散開，讓出一條通路。

在一雙雙古怪的目光注視下，伏完來到府門外。當他看到落在地上那斷裂的門匾，還有空蕩蕩的大門時，頓時怒不可遏。

門匾被砸落，大門被拆掉，這簡直就是赤裸裸的打臉啊……

曹朋這一巴掌雖然沒有真打在他的臉上，可伏完仍感覺到面頰抽痛。

他大吼一聲，健步衝上門階。可剛跨進了門檻，就看見遍地橫躺的家丁，還有那大廳中閣門前的兩具無頭死屍。

鮮血，順著大廳門階流淌，染紅了門階……

楊氏跌坐在中閣地上，恍若傻了一樣，一動不動。血腥味，混雜著刺鼻的嘔吐穢物的酸味，令人不由得掩鼻。

伏完面頰抽搐，面色慘白。

當他得知牛賢之事暴露後，倒也並不擔心。在他看來，曹朋能奈他何?他是大司徒伏湛七世玄孫，雖比不得那些名門望族，但也算得上是這個時代的豪門。他早年拜執金吾，輔國將軍，遷都後授儀同三司，拜中散大夫……他女兒，是當今漢帝的老婆，母儀天下的皇后。而這一個小小鐵匠之子，雖有些文名，立下了一些戰功，又算得什麼？不過是靠著抱曹操大腿……他除非瘋了，豈敢把事情鬧開來？

哪知道，曹朋卻是真的把事情鬧開了！

「曹司馬，你好大的膽子！」孔融驀地站出來，手指曹朋，厲聲喝道：「你怎能在輔國將軍府中大開殺戒？莫非想要造反？」

他是在北宮門外聽到了消息，於是隨伏完一同前來。

從內心而言，孔融對曹朋挺有好感。不說別的，只說曹朋望父成龍，作千古奇篇《八百字文》，就足以令孔融為之讚嘆，為之敬佩。

孔融並不清楚曹朋和伏完之間的仇恨，因為有些事情不可能宣揚出去。他以為曹朋和伏完只是有一些小矛盾，甚至可能是誤會！若是這樣的話，他出面調解一下，想必不成太大問題。

可哪知道，一進伏府大門，孔融看到裡面的景象頓時懵了！

這哪裡是什麼誤會？簡直就是要生死相見……

曹朋厲聲喝道：「孔揚州，你最好打聽清楚事情緣由，不要動輒謀逆，開口閉口就誣人造反。我今天為何在此，你問問伏完老兒。他若非欺人太甚，我焉能打上門來……」

孔融官拜太中大夫，領揚州刺史。當然了，益州如今是在孫權手裡，所以孔融這個揚州刺史只是一個虛名，沒有任何實權。

事實上，這也是曹操為安撫士人的一個手段。似孔融這些名士，只有一個爵位是遠遠不夠，還需要有一個官位，但又不可能給予他們實權，索性給一個某某刺史的官位。而官位所轄地，又不在曹操手下，只能是一個虛職。孔融更不可能當真，跑去揚州……那幾如羊入虎口。

更大程度上，這個揚州刺史的職務是一個安慰，代表著曹操對士林的尊重。

孔融聽聞，扭頭向伏完看去。卻見伏完面容扭曲猙獰，根本無視孔融的目光。

「曹朋小兒，你欺我太甚！」

「惡人先告狀，究竟誰欺人太甚！」

曹朋怒聲道：「你那龜孫兒子，當年在鬧市縱馬疾馳，撞傷了我阿母，還帶著一干反賊子弟圍攻，被我打殘了腿。司空沒有追究，只判了一個半年罰作。可你那龜孫兒子卻記恨在心，前些時候著人在鬧市裡縱馬差點害死我阿姐。我本說當時要找他算帳，卻被荀文若阻攔……說什麼大局為重，讓我不要追究！好，老子不追究了，只要你把行凶之人交出來。你嘴上答應，卻找人李代桃僵，想要瞞天過海……若非那苦主的弟弟找我喊冤，我險些被你瞞過。」

曹朋站在門階上，厲聲喝問：「孔揚州，是誰欺人太甚，是誰想要造反？」

孔融的臉色頓時大變……居然有這麼一回事？

關於曹楠被撞傷一事，孔融也聽說了。為此，他當時還上書彈劾，認為不過是曹家女受傷，便使太常、少府兩大太醫令前去診治，有違禮法。不過這道彈劾被荀彧扣了下來，孔融當時也是一時氣憤，之後也沒有過問。後來聽說曹楠是被驚馬撞傷，孔融也就沒有再關注，反正這種事情他原本就不太在意。

哪知道，竟然……

他開始感到後悔，這蹚渾水似乎不該跳進來。

但既然來了，總不能什麼都不說，就這麼走了吧？

孔融剛想開口詢問伏完，卻聽伏完怒道：「文舉休要聽他胡言亂語……曹朋，你既然欺上門來，那我也不與你贅言，有什麼話，咱們到朝堂上說……來人，給我把這亂臣賊子拿下！」

伏完身邊有百餘名家將，聽聞之後，齊聲吶喊。

孔融的臉色頓時一變，凝視伏完，半晌說不出話來……

伏完這分明是作賊心虛的表現。理說不過人家，就要動手！早知如此，我就不來了。

「夏侯，給我動手！」

曹朋看著那些家將，同樣怒火中燒。

打架？誰他媽的怕你？老子屍山血海裡殺出來，什麼場面沒見過！既然你要動粗，那我也不客氣了！

說著話，曹朋墊步在門階上騰空而起，手中大刀順勢一領，刀口朝外，一刀劈出。當先一名家將連忙舉刀相迎，雙刀交擊，發出一聲脆響。那家將的刀，頓時被曹朋一刀碎裂。

曹朋手中的刀，是曹汲親手所造。

別看曹汲如今官位提升了，可這造刀的技巧，卻沒有丟下。他也知道，自己旁的本事沒有，最厲害的就是這手造刀技巧。於是，他在曹府中專門開闢了一個院子，曹朋還取了個名字，叫神兵閣，裡面各種工具齊全，材料和物品更是非常完善。

曹汲在閒來無事的時候，也會開爐打刀。特別是這兩年，他開始識字，融合了一些古法技藝，打造出來的兵器越發精良。

曹朋手中這口刀，是曹汲去年打造出來的，名為虎咆。刀長四尺三寸，重五斤四兩。與傳統直刀相比，這支虎咆刀出現了一個彎曲的弧度，與當下橫刀已有一些區別。比尋常直刀更寬，而且加上了兩道血槽，使之殺傷力更加驚人。

曹汲打造虎咆後，便置於神兵閣內，權作把玩欣賞。

這次曹朋從官渡回來，便將虎咆刀討要過來。那伏完家將所用的兵器雖然鋒利，卻遠非虎咆刀的對手。加之曹朋這一刀暗合猛虎下山之勢，一刀落下，直接將對方的兵器震得粉碎，刀口撕裂那甲士身上的劄甲，直接破開了他的胸膛。

曹朋這是打定主意要大開殺戒了……

夏侯蘭摘下丈二龍鱗，大槍一探，盤蛇初探，立刻將十幾個甲士圈在裡面。

這些甲士的武藝，遠非曹朋和夏侯蘭的對手，加之曹朋和夏侯蘭出手狠辣，全然不留半點餘地。只幾息間，便倒下了五、六人。家將們頓時止步，看著曹朋和夏侯蘭的眼神，就有些不太對了。

「曹朋，爾敢殺人，我與你朝堂說理！」

伏完一看這狀況，頓時知道情況不妙，於是扭頭就走。

曹朋怎可能輕易放過伏完，健步如飛。一口大刀翻飛，刀雲翻滾，只殺得那些家將紛紛躲避。眨眼間，曹朋就衝到了大門口，伏完才堪堪一隻腳邁出門檻，只見曹朋二話不說，上前一把揪住伏完的領子。那伏完的個頭比曹朋高了差不多六、七公分，可曹朋卻像是老鷹抓小雞一樣的輕鬆攫住對方。

「你敢殺我？我乃中散大夫！」

伏完話音未落，就聽曹朋道：「我不敢殺你，我敢打你！」

刀柄朝下，蓬的就砸在伏完的鼻子上。只這一下，伏完的鼻梁骨就被曹朋砸斷，頓時滿臉鮮血。

「友學，住手！」

「曹公子，手下留情！」

就在這時候，只見遠處疾馳來兩匹馬。馬上兩人，一個是荀彧，另一個卻是臨沂侯劉光。

本來，荀彧並沒有在尚書府，而是入臨晉侯府，找前太尉楊彪商議事情。哪知道，他正在府中和楊彪說事，忽有家將前來稟報，說是有牛金和牛賢兄弟二人在尚書府外喊冤……

至於喊的什麼冤？

荀彧一聽就懵了！他是真不知道，伏完居然耍了他一道。

本以為這件事情就此結束，哪知道伏完畫蛇添足的來了這麼一手，不僅把事態鬧大，更把荀彧牽扯到了其中。

這樁事，最初荀彧是壓著曹家才算平息下來，可以說，荀彧就這個問題上欠了曹家一個人情。伏完這一手，等於把他給坑了進去。現在已不僅僅是他如何平息事情的問題，他更需要給曹家一個交代。這件事弄不好，甚至會鬧到中牟，傳進曹操耳中。

荀彧可記得清楚，當時他力壓曹家的時候，曹汲曾說過一句話：「荀尚書，我信你！」這一個『信』，也代表了曹家對他的友誼和信任。

而今出現這種情況，豈不是說他荀彧辜負了曹家的信任和友誼嗎？

荀彧這會兒連殺了伏完的心都有！似他這種世家出身的子弟，最看重的就是自己的面子和名聲！這件事一出來，若傳出去，豈不是說他荀彧和伏完借勢欺人，打壓曹氏子弟？而曹氏子弟，又豈是他能打壓的？

荀彧二話不說，立刻就帶著人往尚書府走。

楊彪一直把他送到府門口，看著荀彧遠去的背影，臉上不由得浮現出一抹古怪的笑意……

「父親，那曹八百這一次，可是惹下了大禍！」楊修走到楊彪身後，輕聲道。

「是嗎？」

「曹朋仗著是曹司空族子，膽大妄為。伏完，豈是他能對付？依我看，這一次他要大禍臨頭。」

楊彪聽聞，卻忍不住笑了。他搖搖頭，輕聲道：「依我看，曹朋不僅不會有事，恐怕日後會更得司空信賴，尤甚現在。」

「哦？」

「德祖，你知道為人上者，最忌諱什麼嗎？」

楊修一怔，「擁兵自重，功高震主？」

「錯！」楊彪說：「為人上者，最怕下屬太過完美。」

楊修愣住了！

「德祖，你最大的問題也就在於此。你好求完美，凡事都要做得盡善盡美。殊不知，這樣做會使主上更加猜忌……哪怕你沒有貳心，也會因這『盡善盡美』惹來殺身之禍。依我看，這曹朋非常聰明，懂得進退之道。他如今得司空看重，十七歲便官居越騎校尉，前程似錦，可越是如此，就越是要謹慎小心。」

「他用這種看似莽撞的行為來保全自己，如此一來，司空非但不會怪罪他，反而會更鍾愛他。你要知道，司空對家人，同樣關愛。似曹朋這種行為，或許會有一時磨難，但隨之必然會帶來一世榮華……依我看，滿朝文武，皆不如這曹友學。」

楊修聽聞，不由得露出沉思之態……

曹朋立於門階之上，一手拎著滿臉鮮血的伏完，看著荀彧和劉光到來，臉上露出猙獰之色。

「荀尚書，你要我住手？」

荀彧一聽，暗自叫苦。從曹朋這語氣裡，他感覺到了不妙。

從前，曹朋也喚他作荀尚書，但語氣中的恭敬和尊重之意，他能夠聽得出來。可是現在，『荀尚書』這三個字裡，非但沒有半點尊敬之意，更多的是一種嘲諷，和一絲瘋狂的殺意。

「友學，你且放開伏將軍，有話好好說。」

曹朋聽聞，仰天大笑，「有話好好說？你怎麼不用大局來壓我？你怎麼不用你尚書之位來命令我？」

「我……」

劉光下馬，強作笑臉，「曹公子，我是劉光。」

「我知道你是劉光，你是臨沂侯，你是漢室宗親，你高高在上……我不過是一卑微鐵匠之子，所以我受了冤屈，就必須要忍耐。他伏完的兒子，可以把我姐姐害得九死一生，如今仍躺在榻上不得動彈。可他的兒子卻能逍遙法外，我連追究的權利都沒有……為什麼？只因為他是皇親國戚，只因為他伏均的老娘是陽安長公主，他姐姐是當今天子的老婆嗎？

「伏均是皇后的兄弟，我也是我姐姐的兄弟。皇后可以用那天家權力保護她兄弟，我這個做兄弟的，卻連為姐姐出一口氣都不可以，對不對？」

曹朋如同瘋了一聲，攫住伏完，嘶聲咆哮。

荀彧的臉色很難看，而劉光更是感到顏面無存……兩人相視一眼，卻只得是暗自苦笑。

「伏完，伏大將軍，是不是這樣，你倒是說話啊！」

曹朋說著，蓬的一拳轟在伏完的胸腹間。這一拳，含怒而發，只打得伏完哇的把早飯都吐了出來。

「你家的狗是人，我姐姐就不是人……我一再忍讓，可你卻欺我太甚，你伏家的人，莫非都動不得嗎？我不信，我偏要動！」

雙手按住伏完的頭，曹朋抬膝蓋狠狠撞在伏完的臉上。伏完慘叫一聲，從口中吐出七、八顆牙齒……

「友學，你住手，不要衝動！」荀彧快要崩潰了。

「曹公子，有話好好說！莫動手，莫要動手！」

臺階下，所有圍觀的人都閉上了嘴巴，駭然看著堂堂輔國將軍好像死狗一樣的癱在地上。

曹朋一手攫住伏完的領子，厲聲吼道：「你不是很高貴嗎？你女兒不是皇后嗎？讓你女兒下詔殺了我……我倒要看看，你這輔國將軍能有多麼高貴！」

荀彧眼見此，也不知道該如何是好。如果曹朋此時處於清醒狀態，那麼他還可以和曹朋好好商量。很明顯，曹朋現在已經瘋狂了，已經什麼都不顧了！

看著像死狗一樣的伏完，荀彧心裡也暗叫了一聲痛快：你說你伏完，老老實實把人交出來，也就什麼事情都不會發生，偏偏自作聰明，現在知道厲害了吧？

「文若……救我！」

伏完真的怕了。他就在曹朋身邊，可以清楚的感受到曹朋身上那瘋狂的殺意。他顫巍巍伸出一隻手，口齒不清的呼喚。

但這個時候，荀彧似乎也沒有了主意……

「救你？你兒子撞傷我阿姐的時候，你怎麼不說？你找人瞞天過海，想要李代桃僵時，怎麼不說？」

曹朋咬牙切齒，緩緩舉起了手中的大刀。明晃晃的虎咆刀，在陽光下閃爍暗紅色光澤。

荀彧快要瘋了，上前一步，「阿福，你不要做傻事，你殺了他，只怕連司空都保不得你性命！」

「曹公子，且冷靜一下，我保證，會給你一個公道！」劉光面露焦急之色，大聲呼喊。

而曹朋卻似充耳不聞，手中大刀在空中劃過一道弧線，朝著伏完狠狠的落下。

「阿福，住手！」

眼見著伏完就要斃命於曹朋刀下，忽聽遠處傳來一聲巨吼。

一道閃電，恰似跨越了時空，呼嘯著射來。鐺！一聲脆響，一枝赤莖白羽箭正中刀脊上——大刀，斬下！

「啊！」

伏完淒厲的慘叫聲，在空中迴盪。

門檻上，一隻血淋淋的斷掌，看上去怵目驚心，令人感到恐怖。伏完抱著手，身體蜷成一團。

鮮血從指縫流淌出來，只讓人看得膽戰心驚。

曹朋這一刀，真的是衝著伏完的脖子走……若非這突如其來的一箭，只怕伏完此刻已成了無頭的孤魂野鬼。本來，伏完可以免這一刀之苦，可好死不死他伸著手求救，虎咆刀被赤莖白羽箭撞歪，正砍在他要縮回來的手掌上。虎咆刀何等鋒利？那隻手掌無聲的和手腕分離。

荀彧張大了嘴巴，半天也說不出話來。

這小子，還真砍啊！

曹朋抬頭看去，就見百步之外，曹仁已彎弓搭箭。

「友學，住手吧。」曹仁臉上露出苦澀笑容，「你若是殺了他，連你也要搭進去，何苦來哉？且把刀先放下吧。」

「子孝叔，你也要阻我？」

「不是我要攔你……」

曹仁撥馬閃到一旁，卻見他身後停著一輛馬車，車簾挑起，曹楠正躺在車上，張氏和黃月英分在兩邊，攙扶著曹楠從車上坐起來。

「阿姐？」

「阿福，姐姐謝謝你……但足夠了！你做的已經足夠了，莫要再殺人……若你有個三長兩短，阿娘該怎麼辦？月英該怎麼辦？你難道要姐姐這一輩子都自責不成？還有小艾，你說過等他長大了，要親自教他讀書識字啊。」

馬車後面，鄧艾露出頭來。他怯生生走上前，衝著曹朋喚了一聲，「舅舅！」

曹朋的手，顫動了一下。

曹仁見此情況，暗地裡鬆了一口氣。他今天本是在郊外校場中挑選兵馬，準備補充進越騎營。哪知道正挑選時，荀彧的家將荀猛來了，把事情說了一番之後，曹仁當時就懵了！

伏均一事，他也知之甚清。當時，從大局考慮，曹仁也認為荀彧做的並沒有錯誤，可沒想到伏完這一手李代桃僵，使得曹朋徹底爆發……

曹仁也是從軍中出來，對這種剛從戰場上下來的人非常瞭解。伏完這樣做，完全是在羞辱曹朋。這種事換到別人身上會怎樣？曹仁不知道。但他知道，如果換在他身上，勢必會和曹朋一樣，發狂到無人能阻攔。

「將軍，此事就算是荀尚書出面，恐怕也阻攔不得。」

「退之，可有妙計？」

為曹仁軍謀掾的，正是賈詡義子，賈星。

本來，賈星一直跟隨賈詡。但白馬之戰以後，賈詡返回中牟，協助程昱謀劃官渡之戰，所以賈星也跟著一同離開。只是到了中牟後，賈星並沒有用武之地，這種關乎全域的謀劃布置，說實話並非賈星一個小孩子可以參與的。所以，他在中牟也就顯得無事可做，遊手好閒。

正好曹仁這時候來信，說身邊需要一個軍謀掾，也就是隨軍參謀。

賈詡想了想，覺得可以讓賈星前去效力。

曹仁主要是負責許都的安全，還有徵召訓練鄉勇郡兵，以及負責押運糧草，保證糧道的通暢。其責任重大，任務艱巨。但作為軍謀掾，則主要負責處理一些文書和雜物，這對賈星來說並不複雜。

於是，賈星便奉命返回許都，在曹仁身邊效力。他做得挺好的，曹仁對他也很滿意。

賈星道：「現在的情況是，哪怕衛將軍去了，也攔不住曹校尉。這種事……我覺得，最好還是請出曹校尉的姐姐。我聽說，曹校尉的姐姐已經脫離危險，雖然不能下地走動，但已沒有性命之憂。如果曹娘子願意出面，說不定可以把曹校尉攔住。」

「這件事最好衛將軍親自過去，把事態說得嚴重一點……如果曹校尉真的殺了伏完，恐怕他自己也性命難保。曹娘子愛弟甚切，一定會出面阻攔。只要曹娘子出面，這件事就好辦了！即便攔不住曹校尉，也能穩住他的情緒。」

曹仁聽聞，頓時大喜：「退之此計甚妙！」

曹朋作為曹氏宗族子弟，雖說是旁支，而且是新近才認祖歸宗，但畢竟是曹姓子弟。更重要的是，曹操很看重曹朋，對曹朋的寵信甚至在大多數曹姓子弟之上。之前在小潭，曹朋更立下赫赫戰功，先救下曹操，而後又成為曹操小潭大捷中反敗為勝的關鍵因素……

曹仁怎可能讓曹朋陷入死境？

若非此時為曹操與袁紹決戰之際，曹仁說不定會幫著曹朋。畢竟是一宗子弟，伏完對曹朋的羞辱，曹氏子弟感同身受，曹仁同樣對伏完是萬分惱怒。

但現在，曹朋真的不能殺死伏完。

於是，曹仁也沒有點上兵將，只帶了一隊親軍，直奔奉車侯府。

曹汲沒有去執金吾衙門當值，而是在家中生氣……遇到這種事情，換作誰也無心繼續工作。被人踩到頭上了！

最可氣的是，連荀彧也幫著伏完！

曹汲並不知道曹朋闖進了伏府，他一個人坐在家中生悶氣。當他從曹仁口中得知曹朋在牢裡劫了人之後，竟直奔輔國將軍府時，曹汲也有些慌了，他連忙把事情告訴了張氏和曹楠。張氏嚇得六神無主，而曹楠則是淚流滿面，感動萬分……

小時候，對小弟的疼愛，並沒有白費。小弟為了給自己出這口氣，連性命和前程都不要了。

他可以不要，但曹楠不能不為曹朋考慮。身子骨雖然還沒恢復，可曹楠卻等不及，讓人把她抬上馬車，叫了張氏和黃月英，一同趕奔伏府。她一方面為這姐弟之情感動，另一方面卻為曹朋擔心：這個傻弟弟啊……你就算是要為我出氣，怎能把你的性命和前程都搭上呢？

曹朋立於門階上，虎目圓睜。他沒有再折磨伏完，手一鬆，將伏完擲在地上。幾名伏府家將作勢就要衝上來，哪知沒等他們邁出腳步，就見曹朋伸出一隻腳，踩在伏完的臉上。

曹仁心裡忍不住大呼一聲：痛快！

荀彧和劉光，包括孔融在內，臉色頓時陰沉下來。

「曹朋，你幹什麼？」

曹朋看著荀彧，突然冷笑一聲，「幹什麼？我現在想聽一聽，荀尚書你如何給我公道。」

「你……」

曹朋仰天大笑，「公道？呸……老子從闖進這伏府，就沒想過要公道。殺一個夠本，殺兩個賺一個！荀尚書，我曾經對你尊敬，曾經對你信任，可是你辜負了我的尊敬，辜負了我的信任。我現在不想聽你說話。臨沂侯，我問你，依漢律，我是不是當斬？」

劉光苦笑。

荀彧表面上雖然憤怒，可心裡也暗自讚嘆。曹朋看似是撕破了臉皮，但其實很冷靜。哪怕他嘴上說對荀彧失望，對他不再相信，可實際上，荀彧知道曹朋是在保護他，避免他為難。

因為曹朋這一番話，把所有的矛頭都指向了劉光。

劉光若說死罪，那曹朋二話不說，會砍了伏完的腦袋；如果劉光說不是死罪，又會得罪那些漢室老臣。

劉光苦笑搖頭，心道一聲：曹友學，曹八百……你還真是會給我出難題啊。

他深吸一口氣，沉聲道：「中散大夫擾亂法紀在先，曹公子你雖迫不得已，卻有殺人之實。依漢律，你與輔國將軍都要處以極刑，以正朝綱……然則你和輔國將軍都有爵位，所以這最終處置，須交由司空處置。曹公子，可否請你放開中散大夫，再拖延下去，他要死了。如果中散大夫喪命，事情才是真正麻煩……」

荀彧聽聞，不由得詫異的向劉光看去。

劉光說得是不偏不向，甚至還指出了一條明路。依照律法，有爵位者，可以透過以爵位買罪、換取活命的機會。

曹朋有爵位，而伏完也有爵位。

很明顯，劉光在和稀泥，同時把這燙手的山芋交給曹操。荀彧暗自點頭：臨沂侯的確不簡單！以前總認為他是個聲色犬馬的紈褲子弟，雖說對漢帝忠心，但並沒有什麼特別之處。可現在看了，我恐怕是看走了眼！這位臨沂侯頗有心計，只是此前被掩飾起來，無人關注。

想到這裡，荀彧不由得倒吸一口涼氣。

曹朋，這是要把劉光逼到檯面上啊……

「子孝叔，你來抓我吧。」曹朋突然開口，衝著曹仁說道。「不過，這裡所有的事情，都是我一人所為，夏侯他們只是聽從我命令，並未害人性命。」

曹仁點頭，「我知道！」

說著，他一擺手，從身後走出幾十名親兵，一擁而上，登上門階。

曹朋這才把刀交給了夏侯蘭，隨著曹仁的親兵走下門階。

「荀尚書，何不將這目無王法的狂徒拿下？」

公車令張翔從人群裡走出來，手指曹朋，厲聲喝問。他也是聽說了伏府被人闖入的消息，故而前來查看。哪知道，卻看到了一幕血淋淋的場面。

剛才，伏完在曹朋手裡，他不敢跳出來說話，可現在伏完安全了，他自然要出來趕盡殺絕……

哪知道，他話未說完，夏侯蘭已縱身跳下門階，衝上前一把攫住張翔的領子，缽頭大的拳頭蓬蓬蓬夯在張翔的臉上，把張翔打得鬼哭狼嚎，滿臉鮮血，從口中吐出幾顆牙齒。夏侯蘭的拳頭可不比曹朋輕，幾拳頭下來，打得張翔連後槽牙都脫落了，再也說不出話。

「公子，我也打人了，不過是自願的。」夏侯蘭咧嘴，衝曹朋一笑。

荀彧等人在一旁，不禁連連搖頭。

什麼樣的人，帶出什麼樣的兵……一個瘋狂的主將，連他的下屬也全都是瘋子。

夏侯蘭分明是害怕曹朋受苦，所以要陪他一同被抓。而且，他只是打了張翔，並沒有性命之憂。

荀彧剛要開口，卻見幾名飛毦衝過來，衝著張翔一頓拳打腳踢。那張翔被打得抱著頭大聲求救，可誰敢上前阻攔？

「公子，我等也是自願！」

得，有這些人在，估計曹朋就算被抓了，也沒人敢找他麻煩。

荀彧頗為憐憫的看了一眼那進氣少、出氣多，被打得半死的張翔，抬頭道：「衛將軍，這……」

「這些人，皆衛尉所屬，自當嚴懲……來人，把他們拿下！」

曹仁怎能不知道夏侯蘭等人的心意，暗地裡也是稱讚不已：果然是有情義的好漢！若非阿福這等重情義之人，又怎可能有這些有情義的好漢跟隨?唉……只是可惜了，夏侯蘭的前程。

夏侯蘭原本已是被報備朝堂的軍司馬，而且是騎都尉。現在倒好，恐怕這軍司馬和騎都尉之職都保不住了……不過曹仁相信，夏侯蘭這些人今天的所作所為，只要曹朋不死，東山再起之時，便是夏侯蘭等人飛黃騰達之日。到了那個時候，這些人的前程，恐怕是連天王老子都無法攔住。

「阿福……」當曹朋等人被押著，從馬車旁走過的時候，張氏顫聲呼喊。

「娘，別擔心，我不會有事。」他衝著張氏喊了一聲，然後對鄧艾道：「小艾，記得給我熟讀《八百字文》，將來我會考核你。」

「舅舅！」鄧艾已三歲了，雖然還不懂事，卻也知道曹朋遇到了麻煩。

黃月英抱著鄧艾，朝曹朋點點頭，那意思是說：你放心，我一定會照顧好阿娘和姐姐她們。

曹朋一笑，眼眉兒笑成了彎月。

「阿姐，好好養傷……過些時候，姐夫回來，莫要他擔心。」

說罷，他也不理其他人，帶著夏侯蘭等人，逕自離去。

曹仁催馬上前，看了一眼昏迷不醒的伏完，還有那哭爹喊娘的張翔，然後對荀彧道：「文若，曹朋已經伏法，但不知你該如何處置輔國將軍？」

荀彧嘆了口氣，看了看伏完，下令道：「來人，將伏完拿下，打入監牢。」

所有人聽聞，不由得倒吸一口涼氣。

事情發展到這一步，已不再是簡單的私人恩怨，而是曹氏集團和漢室老臣的一次正面交鋒。然而，這交鋒的結果卻是……

「還有，伏均暗使他人害人性命，又當如何處置？」

「伏均暗使殺人，依律當誅。」

「可我聽說，他如今不在許都，畏罪潛逃。」

荀彧用力抹了一把臉，沉吟良久之後抬頭正色道：「伏均畏罪潛逃，當發海捕文書，緝拿歸案。」

劉光閉上了眼睛。他聽說過伏均的事情，也知道伏皇后的打算。

伏皇后的意思，本是等風頭過去之後，給伏均一個戎丘都尉的官職，讓他好生歷練。然而現在，伏均恐怕是歷練不成了！非但沒辦法歷練，甚至很有可能一輩子得隱姓埋名，再想要入仕，難度甚於上青天……伏完的意氣用事，不但毀了伏均的前程，更使得漢家和曹操走到了對立面，這是置陛下於兩難。

曹朋已漸行漸遠。劉光看著他離去的方向：阿福，你這一手，可謂毒辣！

曹朋被抓，在所有人意料之中。

可伏完也被關押入獄，卻出乎所有人意料之外。

捨得一身剮，敢把皇帝拉下馬。曹朋的所作所為，無疑是極好的詮釋了這一句話……

同時，出乎所有人意料的，還有孔融等一干清流名士的反應。在所有人的臆想中，發生了這種事，孔融這些人應該跳出來大肆抨擊才對，偏偏事情都過去了一天，竟沒有一個人站出來。

漢帝劉協在永樂宮中徘徊，顯得焦慮不安。

伏皇后則在一旁，哭得眼睛都腫了……

「伏卿，伏卿他好糊塗啊！」劉協猛然停下腳步，低聲咒罵道：「不過一介賤奴，何苦捨不得？本來事情已經平息，偏偏他鬧出這一件事來，讓朕也難做。朕就算想救他，也無能為力……若救了伏卿，勢必就要赦免曹家子。那曹家子不死，待幾年後，又能重新復起。」

伏皇后匍匐在地，「妾亦知老父罪該萬死，可他畢竟是父親，請陛下開恩。想他已年邁，又身受重傷，如今被看押在牢內。雖說荀彧會秉公而為，可是，可是……妾實不忍心見老父受苦。請陛下能網開一面，赦免了老父死罪，妾亦不勝感激……」

不得不說，伏皇后是個聰明人。她從頭到尾都沒有提『曹朋』的名字。

劉協頹然坐下，「若非曹操，朕赦免也就赦免了！只怕朕這赦令剛出，國丈就要人頭落地。」

「那怎麼辦？」

「且靜觀事態發展，朕當謀後而動。梓潼放心，國丈在牢內，斷然不會受苦。朕已使臨沂侯代為照拂，想來也不會有什麼大礙。」

話說到這個分上，伏皇后知道再說什麼也沒有用處。她是個聰慧的女子，自然曉得進退……

說實在話，她也不知道伏完會做出這麼一樁簡直糊塗透頂的事情，一下子把主動權交了出去。只看孔融那些人的反應，就知道伏完此事做的何等愚蠢。

本來，伏均就已經夠愚蠢了，傷人家眷，那是犯眾怒的事情。好在當時並無人知曉，加之荀彧的強力壓制，使得勢態沒有擴大。如果伏完交出了楊三，這事情就不會發展到眼下的地步。

弟弟雖然離家去了隴西，在那苦寒之地受罪，但朝廷可以給他一個功名，讓他在隴西好生磨練一番，將來也能為朝廷的外援……

現在可好，伏均算是徹底被毀了！尚書府發出行文，通緝伏均。而清流名士對伏均的作為更是嗤之以鼻，深以為不屑。別說給他官職，就算是曹家不追究，伏均留在許都恐怕也沒好果子吃，那些清流名士勢必會追究伏均的所作所為，畢竟他的做法，在官場上屬於被人深以為恥的舉措。

而伏完……

伏皇后退出金鑾寶殿，返回安樂宮。

劉協閉上眼睛，坐在大殿之上。突然，他提起筆，在面前的紙張上寫下一連串的名字……

許久後，劉協頹然擲筆，起身離開。

風，拂過。燭光搖曳，但見那紙張上寫著一連串的名字，全都是：曹朋、曹朋、曹朋……

衛尉大牢，位於皇城一隅。

這裡雖位於皇城之中，卻屬於衛將軍所轄，是一個獨立的監牢。周圍，有羽林軍出鎮，守衛極其嚴密。而皇城中的羽林軍，盡是曹仁手下。

當初衣帶詔的事故發生，曹操加強了對皇城的監管，原先的羽林軍全部被抽調出去，然後從自家兵馬中，抽調出數千兵馬擔當羽林軍，負責皇城守衛。從某種程度上而言，這些羽林軍，是由曹操的私人部曲組成。

沒有曹仁的命令，任何人休想讓他們通行。

牢室的面積很大，可以容納二、三十人。但此時，只有十個人被關在裡面。

昏暗的燭光閃動搖曳，曹朋坐在牢室一隅，神態輕鬆。他盤膝而坐，靜靜的運行那十二段錦靜功心法，對於身處牢獄之事，似乎全然沒有顧慮。

夏侯蘭和其他幾名飛眊則散坐於周圍。看上去，他們的位置似乎很亂，卻極為有效的將曹朋保護在中間。如果有人前來行刺，就必須要經過夏侯蘭等人的阻攔……再者說了，曹朋也不是手無縛雞之力的文弱書生。

「曹校尉，吃飯了！」一個獄卒拎著食桶進來，高聲叫喊。

兩名飛眊起身，從獄卒手中接過食桶，道了一聲謝。

夏侯蘭盛了一碗飯，走到曹朋身旁，「公子，一天沒有食飯，且吃一點吧。」

曹朋睜開眼，朝夏侯蘭一笑，接過飯食後道：「子幽，你們其實大可不必隨我來受罪。」

「公子，可知主辱臣死的道理？」

曹朋聽聞，不再贅言。

事情已經發生了，說什麼都沒有用。他只是替夏侯蘭這些人感到可惜，已經做到軍司馬之職，再努力一把，至少能做到校尉的職務。可現在，他隨自已入獄，那軍司馬的職務……

可惜了越騎營啊！

曹朋想到這裡，端起碗，狼吞虎嚥的吃完。

「子幽，你們幾個過來。」

他招手示意夏侯蘭等人上前，沉吟片刻後說：「你們隨我一同吃苦，我也不知道該如何報答。我有拳道諸法，可錘鍊筋骨，增長氣力。子幽隨我學過八極，就由他來傳授給你們……」

「子幽你呢，入洗髓之後，一直未有進境。非我不願教你，實我也不知如何傳授。幸得恩師左仙翁授我白虎七變之法，從今日起，你便隨我修習白虎七變。至於效果如何，我也不太清楚，全靠你自身悟性。我另有靜功十二段錦一套，一併傳授給你。將來你若重獲自由，憑此功法，足以博取功名，以慰我心。」

夏侯蘭聽聞，卻撲通跪下，「蘭得公子所重，乃知遇之恩。想當初，蘭不過粗通武藝，得公子教誨，才有今日成就。公子雖未說過，但蘭早已視公子為主公。今得公子傳授絕藝，蘭敢不效死命。博取功名之說，請公子勿複言，蘭此生願為公子牽馬綴鐙。」

曹朋的臉上浮現出燦爛笑意。他凝視夏侯蘭許久，突然一把攫住夏侯蘭的手臂，「子幽，若他日我能復起，必不負於你。」

夏侯蘭和九個飛眊同時跪下，「願為公子效命！」

曹朋不由得大為開懷，當下傳授白虎七變的頭三變與夏侯蘭。同時，他還決定傳授一套槍法給夏侯蘭。這套槍法名為白猿斷門槍，原本是白猿通背拳門內的一套槍法，只是曹朋前世並未認真練過，隱隱約約能記得其中的一些法門。他把這套槍術交給夏侯蘭，並不是要夏侯蘭學習，而是為夏侯蘭自身的槍術增加一些變化，使得他的槍術能夠有所成就。

窗外，下起了淅淅瀝瀝的小雨。

夏侯蘭叫上飛眊，在一旁傳授拳法。而曹朋則負手站在牢窗下，看著那一方天空，陷入沉思……

也不知阿爹和阿娘，還有阿姐、月英她們怎樣了！

「夏侯蘭，你們幾個出來。」

牢房外，突然有獄吏高聲叫喊。

夏侯蘭聽聞，頓時警惕起來，「讓我們出去何事？」
「有人要見曹校尉，你們先出去。」
「誰？」
夏侯蘭朝牢外看去，卻見昏暗的長廊上似有一人。但光線太暗，也看不清楚來人模樣，只見他個頭不高，罩著一件大袍，遮住了面孔。夏侯蘭不禁疑惑，扭頭向曹朋看了過來。
「沒事兒，子幽你們就出去吧，在這大牢裡，估計還沒人能傷得了我。」
夏侯蘭等人答應一聲，警惕的退出牢室。把他們關進了隔壁牢室之後，獄卒帶著一個身著黑色大袍的人走進牢室。
「你是誰？」
那人猶豫了一下，摘下了頭上的風帽。
「真小姐……妳怎麼來了？」
曹朋嚇了一跳，原來這來人，竟然是夏侯真。
昔日的小白兔妹妹，已出落的亭亭玉立。她站在牢門口，看著曹朋，眼中閃爍著淚光。
「小真，妳……別哭啊，告訴我，誰欺負妳了？」
「沒人欺負我！」
夏侯真的聲音很輕，柔柔的，好聽極了。
曹朋卻突然擺手制止住她開口，走到牢室的門口，厲聲喝道：「子幽，你們對著牆面壁去。」
「喏！」
夏侯蘭等人齊聲應命，卻使得夏侯真粉靨羞紅……她站在那裡，纖纖玉指纏繞著腰帶，低著頭，竟不知道如何開口。

「這裡的環境不甚好，還請真小姐見諒。」

「沒事，沒事……」

夏侯真猶豫許久，抬起頭，一雙眸子秋波流動。她輕聲道：「阿福哥哥，你沒有事吧？」

「我能有什麼事兒？妳看我現在不是挺好的？呵呵，晚飯時我還吃了一大碗飯，肚子吃得好飽……不信妳聽，敲起來都是砰砰的作響。」

一句話，把夏侯真逗得噗嗤笑出聲來。

「楠姐姐的事情，我剛聽說。前些日子，環嬸嬸身子不好，所以我一直照拂，沒有留意外面的事情。來之前，我還去探望了一下楠姐姐，她看上去挺好的，只是她和嬸嬸，還有月英姐姐，都在擔心你……」

曹朋聽聞，不由得笑了。

「有什麼好擔心的？這衛將軍府大牢裡，還沒人敢找我的麻煩。」

「阿福哥哥，我聽人說，你這次的事情鬧得挺大……我和環嬸嬸說了，請她為你出面說情。只是環嬸嬸說，也不知道該如何求情。她的意思是，請你寫一篇請罪書，她可以轉交給曹司空……我今日前來，正是為此事而來。」

請罪書？

曹朋愣住了！

他呆呆坐在那裡，實不知自己錯在何處。可是，面對著夏侯真那澄淨的目光，帶著絲絲哀求之意，曹朋也不知道該怎樣拒絕。

他閉上眼睛，沉吟片刻，開口道：「拿紙筆來。」

夏侯真連忙喚來獄卒，取來筆墨，又要了一盞油燈，把燈火撥亮。她挽起衣袖，露出如玉皓腕，輕輕磨墨。

曹朋提起筆，閉上眼沉吟片刻後，揮毫寫下了一篇文字，而後把墨跡吹乾，遞到了夏侯真手中。

「這麼快就好了？」

「有心無須贅言，請環夫人交與叔父即可。」

「好！」

夏侯真把信收好，看著曹朋，嘴巴張了張，似乎是有話要說，可話到嘴邊又不知道該如何出口。

她喜歡曹朋，從當年還是什麼都不懂的小女孩兒，在花園中尋找白兔，與曹朋偶遇的那一刻開始，曹朋的樣子便刻印在她的心裡。可是，曹朋身邊卻有黃月英！這讓夏侯真不知道該如何說，只能黯然神傷。她想要藉此機會與曹朋傾訴，但女孩子的矜持讓她無法開口。

曹朋看著夏侯真，忽然鬼使神差般的走上前，將她那嬌柔的身軀摟在了懷中。

他可以感受到，夏侯真身子猛然一僵，本能的掙扎了兩下之後，便停止了反抗，溫順的倚在他懷中。

「小真，莫擔心我，回去吧。以後別來這裡，這地方不是妳這種女孩子應該來的……等我出去，一定送妳兩隻白兔。」

「嗯！」夏侯真輕輕應了一聲。

「西陸蟬聲唱，南冠客思侵。那堪玄鬢影，來對蒼頭吟。露重飛難進，風多響易沉。無人信高潔，誰為表予心？」

曹操坐在大帳裡，看著手中這封從許都送來的家信，許久沒有說話。

「夫人，還說什麼？」

「嬸嬸說，倉舒五歲了，該學識字了。嬸嬸覺得友學那篇《八百字文》甚好，讓姪兒問叔父，是不是可以讓倉舒從《八百字文》而學？」

眼前的青年，名叫曹暘，字東來。他一直負責司空府的守護，也是曹姓子弟。此次，他奉命前來官渡助戰，同時也帶來了環夫人的一封書信。

曹操不由得啞然失笑，環夫人的意思已不言而喻。只是，他未想到曹朋會寫出這麼一首詩，來作為請罪書。說實話，最開始他拿到請罪書的時候，心裡並不是特別高興，但看了內容之後，曹操不禁輕輕點頭。

這首詩，哪裡是什麼請罪書，曹朋分明是在自辯，無罪！

曹操把那封『請罪書』遞給了一旁的郭嘉。

「奉孝，你也來看看吧。」

「東陽，你且下去吧……明日去張郃將軍那裡報到，暫為行軍司馬，協助張郃將軍治軍。」

「喏！」曹暘插手行禮，興高采烈的走了。

曹操則問道：「奉孝，以為如何？」

郭嘉把『請罪書』放下來，笑道：「確是阿福的風格。」

曹操點頭，「這孩子行事莽撞，卻頗有情義。此前在下邳，他為了一己之私，放走了呂布家小，我免了他的職位，本就是想要好生教訓他一番。哪知道這孩子居然沒有半點長進，這剛剛委以他重任，就惹出了這般禍事，實在可惱。」

曹操一副恨鐵不成鋼的模樣。

可郭嘉卻知道，如果你真以為曹操是在表示失望之意，那就大錯特錯。當他越如此的時候，就越是說明他對曹朋的喜愛。誰又能討厭一個有情義的傢伙？除非這個人是個沒心沒肺的無義之人。君不見，事情鬧開來後，連那些清流名士都息聲不言？

郭嘉道：「友學這才學，倒是越發長進了。一篇詠蟬，非但不請罪，反而處處表達他高潔之氣，這哪裡是什麼請罪，分明是在為自己辯解。依我看，這孩子的性子實在是太傲，而且不知悔改。他這種性子，將來怕難成大氣。」

曹操眼睛一瞪，「話不能這麼說，人食五穀，難能沒有點毛病？阿福這性子傲是傲，但所做之事，倒也在情理之中。若換作是我，恐怕也忍不下這口惡氣。性子傲，可以打磨，但若以此評斷他將來，未免武斷了一些。依我看，這件事先這麼放著，權作是磨練他的性子。陛下那邊若不發話，我也不好插手其中。就讓他先關在衛尉府的監牢中吧……如今我所慮者，乃袁紹，實在沒有精力顧慮此事。」

郭嘉心道：我就知道你會這麼說。

曹操這個人，有時候喜歡耍一些小聰明。換句話說，他喜歡故弄玄虛，搞一些神神道道的，讓別人去猜測。你猜錯了，可能還好；但你若是猜對了，卻會讓他心生顧慮。

郭嘉也得到了荀彧的書信，請他設法在曹操面前說項，最好能把這件事儘快解決。但郭嘉知道，曹操絕不會善罷甘休。

許都發生的這件事，對曹操而言，是一個極好的機會。他可以藉此發作，來警示一下那些心懷叵測之徒。郭嘉也覺得，荀彧在處理事情上有時候不免軟弱了些。其實，這件事一開始，如果荀彧沒有那麼多顧慮，就去處置伏均，哪怕是被抓了，漢帝站出來說句話，恐怕連曹操也只能答應。結果，一樁簡單的事，被荀彧複雜化了。

曹操對此，當然不滿。

憑什麼你伏均撞了我曹姓子弟，就可以安然無恙？而我曹姓子弟，卻要忍氣吞聲？

你抓不抓是一碼子事，我殺不殺伏均，則是另一回事。

文若一生謹慎，但這一次，未免謹慎過頭……

曹操的意思很清楚，他就是要教訓一下伏完。

伏完在許都搞風搞雨，看似做得隱秘，又豈能瞞得過曹操？曹操為什麼讓曹朋做宮中旁門司馬，說到頭就是為了掐斷漢帝和伏完的那些小動作。如今，曹朋估計是當不上那旁門司馬了，但效果卻出奇的好。伏完被押起來，對帝黨的打擊，遠甚於讓曹朋做那勞什子司馬。

接下來，就看是誰先低頭！

郭嘉估計，漢帝恐怕是先撐不住吧……

「主公，袁紹近來毫無動靜，依我看，並不是他知難而退，恐怕另有目的。我這兩日觀察，發現袁紹營內動靜頗為古怪，還須謹慎提防，莫上了他的當，遭他偷襲才好。」

既然你曹操決定按兵不動，那我就順著你的意思，說一說正事。

曹操聽聞，不由得露出凝重之色。

「以奉孝之見，袁紹會用什麼伎倆？」

郭嘉冷笑一聲，「袁本初剛愎自用，麾下唯一可用者，不過沮授，卻還被他扣押在延津……郭圖逢紀，皆尸位素餐之徒，不足為慮。此前袁紹滅公孫瓚時，曾挖掘地道……依我看，他定然是故技重施罷了。」

曹操頓時笑了，「我亦如此想，此事就交由仲德處理。」

說完，他突然問道：「奉孝，你也認為，阿福的文采很好嗎？」

「嗯，能作《八百字文》，足見其高明。」

「那你說，讓倉舒隨他求學，如何？」

「這個嘛……五公子天生聰慧，將來必然成就非凡。但若沒個明白人教導，恐怕也不是個辦法。友學這傢伙的才學是可以的，只是他那性子太傲，只怕未必適合教導倉舒公子吧。」

「嗯……」曹操輕輕點頭，「既然如此，那讓我再想想，再想想……不過，讓友學為倉舒啟蒙，當不成問題……算了算了，這件事暫且不提。友學這次鬧出的禍事太大，且看陛下究竟是什麼意思。」

「主公高見。」

郭嘉笑呵呵的，隨手給了曹操一記馬屁。

建安五年三月，袁紹屯兵圃田澤，試圖掘地道而偷襲。

程昱以古法，在營中設立大缸二百口，監聽地下動靜，待袁紹出擊時，一舉坑殺袁軍數千人。

袁紹大怒……

章四 鄧稷回許都

許都，平靜。但在平靜下，卻又隱藏無盡殺機。

孔融等人再次開炮，但並非是針對曹朋，而是舊話重提，談起了曹操和袁紹如何共存的話題。

在孔融等人心裡，袁紹終究還是強過曹操。

不管怎麼說，袁紹是四世三公子弟，而曹操呢……雖然說家中世代為宦，卻終究比不得袁紹。而且，還有一個曹騰夾在裡面。當年黨錮之禍，士人受宦官打壓太重，以至於孔融等人對閹宦始終存有敵意。哪怕曹騰為大長秋時，幫助過許多黨人，但還是受到了一些牽累。

幸好，曹騰的品行很好。孔融等人就算是挑刺，也只能說閹宦如何如何，卻無法攻擊曹騰太甚。

總之，曹朋和伏完似乎已被人遺忘。曹操一直沉默，而漢帝劉協也保持著沉默，使得所有人對此事都閉口不言。

天牢，是皇帝關押朝中大臣的地方。

伏完神色萎頓，臉色蒼白的靠在牆上，目光呆滯，顯得毫無神采。

伏皇后端著一碗燉好的血燕，用湯匙送到伏完嘴邊，輕聲道：「阿爹，您喝一點吧。」伏完好像牽線的木偶般，喝了一口。

「皇后，陛下怎麼說？」

伏完喝完了一碗血燕粥，精神似乎好了一些。伏皇后把碗放在一旁，搖了搖頭，「陛下說，此事需曹司空開口，否則他也很難做出決斷。」

「孟德，欲我死乎？」伏完閉上眼睛，久久一聲長嘆。「那文舉他們……」

「孔融他們也沒有什麼表示，似乎就在等曹司空的答案。」

伏完露出後悔莫及的表情，低下頭，自言自語道：「一步錯，步步錯，這一次怕凶多吉少。」

「父親何出此言？女兒定設法為父親開脫。」

「秉國呢？秉國有消息沒有？」

伏皇后猶豫了一下，輕聲道：「小弟目前還沒有消息，不過地方也沒有傳出小弟被緝拿的消息，想必此時已經脫險。只要他到了隴西，自會有槐裡侯照拂，曹司空怕也奈何不得他。父親，女兒一直不明白，您怎麼……」

伏皇后終於忍不住說出了心中的疑惑。

的確，以伏完平日裡的沉穩和睿智，竟然犯下了如此錯誤，著實令伏皇后有些不明白。

伏完閉上眼睛，靠在牆上，許久才長嘆一聲，「一言難盡！」

他現在也開始後悔，原本大好的局面，竟然落得如此結局。曹操現在擺明了是用曹朋困住他，令他無法與外界接觸。女兒身為皇后，可以最大程度上給予他照顧，但卻不可能整日待在這陰森的天牢之中。而且，很多事情伏皇后並不能出面，必須要由他出面才可以進行……

以曹操之能，如何看不穿這其中奧妙？

捨一曹朋，而斬斷抵擋一臂，不管怎麼說，曹操都不會吃虧。

「宮中情況如何？」

「不太好……荀尚書以田豫暫領旁門別部司馬之職，已封鎖宮門。宮中人想要出去，變得非常困難……而宮外面想要進來，也不容易。臨沂侯已數次被阻於宮門之外，田豫言無天家召見，不得輕易入內。雪子常侍倒是出去了一次，不過發現守衛非常嚴密，他也無法輕易和臨沂侯見面，最後只能返回宮中……還有一件事，張公車他……」

「張翔怎麼了？」

「張公車被罷了官職，如今公車令，已換成了他人。」

以雷霆之勢，斬斷帝黨的聯繫，這符合曹操的習慣。帝黨群龍無首，而臨沂侯劉光如今也成為重點關注的對象。這一來，恐怕劉光再也無法像從前那樣行事，至少就目前而言，是這種情況。

「官渡……」

「今日荀尚書來報，曹公在官渡，又敗袁紹一陣。」

「袁本初，實在是太令我失望。」

伏完沉思良久，睜開眼睛說：「請冷常侍設法通知臨沂侯，暫時不要有動作，靜觀勢態發展。曹孟德早晚會放了我！官渡大戰結束之日，便是我出獄之時。在此之前，切不可再有輕舉妄動。我想曹操老兒恐怕已磨刀霍霍，我等不要去觸其鋒芒。」

伏完，始終是帝黨領袖之一。

雖然他之前做出了一個錯誤的決定，可是很快便醒悟過來，並開始了一場新的籌謀。

「那曹朋……」

「不要理他！」伏完深吸一口氣，沉聲道：「曹友學這次害我甚重，不過並不足為慮。以我觀之，他不過一介莽夫，當不得大事。之所以有今日成就，只是仗著曹老賊的寵愛罷了。早晚有一日，我要將這斷腕之辱，百倍還與此人。」

伏完說著話，不禁咬牙切齒，蒼白的臉上透出一抹病態的嫣紅，恨不得將曹朋碎屍萬段。

伏皇后微微一蹙眉，想要說些什麼，可伏完卻道：「女兒莫要再說，妳以後也不要再來看我，想來荀彧還不敢害我性命。朝中的事情，妳以後也不要參與過多，只須服侍好陛下足矣。我在這裡很好，並沒有什麼不適。」

伏皇后心裡道：父親，只怕您又看錯了！那曹朋，絕非您想像中那麼簡單。楊太尉著人送信進來，曾言要對曹友學多加提防。一個能令楊太尉都為之忌憚的人物，又豈能簡單？

可是，看伏完那憔悴的模樣，伏皇后也不知道該如何說才好。

半晌，她只能輕聲道：「父親，您多保重。」

「對了，想辦法與秉國聯繫上，實在不行，讓他去武威，直接投奔馬騰或者韓遂，切莫回來。」

「是！」伏皇后溫順的應了一聲，又陪了伏完一會兒，這才告辭離開。

走出天牢，她登上鑾車。

「雪子！」

「奴婢在。」

伏皇后鳳目閃爍一抹戾芒，輕聲道：「找個機會，把那曹友學幹掉。」

車外，中常侍冷飛一怔，旋即點頭道：「皇后放心，奴婢記下了……不過，那曹朋如今被看押在衛將軍府，守衛森嚴。想要殺他，恐怕一時半會兒也難以成功，這時間上還請……」

「大戰結束之前，莫要壞他性命。大戰結束之後，我要看到那曹友學人頭。」

「奴婢遵命！」

曹賊

章四

鄧稷回許都

鸞車沿著碎石夯實鋪成的路，朝著安樂宮方向行去。

一頭灰白頭髮、白面無鬚的冷飛，駐足朝衛將軍府方向看了一眼，嘴角一翹，露出一抹森然冷笑。

不知不覺，已至四月。曹朋被關在衛將軍府的牢房，也快三十天了！

三十天來，他過得很悠閒。雖然身處大牢中，可是這裡的獄卒並不敢怠慢，故而也沒受什麼罪。加之有夏侯蘭等人襄助，使得曹朋過得更加滋潤，閒來無事就教一些拳腳功夫給那些飛眊，或者與夏侯蘭切磋武藝。曹仁雖然沒有來探望他，但對他的照顧，卻無微不至。

曹朋說，想看書。於是，曹仁便命人送來一些書籍，供他消遣解悶。

同時，他也能在第一時間得到前方的戰況。賈星會命人不時將官渡方面的戰報送到曹朋手中。有時候，賈星還會來大牢中探望曹朋，說一說閒話，聊一些風土人情。

日子就這樣一天天的過去。官渡之戰的戰事，越發激烈。

而曹朋坐在牢裡，似乎也悠然自得……

對他來說，官渡之戰已經結束了！在延津小潭大戰結束的那一刻開始，他的官渡之旅已經結束。

曹操身邊聚集了天下第一流的謀士。

除了荀彧之外，曹操的五大謀士郭嘉、程昱、賈詡、荀攸都在前線，為曹操出謀劃策。同時，曹操手下有第一流的統帥，更有超一流的猛將。海西去年的豐收緩解了汝南的災情，也使得許都並未受到太大損失。倉廩中，輜重糧草堆積如山，曹操已沒有了歷史上的糧草之憂。

官渡之戰，在等待一個契機，一個曹操大獲全勝的契機……

而在此之前，必然是長久的僵持。

曹朋幫不上什麼忙，也不可能給曹操出什麼主意。有郭嘉他們在，曹操怎可能缺少謀略？至於烏巢……曹朋也曾想過向曹操提示，但思來想去之後，他還是止住了這個念頭。天曉得袁紹經歷這麼多的挫折，會不會如歷史上那樣把糧草存放烏巢？即便是存放在烏巢，若曹操問起他是怎麼知道的……曹朋恐怕也無法回答。

且耐心等待吧！

等待許攸的棄暗投明……

窗外，下起了淅淅瀝瀝的小雨。

曹朋站在斗室中，練起了半步崩拳。他讓獄卒給他打了一副木枷，然後用鐵鍊鎖住腿腳。

據說，歷史上的國術大師，半步崩拳的創始人郭雲深，就是在這種條件下，創出了半步崩拳。

曹朋在苦練白虎七變之後，已隱隱掌握了白虎七變中所蘊含的『勢』。跨步，沖拳，退回來；跨步，沖拳，再退回來……感受著勁力在身體內的遊走，熟悉著每一塊肌肉跳動所帶來的奇妙變化，曹朋在這種練習中，漸漸進入一種奇異的境界。每一個動作都是在無意識中完成，勁力推動，筋膜生長，出拳是全身的骨節發出砰砰的空爆聲息，呼吸幾若無有，從口中不時傳來一聲聲虎吼。

夏侯蘭正在教授飛眊八極拳中的開門八式，忽聽牢室內傳來一陣近乎於野獸一樣的嘶吼咆哮，他連忙停下來，扭頭向曹朋看去。

方寸間的踏步，沖拳……產生出一股股氣流的湧動。半步崩拳的剛猛無儔，加上白虎七變的剛烈，竟使得曹朋整個人看上去猶如一頭下山的猛虎，周身上下無不散發可怖氣息。

夏侯蘭眼睛一亮，片刻後輕輕嘆息一聲。

「司馬，公子這是在……」

「公子在領悟！」

「領悟什麼？」

鄧稷回許都

「勢！」

對於『勢』是什麼？飛眊們並沒有太多瞭解。他們所掌握的大都是普通的搏殺之術，但若以武道而言，如今只是一個門外漢罷了。

這武道，和殺人多少並無聯繫，許多時候靠的是一種悟性。

曹朋在小潭戰場，初明『勢』的奧妙。回到許都，經歷伏完一事的刺激之後，曹朋整個人似乎進入了一個很沉靜的狀態。雖說被關在牢裡，卻也給了他一個慢慢整理摸索的環境。

自出世以來，曹朋也曾經歷過無數次的搏殺。他和呂布練過手，和典韋試過招，更參與了一場場生死之戰。他將過往所經歷的種種，一一回憶提煉，雖然依舊未能蓄養成『勢』，達到超一流的武將水準。可曹朋卻有信心，如果再與甘寧交手，至少能在甘寧手下走上個十招二十招。這十招二十招，是在甘寧全力施展的前提下。

曹朋一次次的沖服崩拳，汗水濕透了衣襟。

牢室中的虎吼聲，足足持續了近半個時辰，總算是停止下來。夏侯蘭上前，把一塊乾布巾遞過去。曹朋接過來擦了擦臉上的汗水，只覺神清氣爽，精神矍鑠。

「曹校尉，有人來看你！」牢室外，獄卒突然大聲呼喊。

曹朋一怔，問道：「誰！」

話音未落，就見一個獨臂青年身著一襲青衫，手裡拎著一個食盒，在獄卒的引領下來到牢室門外。

「姐夫？」曹朋看到那青年，不由得大吃一驚。

鄧稷此前留在徐州徐璆麾下，出任別駕。曹朋倒是能估計到鄧稷早晚會返回許都……可是他卻未想到，鄧稷在這時候回來了。

夏侯蘭等人非常識趣的走出牢室，進了另外一間。

鄧稷向那獄卒道了聲謝，邁步走進牢房。他朝著曹朋一笑，把手中食盒放下，「阿福，你這一入獄，可是把家裡人都急壞了。今見你這般模樣，想必並未受罪……在這裡，可好？」

「姐夫，這種球地方，何來一個好字？」

說著話，曹朋上前兩步，給了鄧稷一個熱情的熊抱。

「姐夫，你什麼時候回來的？」

「今天晌午。」

「徐州的事情都解決了？」

「嗯，已經解決了。」

鄧稷看上去，比之早先似乎更顯沉穩。清瘦的面頰，單薄的身體，頜下短髯，透出勃勃英氣。他靜靜看著曹朋，半晌後，突然伸出獨臂，把曹朋緊緊摟抱在懷中，「阿福，讓你受委屈了。」

鄧稷此次返回許都，是奉命押送三萬石糧草。

別看許都府庫中有存糧，要供應數萬大軍的消耗，也是頗有壓力的。所以，當東海郡之變被鎮壓，劉備狼狽而逃，徐州局勢逐漸平穩之後，徐璆便命鄧稷押送糧草，返回許都。隨後，徐州還會再送來十萬石糧草，以保障官渡之戰的順利進行。

鄧稷返回許都之後，便得知家裡出了大事，先是妻子九死一生，隨後曹朋為報仇而身陷牢獄。

如果說，此前鄧稷還有一點私心的話，聽到這個消息之後，他那點私心頓時蕩然無存。

「若非你在家，你阿姐險些……」

「誒，姐夫看你說的……你的妻子是我的姐姐，咱們是一家人，我豈能看著那些人騎在咱家的頭上拉屎？只可惜，還是走了那該死的伏均。」

鄧稷眼睛頓時紅了！

兩人在牢室裡坐下之後，互訴離別之情。

曹朋問道：「姐夫，那劉備今在何處？」

提起劉備，鄧稷頓時露出羞慚之色。

「唉，一言難盡。夏侯將軍攻破東海郡之後，劉備敗走彭城國。我奉命與朱靈將軍追擊此獠，不想此獠狡詐，詭計多端。我損兵折將數百人，非但沒有抓住劉備，反被他逃過了淮水……我本想繼續追擊，但又怕中了詭計。如今，他已逃往淮南。」

又被這廝跑了！

曹朋聽聞，不由得一蹙眉頭。

不過，他倒是沒有責怪鄧稷之意，因為他非常清楚，那劉備逃跑的本事恐怕比他的祖宗劉邦還要厲害。想當初，曹操五路大軍合圍劉備，卻被他硬生生殺出一條血路，逃到青州。

以鄧稷之能，想要對付劉備，的確是有些困難。

那傢伙，絕對是個老奸巨猾之人。

只是，劉備這一逃，會逃去哪兒？會不會逃往荊州，投奔劉表呢？劉表現在正在對付孫權，恐怕未必會收留劉備……抑或者，他藏起來，等待機會？曹朋開始感到頭疼，記憶中的三國情節，隨著時間的推移，越來越模糊。

曹朋唯一能肯定的是，劉備最終還是會投靠劉表。

「姐夫，家裡面可還好？」

「一切安好……你阿姐雖然還不能下床行走，但已可以坐起來。月英一直照顧阿娘和你阿姐，所以不必擔心。只是阿娘很想你，好幾次說想來看你，卻被父親攔住，故而時常流淚。」

曹朋聽聞，沉默了！

「姐夫，你回去告訴阿娘，讓她莫難過。最遲半年，我一定能出去……曹公把我關押在牢裡，其實也是一種保護，請阿娘切勿掛念。」

鄧稷輕輕點頭。

「還有一件事，我需找你商議。」

「嗯？」

鄧稷給曹朋倒了一杯酒，輕聲說：「此事關係到海西發展，我回來時，子山特地託我向你請教。」

「哦？」曹朋聽聞，不由得露出疑惑之色。

步騭順利入主海西後，並沒有特別的舉措。

一切依舊如之前鄧稷在海西時一樣，屯田、拓荒、煮海製鹽……在曲陽、伊蘆相繼被納入海西治下後，一個大海西的局面已經形成。如今，整個大海西有人口二十餘萬，散落於海西縣、曲陽縣、伊蘆縣，形成了一個極為繁榮的地區，甚至連徐璆也是為之讚嘆。

在年初時，應徐璆之邀，海西九大行會入駐下邳，將海西的影響力進一步推廣。

步騭在接手海西後，得到了諸多老臣子的支持。如王買、潘璋、周倉、馮超等人，都表示了對步騭的支持。伊蘆長鄧芝雖然有些不甘願，可是面對步騭強勢而來，也只能低頭表示認可。

隨後，海西九大行會紛紛表示支持步騭，也使得這一場海西政權的更迭迅速平息下來。

步騭的問題，與海西九大行會有關。

「九大行會經歷四載，已進入了迅速擴張的時期，他們不但使海西三縣的商市穩定，更漸漸將淮陰、射陽，包括海陵和鹽瀆等地都包括進來。年初將行會設立於下邳，更使得九大行會成為淮南淮北兩地最大的商市組織。」

「他們從去年開始與雒陽合作，藉助雒陽的便利，更大牟其利……只是隨著兩地之間的經商越來越頻繁，貨物的輸送量和貨幣的流動也都隨之增大。去年一年，海西與雒陽的交易額就高達七千四百餘萬錢，在年初後，交易量又增加許多。雖說之前劉備在東海郡起事，但對於九大行會並無太大影響。可交易量增加之後，又出現了許多問題，已是迫在眉睫。」

「比如？」曹朋抿了一口酒問道。

「比如……銖錢。」

「銖錢？銖錢怎麼了？」

鄧稷苦笑一聲，「你可知道，年初金市行首黃整，曾意圖從雒陽收購一批貨物……其交易金額，近千萬錢。但只是為了運送這些銅錢，就足足使用了十數輛車，近五十匹駑馬。黃整說，待今年鹽市一開，僅是鹽市一項，交易金額就會逾億，這長途運輸，實在太危險。」

從海西到雒陽，大致有兩條路。一條是走泰山彭城郡，入兗州而通陳留，過官渡抵達雒陽；另一條則是走徐縣，過汝南梁郡陳郡，通潁川，自伊闕關而抵雒陽。可不管走哪一條路，路程都很遙遠，且頗為難行……

雖說曹操治下的匪患已減輕許多，可路上還是會有許多盜匪。

這些盜匪出山為寇，入山為賊，行蹤詭異，很難剿滅。因此，每一次長途跋涉的運輸，都要出動數百乃至上千人的衛隊隨行，單只是這一筆開銷，就足以令許多商戶感到頭疼。

為此，不少商人明知海、雒商路利益巨大，卻望而止步。

步騭接掌海西後，便立刻面對這樣一個麻煩。而海西九大行首，更坐擁金山而不得，實在是痛苦萬分。所以，九大行首在商議之後，一起找上了步騭。雖說他們現在坐鎮下邳，理論上而言，有問題可以找徐璆商議，但許是本能的，九大行首還是願意透過海西來磋商。

步騭對這個問題也很頭疼。說起來，他上任後所面臨的情況，比之當初鄧稷差不太多。鄧稷是從一無所有，到最後雄霸海西，而步騭呢？上任後先是劉備之亂，而後又要面對這樣的問題。他的麻煩在於，鄧稷之前做得太好，把這個起點抬得太高，以至於他如果不能解決這個麻煩，或者無法緩解這個問題，都會對他的聲譽造成影響，以後會有更多困難。

步騭，是曹朋舉薦而來。

從某種程度上，他是曹朋的家臣。他的一舉一動，每一個舉措，都代表著曹朋的利益。徐璆、陳登那些人難道對海西就沒有欲望嗎？徐璆還是海西本地人，對海西的欲望更甚於陳登。當初鄧稷要走，徐璆和陳登也舉薦過別人，但最後，曹操還是認同了曹朋『舉賢不避親』的步騭。

如果步騭做得不好，就會給曹朋丟面子；更重要的是，如果他不能做好，勢必會影響到曹朋在海西的影響力。這是一個極其巨大的麻煩，畢竟海西每年有三成利益是歸屬於曹朋。

無奈之下，步騭只得請鄧稷向曹朋求教。

曹朋聽完了鄧稷的話語後，也不禁目瞪口呆。

他倒是知道海西如今的勢頭很好，可是卻沒想到，會這麼好。

七千四百餘萬錢，近十萬貫，聽上去似乎並不是特別多，而且還是交易金額。可要知道，四年前海西還只是一個人口不過兩、三萬而已的荒僻小縣……聽鄧稷的意思，海西已進入一個發展的井噴期。單只是鹽市一項交易，朝廷就可以獲得兩千餘萬的稅金……這又是一個何等可怕的數字？如果再加上其他賦稅，以及各項明理暗裡的收入，海西今年的稅收可以達到五千萬，乃至更多……

曹朋倒吸一口涼氣！他也意識到，海西過速的發展，已造成了不平衡的跡象。單只是這一個運輸的問題，就已到了不解決不行的地步……

可問題是，他能有什麼招數？

「姐夫，這事一下子我也想不出什麼好主意。不過，容我幾天好好考慮一下。若實在不行，設法與長文兄聯繫，看看他能有什麼好辦法。他人面廣，家族大，可能會有一些主意。」

「嗯，我也這麼以為，準備明天一早讓巨業叔走一趟雒陽，拜訪一下陳縣令。」

鄧稷知道，曹朋並非推脫，而是這種事情的確麻煩，不可能一下子就想出策略。步騭也非等閒之輩，他都為之頭疼，況乎曹朋？哪怕曹朋能想出辦法，也需要一些時日思考。

鄧稷給曹朋滿了一杯酒，輕聲問道：「阿福，主公究竟是什麼意思？」

「嗯？」

「我是說，這要把你關到什麼時候？」

曹朋聽聞，搔搔頭，露出一抹苦笑。

「主公心思，豈是你我可以猜度出來？我這次禍事有些大，估計主公也很為難。不過我想，應該不會有性命之憂……否則主公早就開口。之所以現在閉口不言，恐怕也是在等待機會開脫。姐夫，你莫擔心。我若是被處以極刑，伏完也好受不了。現在，我們兩個是拴在一條線上的螞蚱，我死，他也要死；他活，我必能活。想他伏完，堂堂國丈，我換他一條命，不吃虧……嘿嘿，陛下也不會眼睜睜看著伏完被殺，所以早晚會給出決斷。主公現在，恐怕是在等陛下的主意，而後行動。」

鄧稷臉上露出一絲隱憂。

「就害怕，夜長夢多！」

舉起酒杯，曹朋與鄧稷邀酒，隨後一飲而盡。

窗外，明月高升。皎潔的月光，透過小小的窗子，撒進牢室。

牢室外，是一座蓮池。夏夜時，蓮池裡的池蛙呱呱鳴叫，聲音此起彼伏……

「姐夫，你這次回來，可有安排？」

「嗯，我已見過荀……尚書，在家中停留三日之後，便會前往梅山，出任梅山長。」

「只是梅山長？」

鄧稷一笑，「還兼一個行軍司馬的職務。」

「誰的行軍司馬？」

「文長。」

「魏大哥？」

鄧稷點頭道：「是啊，就是魏延。他如今任梅山校尉，領軍駐紮梅山之畔。荀尚書說，我和文長曾經合作過，又是舊識，所以讓我與他一起出鎮梅山，以保護糧道安全。」

曹朋想了想道：「若是魏大哥，那倒不會有太大問題。」

「是啊，沒想到文長如今也成了一營校尉。」

魏延是秩千石的校尉，比曹朋的越騎校尉，低一個品級。秩千石，月俸九十斛；比兩千石，月俸一百斛，二者之間差十斛俸祿，所以差別並不算太大。可只有進入比兩千石，才能稱得上是朝廷大員。魏延現在，已經觸摸到朝廷大員的門檻。

想想，也頗不容易。他當初一介白丁，隨滿寵部下，短短四年能做到這個地步，所付出的辛苦可想而知。

提起魏延來，鄧稷也不禁笑了……當年，他們因為種種緣由，成為袍澤。那時候，魏延不過是一個都伯，而他則是義陽屯的節從。現在……

鄧稷深吸一口氣，沉聲道：「這時間，過得可真快！」

「嗯，很快。」曹朋眼中流露出迷濛之色。

兩人沉默良久，突然間呵呵的笑起來。

也隨著這一笑，擱在鄧稷心中的那一抹隔閡，似乎煙消雲散。

「夜了，我先回去。」

「好！」

「有沒有什麼需要？我明天來看你時，給你帶來。」

曹朋想了想，拿起一本書，「我這些天在看蔡邕先生的《靈紀》，頗有感悟。能否幫我找來《東觀漢記》全書，還有蔡先生的著作？還有，能否幫我找來《酸棗令劉熊碑帖》？我想臨摹一下。這些日子，一直都沒有練習，這手都生了！若回去被月英考核，必會責備。」

《靈紀》，是《東觀漢記》的一篇。

這《東觀漢記》，記載了漢光武帝至靈帝一段歷史的紀傳體史書，因編撰於東觀，故而得名。這本書，是經過幾代人修撰才成書。

初，漢明帝命班固、陳宗等人共撰《世祖本紀》，而後班固等人又編撰了功臣、平林、新市、公孫述事蹟，作為列傳和載記，共二十八篇。這也是《東觀漢記》的草創時期。到安帝時，劉珍和李尤等人又續撰紀、表、名臣、節士等篇，從漢光武帝起，至永初年至，更名為《漢記》。

此後，《東觀漢記》又經歷了數次續撰，至漢靈帝時終結。

蔡邕、楊彪、盧植等人，是最後一批續撰者，補作紀、志、傳數十篇，延伸至漢靈帝崩……

在《後漢書》未出現時，《史記》、《漢書》和這部《東觀漢記》，本稱為三史，為許多人所習讀。

《三國演義》中曾出現過這樣一個片段：董卓死後，蔡邕為董卓哭……王允與蔡邕素有間隙，故而趁機將蔡邕拿住，要殺死蔡邕。蔡邕說，你殺我可以，但能否允許我把《漢記》編撰完再殺我？可王允卻不同意，還是殺了蔡邕。以至於《漢記》後期的許多文章隨之失傳，留下來的也僅是《靈紀》殘篇。

蔡邕的文采，自無須贅言。

曹朋這些日子來，讀蔡邕的著作，極為敬服。同時，他對《東觀漢記》也頗為好奇，故而請鄧稷尋找。

鄧稷想了想，「一下子也未必能找來全本，不過我會盡力……你也莫擔心，家裡有我和阿爹。」

曹朋微微一笑，旋即轉開了話題。

夜，深了！

曹朋躺在乾爽的草堆上，透過小窗，仰望蒼穹。但見群星璀璨，一條銀河橫跨天空……曹朋嘴裡咬著一根枯草，思忖著鄧稷之前所說的事情。

是啊，的確是要想個辦法，來解決一下。

腦海中，突然靈光一閃，他似乎捕捉到了一絲頭緒。翻身坐起來，靠著粉白的牆壁，曹朋雙手抱拳在頷下，蜷腿沉思不語。片刻後，他突然道：「子幽！」

夏侯蘭睡得迷迷糊糊，聽到曹朋的呼喚，睜開眼坐起來，揉了揉眼睛，「公子，還沒有睡？」

「上次小真帶來的紙墨，放在何處？」

「哦，我收起來了。」

夏侯蘭起身，從角落裡翻出一個包裹，遞給了曹朋。

「公子，你在想什麼？」

曹朋一笑，「沒什麼，你先睡吧。」

他攤開了紙，然後把油燈撥亮，提筆磨墨，思忖片刻後，在紙張上奮筆疾書，表情莊肅……

建安五年四月，袁紹掘地道不成後，又想出一計。他命軍卒聚土成山丘，命弓箭手立於山丘之上，可鳥瞰曹軍大營。

每天，弓箭手居高臨下，對曹營施以箭矢。曹軍被袁軍壓制，苦不堪言，甚至連出恭都要帶著盾牌遮擋箭矢。整整十日，曹軍傷亡慘重，士氣也呈現衰落趨勢。曹操面對袁紹的這種箭矢攻擊束手無策，雖說營中也有弓箭手，可袁軍占領高處，可以牢牢將曹軍壓制。

就在這時候，劉曄率部抵達官渡。見此情況，劉曄立刻獻出一策。

「以拋石車攻擊？」曹操苦笑道：「子揚休要說笑，拋石機雖說威力巨大，可是射程遠不似箭矢，根本無法靠近。」

劉曄說：「主公休慌。曄於許都，無事時曾將拋石車做出改進，拋射距離可增加三十步，而威力絲毫不減。如今袁紹聚弓箭手於高處，正可以這種改進的拋石車予以攻擊……曄前些時候，曾閱友學在曲陽時的一些戰報，所以還想出一策，以陶罐承載桐油，在外層包裹引火之物，而後投擲發射，罐碎而桐油散，與火相觸，可產生巨大威力。袁紹施以弓箭，主公何不還以火攻？」

曹操聽聞，頓時大喜。他命劉曄為司空參軍事，集中營中工匠，連夜打造投石車。

這種經過改進的投石車，射程和威力都有巨大的提升。曹操思忖後，改投石車，為霹靂車。

十日後，三百餘架改進的霹靂車同時發射，袁軍大營中的土山頓時化為一片火海……曹操眼見袁軍的弓箭手失去了作用，總算是長出了一口氣。

當晚，他在軍中設宴，為劉曄請功。

酒宴之上，曹操看似無意的問了一句：「子揚，你剛自許都來，可知道曹朋如今在牢中做何事？」

「我曾聽子孝將軍說，曹朋被關之後，非常平靜。前些日子，鄧叔孫從徐州返回，曾探望他幾次。後來還四處求書，尋找《東觀漢記》……我手裡正好有幾篇本紀，故而轉交雋石送過去。平日裡，他就是看看書，練練拳腳。據說，他還在牢中訓練和他一起坐牢的飛眊親衛……這小子好大的心，闖了這麼大的禍，居然一點也不慌張。」

曹操笑而不語，並沒有去接劉曄的話。

當晚，他找來了郭嘉和程昱，在談完了公事以後，突然問道：「仲德，輔國將軍一案已經拖了很久，為何到現在還沒有結果？」

程昱一怔，心道：你若不發話，誰能決定下來？

可他心裡這麼想，卻不能這麼說出來，於是笑呵呵道：「想來，是輔國將軍身分特殊，故而不好判決。」

「輔國將軍擾亂綱紀，破壞律法，乃死罪……有何不好判決？曹阿福肆意逞凶，私闖民宅，連殺數人，罪證確鑿……依我看，此二人皆罪大惡極，當斬！」

程昱聽聞，不由得大驚。他有點搞不明白，曹操為何突然要殺曹朋。

他起身剛要勸解，卻被郭嘉拉扯了一下。扭頭看去，見郭嘉朝著他輕輕搖頭，那意思分明是說，不要勸說！

「遵命！」

勸解的話語，到了嘴邊，變成了一聲應諾。

程昱和郭嘉離開大帳後，程昱忍不住問道：「奉孝，你與鄧稷有同門之誼，平素也看好曹朋。何故今日主公要殺曹朋，你卻不讓我勸說？」

郭嘉微微一笑，左右看無人，才輕聲道：「主公不是要殺阿福，實逼迫陛下，出面表態。」

「哦？」

「不管怎樣，阿福殺人乃事實，誰也無法抹消。主公若為阿福開脫，勢必會令那些清流指責……陛下又遲遲不肯站出來表態，主公這也是要逼迫陛下出面。放心吧，阿福不會有事！若阿福有三長兩短，那輔國將軍必會為他陪葬。」郭嘉眼中閃過一抹寒光。

程昱若有所悟，點了點頭說：「你這麼一說，我倒是明白了！」

「哈，所以，別緊張，什麼事兒都不會有。」

真會沒事嗎？

郭嘉心裡一聲冷笑：只怕宮裡那一位，要坐不住了……

漢帝劉協在宮中得到這個消息時，有些不敢相信。在他看來，曹操一定會設法為曹朋開脫。而後，他可以站在道義的高度上，狠狠打壓曹操一番。哪知道……

「曹操，要殺曹朋？」

「冷飛，你沒聽錯？」

冷飛躬身道：「陛下，千真萬確。」

「從何處傳來的消息？」

「尚書府……據說，曹操以司空府之名義，傳書問詢尚書府。言曹朋殺人，罪證確鑿，何故至今未有判決？他還說，曹朋雖是他的族姪，然觸犯律法，罪無可恕。他說，商君變法之初，不從律法者以千數。太子犯法，商君言法之不行，自上犯之，於是將法太子。今他曹操非商君，而曹朋亦非太子，自當施以律法，依罪當誅……」

漢帝不禁沉默了。

曹朋殺人，依律當誅；那伏完擾亂朝綱，破壞律法，依律滿門當誅。畢竟，曹朋殺人是個人行為，而伏完所為，卻是在動搖國之根本。

漢帝倒吸一口涼氣，曹操這是打算捨了曹朋，也要把伏完治罪啊！

「皇后……知道了沒有？」

「還未知曉。」

漢帝在玉階上徘徊，眉頭緊鎖。這件事，恐怕瞞不住伏皇后。到時候伏皇后肯定會拚了命的要救伏完，他本想靜觀事態發展，待時機成熟後再出手，卻不想……

「冷飛，立刻下詔於司空府。」

「喏！」

「曹朋雖罪大惡極，然事出有因，雖依律當誅，卻情有可原。朕請司空三思而後行，莫辜負孝子純善之心。死罪可免，活罪不饒……朕以為，當再論之。」

曹操和劉協，都沒有談及伏完。看似是圍繞著曹朋的生死而進行辯論，實際上卻別有用心。

曹操當然不想曹朋被殺，可他卻不能直言。同時，曹操也希望用這種方式，給曹朋一個警告。

劉協知道，如果殺了曹朋，那伏完必死無疑。他身邊可用之人不多，伏完不僅僅是他的丈人，更是他肱骨之臣，如果他連伏完都救不得，豈不是令其他人心寒？所以，劉協必須要救伏完，可要救伏完，首先就不能讓曹朋被殺。這是一個先決條件，若曹朋被殺，那伏完最終也是必死無疑……

曹操用伏完的命，來要脅劉協；劉協用曹朋的命，來換伏完活命……

這是一場小小的博弈，但最終結果如何，誰也不得而知。

赦令發出之後，中牟方面再一次陷入了沉默。

曹操似乎忙於袁紹的攻勢，一時間也無暇顧及此事。

而劉協呢？發出赦令後，也旋即沉默。

一來一回，一個回合交鋒。硝煙全無，卻暗藏殺機。

陳群收到了荀彧的信，也不禁暗自長嘆。

漢家與曹家的交鋒，開始了……表面上看，似乎是不分伯仲，很難說誰高誰低。可實際上，曹操已占據了主動，劉協的每一個反應，都已被曹操所掌握。這位漢家天子歷經磨難，的確是有心思，可是他卻遇到了一個更高明的對手！與曹操相比，天子太稚嫩。

陳群從書案上，取出一封書信。

信，是曹朋寫來。

信裡面，曹朋提出了一個構想：鑒於海西和雒陽往來日益密切，而且商業行為越來越多，交易數額越來越大，雒陽與海西何不組成友好城市，相互間互通有無，可方便兩座城市的貿易。

從海西到雒陽，從雒陽到海西，勿論陸路和水路，交通極不方便。

修路？明顯不太可能！而商家更不可能每次都聚集上千護隊進行護衛，那樣受到的約束也很大。

如何能保證貨款的安全？

曹朋提出了一個概念：官府信用。

陳群非常認真的看罷曹朋的這封書信，也不禁為曹朋這種奇怪的想法而感到驚異……

官府信用？

「伯達，你怎麼看？」陳群把書信遞給身邊一個青年，沉聲問道。

青年一襲白裳，頭戴進賢冠，長得劍眉朗目，極為英俊。他身高八尺，體態略顯單薄，眉目間，透出一抹寬厚穩重之氣。他接過書信，認真的閱讀。

青年，名叫司馬朗，字伯達，溫縣司馬子弟。

若提起司馬朗，知道的人並不算多。可如果提起他的兄弟司馬懿，卻是鼎鼎大名。

不過，在建安五年時，司馬懿還在陸渾山求學，而司馬朗已經名揚天下。他今年二十九歲，但已久經宦海沉浮。二十二歲時，因賢名而被曹操征辟為司空屬官，後拜成皋令……可就在他仕途一帆風順時，一場大病令他不得不暫時辭官，回家休養。如今，他再次被征辟入仕，官拜許縣縣令。

前許縣縣令，因牛賢一案爆發，被處以極刑，已問斬於菜市口。

別看荀彧對伏完和曹朋的案子猶豫不決，那是因為這兩人牽扯的關係太大。而一個小小的許縣縣令，荀彧殺起來甚至不需要去詢問曹操。這位悲催的許縣縣令，只因站錯了隊伍，便落得個身首異處、滿門被抄。隨後，荀彧向曹操推薦了司馬朗，而曹操對此欣然應允……

司馬朗這次去許都，正好途經雒陽。他和陳群的關係也不錯，故而在雒陽逗留兩日。

看罷曹朋這封書信，司馬朗陷入沉思。

「要說起來，曹友學這個主意倒也不差。開創錢票，透過官府間進行結算交易，的確是省卻許多麻煩。不過，這件事恐怕並不容易做，長文若用此計，不妨多向人詢問請教。特別是曹友學，你們拿出一個完整的章程後，再向司空呈報。不過，這曹友學的鬼點子還真不少……商業錢票？呵呵，怪不得仲達來信讚他。」

陳群也笑了，把信收好。「伯達此次任許縣縣令，正好可以去見他一見。」

司馬朗搖搖頭，「只怕有點困難。此案在沒有結論之前，我恐怕也難見他……不過，同在許都，倒也不怕沒有機會。」

「伯達！」

「嗯？」

「你以為這一次，友學和輔國將軍，結局如何？」

司馬朗沉思良久之後，鄭重其事道：「依我看，兩敗俱傷。」

「此話怎講？」

「我所說的兩敗俱傷，並非司空，而是曹朋和輔國將軍。我聽說，曹朋斷了輔國將軍一手，想來就算是沒有曹朋的牽制，他想再繼續為輔國將軍，卻不容易。到最後，很有可能是削爵罷官，至少在明裡無法再涉足朝堂。而曹友學的結果，甚至可能成為白身。可惜他立下那許多功勞，到頭來卻只是一場空，可嘆！」

陳群點頭，「伯達所言，甚有可能！」

進入五月後，官渡戰事漸趨平靜。但，此平靜並非兩下罷兵，而是指雙方在經過一連串正面交鋒後，處於膠著，進入僵持階段。

這時候，武將們暫時可以歇息，謀士們輪番登場。

五月十二日，曹仁命曹暘押送糧草，送往中牟，但在運糧途中，遭遇伏擊……曹暘戰死，糧草被焚毀一空。曹操聞後，頓時大驚，連忙命人打探消息，卻是袁紹麾下大將韓荀獨領一軍，自側翼潛入官渡後方，襲掠曹操糧道。曹操忙密令曹仁出兵剿滅韓荀，但數戰無果。

五月末，曹仁命梅山長鄧稷押運糧草，送往中牟。韓荀於雞洛山再次出擊，試圖劫掠糧草……然而，卻中了鄧稷的計策！

鄧稷並不在軍中，押運糧草的主將，其實是梅山校尉魏延。而車上裝載的也不是糧草，全部是枯草雜物，待韓荀伏兵四起，魏延立刻縱火焚燒了糧車。曹仁親自領兵，與鄧稷將韓荀包圍。亂軍中，魏延一刀，斬韓荀於馬下……

袁紹襲掠糧道之計，再次落空。

就這樣，雙方奇謀妙計不絕，你來我往，鬥得不亦樂乎。

隨著時間的推移，天氣開始轉涼。曹操和袁紹，誰也無法一舉將對方拿下，再次呈現出平靜之態。

七月，初秋。

算算時間，曹朋入獄已有四個月。

漢帝劉協數次下詔詢問曹操，命他儘快解決曹朋和伏完的案件。時間已拖得太久，再拖延下去，似乎對雙方都沒有好處。最終，曹操和劉協經過反覆的扯皮，做出了判決。

輔國將軍伏完，罷官削爵，只保留中散大夫之職，同時罰俸半年，閉門思過。

曹朋殺人，雖事出有因，但死罪可免，活罪不饒。念其功勞卓著，故功過相抵，罷越騎校尉、宮中旁門司馬之職，保留騎都尉之階，罰俸三個月。

至此，一場血淋淋的衝突，終於落下了帷幕。

七月初七，陽光明媚。

曹朋帶著夏侯蘭等人走出牢門，閉上眼睛，沐浴在初秋的陽光裡，貪婪的呼吸了一口自由的空氣。

他突然仰天大笑，「我曹朋，又回來了！」

曹府正門大開，張燈結綵。門檻上，還放著一個火盆，當曹朋進門的時候，必須要一腳跨過火盆，可以除去從牢裡帶出來的晦氣和霉運。

霉運！

沒錯，就是霉運！

在張氏看來，曹朋絕對是沾染了霉運，否則不會這麼倒楣。

一把大火，燒了袁紹八千人；小潭之戰，雖算不得七進七出，但也立下汗馬功勞。

如果再加上之前破獲雒陽大案和更早的曲陽之戰、下邳之戰，曹朋四年間立下的功勞，足以讓他當上將軍。可是，下邳之戰結束後，因私放呂布家眷，功過相抵，被罷免了官職；而這一次，又發生了曹楠被撞傷，曹朋怒闖輔國將軍府，被關了四個月，到頭來變成白丁。

雖然保留了階位，可是……越騎校尉，那可是每個月有一百斛俸祿的實權官職，就這麼沒了。

「上次阿福出獄後，沒有去霉氣吧？」張氏拉著曹楠的手，突然問道。

「上次？」

「就是咱們剛來許都，阿福不是和人打架，結果被關進牢裡？我覺得，一定是因為那一次阿福出來，沒有讓他跨火盆，去霉氣，否則他這兩年又怎麼會這麼倒楣？每次剛立了大功，必然會惹來一場大禍。這一次，咱們一定要好生操辦一番才是。」

張氏這一番話，不僅讓曹楠連連點頭，甚至包括黃月英也深信不疑。

沒錯，一定是沾了霉氣，否則又怎可能這麼倒楣？

火盆的炭火正旺，看得曹朋有點頭暈。

邁過火盆之後，洪娘子把他攔阻下來，「阿福，洗澡水已經準備好了……你們幾個別走，都給我跨火盆，然後去洗澡，除掉晦氣。子幽，你別往後躲，你第一個！快點快點，別耽擱時間！」

洪娘子中氣十足，嗓門極大。幾個家奴上前就把夏侯蘭等人推倒了旁邊的廂房中，裡面有一個巨大的木澡盆，水燒得正燙。

曹朋發現，大門口除了洪娘子之外，就是一些家奴。曹汲和張氏都不在……

「嬸子，我娘呢？」

「老夫人在裡面，不過你不除了晦氣，不能見他們，否則也會倒楣。」

這算是什麼事嘛！

不過，曹朋倒也明白其中的含義。

想想這兩年，他也真的挺倒楣。官職升得快，可尼瑪掉得也快。鄧稷雖然比不得曹朋的升遷速度，但穩中有升，四年間從一個荒僻小縣的縣令，如今已成了比兩千石俸祿的大官。

不僅是鄧稷，君不見王買和鄧範，現如今也有千石俸祿。

步騭更不用說了，真千石，每個月八十斛俸祿，也算是一方小諸侯。

只有跟著曹朋的這些人，如夏侯蘭、闞澤，一直不上不下。好不容易當上了官，一聽說曹朋被罷官了，闞澤連主簿也不做了，直接回了家。而郝昭和韓德更乾脆，辭了官職，帶著四百黑眊離開營地，駐紮在曹氏田莊裡。這些人，算得上忠心耿耿，可也的確是夠倒楣。

滿懷喜悅的走出牢獄，卻不想進家門都這麼麻煩。曹朋搔搔頭，在洪娘子的帶領下，往一旁的小屋裡走。

這兩年，洪家嬸子可是胖了！比之當年在棘陽鄧村，似乎又剽悍了……

「阿福，進屋吧。」

整個曹府，也只有洪娘子有資格喚曹朋的乳名，這是張氏特地交代。

曹朋揉了揉鼻子，頗有些無奈的推開門，邁步走進小屋。卻見小屋裡，水氣瀰漫，一個快一人高的浴桶擺放在屋子中間，水氣蒸騰。木桶旁，立著一個小婢，薄薄衣衫被水霧打濕，緊貼著胴體，勾勒出曼妙曲線。她正用力的攪拌著木桶裡的水，聽到聲音，忙轉過身。

「小鸞？」

一張秀美，也不知是因為屋中的溫度太高，還是羞澀所致，小臉紅撲撲的。

步鸞見是曹朋，頓時露出開心的笑容。緊走兩步，又猛然覺察到了什麼，發出一聲尖叫。

「小鸞、小鸞……出什麼事了？」

從隔壁的房間裡，又跑出一個小婢。衣裳單薄，同樣緊貼著身子，將那發育得極為柔美的曲線，隔了個淋漓盡致。

「公子，你回來了！」

「小鸞？小寰？」曹朋也是一怔，看著兩個幾近赤裸的小婢女，竟有些懵了。靠，這身子發育的，也太好了吧……

「公子，請寬衣。」步鸞強忍著羞澀，上前就要為曹朋脫衣服。只嚇得曹朋連忙後退，「寬衣？寬什麼衣……」

「公子，你要去晦氣，又怎能不寬衣？難道穿著衣服洗嗎？」

郭寰一臉迷茫，卻讓曹朋又一陣氣血翻騰。童顏那啥……果然是童顏那啥！曹朋深吸一口氣，勉強笑道：「小鸞、小寰，我自己來就好。」

「不行，老夫人說了，要我們在這裡服侍你……否則，以後就不要我們再跟你。」

「這個……」

曹朋心裡面，還是有些願意的。

不過，讓他當著兩位已經發育極好的美婢脫衣服，總有些抹不開臉。而郭寰和步鸞態度很堅決，並堅稱這是張氏的吩咐。無奈之下，曹朋半推半就的把衣服脫了。不過下身還是包了一條他自己發明的寬鬆內褲，幾乎赤身裸體似的跳進了浴桶之中。

嘶……水好燙，燙得讓曹朋齜牙。裡面好像還有一股很怪異的味道。

「這裡面放了什麼？」

「夫人求的驅邪符水。」

曹朋在浴桶裡坐下，把內褲褪掉，扔到了一旁。

雖說在牢獄裡有曹仁關照，可是卻只能洗冷水澡。算算日子，可是有四個月沒這麼舒服的洗過熱水澡了，曹朋把身體埋在水桶裡，舒服的閉上眼睛，感到萬分舒爽。這時候，郭寰和步鸞一人拿著一枝柚子葉，走過來用葉子輕輕的在曹朋頭上拂過。

「這又是幹什麼？」

「除霉氣！」

封建，太封建迷信了……

不過，也只有在封建社會裡，才更能感受這種紈褲氣息。

曹朋沒有拒絕，因為他知道，拒絕也沒有用，乾脆把頭枕在浴桶，不再理睬步鸞和郭寰的動作。可是假寐沒多久，曹朋就聽到嘩啦一聲，緊跟著有一具嬌柔而火熱的胴體靠近過來。

「小鸞？」

「少爺，要給你洗身。」

步鸞的個頭嬌小，站在浴桶中，大半個身子沒於水下，兩隻玉球只露出一小部分，隱隱可以看到水中晃動的兩點殷紅。這丫頭，居然是……曹朋嚇得連忙站起來，卻恰好將步鸞擁在懷裡，身體頓時有了反應……步鸞只覺得有一根堅硬火燙抵在她的小腹，臉紅得猶如滴血。

沒等曹朋反應過來，身後嘩啦一聲水響。

郭寰也進來了！

兩團柔軟抵在曹朋的後背上，只讓曹朋……

「小寰，妳們這是……」

「夫人說，必須要給你洗乾淨。」

張氏可能的確有過這樣的吩咐，但一定不會是這麼香豔的吩咐。

四隻小手在曹朋的背後和胸前輕輕搓揉，只搓揉得曹朋氣血沸騰，幾欲走火入魔。他被兩個小美婢夾在中間，輕輕一動，就會與兩具胴體發生摩擦，令得曹朋血脈賁張，幾欲把持不住。

好在，兩個小美婢也只是給他搓洗，並沒有其他動作。

纖細的小手，輕柔而有些生澀的在曹朋身上搓揉，一時間更使得曹朋綺念聯翩，蠢蠢欲動。這個澡，是曹朋生平最難受的一次洗澡。

好不容易洗完，兩個小美婢從浴桶中出去，換上衣衫後，取來浴巾和乾爽的衣服，為曹朋換上。

步鸞和郭寰羞得抬不起頭，但她們也知道，自己跟隨曹朋這麼久，早晚都會是曹朋的人。剛才她們鼓足了勇氣，做了那麼羞人的事，也等於是向曹朋表明心跡。曹朋沒有拒絕，說明他……

郭寰心思比步鸞重，而且自尊心也很強。如果剛才曹朋強行把她趕走，她絕對會一頭撞死。

這次鄧稷回來，曹楠和鄧稷商量，讓鄧稷娶了郭昱為妾。鄧稷常年在外，身邊總要有個服侍的人。而曹楠身為正妻，隨著鄧稷的官位越來越高，必然無法常年跟隨。

郭寰比郭昱漂亮，當然不願意就這麼輸給姐姐，於是便拉著步鸞，有了今日的舉措。

至於步鸞……早已情根深種。

曹朋換好衣服，走出房間。他先是去拜會了張氏，少不得張氏又一場痛哭，惹得曹朋好一番勸慰。又探望了姐姐曹楠，見曹楠的精神比之當初，的確是好了許多，他總算是放下心來。

當晚，曹汲回家後，設家宴迎接曹朋出獄。

夏侯蘭生平第一次，堂而皇之的坐在了酒宴中。從這一刻開始，夏侯蘭真真正正成為了曹家的一分子。

這一夜，曹朋睡得很香甜。

未來的事情？曹朋沒有去考慮，也來不及去考慮。

官渡之戰，也許是因為曹朋的退出，再也沒有脫離歷史的軌跡，而是沿著它原有的方向發展。

也許過不得多久，許攸就該投奔曹操了吧。到那個時候，曹操偷襲烏巢，官渡之戰大獲全勝，袁紹敗退河北，從而引發出曹操征伐河北的一連串大戰。河北平定，就該是赤壁了！想必曹操這一次，一定能大獲全勝，統一天下。

那麼自己，在未來該擔當什麼樣的角色？

曹朋必須要認真的思考未來。但是，在官渡之戰沒有結束之前，想必可以有一段悠閒時光。

官渡，袁軍大營。

自三月兵臨官渡，至今已近四個月時間。十數萬大軍困於官渡這狹小的地域鏖戰，損兵折將，耗費錢糧無數，卻遲遲沒有寸進。這也使得袁紹感到萬分煎熬。

初出征時的意氣風發，在經歷連番挫折後，已蕩然無存。

袁紹如今也開始感到猶豫，不知道這一場大戰，會持續到什麼時候？

中軍大帳裡，氣氛很壓抑。連平日裡最能說會道的郭圖，也變得格外沉默。

許攸邁步走進大帳，拱手行禮道：「主公。」

「子遠，何事？」

許攸沒有覺察到，袁紹在言語中流露出的那種疏離。以往他來見袁紹，袁紹一定會熱情相迎，執手而坐。可今天，袁紹表現的很冷淡，或者用冷漠來形容可能更加妥帖一些。

「主公，我今天抓到了一個曹操的細作。」

「哦？」

「曹操命人向許都徵調兩萬兵馬，於今日傍晚抵達官渡城。主公，此天賜良機於主公。曹操官渡城的兵馬已捉襟見肘，而許都兵馬本就不多，如今又抽調兩萬人過來，必然守衛空虛。主公何不遣一能征慣戰之將，分一支奇兵，偷襲許都？許都兵力空虛，則可一鼓作氣攻下，曹操必敗無疑。即便許都兵力不空，主公也可以佯攻許都。到時候，曹操必然會亂了手腳，主公可正面攻擊官渡，到時候曹操同樣大敗……」許攸興致勃勃的說著，說到興奮時，更手舞足蹈。

袁紹眉頭一蹙，似有些意動。

郭圖道：「子遠之計雖妙，可曹操詭計多端，亦不可不防。萬一這是曹操的詭計，主公派出兵馬豈非危險？以我之見，應向三公子下令，命他自黎陽抽調兵馬，到時候一鼓作氣，攻破官渡城。官渡，想來已是許都最後一道屏障，若官渡破，則許都必破；現在分出兵馬，恐非上策，還請主公三思……子遠，你這計策，卻莽撞了。」

「公則，你這話是什麼意思？」

「沒什麼意思，只不過就事論事罷了。」

「我剛才去觀察了曹操的營寨，的確是有兵馬增加。即便主公從黎陽抽調兵馬，到時候曹操還是可以憑藉地形，與我等鏖戰，若再拖延，於主公不利。」

「昔日董卓也曾用疑兵之計，今日曹操為何就用不得？」

「這個……」許攸頓時啞口無言。

郭圖說的還是當年董卓入雒陽，憑藉疑兵之計站穩腳跟的典故。

許攸還想爭辯，卻聽袁紹一聲厲喝：「好了，莫再爭吵！曹阿瞞好奇兵，喜歡兵行險招，我唯有正兵應之。公則所言頗有道理，曹操甚有可能是在行疑兵之計，我應再從黎陽抽調人馬，與曹阿瞞決戰。」

「可是……」

「子遠，官渡這邊的戰事，你還是莫再管了。」

「啊？」

「明日一早，你返回鄴城……」

「回鄴城？」

「回去之後，好好看管你的家人再說。」袁紹說著，從書案上抓起一封書信，摔到了許攸跟前。

許攸愕然將書信撿起來，打開來一看，頓時大驚失色。原來，這書信是留守鄴城的審配送來，告訴袁紹，許攸家人犯法，而他本人更貪墨無度。審配已將許攸家人拿下，並抄沒了許攸的家產，請袁紹定奪。

「這……」

「還不退下！」袁紹一臉厭惡之色，甩袖而起。

許攸狼狽的走出軍帳，回到自己的營寨裡之後，呆坐良久。

「我一心一意輔佐袁紹，到頭來卻是這樣一個下場。審配太可恨，你我政見不同，竟如此害我……」

他閉上眼睛，只覺一陣心煩意亂。沒錯，他是貪財，可是他卻從未耽誤過袁紹的事。

「袁紹現在明顯已不信我，我若回鄴城，只怕凶多吉少。」

腦海中，不由得浮現出田豐和沮授的面容。許攸不由得一陣苦笑，原以為只要盡心為袁紹做事，就不會有任何問題，可現在……

袁本初，非明主邪？

「想當初我投奔他，為他立下汗馬功勞。而今，卻落得個自身難保。這樣的主公，保他何用？」

許攸這念頭一起，就再也無法止息。他在軍帳裡徘徊良久，半晌後一咬牙，做出了決斷。

「你既然不仁，休怪我不義！」

天還沒有亮，曹朋就醒了。

生理時鐘讓他養成了良好的作息習慣，隨著太陽而勞作，隨著太陽而歇息。他沿著小校場跑了十圈，身體漸漸發熱。

天邊，已泛起了魚肚白的亮光，一抹紅霞，點綴天際。

曹朋打了一趟拳，而後迎著朝陽，開始練習八段錦樁功，並配合八字真言，振盪臟腑。

初秋的黎明，非常涼爽。

曹朋練完了八段錦，便在小校場上演習白虎七變。

只見他一身白裳，在滿園楓紅中穿行，忽而前撲，忽而伏地，忽而橫身衝撞，忽而仰天長嘯。直到太陽完全升起，曹朋才停止了修煉。他開始圍繞小校場行走，慢慢的平息他的氣血。

夏侯蘭姍姍來遲。

從這方面而言，夏侯蘭比不得曹朋勤奮。這也是最初曹朋明明輸給他許多，可到如今，他卻比不上曹朋的原因。

在曹朋的責備下，夏侯蘭開始熱身運動。

而這個時候，黃月英帶著郭寰和步鸞，從遠處慢慢走來。

郭寰和步鸞看到曹朋，不由得臉羞紅，垂下螓首。而曹朋呢，心裡面多多少少也感到有些不自然。

「阿福，教我打拳。」黃月英拉著曹朋，快活的說道。

「好！」

不知為什麼，看到黃月英，曹朋總覺得心中有愧，所以在教授的時候，也顯得非常認真。

「阿福！」

「嗯？」

「你今天有事情嗎？」

「沒什麼事兒……妳也知道，我現在是白丁，哪有什麼事情。怎麼了？」

黃月英說：「我突然想起來一件事……我阿爹早年間，曾有一只大秦國的弩，名叫歐納格。這種歐納格，可以連發弩箭，威力奇大。只是其工藝很複雜，所以我一下子也無法復原。你見識比我多，不如幫我看一下，說不定能想出辦法來。」

歐納格？

曹朋有些愕然。

聽黃月英的意思，她說的應該是一種連弩。

早在春秋時，連弩便已出現，一次可連發兩矢。至三國時，連弩可達四至五矢，而後又有諸葛亮創出諸葛連弩，據說可以連發十箭。不過在後世，諸葛連弩似乎已經失傳，無人知曉其面目。

黃月英口中的大秦國，曹朋倒也知曉，應該就是羅馬帝國。

羅馬帝國有連弩？曹朋還是第一次聽說。

慢著慢著，黃月英說她見過那個名叫歐納格的連弩。莫非，後來的諸葛連弩，便是黃月英現在所說的歐納格加強版？曹朋不由得起了好奇心，連連點頭。

他也知道，黃月英在許都沒什麼朋友，平日裡也不怎麼出門。她生性最喜歡鼓搗一些所謂的奇淫巧計，所以曹朋也從不阻攔。聽黃月英說起那勞什子歐納格，曹朋突然產生了一個奇怪的想法。

「月英，可知造紙之法？」

黃月英想了想，「早年間曾在父親的書房裡見過這方面的文章，所以略知一二。」

「我小時候，曾聽我那方士師父提過一種造紙法，似乎可以造出更好的紙張，而且成本不高。」

「哦？那怎麼做？」

曹朋說：「等練完了拳，我告訴妳！」

「嗯！」

對於一切不可知的事物，黃月英都會有極大的興趣。

曹朋教黃月英一邊練拳，一邊努力回憶著一些過往的事情。前世雖為刑警，但也接觸過許多方面。雖然許多東西在他前世的時代並沒什麼了不起，可在這個時代，卻代表著文明和進步。

比如，造紙術！

如今雖然經蔡倫改進造紙術，但造紙術的成本依然巨大，非等閒人能夠使用。

還有，印刷術……

活字印刷，印象裡也不是太困難，實在不行，也可以找月英一起研究。

這念頭一出來，各種奇思妙想立刻紛沓而至。

此前，曹朋是沒有時間，也沒有經歷，甚至沒有能力來考慮這些事情。而今，官渡之戰已和他沒有關係，他又被罷了官職，也就是無官一身輕，有大把的時間來整理這些奇思妙想。

身為穿越眾，他或許不能改變歷史，但卻可以加快文明的進程。

這，不也是一個穿越眾，應該有的覺悟嗎？

「月英，妳先在這裡練拳，我突然有一些想法，回去記錄一下。等過一會兒，我找妳商量……」曹朋有些急不可耐了！

黃月英答應一聲，曹朋便匆匆離去。

他剛穿過拱門，正要往書房走，卻見胡班沿著一條小徑，迎著他匆匆行來……

胡班這次是隨鄧稷一起返回許都。不過，由於當時家裡事情繁多，鄧稷去梅山時，並沒有帶走胡班，而是讓他留在曹府。

「公子！」

「胡班，這麼匆忙，有事兒嗎？」

「公子，典府來人，說是請公子即刻過府一敘。」

典府？

曹朋聽聞，頓時愣住了。

典府，也就是典韋的府邸。

不過典韋如今在官渡，典滿也在官渡。典家除了他父子二人之外，其他人和曹朋並不熟悉。

這好端端，找我作甚？

章五　二選一，選擇題

典府，一如往日般清冷。

在司空府的門楣映襯下，典府看上去並不起眼，就好像是司空府的附屬建築。陽光下，典府大門緊閉，只開了一扇小門，以方便人進出。青灰色的門階，打掃的很乾淨，並用清水沖刷過，臺階上還殘留一絲水跡。兩邊栓馬樁，空蕩蕩的，可以看出來這裡的人不太多。

曹朋甩蹬下馬，邁步走上臺階。不成想，卻見到一個熟人，正從典府內走出。

「華先生？」曹朋疑惑的喊了一聲。

「公子！聽說公子脫出牢獄之災，本應登門道賀。不過這兩日太忙，以至於未能成行，還請公子見諒。」華佗笑呵呵上前見禮。

曹朋也連忙還禮。不管怎麼說，這一次若非華佗和董曉的大力救治，曹楠說不定已成了死人。所以說，曹朋對華佗也非常尊敬。

「華先生怎會在這兒？」

「哦，典家大郎不良於行，我過來給他看一看。典大郎的毛病其實並不是太大，不過當時沒有及時診治，以至於現在……就算是治好了，恐怕也難以如正常人行走。」

華佗所說的典大郎，名叫典循，是典韋的哥哥。

據說這典循年輕時力大無窮，較之典韋不遑多讓。可惜後來不知怎的就癱在了床上，一直不能下地。這次華佗來許都為官，倒是給了典循一點希望，於是便請華佗來為他診治。

曹朋並不太清楚這裡面的狀況，所以也不好再詢問什麼。

與華佗寒暄兩句之後，兩人拱手道別，曹朋便邁步走進典府大門。

「曹公子！」

一個壯碩的少年迎上來，與曹朋見禮。他一身白裳，體格魁梧而壯碩，兩隻大手青筋虬結，透出一股雄渾力感。

這少年名叫牛剛，年十六歲，是典韋的外甥。父母過世，於是便隨著典夫人生活。之前一直住在已吾老家，去年隨典韋一家來到許都定居，目前尚無官職，是個白身，武藝很不錯，雖只十六，卻已達到了一流武將的水準，好用鐵脊蛇矛，有萬夫不擋之勇。

曹二代已漸漸長大成人，似典滿、許儀都已經登上了舞臺，雖然還只是配角，但卻展露崢嶸。而更多的，還處於蟄伏之下。似牛剛，估計等官渡大戰結束之後，也要加入軍中。

曹朋和牛剛見過兩面，故而也不算陌生，「牛剛，誰找我？」

牛剛呵呵一笑，「么哥，你隨我來便是。」

曹朋在小八義中排行最末，而牛剛又比他小，故而喚他『么哥』也不足為奇。

於是，曹朋便不再詢問，隨著牛剛往府內行去。一邊走還一邊奇怪，就算是典夫人找他，也不至於讓牛剛來迎他啊？而且，典夫人也好，典循也罷，包括典韋的兩個兒子典存和典弗，都與曹朋並不熟悉。

如今典韋和典滿正在官渡與袁紹鏖戰，典夫人把他找來，又是什麼意思呢？

搔搔頭，曹朋百思不得其解。

過中閣進入後宅，但見一個小校場中，一個彪形大漢坐在場邊，兩個少年則在場中揮汗如雨。

彪形大漢，就是典韋的大兄，典循。他雖不良於行，但卻可以在一旁監督。

大一點的少年，就是典存，小一點的，則是典弗。兩個人所練習的，正是當年曹朋教給典滿的天罡步。六十四根沉甸甸的八卦樁內，典存和典弗穿行其中，不時出手擊打木樁，發出砰砰聲響。這兩人練功時，非常認真，身上的汗水在陽光的照射下閃閃發光。曹朋不由得停下腳步，認真的看了片刻，而後輕輕的點了點頭……

「牛剛，你們平時就這麼練功嗎？」

「嗯！」

「那可練習樁功？」

牛剛一怔，輕輕搖頭，「滿哥和姨父這幾年很少在家，所以只讓我們練習拳腳，並沒有教給我們樁功。」

在這個時代，還未有樁功的概念。

曹朋大致上能明白典韋父子的想法：典滿的樁功，是曹朋傳授。如果沒有經過曹朋的同意，恐怕也不可能把那樁功教給別人，哪怕是典滿的親兄弟也不行。

「練拳不練功，到老一場空。單這麼練拳腳不行，你們要是願意，回頭找我，我教你們樁功。三哥也真是，都是一家人，有什麼可顧忌？你回頭和大伯商量一下，看他是否同意。要是同意，你們便來找我就是。」

牛剛頓時大喜！他也知道，典滿之所以不肯教他們樁功，是因為這樁功本就是曹朋傳授。如今曹朋要教他們，牛剛哪能不願意？

兩人在小校場旁看了一會兒，曹朋便隨著牛剛，來到了典府的花園裡。

陽光，明媚。

蓮池旁的小亭裡，正坐著幾個女人。曹朋來到亭外，一眼就認出正在撫琴的女子，是夏侯真。

典夫人陪著一個美婦人正輕聲交談，一個粉雕玉琢般的小童子坐在美婦人身旁，看上去非常乖巧。

環夫人？

曹朋認出那美婦人的身分，不禁愣了一下。

「阿福……嘻嘻，我聽司空這麼喚你，所以也這麼叫，想來你不會責怪吧？」

環夫人笑嘻嘻的招手，琴聲戛然而止。

夏侯真抬起頭，向曹朋看來，露出燦爛的笑容。

「夫人，嬸嬸，真小姐，小公子好。」曹朋不敢疏忽，忙上前行禮。

典夫人道：「友學，你典叔叔不在家，你就不來了嗎？」

「啊，小姪不敢，只是……」

「姐姐莫要怪阿福，他前些時候，不正麻煩上身？就算想過來，怕也是有心無力。」環夫人開口，為曹朋開脫。

典夫人當然也知道，曹朋是昨日才從牢獄中出來，之所以那麼說，不過是作為長者的姿態。

「夫人，那妳和友學談，我正好有點事，先失陪了。」

「姐姐自去，休要顧我。」環夫人一笑，送典夫人出小亭。

待典夫人和牛剛都離去後，環夫人對夏侯真說：「小真，帶倉舒去玩耍吧，我有事與阿福商量。」

夏侯真答應一聲，上前把那小童子抱起來，走出亭子。她朝著曹朋微微一笑，那意思是說：別擔心，沒有惡意。

而倉舒，也就是曹沖，卻睜大一雙眼睛，好奇的看著曹朋……

「夫人……」

「誒，論輩分，司空是你叔父，你當喚我嬸嬸。」

「嬸嬸。不知嬸嬸喚我來，有何吩咐？」

環夫人慵懶一笑，側身而半臥席上，一雙美腿舒展，透出撩人姿態。不過，她倒不是撩撥曹朋，就算要撩撥，她也會去撩撥曹操。只是坐得久了，有些疲乏，故而換一個舒服的姿勢。

這也表明了，她並沒有把曹朋當作外人。

美目眸光閃動，環夫人偷偷打量曹朋。

曹朋已十七歲了，在牢裡四個月的時間，似乎並沒有令他變得頹廢，甚至被削爵罷官，也未能讓他感到失落。比之去年年初見到時，他看上去更健壯，更沉穩。

去年，曹朋還略顯單薄，但這一次看去，比之去年粗壯很多，個頭也長了不少，差不多有七尺七寸，也就是一百七十八公分左右的高度，膀闊腰圓，透出英武之氣。也許是經歷了一場場慘烈搏殺的緣故，曹朋的臉上並沒有那種少年人的稚氣，特別是當他虎目圓睜時，隱隱有一種駭人氣勢……

野獸？

嗯，似乎就是這種感覺。雖然他站在那裡一動不動，可是周身上下所流露出的，莫不是猛獸之氣……就好像，一頭下山的猛虎。

「阿福，坐吧。」

「謝謝嬸嬸。」

曹朋目不斜視，在環夫人身前坐下，不過眼角餘光看似無意間從環夫人美腿上掃過，心裡怦怦直跳。

昨天被那兩個小美婢撩撥的獸血沸騰，差一點忍不住把她們就地正法，今兒又來了一個熟婦，風姿撩人，著實讓曹朋有些心動。美婦人和那兩個小美婢相比，更有一種誘人的風味。若非知道這女人是曹操的老婆，說不得……

曹朋心裡暗自嘀咕。

「小真上次和你談過吧。」

「嗯？」

「阿福，你覺得倉舒如何？」

曹朋猛然想起，他剛被關進大牢時，夏侯真曾去看他，與他說過，環夫人想要他為曹沖啟蒙。難道說……

「五公子，甚好！」

環夫人笑了，而後輕輕嘆了口氣。

「就因為他太聰明，所以我才感到為難。本來，許都城中博學鴻儒許多，就像當初為小四啟蒙的那位先生，就挺好……可我卻不太滿意，我希望能為倉舒找一個貼心之人。前些日子，我見倉舒似乎很喜歡你寫的《八百字文》，所以便動了心思。你是司空族姪，又是司空信賴之人，想來一定可以盡心盡力。」

讓我做曹沖的老師？

曹沖今年五歲，而曹朋十七歲。如果再算上曹朋重生前的近三十年，當個先生倒是綽綽有餘。可是，曹朋卻不得不去考慮這裡面更深一層的內容。沒錯，他現在是有點小名氣，卻不足以讓環夫人如此看重。曹沖……那可是一個夭折的主兒。天曉得曹小象的未來會是如何？

難道說……

一個古怪的念頭，從腦海中浮現。

他想起來一件事情，自從曹昂在宛城戰死之後，曹操一直沒有立嫡，也就是繼承人。此前，曹操一直把曹昂當作繼承人來培養，卻不成想英年早逝。按道理說，曹昂死了，曹操理應開始培養第二個繼承人，也就是曹丕。偏偏他一直沒有這方面的意思，以至於到曹操晚年，曹丕、曹植等人為奪嫡而爭，到最後……難道說，環夫人有意要為曹沖爭取繼承人的身分？

曹朋心裡咯登一下。此前，他還存著與曹丕交好的想法，可是現在，他卻產生了另一個念頭……曹丕，確實是英主，才能也非常出眾。

但在歷史上，曹丕的口碑似乎並不是太好，至少在《三國演義》中，他逼殺兄弟，展現出殘忍心計，令曹朋多多少少感到不太舒服。雖然明知道曹丕的作為其實算不得什麼，可一想到那『煮豆燃豆萁，豆在釜中泣』的七步詩，曹朋就很難受。而且，他現在去搭上曹丕，似乎有些晚了。自曹昂死後，曹丕隱隱有繼承人的姿態，為大多數曹氏將領所贊成……

這一點，從曹丕屢次隨曹操出征，便可看出端倪。

如果曹朋這時候去投曹丕，曹丕也會很高興的收留，但是曹朋卻很難進入曹丕的核心階層，終究是用處不大……

曹沖甚得曹操喜愛，只是年紀幼小，所以尚不足以為人關注。事實上，曹丕今年十四，曹彰十二，環夫人口中的『小四』，後世大名鼎鼎的曹八斗曹植，如今也才只有八歲而已。恐怕，這也是曹操遲遲沒有確定繼承人的緣故。

幫曹丕，還是幫曹沖？

環夫人給出了一個二選一的選擇題！

毫無疑問，環夫人現在是很受曹操寵愛，遠勝於曹丕之母卞夫人。她有點心思，也很正常，可是卻讓曹朋陷入兩難——一方面，是遵循歷史抱大腿；另一方面，是改變歷史，創造歷史。

此前，曹朋一直是在遵循著歷史，哪怕歷史出現了變故，他也會竭力的把歷史扭轉回來。因為這樣，他才可以保持著他的大局觀，繼續渾水摸魚，逍遙快活。可如果改變了歷史，那結果……

曹朋抬起頭，向環夫人看去，而環夫人也正凝視著他，目光灼灼。

他心中突然有了一個明悟：環夫人並不是在給曹沖找老師，而是在為曹沖的未來尋找幫手。冷汗，不知不覺的濕透了後背衣衫。曹朋覺得重生以來，他從未有一刻似現在這般難受。答應？他將面對一個不可預知的未來。而且他首先要保住曹沖，令曹小象不至於夭折……不答應？相信接下來，環夫人會對他進行猛烈的打壓。

以環夫人正得曹操寵愛，而且為人聰慧，只需要不經意間的幾縷枕頭風，就足以讓曹朋難受。

「阿福，你為何不說話？」

這是在逼我做選擇啊！不過，與其去抱一條不喜歡的大腿，又如何能逍遙快活？倒不如，讓我來開創一個嶄新的歷史。

曹朋沉默良久，突然展顏一笑，「既然嬸嬸看得起阿福，阿福又豈能推卻？」

環夫人那美豔如花的粉靨，頓時露出燦爛笑容。

環夫人很美，但曹朋不敢去招惹。

他大體上明白了環夫人為什麼要在典府召見他，而不是在司空府。原因很簡單，司空府裡，卞夫人是大婦，即便環夫人甚得曹操的寵愛，也必須要顧慮一下卞夫人的耳目。曹昂死後，丁夫人和曹操分道揚鑣，已無轉圜餘地，所以在司空府裡，環夫人比卞夫人低一頭。

這同樣是個聰明的女子，怎可能落人話柄？

典府是一個絕佳場所，誰都知道曹、典兩家關係很好，曹朋和典滿更是小八義的結義兄弟。

曹沖才五歲，年紀還小。但越如此，環夫人才越是要謹慎。

這啟蒙老師說重要也重要，說不重要也不重要。環夫人為曹沖找的，並不是老師，而是一個在未來可以讓曹沖依靠，可以扶持曹沖的心腹。

「妹子，友學也不過十七，而且剛惹了禍事被削爵罷官，兩、三年內恐怕沒機會復起。如此一來，他日友學能否給予五公子幫助，怕還是一大難題……夫人這樣安排，是否有些草率？」典夫人面露擔憂之色。

環夫人微微一笑，「姐姐何必擔心。阿福這個人其實非常聰明。妳看他現在是個白身，似正落魄，但他日若復起時，必然一飛沖天。十七歲為越騎校尉，看似風光無限，實則危險重重……姐姐可想過，他這次若不是成了白身，以他立功的速度，十年後司空還能賞賜他什麼？若賞無可賞時，才真是危險。」

典夫人一怔，倒吸一口涼氣。

是啊，十七歲就坐上了越騎校尉的職務，如今正值亂世，建立功業並非難事。以曹朋這樣的升遷速度，短短一年便從雒陽北部尉，歷任北軍中候、瀆亭校尉，而至越騎校尉之職。十年後，這孩子怕是能做到九卿，乃至更高。那時候，曹操還能用什麼東西賞賜曹朋呢？

如果真的到那一步，就算曹操再信任曹朋，也會產生殺心。賞，沒東西可賞；不賞，又擔心臣下不服。

曹朋和典韋的性質不一樣，典韋從軍至今，已近四十。等他老了，曹操可以給他一個爵位，讓他安享晚年。但曹朋……十年後，他正是青壯年紀，難道那時候，曹操能讓他解甲歸田？

所以，在許多人眼裡，曹朋很倒楣。

可是在環夫人眼中，曹朋日後的成就必然更高……

典夫人是個普通的村婦，沒什麼長遠目光。但環夫人不同，她嫁給了曹操，就必須要學會與眾不同的視角。

「阿福正落難時，這時候與他交好，遠勝過日後他飛黃騰達時再去拉攏。只要他答應做倉舒的老師，那麼日後這師生之誼就少不得，他再尋其他門路，怕也不容易。」

環夫人說罷，與典夫人一笑。

「姐姐，我可以和妳打賭，十年之內，若無什麼意外，他定重新回到秩兩千石的高位。」

秩兩千石，那就是郡守、州牧一級的官職。

典夫人笑道：「只要妹子願意幫他，又何須十年？」

環夫人咯咯笑道：「姐姐，若阿福真英雄，又豈需要我去幫襯？若他不是真好漢，我幫他也沒有用。妳看著吧，不需要我幫襯，他就能飛黃騰達。只不過，他現在還需要等待時機。」

典夫人撇了撇嘴，有些不太相信，不過心裡面還是盤算起來：阿環看人甚準，她既然從眾多人中選擇曹朋，這曹朋必有過人之處……嗯，雖說阿滿和他是結義兄弟，可是這關係終究有些疏遠，還應該再與他加強才是。只可惜，我膝下沒有女兒，若是有個女兒，豈非能和他關係更親密？可惜了，可惜了！

「夫人，小五睏了，我們要不要回去？」

夏侯真從外面走進來，典夫人的眼睛不由得一亮。

環夫人說：「我難得出來一趟，何須那般著急回去？小真且待倉舒睡一會兒，等我離開時，自會找人與妳知曉。」

「是。」夏侯真飄然離去。

典夫人的眼珠子卻滴溜溜直轉，說道：「小真，確是個好孩子，只是這命，也忒苦了些。」

環夫人一怔，旋即嘆了口氣道：「是啊……我也曾與妹妹說及此事，可是……妳也知道，當初為了救她兄妹二人，妙才捨了剛出生的孩子，我那妹妹對此耿耿於懷，至今仍記恨在心。」

「這麼好的閨女，怎能沒個人疼惜？」典夫人故作沉吟，片刻後道：「要不然，我收她做女兒……只是我這人粗鄙，不曉得真小姐能不能願意？」

環夫人眼睛一亮，「若姐姐能收她做女兒，多個疼惜的人，那是小真的福氣。」

典韋如今是曹操的心腹，雖然平日裡不怎麼說話，但環夫人卻知道，典韋對曹操的重要性。

「不如這樣，我與妙才說一說，他定然願意。」

「那可好……有個這麼好的閨女，也是我上輩子積來的福氣。這件事就拜託妹子，若事成，我必然重謝。」

環夫人微笑，不語！

「夫人，夫人……」

兩個女人正交頭接耳的說話時，忽聽有人喊叫。只見一個婢女氣喘吁吁從小徑跑來，神色慌張的來到小亭外，「夫人，出大事了，出大事了！」

「出了甚事？」典夫人眉頭一蹙，不禁有些不快。

那婢女說：「曹公子……曹公子在街上，遭人刺殺！」

環夫人聽聞，大驚失色：「曹公子！如今怎樣？可有性命之憂？」

從典府出來，曹朋有些頭暈。

和一個美豔不可方物的熟婦同席而坐，對血氣方剛的曹朋來說，無疑是一種煎熬。況乎這熟婦還頗有心計，讓曹朋更感頭疼。雖說他最終做出了決定，卻也無法抵禦那熟女的風情。

幸好，熟女沒有留他。

離開典府，天很藍，風很柔，空氣格外輕鬆。

曹朋上了馬，沿著長街，緩緩而行。一邊走，他一邊思忖著今天所發生的事情。思來想去，他倒是覺得自己的決定也不算錯。

曹沖是還小，正因為這樣，可塑性很大。如今的曹沖就好像一張白紙，曹朋這個畫師可以在上面隨意揮毫潑墨。而曹丕則不一樣，伴隨曹操的浮沉，歷經無數次戰事，如今的曹丕已經被人打好了基礎，留給曹朋發揮的空間實在太少。

接下來，他有兩件事要做：一是要為曹沖打好基礎……可別當了幾天老師，結果被人發現曹沖越學越糊塗，那才真叫做丟人，到時候就算曹操不趕他走，他自己也不好意思待著。還有一件事……是時候給曹沖做一個身體檢查了！

歷史上，曹沖早夭。

曹朋已記不清楚，曹沖究竟是什麼時候病死。隱約記得，應該是在赤壁之戰前。但赤壁之戰，又是什麼時候的事情？嗯，建安十三年……沒錯，就是建安十三年。如今是建安五年，也就是說，距離建安十三年還有八年的時間。

八年，兩千九百二十天。誰能告訴我，曹沖究竟是在哪一天掛掉？

歷史上，對曹沖的死因眾說紛紜。有的說他是病故，有的說他被曹丕害死，但真正的答案，誰也不知道，早已湮沒在歷史的長河。曹朋現在要做的，就是先設法為曹沖檢查一下身體。雖然未必有用，也算是未雨綢繆。如果他是被人害死……那適當時機，須提醒環夫人。

想到這裡，曹朋撥轉馬頭，準備去找董曉。

董曉如今是太常太醫令，師承張機。先請董曉為曹沖檢查一下，等將來張仲景來了，再請張仲景檢查一下。

尼瑪，我就不相信張大神醫在，還能看不出問題？

章五
二選一，選擇題

只要曹沖身體沒有問題，那將來就可以減少許多的麻煩……

這個時候，董曉應該是在太常寺。從典府到太常寺，必經建陽大街鬧市。曹朋思考著問題，沿著長街而行。前面，是一處拱門，過了拱門，就是建陽門大街。拱門內外，熱鬧非凡，行人眾多，有在這裡擺攤吆喝的，有買賣東西的，還有從建陽門大街出來，或者要往建陽門大街去的行人。官渡之戰戰況漸趨平靜，也使得許都增添了一抹繁華之色。

就在曹朋要穿過拱門，進入建陽門大街的時候，心裡面突然產生了一種詭異的悸動！

歷經無數次生與死的搏殺，使得他對危險有一種敏銳的直覺。而修習白虎七變，更使得他的反應遠遠超出常人。

曹朋驟然感到了一種危險……那種感覺，就好像人行走於曠野中，被藏於草叢裡的毒蛇盯上。剎那間，喧譁嘈雜聲一下子消失不見，周圍的人潮湧動也似乎在這一刻凝滯了！

曹朋猛然一提韁繩，胯下戰馬希聿聿一聲暴嘶，仰蹄直立而起。

幾乎就是在同時，一道人影從人群中暴起，猶如一抹幽魂，無聲無息就到了跟前。一抹寒光閃過，血光崩現！那匹馬慘嘶一聲，轟然摔倒在地上，馬頸被洞穿，創口呈扁平狀……

也幸虧曹朋那敏銳的直覺，使得他提前勒馬，否則這一劍，足以取走曹朋的性命。

「有刺客！保護公子！」

兩名家將大聲呼喊，而曹朋在戰馬摔倒的同時，已甩蹬飛了出去，在地上一個懶驢打滾，翻身站起。卻見那兩個家將慘叫一聲，咽喉被利刃抹過，人已栽倒在血泊之中。

「殺人啦！」

大街上，頓時變得混亂不堪。人們爭相逃離，你推搡我，我推搡你，好像沒頭蒼蠅般的四散而去。

曹朋站在原地，暗自叫苦不迭。付出了一匹戰馬、兩個家將，卻沒有看到凶手的模樣。

此時此刻，凶手就藏在這人群之中，更使得曹朋陷入了前所未有的危機。

行人從他身旁擦身而過，天曉得哪一個是平民百姓，哪一個是刺客。精神，在瞬間高度集中，曹朋下意識將手放在刀柄上，警惕的觀察四周狀況。一抹寒光陡然在眼角出現，曹朋連忙錯身閃躲，可是那劍光太快……他雖然閃過了要害之處，卻還是被劍芒抹過大腿。

如果他沒躲閃，這一劍直接就會沒入他的肚子。

曹朋不由得悶哼一聲，腳下一個趔趄，剛站穩身形，那一抹冷幽的劍芒再次出現，從他的肋下抹過。月白色的衣裳，被鮮血染紅！

曹朋心中升起了無盡的恐懼……以他現在的身手，竟然無法覺察到刺客的影蹤！這也說明，這個刺客的危險程度，恐怕已超過了他之前所遇到種種危險的總和。

是誰要殺我？刺客在哪裡？

曹朋的腦子急速轉動，傷口處傳來的痛楚令他越發冷靜起來。

一個身穿白衣的男子和他擦身而過。就在兩人錯身的一瞬間，那一抹冷幽的寒光又再次出現。劍出無聲，猶如毒蛇吐信。

曹朋猛然一聲大吼，身體向後連退兩步，蓬蓬蓬，接連將三個行人撞飛出去，頓時撞開了一個空間。他想要拔刀，卻見那劍光已到近前，根本不容他有揮刀的機會。他連忙再次跨步後退，劍光卻如附骨之疽，緊隨而來。行人驚叫著，四散而走……曹朋也趁機看清楚了對面之人。

他頭上戴著一頂斗笠，遮著大半張臉。頜下光禿禿的，好像是個少年。但是給人的感覺卻極為老辣，絕非一個少年能夠擁有的身手。

那柄利劍，恍如毒蛇般，唰唰唰向曹朋襲來。劍光閃閃，劍氣逼人……曹朋可以發誓，這個人的身手絕對超過了他之前見過的無數高手。不是說他比典韋那些人能打！典韋他們的武藝，是用於戰陣搏殺，而眼前這白衣男子的劍術，明顯是用來刺殺，兩者截然不同。

曹朋被那劍光逼得手忙腳亂，眨眼間身上又中三劍。

拱門下，行人早已跑了個乾淨，只剩下那白衣刺客和曹朋鏖戰一處。

鮮血，已浸透了衣裳。曹朋心中駭然：許都何時竟出現了如此身手的刺客？

這刺客的招數，緊走陰柔路數，詭異非常，可稱得上是來無影去無蹤，讓人很難閃避躲開。曹朋心知，若再拖延下去，就算他不被刺客殺死，也會因鮮血流盡而死。

必須要找一個出手的機會……

白衣刺客一劍出手，曹朋猛然停住腳步，身形一閃，讓開了要害之後，任由那柄長劍穿透他的肩窩。抬手蓬的一把攫住對方的手臂，另一隻手拔刀而出……只見他踏步上前，刀光暴起！

「好刀！」

一個陰柔的聲音傳進曹朋耳內，聲音略顯尖亢。

曹朋心裡一怔，但虎咆刀依然凶狠揮出。他一隻手死死攫住對方的手臂，虎咆刀呈一個斜線落下。如果按照正常人的想法，這一刀十拿九穩，眼前的白衣刺客就算有通天之能，也無法躲過這迅猛一擊。

哪知道，就在虎咆刀落下的一剎那，曹朋突然感覺對方的手臂好像無骨之蛇般，從他手中刷的一下脫出。旋即那刺客猛然一個錯步閃身，手掌呈蛇形，狠狠啄在曹朋的手腕上。好像被毒蛇咬中一樣，一種酥麻的感覺順著手腕迅速蔓延手臂。

不好！

曹朋心裡暗叫一聲，手中大刀卻已不受控制的脫手而出。

刺客錯步跟進，蛇形刁手連環，只聽砰砰砰一連串的聲響，準確而凶狠的擊打在曹朋的胸腹之間。

每一擊，似乎都很輕柔，卻產生出巨大的力量，打得曹朋連連後退，更連連吐血。

身體呈慣性的向後倒去，可就在曹朋倒下的一瞬間，猛然抬腳，從一個極小的空間中向上踹出。刺客也沒有想到，曹朋在這樣的情況下還能做出還擊，閃躲不及，蓬的被曹朋一腳踹中下巴，呼的倒翻出去。

兩人幾乎是同時倒地，曹朋被打得快要背過氣，而刺客也被他那一腳踹得下巴裂開，鮮血淋淋。更重要的是，曹朋那一腳，力道極大，刺客的抗打擊能力不錯，卻也被踹得一陣頭暈目眩……斗笠掉到了一旁，露出一頭灰白色的頭髮……

可以看出，他的年紀大約在四旬左右，下頷光禿禿，沒有半根鬍鬚。

太監？聯想到之前他那陰柔的聲音，曹朋心裡一動。可此時，他全身好像散了架一樣，一隻手臂更沒有半點知覺……

刺客用力甩了甩頭，總算清醒過來。臉上透出一抹凶狠之色，他一個翻身，站起身向曹朋走來。下巴上的傷口，好像嬰兒的嘴巴一樣裂開，鮮血落在他的胸襟上，把衣襟染成了紅色。

曹朋眼角的餘光，閃過一抹光亮。他扭頭看去，便見先前刺客所用的長劍，就在他身旁不遠處。眼見著刺客向他衝過來，曹朋咬著牙一個懶驢打滾，身體在滾動的同時，順手將利劍抓在手中。

說時遲，那時快，刺客已到了曹朋跟前！曹朋正好翻身仰面朝天，長劍斜撩而起，噗……沒入刺客的大腿。那刺客痛的一聲尖叫，曹朋卻趁機拔劍滾到一旁，順勢起身，單膝跪地，虎目圓睜，緊盯著刺客。

遠處，馬蹄聲、腳步聲傳來。

「休走了刺客！」有人在高聲喊喝。

一隊緹騎從長街盡頭出現，朝著拱門方向疾馳而來。

緹，就是橘紅色，也是執金吾所屬。

執金吾下有緹騎二百，戟士五百二十人。雖說如今執金吾的職權被大大削弱，但這緹騎和戟士卻依舊保留……不過，由於官渡之戰的原因，戟士留在許都，緹騎卻被帶走。如今充當緹騎的，正是曹朋手下那二百飛眊。

執金吾丞是曹汲，暫領許都巡防。曹朋的飛眊從越騎營退出，左右無事可做，於是便被曹汲納入執金吾，負責巡查街市。今天領隊的緹騎，正是郝昭。

遠遠看見曹朋渾身是血的倒在血泊中，郝昭頓時心中大急。他摘弓搭箭，朝著那刺客就是一箭。

刺客見此狀況，也知道再想殺曹朋，可能性不是太大。且不說曹朋尚有反抗能力，就算殺了曹朋，他也要落入重圍之中。自己身死是小，可如果暴露了……

刺客冷笑道：「曹公子，今天你好運氣，但願你日後天天能有這樣的好運氣。」

說完，他扭頭就走。腿上雖受了傷，可跑起來卻不慢，眨眼間便沒入小巷之中。

曹朋心神一鬆，撲通躺在了地上，四肢癱開。直到這時候，他才感覺到渾身上下疼痛無比，一個勁兒的倒吸涼氣。那傢伙是誰？怎麼這麼厲害？如果單以武道而言，曹朋重生四載只有一人能與之相比，就是之前傳授他白虎七變的那位便宜師兄，葛玄葛孝先……

不過，葛玄的功夫沒有這麼詭異，透著光明正大。

而這個死太監的功夫，顯然是專門用於刺殺，詭異而且陰柔……從他剛才出手的路數來看，偏向於擬蛇拳法。曹朋不由得暗自責備自己：大意了！自以為功夫成了，卻變得大意了！

「公子，公子！」郝昭在曹朋身邊跳下馬，上前就要攙扶曹朋。

「別動我！」曹朋突然道：「立刻派人去請華先生和董先生。」

他的確不敢讓郝昭他們亂動，自己的傷勢，他自己心裡清楚。那刺客剛才的蛇形九擊，恐怕是傷了臟腑。而且他的招數偏陰柔，有些類似於後世內家拳的路數，估計身體受不得折騰。

「找個擔架，把我抬回去。」

郝昭連忙答應下來。

好在這裡距離回春堂不遠，那裡有做好的擔架。不一會兒的工夫，兩名緹騎抬著擔架過來，小心翼翼的把曹朋放到擔架上。

這時，前去追蹤刺客的緹騎回來了，一臉羞愧之色的說：「公子，被那刺客跑了……」

「跑了？」

郝昭勃然大怒，正要開口呵斥，卻被曹朋制止。

「跑了就跑了，以那傢伙的身手，就算追上了，估計也要付出極大損失，不值得……他是衝著我來，只要我不死，他一定會再出現。這筆帳，咱們記在心裡，回頭慢慢的清算就是。」

郝昭這才放過了那些緹騎。

「阿福在建陽門大街被刺？」荀彧正在處理公務，聽聞消息後，頓時大驚。「可有性命之憂？」

「應該沒有……據說，曹公子被抬回去之前，還吩咐緹騎事情，看上去非常清醒。」

「那凶手，可曾抓到？」

「沒有！」

荀彧聽聞，不由得沉思。片刻後，他又問道：「可通知太醫院？」

「少府華太醫，太常董太醫都過去了……不過目前還沒有消息。曹府已從田莊抽調三百護衛進駐府內保護，出入盤查極其嚴密。而且，衛將軍已下令淨街，全城戒嚴，九門已盡數封閉。」

荀彧苦笑：子孝這一次，怕會瘋掉！

曹朋剛從牢獄裡出來，就發生了這種事情。雖說這並非他管轄範疇，可如果追究起來，恐怕也難逃詰問。

「你下去吧。」

荀彧閉上眼睛，似是陷入沉思。半晌後，他突然道：「荀猛。」

「喏！」

「小人在。」

「持我名刺，去臨沂侯府，告訴他……曹友學長街被刺。」

荀猛一怔，「老爺，只這句話？臨沂侯現在雖然閉門不出，但恐怕也得到消息了……」

荀彧眼中閃過一抹冷芒，「你只要告訴他，他自然知曉。」

荀猛一頭霧水，但還是領命而去。

荀彧拍了拍額頭，在心裡暗自一聲嘆息。

「華先生，阿福情況如何？」

華佗走出臥室，曹汲便迎上前去。

說起來，華佗和曹府還真是有緣，半年裡兩次進曹府救人。所以曹汲和他也沒有客套。

「公子的皮肉傷倒無甚大礙，可臟腑……對方的身手奇強，也就是公子的體格好，臟腑強健。不過短時間裡，他恐怕是難以康健。」

董曉也說：「我已經開了方子，不過公子這是內傷，需要調養。」

「那……」

「曹公放心，公子沒有性命之憂。」

曹汲這才如釋重負般鬆了一口氣。

他是在府衙辦公時聽到的消息，當時就懵了。

阿福可真是命運多桀，小時候身體不好，險些丟了性命。四年前，身子好了，卻又劫難重重。先是得罪了黃射，被迫背井離鄉；而後又在宦海浮沉，兩升兩降，可謂造化弄人。如今……

此前曹楠被撞傷，曹汲都沒有似這般擔心。此時聽說曹朋無礙，他才算放下了心。

張氏哭得已經昏過去兩次，醒來後更破口大罵：「哪個殺千刀的混帳，竟如此狠毒，要殺我兒？」對張氏來說，女兒嫁出去了，自有她的命數；兒子，就是她的全部，如果出了三長兩短，她又豈能活下去？

曹楠經過半年休養，已經可以下地行走。雖然腿還是有些不方便，但已無甚大礙。她和黃月英攙扶著張氏，不停的勸慰。鄧艾更抱著張氏的腿，不停的呼喊，總算是讓張氏止住悲聲。

眾人走進臥房，見曹朋臉色煞白的躺在床上，顯得很憔悴。

張氏忍不住，又哭了！

「哭，哭，就知道哭……阿福剛好，妳哭哭啼啼的像什麼樣子？他那點氣運，都被妳哭沒了！」曹汲忍不住，一聲怒喝。

張氏這才止住了哭聲，她怒道：「你衝我發火作甚？阿福受了這麼多罪，有本事去把那凶人找出來，為阿福報仇。虧你還是執金吾丞，你當這個官兒，阿福淨跟著受罪。」

「爹，娘……你們別吵了！」

曹朋一陣劇烈咳嗽，在郭寰和步鸞的攙扶下，半倚在她們身上，苦笑著說話。

曹汲和張氏這才停下來，噓寒問暖半晌後，見曹朋精神不太好，於是便離開臥室。

黃月英走上前，握住了曹朋的手，「阿福，是誰做的？」

「咳咳……我不知道。」

二選一，選擇題

其實，曹朋心裡已猜出了一個大概。白面無鬚，太監……那肯定是宮裡的人所做。而他之前大鬧輔國將軍府，斷了伏完一掌。

這答案，呼之欲出。可曹朋卻決定隱瞞下來。

君子報仇，十年不晚。

如今伏完剛被罷免官職，再想動他，也不太可能。

曹朋又沒有什麼證據，自然無法指證對方。就算是指證了，又有什麼用處？刺客既然是個太監，那肯定是宮裡指派，否則就算是伏完，也未必有能力指揮。牽扯到宮裡，簡單的事情也會變得複雜麻煩。曹朋三思之下，決意還是暫時隱忍，等待合適時機，再與報復。

而且，他被對方打傷了內腑，不是一下子能夠恢復。

這傢伙……好強的手段。

門簾一挑，卻見華佗從外面走進來。

他看著曹朋，猶豫了一下之後，輕聲道：「公子，你這次傷勢不輕，單靠藥物，只怕也難痊癒。佗這些年來行走大江南北，出沒深山叢林，從飛禽百獸的活動中，領悟出一套強身之術，名為五禽功。我見公子此前行功，似也有類似的功夫。故而冒昧傳授與公子，不知公子可願學否？」

五禽功？

曹朋一怔，旋即反應過來，這五禽功，不就是後世流傳的華佗五禽戲？

不過，由於華佗之死，五禽戲並未流傳完整。後世的五禽戲，更多是一種養生功法，並不完整。

曹朋故作不知道：「敢問哪五禽？」

「熊式，可強脾胃，增體力；鶴式，強呼吸，調氣血，通經絡；虎式，填精益髓，強健腰腎；鹿式，能舒展筋骨；猿式，可使肢體靈活。我常年出入山林，曾拜訪過許多有道真人，而後又從他們的修道之法中，學會了各種調息運功之法，配合五禽功，能產生奇妙效果。」

曹朋聽聞，頓時大喜：「還請先生教我。」

「公子可先調養一個月，一個月後，待身體恢復一些，我再教與公子。」

「如此，多謝了！」

黃月英送華佗離開後，又回到屋內。她輕聲道：「剛才司空府環夫人送來了許多名貴藥物，更有兩株三百年老參，又是何故？」

曹朋靠著床榻，低聲道：「我今日去典府，其實是環夫人所招。她有意讓我教授五公子倉舒，我答應了……想必是聽說我受了傷，所以派人過來慰問，並無其他意思。」

「教授五公子？」黃月英眼珠子一轉，立刻想通了其中奧妙。「阿福，你是說……」

曹朋深吸一口氣，輕輕點頭，「有些事，遂不得妳我心思。這種事情，早晚都會發生。既然早晚都要決斷，索性早一些決斷，也可以占居一個先機……對了，還有一樁事，妳待會和董先生說一下，請他明日到司空府，為五公子做一個診斷。」

「五公子怎麼了？」

「沒什麼，只是多做一點準備，就多一份把握……小孩子年紀小，有時候得了病症，未必會立刻發病。順便讓小艾也做個檢查，沒事兒最好，若有什麼不好，也可以及早發現不是？」

黃月英想了想，深以為然，點頭答應。

章六 三字經

入夜，許都皇城中，被黑暗籠罩。巍峨高聳的金鑾寶殿，在夜色中猶如一頭遲暮的怪獸，靜靜匍匐於永樂宮內。

右都侯吳班，領著三百劍戟士在皇城中巡邏，不時攔住宮中太監，盤查詢問。

衛將軍府，下轄整個皇城。皇城分內外，分別由羽林軍和劍戟士負責。劍戟士，有些類似於後世耳熟能詳的帶刀侍衛，負責皇城內城的安全，其首領為左右都侯，秩真六百石，除保護皇宮安全之外，還負責拘拿皇帝要求拘拿的人……

在以前，左右都侯必然是皇帝心腹，等閒人根本無法擔當。然而自漢靈帝駕崩後，皇權旁落，朝綱不振。再加上衣帶詔之事，曹操不僅撤換了羽林軍，連劍戟士一同更換。

左右都侯，更是曹操心腹。左都侯曹順，箭術無雙，可百步穿楊，是曹操的子姪；而右都侯吳班，則是新近委任。曹朋曾對曹操提起過吳班和吳老夫人的關係，後來經曹操查證，很容易便弄清楚了吳班的來歷。

既然是吳老夫人的族人，自當給予照顧。於是吳班的父親吳匡，被火線提拔，任陳留令，而吳班則因為曾參加小潭之戰，因功也被提拔為右都侯。

陳留吳家如今人丁稀少，只剩下兩支，曹操斷然不會再讓吳班留在官渡，於是便讓他返回許都。

就在吳班巡查宮城的時候，位於毓秀臺下的竹苑裡，漢帝緊張的看著兩個小太監為冷飛療傷。冷飛的氣色不太好，下巴上的傷口怵目驚心。好在，已止住了流血，身上的傷勢也不至於有性命之憂。可劉協仍感覺到一陣陣的揪心。

登基以來，他經歷了太多事情，以至於性情中有一絲刻薄寡恩。但對於冷飛，劉協卻極為信賴和倚重。不僅僅是因為這冷飛是董太后留給他的最後一筆財富，更因為在過去十年歲月中，冷飛始終站在他身邊，默默的守護他。

雖然冷飛是個太監，可在劉協心裡，如同親人。如果不是因為早先十常侍的先例，他甚至願意喚冷飛一聲『阿父』。

「冷飛，怎麼會變成這樣？」

冷飛苦笑道：「陛下，是老奴的疏忽。老奴原以為那曹朋徒有虛名，故而決定刺殺他，為皇后解心頭之氣。哪知道，這曹朋武功甚高，小小年紀，似有霸王之勇。若在戰場上，說不得老奴會被他所殺……不過，老奴雖傷，那曹家子也不會好過。老奴以蛇形陰手擊傷了他，沒個一年半載，他休想恢復元氣……待老奴傷好之後，再設法刺殺他，絕不會再失手。」

伏皇后在一旁，看著冷飛那蒼白如死人一般的臉色，不由得心生愧疚。她知道，冷飛是受她的委派才會去刺殺曹朋。以她如今的情況，冷飛所為，堪稱忠心耿耿。

她想要開口，但又不知如何說。

漢帝輕聲道：「冷飛，你好好養傷，最近就別再出宮，只留在竹苑養傷便是。朕會暫時免了你中常侍之職，省得惹人懷疑……不過，曹家子的事情，你莫要再去管了。」

「陛下，這是何故？」

伏皇后想要詢問，卻又有些害怕。還是冷飛開口，也省卻了她的麻煩……

「荀彧派人到臨沂侯府上，警告了臨沂侯。不過他並未追究，只是把國丈叫去盤問了一番，並把視線引到了袁紹那邊……可這種事，再一不可再二。荀彧這一次幫忙，下一次可未必會再幫忙，到時候很可能惹出禍事。」

「冷飛，朕身邊現在能用能信的人，除了你，便是臨沂侯。國丈一時間也無法幫忙，所以……你和臨沂侯，都不能有任何閃失。以後，你只聽朕的委派，除了朕，你無須聽任何人指派。」說著，劉協扭頭看了伏皇后一眼。

對於伏皇后，他也是極疼愛，她隨著自己經歷了那麼多苦難，他實在不忍心責備。但這一次，伏皇后明顯是莽撞了。

伏完前腳剛出事，曹朋跟著就被刺。這讓有心人很容易便把兩件事聯想在一起……劉協可不想失了一個董貴人之後，連皇后也要失去。同時，他對伏皇后隨意指派冷飛，也非常不滿。如果不是伏皇后的莽撞，冷飛也不會遭此大難。

伏皇后心虛的低下了頭。不過在心裡面，她對曹朋的恨意變得更重。

等著吧！總有機會，本宮定要置你於死地……

曹朋被刺殺，還是引發了一場風波。

環夫人得知之後，也極為惱怒，私下裡向曹仁施加了許多壓力，命他抓捕刺客。不過，不管是環夫人還是曹仁，都不是傻子，他們當然也能猜出一個大概，但是也無可奈何。

畢竟，刺客沒有抓到，無憑無據，曹仁也不能入宮搜查。

凶手究竟是誰？曹仁不知道，但心裡面卻多少有些顧忌，因為他知道在皇宮中，還隱藏了一個不知名的刺客。

這件事，到頭來也只能是大事化小，小事化了。

好在沒過幾天，一件大事使得許都城內眾人的視線隨之轉移。

曹操率虎豹騎自浚儀而渡濟水，奇襲袁軍屯糧重地烏巢。

甘寧在烏巢斬淳于瓊和淳于安兄弟，曹操一把大火，將袁紹十數萬大軍的糧草全部焚毀，而後安然撤離。袁紹得知消息，勃然大怒，只是他並沒有馳援烏巢，而是聽從郭圖的主意，命韓瓊等人強攻官渡。

韓瓊號稱河北槍王，有萬夫不擋之勇，但是在攻打官渡城的時候，卻遭遇曹軍埋伏。

郭嘉和賈詡早就防著袁紹的這一動靜，當韓瓊兵馬抵達時，張郃、高覽、夏侯惇等人同時殺出，將韓瓊團團包圍。張郃、高覽與韓瓊關係不錯，於是出面說降韓瓊。

韓瓊見大勢已去，便下馬投降。兩萬精兵，也隨著韓瓊一同棄械歸降。袁紹得知消息後，氣得口吐鮮血，當場昏迷過去……

烏巢一把大火，令袁軍軍心散亂。而韓瓊的歸降，更使得袁軍士氣蕩然無存。

曹操返回官渡後，立刻下令，對袁紹發起了反攻……

夏侯惇自管城出兵，樂進自浚儀夾擊，曹操親率大軍，從正面攻擊袁紹大營。袁軍十數萬大軍，幾乎是不戰自潰。袁紹見大勢已去，連忙帶領心腹撤離官渡，準備逃回延津後重整旗鼓。哪知道，當官渡大戰進入尾聲的時候，濮陽徐晃、射犬張遼也同時出兵攻擊。

徐晃和于禁、李典會合，屯兵白馬，虎視延津。夏侯淵、呂虔則從泰山琅琊出兵，與臧霸會合之後，於平原郡大敗袁譚，將袁譚趕回了河北。至此，青州河南岸州郡，盡被曹操占領。

張遼則率部佯攻黎陽，袁尚見情況不妙，連忙收縮兵力。張遼卻突然回兵，於壺口關設伏，全殲並州援軍……袁紹見形勢不妙，急忙退出延津，退回河北。也幸虧袁尚出兵救援，否則他甚至有可能被大敗了並州援軍的張遼堵截在河內。

官渡之戰，最終以曹操大獲全勝而告終！

捷報傳至許都，許都百姓歡聲雷動。

只是曹朋卻沒有任何驚喜之色，在他看來，這一場大戰，從一開始就註定了曹操的勝利。歷史，並未發生改變。

接下來，曹操將會掃蕩河北。也許，那將會是另一場曠日持久的戰事。袁紹還沒有死，袁紹的三個兒子手中尚有兵馬。

但這一切，和曹朋似乎已經沒有了關聯。

他現在是傷患，是病號！

而且，他還是一個白身……

「其實，我最喜歡生病了。」

秋日的陽光很暖，卻不酷烈。

八月，正是桂花盛開的時節，曹府花園中飄散著桂花香，令人頓感心情無比舒暢。

曹朋可以下床了，於是在郭寰和步鸞的攙扶下，硬拉著黃月英，一起漫步於花園裡……走了一會兒，曹朋出了一頭汗。

這次受傷，他在床上躺了快一個月的時間，人都變得虛了。

在一塊綠地上坐下，頭枕著黃月英的腿，曹朋開始說起了笑話。

「為什麼？」

「生病好啊！生病了，這地位噌噌噌的提高。就好像前些天，子孝叔父過來。如果我沒有病，就得給他行禮。可現在，妳看我躺在榻上，子孝叔父卻要站著。我想理他的時候，便哼哼兩聲，不想理他，眼睛一閉，看都不看他，他還沒法子說我。」

郭寰和步鸞咯咯的笑了。

黃月英也忍不住，伸手輕輕拍打了曹朋一下，「就你會搞怪。」

「哈，妳別打我，我現在是傷患。」

「我偏要打你……」

黃月英作勢探手要打，卻被曹朋一把抓住了手腕。

只見曹朋手臂一伸，鉤住了黃月英的頸子，讓她低下頭來，而後堵住了她的櫻唇。黃月英身體一僵，本能的想要推拒，可是曹朋雖在病中，那力氣也不是她能阻擋。兩人吻在一處，黃月英漸漸停止了抵抗，與曹朋竟不知不覺間擁抱親吻。

一旁的郭寰和步鸞只看得小臉通紅，低下了頭。

良久，曹朋鬆開了黃月英。黃月英嬌羞的拍打了曹朋一下……

「小寰、小鸞，妳們剛才看到了什麼？」

郭寰和步鸞低眉順眼的說：「我們什麼都沒有看見。」

黃月英的臉更紅了。

「阿福，等你傷勢好了，就要了小寰和小鸞吧。她們隨你這麼久，將來總歸是要跟你的……」

「那妳呢？」

「我……」黃月英聲若蚊蚋，「且待阿爹過來再說。」

說罷，她推開曹朋，一溜煙的跑走了。

兩人的悄悄話，郭寰和步鸞並沒有聽見。她們二人站在一旁，腦袋裡亂哄哄的，盡是剛才曹朋和黃月英擁吻的一幕：真是羞煞人了……公子怎能吃黃小姐的口水？不曉得將來，他會不會對我……

想到之前曾服侍曹朋洗澡的香豔，郭寰兩人的心裡如同裝著小鹿，怦怦直跳，身子也不由得發燙。

「喂，扶我起來嘛。」

「啊？」

「我是說，妳們兩個小丫頭，快來過來把我扶起來。」

郭寰和步鸞連忙上前把曹朋攙扶起來。在園中又走了一會兒，曹朋覺得有些累了，於是返回屋中。

「給我取筆墨。」

「公子要做什麼？」

曹朋道：「寫點東西，免得將來被人恥笑。」

算算日子，距離他答應環夫人為曹沖啟蒙，已有一個月了。這一個月來，環夫人雖然沒有催促，可曹朋卻不能不開始準備。等身子骨再好一點，勢必要開始給曹沖授課。蒙學……一篇《八百字文》，肯定不夠。曹朋思來想去，還是決定為曹沖再多準備一些東西。

到時候，曹沖拜師，肯定會引起許多人關注。

如果曹朋有個三、四十歲，可能不會有人說三道四。但他只有十七歲，而且要教的，還是曹操最疼愛的五公子。那時候，他的一舉一動都會被無限度的放大。如果不拿出點真本事來，恐怕用不了幾天，就會被人彈劾他誤人子弟了。

可這真本事……還真不易！

「人之初，性本善。性相近，習相遠。苟不教，性乃遷。教之道，貴以專。昔孟母，擇鄰處，子不學，斷機杼。竇燕山，有義方……」

「公子，竇燕山是誰？」步鸞突然開口，有些好奇的問道。

她自幼喪父，隨母親一起，過著貧苦生活。但，步氏畢竟是淮陰大族，步鸞的母親也是個有學識的女人，所以步鸞從小就受到良好的教育。在這一點上，郭寰遠遠無法和步鸞相比。

對啊！竇燕山好像是五代時期的人吧。

這《三字經》成於宋代，距今有一千年之遙，裡面的許多內容都還未曾發生，所以根本無法使用。曹朋想了想，提筆將『竇燕山，有義方』六個字用墨筆抹去，「這個竇燕山啊，是中陽山的古人，很懂得教育孩子。不過既然沒聽說過，那就抹去。這樣，我寫，小鸞在一旁看，只要是妳覺著不懂的地方，就告訴我……小寰，妳抄寫。」

郭寰的學識比不得步鸞，但是她能寫得一手好字……

「養不教，父之過。教不嚴，師之惰。子不學，非所宜，幼不學，老何為？玉不琢，不成器。人不學，不知義。為人子，方少時，學親友，習禮儀。香九齡，能溫席……」

「公子，香九齡又是什麼意思？」

不等曹朋回答，黃月英從外面走進來，她正好聽到『香九齡，能溫席。孝於親，所當執』這一段，於是便開口解釋道：「阿福，你說的可是我江夏黃氏先祖黃公香的事情？」

「哦……正是。」

黃月英笑道：「黃香天鳳五年生人，是族中驕傲。他曾官至魏郡太守，九歲時母親去世，他對父親極為孝敬，夏天把榻枕搧涼，冬天把被褥暖熱才讓父親安睡。他小時候非常厲害，當時雒陽曾有『天下無雙，江夏黃童』的說法……後來漢章帝還讓他閱盡東觀藏書。阿福，你怎麼突然提起這件事？好多人都不知道呢。」

哈，果然是天助我也！

黃月英的學識，遠勝步鸞。

他提起筆，把後面『融四歲，能讓梨。弟於長，宜先知』十二個字寫完，然後遞給黃月英。

「月英，我欲編寫教材，還望妳能襄助！」

也不知是誰偷偷傳出了消息，環夫人欲請曹朋為曹沖之師。

不過，李儒告訴曹朋，傳出這個消息的人，十有八九就是環夫人本人。

曹操妻妾眾多，刨除已經恩斷義絕的丁夫人不談，如今司空府裡有名有姓的多達十餘人，其中有世家子女，也有自娼家出身，高低貴賤各有不同。如曹丕的母親卞夫人，便是出身於琅琊娼家。彼此間的勾心鬥角，不可避免。

最重要的是，卞夫人隨曹操時間最久，而且生有三子，地位最高。

曹丕、曹彰、曹植，都是卞夫人所出。其中曹丕已開始履行責任，曹植更拜荀悅為師，以才思敏捷而著稱。曹操雖說鍾愛曹沖，但環夫人從一開始，便處於一個弱勢的局面……幸虧還有一個夏侯淵，使得環夫人多多少少立於不敗之地。除此之外，再沒有優勢可言。

「環夫人，這是要借你的名號，為五公子拉攏人才。」

「我的名號？」

李儒笑道：「公子可不要小覷了你的名號。別看你現在是個白身，可曹八百之名非浪得虛名。你的功勳，你的才情，已經為許多人所認可。否則你這次和伏完對決，清流名士又豈能無動於衷？當時若孔融那幫呆子站出來為伏完說一句話，你的情況絕對會變得很凶險。罰作四個月？那是輕的，甚至可能會滿門抄斬，連父母都要連累。」

曹朋嚇了一跳，出了一頭冷汗。回想起來，的確是有些僥倖。

孔融等人在當時的息聲沉默，無疑對漢帝造成了巨大的衝擊。漢帝拖著案子，遲遲不肯發落，其實也是等待那些清流名士站出來製造輿論，他就可以很輕鬆的站在道德的制高點上。

哪知道，孔融等人啞巴了！

諸多安排到最後，無法順利實施。再拖延下去，對漢帝絕無好處，無奈之下，漢帝只好做出讓步……

說實話，在此之前，曹朋對孔融等人沒什麼好感，總覺得這是一幫清談誤國的傢伙。他敬重孔融這些人的學識，但對他們的性格卻不太喜歡。可是聽李儒這一分析，讓曹朋第一次認識到了孔融這些人的重要性！

尼瑪……孔融這些人所代表的，豈不就是後世的輿論導向？

這個時代沒有報紙，所以輿論導向完全由清流掌控。

曹朋在與李儒交談一番之後，對孔融的定位，又做了一個全新的判定。

歷史上，這貨也是因為得罪了曹操，最終被曹操所殺。這也是曹操在後世被抨擊的一大要害。

李儒笑道：「若公子能把孔融這些人控制起來，必能無往而不利。」

控制起來嗎？

其實也不是沒有可能。這幫人在後世，那就是一幫子憤青。只要能把他們的言論控制在一定的範疇裡，必然能產生巨大的作用。

不過，現在條件還不算成熟，等到時機成熟時再行動吧……在此之前，和孔融這些人打好關係，無疑很重要。曹朋在思忖良久之後，最終決定，應該往孔融府上去拜訪一番。

當然了，要拜訪孔融，並非易事。

孔融身為清流代表，可不是說見就能見到。這個拜訪，必須要有一些名目，而且要合情合理。曹朋坐在書房中沉思許久，最終把目光落在剛撰寫好的那部《三字經》上面。

拋磚引玉也好，投石問路也罷，就讓這部《三字經》充當一個敲門磚吧。

《三字經》歷經一個月的時間，編撰完成。全文共一千七百二十二字，與原文符合。

但內容肯定會有不同，曹朋依據這個時代的情況做出了一些變化。比如，原文裡的『竇燕山，有義方，教五子，名俱揚』變成了『淑神君，為四長。有八子，皆成龍』，說的就是荀彧的祖父，當年潁川四長之一的荀淑。荀淑早年有『神君』美名，故而淑神君，正合適。

荀淑有八個兒子，時稱八龍。與『竇燕山』相比，不遑多讓……

更重要的是，曹朋希望借由這種方式，向荀彧示好。

不可否認，在曹朋與伏完的衝突中，荀彧看似秉公執法，但還是有些傾向伏完。如此一來，和曹家的關係自然變得疏遠了一些。這一點，從曹朋被刺一案，便可以看出一些端倪。

按道理說，曹朋被刺，荀彧應該過來探望。

荀彧和鄧稷的關係不錯，此前與曹朋也多有扶持。可偏偏曹朋遇刺，連新任許縣縣令司馬朗都來探望了一下，荀彧卻始終未曾露頭。曹朋可不希望苦心經營的關係，因為伏完一事而被破壞，畢竟在未來十二年裡，荀彧在曹魏集團中擔當著重要角色，不可輕易得罪。

然而，對於再次『使用』了之後朝代的作品一事……

最初剽竊時，曹朋是羞愧。

第二次剽竊時，曹朋是非常羞愧。

等到第三次剽竊時，曹朋是很羞愧。第四次、第五次、第六次……那點羞愧之心，也漸漸的淡了。

身為穿越眾，若不懂得剽竊，焉能被稱之為穿越眾？

到最後，曹朋已經全無感覺。

當剽竊已成為一種習慣的時候，還能有什麼感覺呢？至少，曹朋已經麻木了！剽竊一次是剽竊，剽竊十次還是剽竊；但剽竊百次、千次，那叫宗師！

「來人，把胡班找來。」

片刻後，胡班匆匆來到曹朋的書房裡。

曹朋把包好的《三字經》，連帶著一份名刺，交給胡班：「把這件東西交給孔融孔揚州。」

「喏！」

看著胡班離去的背影，曹朋心道：能否成事，在此一舉……

司空府花園裡，陽光明媚。桂花香滿園，五彩斑斕。

卞夫人行走於花海之中，神態極為輕鬆，雖已三旬有餘，可是卻風韻猶存。娼家出身的經歷，已無人再提起。可是娼家的經歷，卻使得卞夫人有著不同於常人的嫵媚風情。她性格清冷，不喜繁華，與環夫人正好是相反。

環夫人充滿了活力，而卞夫人則顯得沉穩，有雍容之氣。兩人各有千秋，說不上誰好誰壞，總之都甚得曹操所喜……

官宦人家，看似和睦，然則暗地裡勾心鬥角，卻不足為人道。

卞夫人停下腳步，輕聲道：「果果，消息可確實？」

「夫人，的確有這回事。」

說話的，是一個十七、八歲，明眸皓齒的少女，神態恭敬。

她，叫夏果果，本是吳郡人士。早年隨家人來到譙縣，父母雙亡，後來被卞夫人收留，成了卞夫人身邊最貼心的婢女。

卞夫人道：「倉舒聰慧，確需人教導。我倒不是說曹朋不合適，他是司空族姪，對司空又忠心耿耿，而且素有才名。只不過，他今年好像才十七歲吧，也就是比子桓大三歲，讓他來教導倉舒，會不會有一些不太合適？」

夏果果聽罷，哪能不明白卞夫人的意思，便道：「以小婢看，定是不合適的。」

「嗯，不過倉舒是小環之子，我不好說什麼。反正，謹慎一些比較好，莫要耽誤了倉舒……」

「小婢明白。」夏果果攙扶著卞夫人，恭敬的答應。

「回去吧，我累了！」

這是一場沒有硝煙，卻勝似真刀實槍搏殺的戰爭。

環夫人的意思很明白，曹朋人脈廣，而且才學好，將來必然是曹操重臣。讓曹沖隨著曹朋，雖然只是蒙學，卻坐實了師生關係。有了這層關係，將來必然能為曹沖帶來許多方便。

不過，環夫人能看到的，卞夫人同樣可以看出來。

曹朋的人脈太廣！他是曹操族姪，又是小八義之一，有文名。他救過典韋，和典韋、許褚兩人的兒子是結義兄弟；他與潁川士子關係密切，特別是陳群，據說關係很好；他是胡昭的弟子，也就有了足夠的資本；他和夏侯淵、曹洪、曹仁有生意上的往來，隱隱成同盟關係；他在士林的名聲很好，與許多外姓將領也頗有來往；他……

如果不認真的思忖，誰也不會覺察到曹朋身邊的力量。更不要說曹朋的父親曹汲，如今已是比兩千石俸祿的執金吾丞，又是造刀名家；他的姐夫，也有獨鎮一方的能力，和郭嘉還有同門之誼。短短四年時間，曹朋已隱隱發展成了氣候。

卞夫人開始感覺後悔，此前似乎忽視了曹朋的存在。但後悔也沒有用，既然如此，她斷然不會讓曹朋和倉舒達成關係……

總之，曹朋屬於那種躺著也中槍的主兒。

他在家中每天練習華佗傳授給他的五禽功，同時也沒有落下白虎七變。無事時，則看書練字，日子倒也過得挺逍遙。

可是在外面，已掀起了驚濤駭浪。

許都作為漢室都城，自然匯集了天下英才，更有無數知名大儒聚集在許都城中。

五公子要找老師？

這是一樁好事啊！

什麼，讓曹朋做五公子的老師？

這怎麼可以！

那曹朋，不過是寫過幾篇文章、作過幾首詩而已，沒聽說他著過什麼經典，更不要說有傳世之作。再者說了，曹朋今年才十七歲吧，他懂得什麼？他知道什麼是治國之道，知道什麼是上古之風？當然了，不能否認曹朋也有才學，可是為人師，卻萬萬不能。

包括孔融在內，也表示出強烈反對。

曹操，就要回來了！

官渡之戰，已畫上了一個完滿的句號。

袁紹退過大河之後，與袁譚、袁尚以及外甥高幹會合。官渡一戰，袁紹幾乎是全軍覆沒……二十餘萬大軍折損於河南岸，損失慘重，元氣大傷。然而，河北人口眾多，袁紹尚有一戰之力。他退回河北之後，便下令整頓兵馬，休養生息，準備與曹操再次決一死戰。

不過，田豐在官渡之戰結束後，被袁紹下令賜死。沮授被曹操俘虜後，誓死不降，最終被曹操斬殺於延津……

曹操雖大獲全勝，卻已無力進擊。他需要消化這一次大勝，同時也需要讓自己的兵馬休整一下。

三字經

建安五年九月，官渡大戰結束兩個月後，曹操班師返回許都。

「曹友學何德何能，又豈可為人師？」

許都的街頭巷尾，人們議論紛紛。話題的重點，還是集中在曹朋是否有資格擔當曹沖老師的問題上。

環夫人並沒有讓人阻止，而是冷眼旁觀。當爭論開始之後，她就覺察到了其中隱藏的奧妙。

這一場爭論，定然是有人在暗中主使。

本來嘛，只是啟蒙而已，怎可能有這麼大的爭議？

啟蒙，不同於正式教授，也就是教一些最粗淺的東西……識字，寫字，能粗通一些典籍。在鄉村私塾中，許多啟蒙老師根本沒有什麼名氣，有的時候粗通幾百個字就能開課授業。而真正接受教育，是要從《詩》、《論》開始，一般在這個階段，就要有真才實學才行。如果再進一步，如《尚書》、《春秋》、《周易》、《史記》之類，授課先生的門檻更高。

環夫人不是要曹朋教曹沖那些高深的東西，說簡單一些，她其實還是希望能為曹沖找一個幫手。然而，事情演變到這一步，已不受環夫人控制。她也只能在一旁靜靜的觀察，等待事態的發展。

曹朋是否能為人師，最終還是要看曹操的態度。在此之前，環夫人也只能按兵不動……

孔融在朋友家中吃了酒，天黑以後才回到家中。

今天，在朋友家裡談得很愉快，也讓孔融的心情非常好。若在平時，不到亥時，他已上床睡覺。可今天有些興奮了，回到家後他也睡不著，乾脆來到書房裡，想找本書打發時間。

桌案上，放著一個布包。孔融疑惑的拿起來，沉聲問道：「這東西，是誰送來的？」

「老爺忘了？這是幾天前，曹八百派人送來……當時老爺沒有在意，只讓小人放在一旁。」

「曹八百？曹朋？」

孔融愣了一下，似乎有點印象了。

幾天前，曹朋的確是讓人送來了這個布包，但當時孔融並沒有在意，於是隨手放在了案上。接下來幾天，他把這件事拋在了腦後，幾乎快要忘記，若非今天吃多了酒睡不著，他恐怕也不會留意。

不過，孔融卻想不起來自己和曹朋有什麼交情。他對曹朋的印象不錯，一方面是因為曹朋那篇《八百字文》，另一方面則是當初那兩篇《陋室銘》和《愛蓮說》；更重要的一點，曹朋的老師是胡昭，才學名氣並不輸給他。只是，之前曹朋大鬧輔國將軍府……

孔融突然想起來，最近鬧得沸沸揚揚，關於讓曹朋當曹沖老師的事情。

莫非，曹朋要我幫忙？

他冷笑一聲，隨手把布包扔在案上。

小小年紀，也敢為人師？真是不知天高地厚！

孔融對這個啟蒙老師一點興趣都沒有。他就好像是大學教授，你讓他去教一個幼稚園的孩子，他怎可能來勁兒？

坐下來，孔融閉上眼睛沉吟片刻，而後睜眼盯著書案上的布包……

「也罷，讓我看看，你究竟送的是什麼。」

孔融目光灼灼，忍不住好奇，將布包解開。

建安五年十月初三，曹操凱旋而歸。

官渡之戰的勝利，使得曹操坐穩了河南霸主之位，並隱隱有趕超袁紹的跡象。這種時候，再也無人叫囂著讓袁紹與曹操共同把持朝政了。曹操用一場大勝，證明他比袁紹強上百倍。

漢帝劉協率百官，出城迎接。

曹操下馬，叩拜劉協，上演了一齣君臣相知的和諧戲碼。

事實上，曹操在官渡大獲全勝，最失落的人並非袁紹，而是漢帝劉協。他本指望著讓袁紹慘勝曹操，然後他以漢家天子之名站出來，力挽狂瀾……他希望袁紹勝，卻不想曹操死；曹操活著，才可以制衡袁紹，而慘勝之後的袁紹，也必將元氣大傷，到時候他就能順理成章的將兩人手中的權力收回……只可惜，劉協的小算盤到頭來只是竹籃打水，成一場空！

袁紹，不足與謀！

這也是劉協心中最強烈的感受。

想你袁紹，坐擁四州，麾下雄兵百萬，錢糧廣盛，人口眾多，結果卻被曹操打得幾乎全軍覆沒。這種人，和廢物無甚差別。

至少在劉協心裡，袁紹的地位一落千丈。

不過，劉協不可能就此甘休。在迎接曹操還許之前，他已下詔，加封曹操為太傅之階。

曹操本已官拜司空，屬三公之列。而太傅，則在三公之上，負責執掌以善勸道天子職責，無日常事務。想必，袁紹聽到這個消息，心裡會很不舒服吧！

天子下詔，按照規矩，曹操需三次請辭，而後才可以正式接受。但這個太傅的名頭已經十拿九穩，對曹操而言，太傅不太傅無所謂，關鍵是這個面子問題。

後世人常說，曹操喜歡翹尾巴。

當官渡大勝之後，曹操的小尾巴又有點想翹起來了……

入城之後，又有一番繁瑣禮儀。

當晚，漢天子劉協在金鑾寶殿設宴為曹操慶功，文武百官悉數參加。劉協只露了一個面，便退場了。他心裡並不舒服，為曹操慶功也是不得已為之，但要他一直陪伴，那絕不可能。

劉協退場後，酒宴的氣氛隨之達到了高潮。

「諸公，諸公且聽某一言。」

曹操突然高聲說話，大殿上眾人，頓時止住聲息。

「某有一私事，欲與諸公相商。我家五兒已五歲，正當啟蒙。只是這先生卻不好求，不知諸公對此，可有什麼好的建議？」

此前，環夫人已多次派人送信，表示了她的想法。她希望由曹朋為曹沖啟蒙。

不過，曹操當時忙於戰事，所以並未決斷。而且，他也不知道該如何決斷此事……曹朋嘛，倒是個好人選。不管怎樣，曹操對曹朋的忠心、對曹朋的才學也很讚賞，但正如卞夫人所說的一樣，曹朋最大的問題就在於他的年紀。至於他的官職，說實話倒算不得什麼……

而時下所爭論的焦點，恰恰也是在曹朋的年齡。

環夫人的心思，曹操不是不清楚，但他並不認為環夫人有什麼錯。膝下幾個孩子，年紀都還小，最大的也不過十四歲，立嫡之事尚早。曹操本人，也非常喜愛曹沖，自然希望將來能有一個人扶持曹沖，幫助曹沖。

至於是否立嫡曹沖，曹操並未考慮。他正值鼎盛之年，考慮這個問題還早……再說了，就算幫助曹沖，也不意味著一定要立嫡曹沖。

可問題是，他不想立嫡，家裡卻不這麼認為。

曹操與郭嘉說過好幾次，但郭嘉卻始終不肯表達主意。故而，曹操在慶功酒宴上把這件事提出來，也是想聽聽大家的意見。只不過，當曹操提出這個問題的時候，大殿上鴉雀無聲。

眾人你看我、我看你，誰也不肯開口。

本來嘛，這是你老曹的家事，何必要拿出來問我們？

這牽扯到一個站隊的問題……萬一站錯了隊伍，那可是會死人的。

「想來司空也聽說了坊市流言。」

曹操既然開口了，不回答肯定不成，所以，一雙雙眼睛便落在了前太尉楊彪的身上。楊彪如今也是個白身，但卻有爵位，故而今日酒宴，也把他請來。

「有傳言道，司空有意請曹友學為啟蒙先生，恐為謠傳。倒不是說曹友學怎地，他品行不差，只是年紀卻小了些。若再大幾歲，必然是最合適的人選，可現在，恐有些不妥。」

「是啊，曹八百才情出眾，只是年紀小了！」

「嗯，曹朋確有真才實學，但性子不免衝動……若讓他來擔當，未必合適。」

不管是出於好意，還是別有用心，有人開口，其他人自然跟上，議論紛紛……

這話題，主要還是圍繞著曹朋的年紀。當然，也有些人因為此前曹朋大鬧輔國將軍府，對他頗有不滿，趁此機會他們倒不介意踩上兩腳，雖然未必有效果，但是卻可以噁心一下曹朋。

眾人七嘴八舌，曹操很認真的聽取。私心裡，他也覺得曹朋的年紀有點小了……可是又覺得，啟蒙而已，不過是讀書識字，和年紀有什麼關係？

「文舉，你怎麼不說話？」曹操的目光環視殿上眾人後，落在了孔融的身上。

平日裡，就他是個話癆，今天卻不知為何，居然一言不發。

聽到曹操點他的名字，孔融咳嗽了一聲，站起身來。

此前，楊彪回答時並未起身。而曹操所問的又是私事，故而大家交談時，也都是坐著說話。孔融突然這麼鄭重其事的站起來，所有人都不禁一怔。孔融可不是普通人，他的聲名之大，可算得上是清流名士的代表，他這麼站起來，莫非有什麼用意？

曹操也愣住了！

孔融平日裡最是不拘小節，說好聽一點叫灑脫，說難聽一點叫狂放。和曹操說話，他很少表現出如此鄭重之態。曹操心裡面不禁有些好奇，想要聽聽孔融的說辭。

孔融繞過酒案，走到大殿中央。只見他正了正進賢冠，抖了抖衣衫，向前走了兩步，「融正欲為司空舉賢。」

「舉賢？」

「前些時日，融曾得一奇書，願獻於司空。」說著，他從懷中取出一本書冊，雙手高舉過頭頂。

「悅亦願為司空舉賢。」

「荀彧願為司空舉賢……」

「陳紀請為司空舉賢。」

呼啦啦，一下子站出來七、八個人，而且說的內容居然一樣。

曹操愕然看著眾人，也有點懵了：「文舉，你們這是……」

「司空可先看過這冊《三字經》後，自然明白。」

曹操走上前，從孔融手裡接過書冊。書冊薄薄一本，並不厚。封面上用飛白體草隸，寫著『三字經』三個字，落款署名正是曹朋。

吾家萬里侯，又有新作？曹操不禁好奇，翻開了封頁。

「人之初，性本善。性相近，習相遠……一而十，十而百。百而千，千而萬……曰春夏，曰秋冬。此四時，運不窮……地所生，有草木。此植物，遍水陸。有蟲魚，有鳥獸。此動物，能飛走……長幼序，友與朋。君則敬，臣則忠。此十義，人所同……」

曹操一開始，只是小聲的唸誦。但隨著讀下去，聲音漸漸變大，在大殿上空迴盪。

三字一組，六字一句，簡單明瞭，卻蘊意深遠。最重要的，是這些文字讀起來琅琅上口，極有韻律。

當曹操唸完一遍之後，居然就記下了幾百個字。自古以來，尚未有過這樣的文章。曹操開始明白，孔融為何稱之為『奇文』。

「此篇，唯友學之《八百字文》可比。」曹操忍不住大聲稱讚，可說完以後又想起來，這篇文章豈不就是曹朋所著？

「文舉，你們……」

「前些時日，曹朋命人送來此書，當時我倒沒有在意，便隨手扔在一旁。直到坊市之中流傳曹朋欲為五公子之師，我才想起這本書，於是便拿來翻了一下。可是……融以為，友學才思之高妙，可為人師。此篇《三字經》一出，則諸文失色。融持此書，訪諸賢，皆以為此篇文章可傳千古。」

大殿上，盡是倒吸涼氣的聲音。

曹操並未開口，而是返回坐榻，重又讀了一遍。

之後，他突然笑了！

「此文之高妙，果非等閒。」

他發現，站出來說話的這些人，或本人，或祖先，皆在文中被提及。比如孔融，『融四歲，能讓梨』……比如荀彧、荀悅，又有『淑神君，未四長』……

曹操越看越覺得有趣。看到後面，還發現有祖宗曹參的事蹟，更使得曹操開懷大笑起來。

這個友學，果然是聰明。他寫出這麼一部書來，凡被提及者，勿論是本人，抑或者是子孫後代，豈能置之不理？別的不說，這些人一定會拚了老命的推廣。

你們不是說我年紀小，不是說我不夠資格嗎？我用這麼一篇文章來回應你們的質疑，看你們還有什麼話可說。除非你們要否認自己，或者自己祖先的事蹟，否則就定然會贊同……

曹朋那倔強的模樣，似乎又浮現在了曹操眼前。

當初酸棗撤兵，曹朋建議曹操把酸棗百姓一併撤走，當時曹操不同意，曹朋竟然在府衙大堂上跪了大半夜，最終使得曹操回心轉意。而結果，卻是曹操獲得了意想不到的收穫。那些從酸棗撤退下來的百姓，對曹操感恩戴德，以至於當袁紹兵臨官渡的時候，當地百姓給予了曹操極大支持。

民心，民意……

官渡一戰，固然是曹操運籌帷幄的勝利，也未嘗不是民心的勝利。

『水載舟，亦覆舟』，似乎也明白無誤的表達了曹朋的觀點。

這小子，這次又要出風頭了！

曹操甚至相信，當這篇《三字經》出來，必然會被迅速推廣，甚至會取代自秦漢以來的《倉頡書》，成為日後最為流行的啟蒙讀物。因為，這本書裡幾乎涵蓋了這天底下的世家大族，有鄭玄、有盧綰、有崔業……

曹朋在這篇《三字經》中，給足了那些世家大族利益。為了這些利益，他們也必須爭相推廣。

事實上，曹操卻猜錯了。

曹朋把書送給孔融的時候，還沒有傳出環夫人要請他做曹朋老師的消息。他之所以送給孔融，是希望能拉近和孔融的關係，以便日後能掌控住輿論的導向。這《三字經》，是曹朋晉身清流的一塊敲門磚。想要得到整個清流的支持，單憑幾篇文章還不行，更需廣闊的人脈……

不過，這篇《三字經》一出現，足以杜絕所有人的議論。

能寫出一篇如此『美妙』啟蒙讀物的人，難道還當不得一個啟蒙先生？

試想一下，若十幾年後，全天下人都在試用《三字經》、《八百字文》的時候，昔年的作者，卻連個啟蒙先生都當不得，還被所有人認為不合適，那豈不是對在座之人最大的嘲諷？

曹操抬起頭，「如此說來，友學當得？」

「當得！」

荀悅更大聲道：「若曹友學當不得，則天下無人能當。」

廢話，這個時候否定曹朋，就是否定《三字經》；否定了《三字經》，那就是否定荀淑……

別說荀悅了，連素來穩重的荀彧，也表現出決絕之意。那意思分明是衝曹操說：你要是不讓曹朋當你兒子的啟蒙老師，我就跟你急！

曹操看著眾人，仰天大笑。

這一部《三字經》，不僅僅是曹朋的榮耀，更是他曹操，乃至整個曹氏宗族的無上榮耀……

「既然如此，就依諸公所言。」

《三字經》的內容，幾乎是以最快的速度，在一夜之間傳遍了許都街頭巷尾。你聊天時，若不說兩句『三字經』，你就不好意思說你是讀書人。

並且，在潁川各大家族的推動下，《三字經》的內容更迅速的向外傳播出去。甚至連大名鼎鼎的潁川書院，也準備變更課程，正式引進《三字經》和《八百字文》。不為別的，只因這兩篇文章太經典。

襄陽，水鏡山莊——

司馬德操一臉無奈的向黃承彥看去。

同為書院，他這水鏡山莊自然能夠在第一時間得知《三字經》的內容。看著一臉得瑟的黃承彥，他也不由得發出感嘆：「承彥兄，當年我與德公，卻小覷了令婿。」

黃承彥手撚長髯，雖故作平靜，可是從他的眼眉中，依然能看出他的得意……

香九齡，能溫席。孝於親，所當執！我江夏黃氏，亦可與中原名士爭鋒……

章七 好事成雙

「學生曹沖，拜見老師。」

曹府廳堂上，曹沖奶聲奶氣的向曹朋行禮，總算是完成了這拜師的最後一道程序。

曹朋笑著，上前抱起曹沖。說起來，曹沖還真不太像曹操，隨母親環夫人的樣貌似乎更多一些。雖還是小小童子，眉目卻極清秀，將來必然是個美男子。

曹操和環夫人站在堂下，也露出了燦爛的笑容……

曹朋低估了他那部《三字經》的威力！

與歷史上原有的《三字經》不一樣，曹朋所書的《三字經》，減少了海量的歷史內容。沒辦法，比原有的《三字經》少了一千多年的沉澱，不減少肯定不可能。好在黃月英的學識不差，再加上闞澤的幫助，使得曹朋在原有基礎上，將春秋戰國、秦楚兩漢的歷史更加細化，總算解決了一些問題。但即便如此，還是比原文少了幾百字……

這時候，李儒給曹朋出了個主意——增加名門望族的內容！

三國初，世族門閥的地位已突顯出來。

在整個社會，那些名門望族的子弟占居了社會的主導地位。雖然也有寒士湧現，但是從影響力而言，遠遠不如那些名門望族的力量。李儒認為，曹朋可以藉這個機會，與那些名門望族打好關係。

歷經董卓興衰，李儒深知世族力量。完全依附世族不行，但想要徹底根除世族也不可能，必須要在兩者間尋求一個平衡點，既能被世族門閥所接受，又要獨立於這個社會群體之外。

這世上，終究沒有絕對的公平。

有些人生來便是世家子弟，有的卻在社會底層苦苦掙扎。

李儒說：「公子不喜歡世家子弟可以，但卻不能被他們所排斥，那樣一來，必然是寸步難行。那些世家豪門的影響力巨大，若能與他們交好，於公子益處甚多。只從伏完一事便能看出，若當時世家豪門出面彈劾公子，即便是曹司空也無法護持周全。」

內心裡，曹朋討厭世家豪門，但他又不得不承認，想要消滅掉這些世家豪門實在是太難了！

即便是晚唐黃巢暴動，幾乎殺盡了世家大族，可那些世家大族在劫難過後，憑藉著深厚的底蘊，以大地主的面目重新出現；而後，他們的角色不斷變化，學閥、財團……諸如此類的名號不斷更改，但世家大族卻從未消亡過。歷朝歷代，都會不斷湧現出世家大族的精英。

重生五載，曹朋對世族也算是有了深刻的認識。

真正的世族子弟，不是囂張跋扈，不是橫行霸道，而是以一種內斂的方式，低調的生存……

後世那些所謂的『二代』，如今看來，不過是一群暴發戶子弟罷了。

世家子弟有世家子弟的尊嚴和驕傲，只是你如果沒有真正的接觸，就無法感受到其中奧妙。

李儒的主意就是，藉由《三字經》，與世家交好！

每個家族，總有一些出眾、被族人所尊敬，聲名顯赫的人物。比如潁川荀氏的荀淑、鍾氏的鍾浩、陳氏的陳寔、滎陽鄭家的鄭玄、趙郡李家的李牧等等。

金銀錢帛，難以令世家子弟看重。可是祖先的榮耀若能推而廣之，為世人知曉，對世家子弟而言，絕對是一樁了不得的恩情。

試想，當大街小巷傳唱著『淑神君，乃四長。有八子，皆成龍』的童謠兒歌時，偏偏自家祖先未能名列其中，豈不是一種羞恥？曹朋甚至沒有想到，在短短一個月的時間裡，《三字經》已經變成了一個世家名門的風向標。有人說，若未名列《三字經》，就算不得名門。

由此可以看出，一千七百二十二字，給這個時代所造成的巨大衝擊。

卞夫人最終偃旗息鼓。當她看罷《三字經》的內容之後，便知道此事已無法阻止。以前，還可以用曹朋年紀小，在士林中地位不顯而作為攻擊的藉口。可現在，所有的藉口都煙消雲散。卞夫人是個聰明人，她知道如果自己繼續搗鬼的話，勢必會引發出巨大的反彈。有些事情要懂得適可而止。

卞夫人能以娼家出身，年過三旬徐娘半老仍受曹操的寵愛，就是因為她懂得『適可而止』四字。既然無法阻止，那就隨他去吧……想到這裡，卞夫人也就釋懷了！

不過，曹沖去曹府拜師，卞夫人並沒有去。她在司空府中，命人把曹丕找來。

「子桓，小五今天拜師，你怎麼看？」

曹丕對卞夫人一向很尊重，垂手回道：「友學才學過人，小五能得他教授，倒也算是一樁好事。」

「好事？」卞夫人冷笑起來。「於小五是好事，但於你，只怕非好事。」

此時的曹丕，畢竟年僅十四，雖說他經歷過許多事情，但終究還不成熟。如今的他，只是個半大的孩子，遠沒有歷史上逼迫兄弟時的那份狠辣和果決。聽到卞夫人這一番話，曹丕不禁愣了，有些不解的看著卞夫人。

卞夫人不由得在心裡暗自嘆了口氣。若非不得已，她也不想過早的破壞曹丕心中那份美好的童真。可身為曹操之子，而且如今還是長子，如果他始終保持這份童真的話，遲早會落得個屍骨無存。所以，卞夫人寧可曹丕早一點成熟。

「我有三子，子文好武，臂力過人，從小便立志為將。小四好文，性情雅致，喜歡與文人士子接觸。若以聰明而言，你兄弟三人小四為最，不過他所接觸的，大都是些不成氣候的人，雖有文采，卻略顯輕浮，恐日後難以成就大事……三人之中，你文比不得小四才思敏捷，武不如子文槍馬純熟……然則，我最關心的，卻是你。」

曹丕身子一顫，雙膝一彎，跪地道：「母親……」

「子桓，你且聽我說完。我最關心你，也最看好你，只因你有大氣度，頗似你父親。此前，你大哥戰死宛城，你大娘離開，才有為娘上位。但你要知道，為娘的出身註定無法給予你太多幫助，你將來更多的，還是要依靠你自己……小五年紀雖小，卻和你一樣，有大氣度。你父親對他甚為疼愛，本就會令你陷入尷尬之境。而今，他又得了曹友學為師……雖然只是啟蒙，卻意義非同尋常。」

「曹友學，想必你比我更瞭解。那孩子氣運超強，短短幾年立下赫赫戰功。他如今雖然被削爵罷官，可憑他的底子，不須十年，必能官復原職。而且你父親對他的信任，無以復加……我這段時間仔細觀察過他，那孩子心思很深，謀後而動……遠勝朝堂上那些無用的耆老。小五這次拜了曹朋，日後氣運必然會超越你，到時候你可就危險了。」

氣運這東西，說起來挺虛幻的。可誰也不能否認，這玩意兒確實存在。

曹丕是曹操的長子，曹沖的氣運超過他，豈不是說曹沖將來會在曹丕之上？

卞夫人雖然沒有把話說明，可曹丕不是傻子，卞夫人把話說到了這個分上，他焉能不懂？他眼中，閃過一抹精芒。

「母親，沒那麼嚴重吧？」

卞夫人冷笑一聲，「我本以為沒那麼嚴重，但是……曹朋坐擁大海西三成利益，此生無須為錢帛擔憂。那三成利益，是你父親賞賜與他，即便將來他不再控制海西，只要不犯大錯，那三成利益必然歸屬於他。他與你子廉叔父、子孝叔父，關係密切；子丹是他結義兄長，日後早晚會執掌虎豹騎，成為你父親的肱骨之臣……」

「而今，他憑藉一部《三字經》，得了清流之名。若依照這個勢頭發展下去，早晚能成就宗師……世家大族，莫不與他交好，必然會對他鼎力支持。小五若得他之助，憑藉曹友學的能力，再加上小五的氣運，二者聯手，你以為你可敵否？」

「這個……」曹丕的臉色終於變了。

「而且……」

「母親，而且什麼？」

「而且我現在知曉了，曹友學深諳存身之道。這一次，他大鬧輔國將軍府，被削爵罷官，看似是丟了氣運。然則，正是他那一刀，會令你父親對他更加信任。別看他丟了越騎校尉之職，其實一個小小越騎校尉，又算得了什麼？將來他若復起，必然一飛沖天，從此再也無人能夠阻攔。」

曹丕激靈靈打了個寒顫。

「母親，即便如此，他日小五若真超過我，我也可以輔佐他。」

卞夫人笑了，「真的嗎？」她太瞭解自己這個兒子了！如果是旁人，她也許會相信，但是曹丕，斷然不會甘心為人下。

曹丕閉口不言。

「子文可以輔佐小五，小四也可以輔佐小五，唯獨你不可以……你道為何？只因你的氣度，和小五一樣。當初你父親和曹友學談話時，我曾與小環旁聽。當時你父親對袁紹尚有畏懼，故而曾戲言，若天下太平，願與袁紹共存。然可知曹朋如何回答？」

「這個……孩兒不知！」曹丕知道當初曹操與袁紹決戰前，的確是有些猶豫。但曹操和曹朋談話的事情，他還真是不太清楚……

卞夫人道：「曹友學當時只說了六個字，令你父親改變了主意。」

「哪六個字？」

「一山不容二虎。」

曹丕心頭一顫，再次沉默。

他是個有野心的人，而曹沖未來，有大氣運。他是一頭老虎，那麼曹沖呢？將來怕也是一頭老虎吧……一山不容二虎，一山不容二虎！

曹丕突然倒頭便拜，「請母親教我！」

話到了這個分上，再遮遮掩掩，已沒有意思。卞夫人既然把他找來，那一定是有了腹案。曹丕知道，在這個時候，他的確是需要母親指點。

「我與你八個字。」

「哪八個字？」

「內聯兄弟，外結同盟。」卞夫人深吸一口氣，輕聲道：「子文有武力，可為大將；小四才思敏捷，可為謀臣。你是大哥，如今他們年紀小，你更應該好好照顧他們，讓他們知道，你是一個非常合格的好兄長。」

打虎親兄弟！

卞夫人這番話，說得是再明白不過。

子文，就是曹彰。曹丕、曹彰、曹植三人一母同出，這份感情遠非其他人可以相比。曹沖雖然也是他的兄弟，但畢竟同父異母。如果曹丕能籠絡好兩個弟弟，必然成為最好的幫手。

「那外結同盟……」

「子桓，你快十五了！」

「是。」

「今小五拜師，倒讓我生出許多感慨。你也該有個老師，好好的修一番學業，莫再東奔西走。」

「孩兒遵母親之命。」

卞夫人道：「如今你父親大勝，天下必然歸心。若說此前還有些觀望之人，現在也會傾向於你父親……所以，我思忖良久，為你想到了一位先生。」

「不知母親，所言者何人？」

「便是那尚書右丞，司馬建公。」

曹丕聽聞，頓時愕然。

司馬建公，也就是當年曾推薦曹操為雒陽北部尉的司馬防，司馬朗和司馬懿的老子……

司馬也是世族豪門，但是司馬防……似乎名聲略顯不足。不過，曹丕更相信母親絕不會害他。既然選擇了司馬防，那一定有原因，只是他猜不到。

「願從母親之命。」

曹丕再次叩首，而卞夫人嫵媚嬌靨，閃過一抹森寒。

小環，莫要以為妳得了曹友學，就能成大事。咱們兩人之間的戰爭，如今才剛剛開始罷了！

按照規矩，曹沖拜師之後，便要留在曹府。

環夫人本有些不捨，可曹操卻覺得，讓曹沖留在曹府，倒也沒有壞處。曹操的想法，環夫人很難猜測。只是曹操既然這樣吩咐下來，環夫人自然也不可能出聲反對。

只是，在回程的路上，曹操卻顯得興致不高。

「司空，何故悶悶不樂？」

「我嘗聽說，袁紹有三子，只為立嫡，爭吵不休。此次我能官渡大勝，也是因為袁紹麾下不能齊心，各有盤算。今日倉舒能得一名師，本是一樁好事，可是……夫人，袁紹前車之鑒，猶在眼前。」

這一句話，令環夫人頓時嚇出了一身冷汗……

環夫人的心思，曹操怎可能看不明白？只不過倉舒長大了，的確是需要有人教導。交給別人，他不放心，但若是曹朋，曹操便能高枕無憂。但這並不代表他會縱容環夫人！正如他所說，袁紹前車之鑒猶在眼前，豈能不防？

而且，曹操相信，環夫人開啟了戰端之後，卞夫人必然會有回應。

夫人們之間的明爭暗鬥，曹操可以不去理會，只要是在他掌控之中，鬥一鬥倒也不算什麼。關鍵是，這其中要有一個度！

曹操提醒環夫人，就是要她明白這裡面的輕重。

點到為止，他也不會再說什麼。包括卞夫人，曹操也會尋找機會。但擺在他面前的事情，可不僅僅是家常瑣事，還有更多。

不知不覺，已入冬了！

在某一天清晨，當曹朋拉開房門時，卻發現屋外一片白皚皚，銀裝素裹。

建安五年的嚴寒，終於來了……

官渡大戰的封賞，也下來了。

鄧稷因雞洛山之戰，出謀劃策有功，而被封為酸棗令，典農校尉之職；魏延也因此戰斬殺袁紹大將韓荀，拜討逆校尉，與鄧稷一同鎮守延津。至此，魏延終於從一個普通將領，升遷為正經的校尉。能夠與鄧稷合作，駐紮延津，對魏延來說，倒也是一個相當不錯的結果。

入冬後，曹楠讓鄧艾隨曹沖一起，拜曹朋為師，接受啟蒙。

接下來的日子，變得很輕鬆。

曹朋每天都會給曹沖和鄧艾規定好課程，循序漸進的教導。

清晨，鄧艾和曹沖會隨著曹朋聞雞起舞，鍛鍊身體，修習武藝；早飯後，兩人則開始溫習課業。教材就選用了《三字經》和《八百字文》。曹朋、黃月英還有闞澤，輪番進行授業。

也許再大一些，曹沖不一定能接受黃月英的教授，但現在，他並不會在意黃月英女子的身分。而且黃月英授業時也非常輕鬆，講解文章頗為有趣……

到後來，荀彧找上門來，讓他的次子荀俁也隨曹沖一同學習。這一年，荀俁年六歲，正好也是啟蒙的年紀。至於荀彧讓荀俁來拜師曹朋，是存了修好之意，還是為了曹沖而來？恐怕也只有荀彧自己的心裡清楚。

不過，他必有修好之意。

說起荀俁，後世人也許瞭解不多。在魏晉玄學中，有一個極為重要的課題，名叫『言意之辨』。爭論的焦點就是言語是否能完全表達人的意思，認為不能完全表達的，叫做『言不盡意論』；認為能完全表達的，叫做『言盡意論』。荀俁就是言盡意論的代表人物之一，而他還有個弟弟名叫荀粲，卻是言不盡意論的代表人物。為此，兩人還曾進行過一次爭論，並被人記載於《三國志》當中。

此時，荀粲剛出生，才一歲出頭。而荀俁只六歲，也不過一懵懂童子……

曹朋並不知道荀俁和荀粲在歷史中所占據的學術地位，在他眼裡，荀俁還是一個小孩子，什麼都不懂。想來荀彧讓他過來，更多的是想要和曹沖結交。

也許，荀彧看得出，曹沖非池中之物？

天曉得這些老大人的心思，曹朋無法猜透。

曹沖能有一個玩伴，倒也不是壞事。事實上，小孩子在年幼時能多一些朋友，有助於鍛鍊他的處世能力。反正荀俁也是個可靠之人，曹操沒有拒絕，曹朋就更不會去妄作一個壞人。

「先生，我快要頂不住了！」鄧艾在小校場裡，大聲對曹朋說道。只見他兩腿彎曲，雙手平伸，做出四平大馬的架式。

一旁的曹沖和荀俁早已經搖搖晃晃，比鄧艾更加不堪……

曹朋忍不住笑了，「你們這叫紮馬？」

「可是我看先生教典存他們，就是這樣。」

「只得其形，未獲其神……紮馬步，最重要的是一個『馬』字。要站出個馬來。」

「站出馬來？」曹沖終於堅持不住，一屁股坐在地上。

曹朋道：「你們騎過馬沒有？」

「騎過！」

「縱馬奔騰，人在馬上，身體隨馬起伏……馬步，也正是從騎馬之中獲得的拳術根基。所以紮馬的時候，也要一起一伏，憑空紮一個馬出來。」曹朋看著眼前這三個童子，臉上露出一抹凝重之色，「你們是不是真的想要習武？你們可要想清楚，夏練三伏，冬練三九，習武是一樁很辛苦的事情。若沒有持之以恆的精神，你們也練不出什麼，倒不如好好讀書。」

漢代，是一個尚武的時代！哪怕是小孩子，也對此極為癡迷。

好事成雙

曹操年輕時曾做過遊俠兒，荀彧也曾佩劍遊歷天下。

至於鄧艾……那更不用說了！他老爹不通武藝，可曹朋卻是個高手。平日裡看曹朋教導別人習武，早已經眼熱。好不容易說通了曹朋，讓他教導自己武藝，鄧艾又怎可能輕易放棄？

三個小腦瓜，小雞啄米似的點頭。

曹朋見此，輕輕點頭。

晌午，曹朋先開課。他講解的，就是《三字經》。

作為《三字經》的作者，曹朋自然對內容滾瓜爛熟，對於其中的含義也非常瞭解。最重要的是，他有著領先這時代一千八百年的記憶……結合後世教育的特點，融會這個時代的方法，往往能說得深入淺出，生動有趣，也使得曹沖三人產生了極為濃厚的興趣。

授業半個時辰，便停下來，讓他們玩耍個一炷香的時間。而後是黃月英授課，又是半個時辰……再玩耍一炷香的時間後，便是闞澤的授業時間。

三人輪流上課，教授的題材也各有不同，使得曹沖三人興趣盎然。

午飯後，午睡一下。待下午時，曹朋便帶著他們玩耍，或是讓他們在小校場裡騎馬，或者找一些新鮮玩意。

為此，曹朋還請人做了一副華容道。當然了，名字肯定不是華容道，人物也由曹操、關羽變成了劉邦、項羽……反正劉邦一輩子被項羽打得落荒而逃的次數多不勝數，誰也不可能去深究。

曹沖對此，最有天賦。

授業第六天，曹朋帶著三小，騎馬出城。他們沿著潁水而行，曹朋不時根據一些地形地勢，提出一些頗有趣味性的問題。

當行至龍山時，遠處十數架巨型曹公車映入眼簾。曹朋突然心裡一動，勒馬停下來，手指龍山腳下的大路，向曹沖三人提出了問題：「倉舒、小艾、小俁，我給你們出一個問題。」

他甩蹬下馬，自有親兵上前，把曹沖三人抱下馬來。

曹朋在地上畫了一個圖形，問道：「如今袁紹大軍將至，我需要你們在此與袁軍交鋒……你三人該如何迎敵？」

努力的回憶了一番之後，曹朋盡力將歷史上失街亭的戰事講解清楚。他希望藉由這個機會，給三人一次考驗。同時，他還有一個想法，他想看看鄧艾的本事……

三個小傢伙湊在一起，交頭接耳半晌。

鄧艾說：「若我領兵，必屯於山下，依山而戰。」

「為何不據山而守？」

「此山雖臨近潁水，但山勢陡峭。若我是袁軍，只須斷絕汲水之道，圍而不攻。只須十日，便可不戰而勝……」

曹沖笑道：「小艾有大將之才。」

荀俁也說：「據山而守，雖居高臨下，占居地勢之優，但也要根據實際情況而定。我也認為，小艾所言的依山而守，勝於據山而守。」

鄧艾得意的笑了！

而曹朋卻不禁感到吃驚。他可沒有教給鄧艾兵法，若說曹沖和荀俁，倒是有可能聽過一些兵法之道，可是鄧艾……

自己常年不在家，鄧稷也不在許都，父母和姐姐都是那種不太識字的人，鄧艾能夠做出這種判斷，的確是不容易。難道說，他這個外甥，真的是傳說中那個鄧艾鄧士載不成？

以前曹朋也有這種懷疑，但此刻，他有些深信不疑了！

第七天，曹沖和荀俁被接回家中。按照曹朋的說法，他們可以休息一天，放鬆一下。

曹操正好也在家裡，正與卞夫人、環夫人以及曹丕、曹彰玩投壺的遊戲。見曹沖回來，曹操大笑著上前把他抱起來，只逗得曹沖咯咯直笑。末了，把曹沖放下，曹操拉著他回到座位。

「倉舒，在你先生家中六日，都學了什麼？」

「回父親，孩兒在先生家裡，學了《三字經》，並開始習字。先生用六天時間，教會了孩兒七十二字，孩兒不但熟記於心，還能默寫呢……除此之外，先生還教孩兒練拳。每天聞雞而起，先生說欲成棟梁，須聞雞起舞。先隨先生小跑，而後紮馬步，還練了幾招拳腳。昨日先生帶孩兒出城，並考驗孩兒一番，孩兒通過了，才得以還家。」

曹操驚喜不已。短短六天時間，曹沖看上去大不一樣，好像壯實了一些，又似乎懂事了不少……

「是嗎？我兒已會了七十二字，可否為我誦來？」

「人之初，性本善。性相近，習相遠……」

曹沖用稚嫩的聲音開始背誦起來，待背誦完畢，曹操又考問了一番，發現這孩子，果然是懂了！

「未曾想，友學才學過人，這育人竟不輸於書院那些博學鴻儒。」

卞夫人和環夫人齊聲道賀。

曹植露出羨慕之色，看著曹沖。

他真的羨慕曹沖，因為那《三字經》，他也熟記於心，並敬佩不已。當初曹朋作《八百字文》的時候，曹植就驚為天人。只可惜，他已經拜師，而當時曹朋年紀還小，自然無法教授於他。而今曹沖竟有幸為曹八百弟子，看起來曹朋教授頗為有趣。

曹彰則露出好奇之色：「小五，你隨曹八百，還習了武藝？」

「嗯！」

「能否練上兩手？」

曹沖當然不會拒絕，他正好也想在父親面前展示一下自己六天所學。於是，便紮了一個馬步，而後讓曹彰和他一起練習。曹彰只紮了一會兒，便有些支撐不住。

「父親，久聞曹八百武藝高強，我能否隨他習武？」

曹操一怔，頗有些意動。

曹朋的身手好，曹操早就知道。想當初，曹朋與典滿、許儀就敢和呂布交鋒。後來在小潭，曹操更見識到了曹朋的身手，似乎已達到了一流巔峰。

曹彰好武，而且臂力過人。如今雖然也拜了師父，但在曹操看來，還是有些比不得曹朋。

曹操帳下猛將無數，但許褚、典韋這些人，哪有那性子耐心教導？要說武藝，典韋遠勝曹朋，卻無人願隨君不見，典韋的兩個兒子和一個外甥，全都是隨曹朋習武。要說武藝，典韋遠勝曹朋，卻無人願隨他習武。就連典滿也覺得，老爹的功夫的確是好，可那脾氣實在暴躁，說不出個子丑寅卯來，反而是和曹朋一起練武的時候，每一個動作曹朋都能說得清楚，讓人豁然開朗。

看起來，曹朋倒是個教人的好選擇。

曹彰話音未落，卞夫人就搶先開口道：「既然友學如此厲害，讓子文跟隨他習武，倒也不錯。」

小環妳不是想要讓曹朋做倉舒的幫手嗎？哪有那麼容易！妳可以讓倉舒隨曹朋學習，那我也可以讓子文拜曹朋為師。到時候，這手心手背都是肉，曹朋就算會幫倉舒，也會因子文而有所顧忌……

剎那間，環夫人眸光一閃。

她看了一眼卞夫人，突然笑道：「這樣也好，子文若能隨友學習武，卻是一個不錯的選擇。」

曹賊　章七

好事成雙

不知為什麼，卞夫人覺得自己好像中了環夫人的套！

建安五年十一月，許都連降暴雪。好在司天監已有所覺察，提前警告，使得曹操得以提前準備，所以雪勢雖大，卻未受太大損失。

曹府，又多出一人。曹彰興致勃勃的和曹沖搬進了曹府，開始隨曹朋習武。

尼瑪，當老子這裡是幼稚園、托兒所嗎？

不過，曹朋也沒辦法拒絕，反正一隻羊也是放，一群羊也是放。既然曹彰願意，那就隨他……而且，這孩子年紀雖不大，卻也是個豪爽性子。

由於連日大雪，道路冰封，所以曹朋便帶著幾個孩子在園中戲耍。

忽然，胡班前來通稟，「公子，黃老爺來了！」

「哪個黃老爺？」

胡班笑道：「自然是黃小姐的父親，黃老爺……他已進了府門，夫人特地讓我前來通知公子。」

曹朋腦袋嗡的一聲響：黃承彥，來了？

黃承彥不得不來！

如果說，此前他認為曹朋不足以配上黃家女婿的身分，而今曹朋聲名鵲起，已非當年中陽村夫。

黃承彥和黃祖的關係並不是太好。

對於黃月英隨曹朋私奔一事，黃祖一直不太贊成。這裡面除了有曹朋出身的因素之外，還有黃射的原因。如果黃家承認了曹朋，豈不是說當年黃射的所作所為是錯誤的嗎？要知道，因為曹朋一事，黃祖和鹿門山龐家幾乎撕破了面皮。如果不是劉備居中調解，加上荊襄望族的說項，才使得兩家緩和了一些。

可即便如此，每次聚會時，龐德公對黃祖都沒有好臉色，更有甚者，還會陰陽怪氣的嘲諷黃祖幾句……好在，龐季故去。這也使得鹿門山龐氏在荊襄的實力大減。龐德公又不願意入仕，以至於龐氏在官場上弱了黃祖一頭。

黃祖呢，也不想和龐氏鬧得太凶，畢竟大龐尚書不在，還有小龐尚書，依舊有著足夠底蘊。

黃承彥與龐德公關係很好，常年流連於鹿門山或水鏡山莊。黃月英的事情，已經成了荊襄名士們茶餘飯後的笑料。然則自建安四年，曹朋一篇《八百字文》問世，拜師胡昭之後，嘲諷的聲音也就越來越小，更有不少人有意無意和黃承彥交好。而至曹朋認祖歸宗，中陽曹氏正式回歸曹家以後，拜訪黃承彥的人也就越來越多。

官渡大戰起，荊襄九郡的目光，全都集中在許都。也就是這個時候，曹操大敗袁紹，曹朋一篇《三字經》，幾乎包含了古往名士的風流事蹟，驟然崛起，已隱隱有大家氣象。只說『隱隱』，而不能稱之為『已成』，是因為曹朋還沒有經典著作問世。《八百字文》和《三字經》，說起來都屬於蒙學作品，自然比不得那些經典。

可即便如此，拜訪黃承彥者，趨之若鶩。

龐德公私下裡曾讚道：「黃彣眼光獨到，早有謀劃。今日小曹一篇《三字經》，得天下人所重，此後再有經典問世，早晚必為大家，可喜可賀。」

心下，龐德公對黃祖更怒。

他雖說淡泊名利，不願入仕，可終究還是凡人。是凡人，就會有喜怒。當初他已經認下曹朋為弟子，若非黃祖從中作梗，只怕如今曹朋早已經拜入他鹿門山門下，而今，鹿門山說不得會揚名天下。偏偏黃射……

每每思及此事，龐德公不免感慨。平白成就了胡孔明之名號，他這心裡又豈能舒坦？

黃承彥這才留意到，女兒隨曹朋而去，至今已近三載。

他也知道，黃月英和曹朋的婚事已成定局，非外力可以阻撓。加之此前陳紀派人前來求親，也使得黃承彥動搖了心思。

別看劉表和曹操屬於敵對，但私下的交往，一直沒有斷絕。

三國時代，身處敵對雙方，卻相互結下姻親，也不是稀罕事。

黃氏身為江夏世族，自有他們的生存之道。黃祖雖依附於劉表，卻不代表黃承彥認同劉表。不把所有雞蛋放在同一個籃子裡，是世族的生存法則。

所以，即便是劉表知道黃承彥的女兒跟著曹朋走了，也不會為難黃承彥，這是一個不成文的規矩。

黃承彥做客水鏡山莊的時候，司馬徽再一次提及此事。黃承彥知道，是時候做出決斷了……

於是，黃承彥返回江夏，整理行囊，帶著三百餘人，一路北上，前往許都。

這三百餘青壯，皆甘寧當年留在荊州的僮客。甘寧從巴郡投奔劉表，帶了八百僮客前來，後甘寧隨曹朋前往許都，八百僮客便被黃承彥接收。一晃兩年多，許多人已經在江夏安家立業，不願再四處漂流。但仍有一部青年，還是願意隨同黃承彥北上，而這些人，大都是當年和甘寧一起為錦帆賊時的豪勇。黃承彥也沒有勉強，只帶了三百人以及他的家小，來到許都。

對於江夏黃氏，曹汲沒什麼好感。

想當初，他一家差點就死在黃射手裡。雖然過去了好多年，可回想起來，曹汲仍感到後怕。但這並不會妨礙他對黃月英的喜愛。

這小丫頭很懂得曹汲的心思，而且沒有什麼大小姐脾氣。

最重要的是小丫頭所學駁雜，對於那些所謂的『奇淫巧計』頗有專擅。比如造刀，黃月英根據一些古老典籍的記載，復原出當年古越人的造劍鍛打技巧，使得曹汲造刀技術得到提高。此後的曹公車、曹公犁，皆有黃月英的智慧涵蓋其中，這也使得曹汲和黃月英有了許多共同話題。

所以，黃承彥登門時，曹汲還是給予了足夠的尊重。雙方在極其友好的氣氛下，進行了一番磋商，最後敲定了黃月英和曹朋的婚期。而黃月英和曹朋苦守多年，也終於修成正果。

曹朋坐在一旁，靜靜聆聽。在這種時候，沒有他說話的餘地。

他目光直勾勾的盯著坐在黃承彥下首的一個青年身上。

這青年個頭不高，估計不到一百七十公分，看年紀約有二十上下。橫眉，三角眼，塌鼻梁，膚色發黑，頭髮略顯發黃，看上去極為醜惡。他就坐在黃承彥的下方，也說明了他的身分僅在黃承彥之下。如老僧入定一般閉口不言，覺察到有人在看他，青年也睜開眼睛看過來。

旋即，青年朝著曹朋，咧嘴一笑。

好難看！

這貨的模樣，可真是……曹朋心裡不由得一突突，暗自打了個寒顫。

這貨的相貌，比典韋看上去還醜。典韋醜是醜，但卻有一種英武氣概；可眼前這青年，與『英武』全無干係。如果一定要有個定義的話……猥瑣！就是猥瑣，極其的猥瑣！猥瑣的長相，猥瑣的笑容，整個人都很猥瑣。

曹朋來到客廳的時候，黃月英已經下去了。

曹汲正在和黃承彥交談，故而也沒有和曹朋介紹。

「阿福，剛才忘了介紹……這位說起來也非外人，若非當年陰差陽錯，你們說不得還是同門。」留意到曹朋目光裡的好奇，黃承彥突然開口。

同門？

曹朋一怔。

卻見青年站起身來，微微一笑，拱手道：「在下龐統，久聞曹八百大名，特來拜會。」言語中，帶著一種世家子弟特有的驕傲。

雖說是拜會，卻僅止拱手，微微欠了欠身……

曹朋瞳孔不由得一縮，看著眼前這位奇醜青年，臉上露出一抹笑容。

「敢問，可是元安先生公子？」

「正是。」

曹朋長出一口氣，起身上前，「久聞士元大名，今日一見，實朋之幸甚。」說罷，一揖到地。

曹朋這一舉動，著實讓龐統嚇了一跳。

一旁的黃承彥更露出滿意之色，輕輕點頭。

龐統露出尷尬之色，連忙站起來還禮。剛才，他只是拱了拱手，可曹朋卻是還以大禮，讓龐統有一種受寵若驚的感受。他是龐季之子，師從龐德公和司馬德操，但以名聲而言，卻遠遠比不上曹朋。曹朋這鄭重其事的行禮，讓龐統感到羞臊，剛才的傲慢頓時煙消雲散。

「曹八百竟也知我？」

「我聞水鏡山莊，有二賢四友，士元號鳳雛，不知是否？」

龐統驀地一個寒顫，駭然看向曹朋。

年初，他與司馬德操策論，言官渡勝負而得司馬德操稱讚之為『鳳雛』。但此事，並未有別人知曉。當天策論的內容，也僅止數人而已。當時龐統曾斷言，官渡大戰，袁紹必敗……司馬徽讓他說原因，他也做出回答。當時司馬徽稱讚說，龐統乃當時之雛鳳，他日必一鳴驚人。於是，這鳳雛之名，便在私底下傳開，所知者，除司馬徽外，也不過四、五人而已。

可曹朋，又如何知曉？

黃承彥不禁好奇問道：「士元，竟有此事？」

龐統臉一紅……不過他膚色黑，外人也看不出來。

「回先生，不過是水鏡先生戲言。」

曹朋正色道：「水鏡先生才學兼備，德高望重，豈能戲言。士元兄胸懷錦繡乾坤，可惜劉景升虛有其名，只知以貌取人，卻不想錯失了身邊的賢良。」

龐統眼中閃過一抹感激之色。

黃承彥輕聲嘆了口氣，卻沒有言語。

之前，龐德公曾讓人向劉表推薦龐統，意欲讓龐統在劉表麾下做個從事。哪知道，劉表見了龐統之後，竟厭惡龐統相貌醜陋。雖然沒有說出來，可是他的態度卻已表明了他的心思。

龐統也是個傲骨嶙峋之人，焉能受那種怠慢，於是便辭了劉表賞賜的官職。

回到水鏡山莊後，龐統悶悶不樂。他出身名門，從小從叔父學習，後拜入水鏡山莊，自認才學不凡。哪知道，就因為自己長得醜陋，所以常遭人恥笑……聽說黃承彥要去許都，龐統便動了心思。他早就聽說過曹朋的名字，可惜無緣結識。既然在荊襄無出頭之日，索性出去走一走，歷練一番也是好的。順便還可以去見一見曹朋，看看這曹朋，是否真如父親和叔父所稱讚的那樣出色。

黃承彥也沒有拒絕，於是便帶著龐統一起來到許都，做客於曹府之中。

初見曹朋，龐統並未有什麼感覺，但後來他覺察到，曹朋一直在打量他……本以為，曹朋和劉表一樣，也是個以貌取人的傢伙，龐統心裡多少感覺不舒服，於是只拱了拱手。

他生得難看，所以有一顆極其敏感，而且驕傲的心。

歷史上，龐統獻連環計後，得魯肅和諸葛亮的推薦信。他先投孫權，卻因相貌被孫權看低，後投劉備，也因長相而被無視。但即便是去當了一個小縣令，龐統也未取出諸葛亮的推薦信。後來劉備悔悟，

曹賊

章七 好事成雙

重用龐統，卻不成想進軍西川的路上，被張任伏擊射殺。

曹朋前世讀三國，至龐統被殺之時，仍感覺奇怪。

所謂落鳳坡，只不過是小說家的一種演繹而已，曹朋並不是特別相信。他奇怪，龐統當時為何會那麼輕易的被張任所害？他可是鳳雛，與諸葛亮並稱於世的『鳳雛』，表現的也太差勁了吧。

後來他聽過一種說法：龐統屬於那種極端自卑，又極端驕傲的人。

他有才能不錯，可是卻急於表現自己。他不想被人說他是靠著諸葛亮起家，所以一直在尋找機會，來證明自己的才華……

落鳳坡身死，與其說龐統是被張任所害，倒不如說是他立功心切，而迷失了自己的方向。

乍聽，頗有道理。可事實究竟如何？恐怕並不為人所知。

曹朋很喜歡龐統，是因為他出師未捷身先死的悲愴，以及『鳳雛』之名。

有的時候，喜歡某個人不需要特別的理由。比如曹朋喜歡龐統，就是因為他『鳳雛』的名號。諸葛亮？後世喜歡臥龍的人太多，所以無須他錦上添花。

而作為悲愴人物的鳳雛，便成了曹朋的最愛……

「未想士元竟會來，我真的是驚喜萬分。既然來了，就別急著回去。父親，何不讓人騰出房舍，請士元就住在咱們家裡？我如今無官一身輕，正好可以和士元多盤桓一下。有空了，我帶你去龍山狩獵，順便四處走走，如何？」

曹汲笑道：「此事阿福你決定就好。」

他扭頭對黃承彥道：「黃公，你如何打算？」

黃承彥想了想，「我此來許都，只為月英婚事。待大婚之後，我便準備返回江夏。」

「伯父，回江夏做什麼？」曹朋連忙開口阻止。

黃承彥回去了，豈不是說龐統也可能會走？而且，曹朋也希望黃承彥能留下來。於私，黃承彥留下來，黃月英會很開心；於公，黃承彥也是奇淫巧計的大家，所學之駁雜，尤勝黃月英。曹朋希望能從黃承彥身上多學點東西。

曹汲點頭說：「我聽說，江夏如今不太安穩。江東時常犯境，親家回去，未必有許都安全……別的不敢說，這許都至少很安全。袁紹敗走，二十年不會有戰亂發生。許都周遭有不少好去處，親家何不在這裡置辦產業？月英也一定高興。」

「這個嘛……」黃承彥怦然心動。

「若不然，可以去潁陰。」

「哦？」

「如今潁川太守曹洪，是我族叔。聽他說，潁川也有許多地方被閒置著，伯父若覺得許都不習慣，何不定居潁川？閒來無事，可以到潁川書院走走，那邊可是當今名士匯聚之所。」曹朋開口，提出了建議。

黃承彥沉吟良久，「我在潁川，並無熟人。」

曹朋笑道：「不如這樣，我正好閒著，與伯父一同去潁川走走，若看中了地方，買下就是。」

「如此，有勞友學。」

曹朋伸手攫住龐統的手臂，「士元，我們去後花園說話。今天園中有梅花盛開，我們可以在院中飲酒賞梅，也是人生一大樂趣。不知士元以為如何？」

龐統一笑，「便依賢弟。」

劉備入荊州

不知不覺中，曹朋和龐統已然兄弟相稱。

曹汲和黃承彥相談甚歡，開始商量具體的婚事細節。這也難怪，龐統和曹朋相處的好，對黃承彥來說，也算是了卻一樁心事。其原因？還要從他準備離開襄陽時，司馬徽的一番話。

「我開設學院，已有四載。所收弟子中，尤以諸葛和龐統最為出色。說實話，我本不擔心孔明將來……孔明大局無雙，眼界寬廣，早晚必成大器。我所慮者，只在士元。三年前，我曾試為二人前途占著，所得答案乃『龍鳳呈祥』之象；然則前些日，我重又占著，所得答案卻讓我大吃一驚。」

司馬徽占卜之術，可稱得上是一絕。即便是龐德公和黃承彥，也自愧不如。

事實上，在這個時代，幾乎所有的文士或多或少都懂一些占卜之法。

黃承彥連忙問：「是什麼卦象？」

司馬徽輕聲道：「龍漢之劫。」

黃承彥頓時面色難看。

相傳上古時，人本螻蟻，有龍、鳳、麒麟三族雄霸於天地。後三族大戰，龍、鳳兩族滅絕……

別奇怪，這並非是後世的洪荒小說。事實上關於龍漢之劫，在許多道家典藏中，都存有記載。不過在三國時，這些記載只是留存於極少數人手中，更衍生出各種相法和卜術。

司馬徽說：「孔明有臥龍之相，而龐統卻有鳳雛之名。兩人將來，成就非凡，不成想卻演變成了龍漢之劫，不死不休的卦象。當日我曾言，臥龍鳳雛之才，得一可得天下；若二者兼得，只怕是……士元若繼續留在襄陽，恐怕會有性命之憂，當及早離去，否則後果嚴重。」

黃承彥也見過諸葛孔明，對此人印象深刻。

也許，在原有的歷史中，他也曾得司馬徽提醒。只是那時候他鍾意諸葛，所以便隱瞞下來。

而今，黃承彥的女兒已隨著曹朋走了。黃承彥雖欣賞諸葛亮，卻未必如歷史上那般看重。

他和龐德公的關係相比之下更好，兩人本是荊襄本地世族，自然比諸葛亮這個從琅琊遷移來的外地望族更親密。司馬徽的提醒，也使黃承彥最終下定決心，把龐統從荊襄帶走的主要原因。內心裡，黃承彥也希望龐統能夠留下來，與曹朋在一起，說不定可以幫助曹朋。

現在看起來，曹朋沒有以貌取人，反而對龐統極為重視。這也讓黃承彥了卻一樁心事，放下心來，和曹汲認真的討論婚事細節。

而曹朋和龐統，則來到花園裡，賞梅飲酒……

環夫人的馬車，駛進一座大宅裡。前堂門階上，一個美婦人身披裘衣，正笑盈盈的候著。

當環夫人從馬車上下來時，美婦人連忙迎上前，恭敬的喚了聲：「姐姐！」

環夫人粉靨含笑，上前拉住美婦人的手，輕聲道：「妹妹，一向可好？」

這美婦人，也姓環，正是環夫人的妹妹。當初，環夫人嫁給了曹操，而環氏則嫁給了夏侯淵。

兩姐妹平日裡關係很好，只是因為夏侯淵常年在外，環夫人隨行照拂，所以見面的機會並不多。此次，夏侯淵征伐東海郡，剿滅昌豨，擊潰劉備，又與呂虔臧霸聯手，擊潰了袁譚。論功行賞，夏侯淵拜典軍校尉，任東郡太守。

環夫人今天，就是來找夏侯淵商議事情。

「妙才可在家裡？」

「夫君一早便被元讓將軍叫走，說是要與他飲酒。姐姐今日登門，莫非是要找妙才？我這就讓伯權找他回來，姐姐且隨我進屋，咱們可是好久沒見了。」

環氏拉著環夫人，便進了大廳。

屋外，氣溫很低。屋簷上掛著一條條冰稜子，在陽光下折射出五彩光芒。

大廳裡，火盆子裡的炭火熊熊燃燒。環夫人坐下後，自有人奉上了粥水，而後便只剩下環氏姐妹。

「姐姐，找妙才何事？」

環夫人沉吟片刻，輕聲道：「妹妹可知曹朋此人？」

環氏一怔，笑道：「焉能不知曹八百？這段時間，他的名字可是響亮得很。我才一回許都，便聽人提起。」

「環朗如今，便是在他手下做事。」

環朗，是環氏族人。算起來是環夫人的族兄，現任曲陽尉。

環氏家族本就不大，這一代裡，也沒什麼出類拔萃的人物，倒是環夫人和環氏身分最尊貴。

此前曹朋得李儒的建議，舉薦環朗。故而環夫人一提此事，環氏頓時明白過來……

表面上，曹朋被罷去了官爵，如今是一介白身，可是他對海西的掌控，依然是極為強大。就如曹朋對曹操所言，這執政最重要的，是在於一個延續性，不可以朝令夕改。所以，鄧稷離開了海西，可是海西卻依然在曹朋的掌控之中。曹操賞賜給曹朋大海西三成收入，也表明了這海西的歸屬狀況。曹操允許曹朋繼續暗中掌控海西，故而環夫人說，環朗是在曹朋手下做事。

關於大海西的歸屬問題，至少在十年內，會被曹朋掌控。

從偏荒一步步發展，的確是需要一個延續……也許，當大海西完全發展起來之後，曹操會收回海西的所有權。不過即便如此，曹朋在海西留下來的烙印，也絕不是朝夕就可以抹消。

環氏道：「是啊，說起來這個曹朋，的確是有些本事。」

「我剛才得到消息，曹朋的丈人來了。」

「哦？」

「他丈人，便是江夏名士黃彣。曹朋所作《三字經》中的『香九齡，能溫席』，便是黃彣的族人。此前，黃彣之女隨曹朋來到許都，已有三載。這次黃彣過來，定然是為他的婚事而來……所以，我心裡有些焦躁。」

環氏奇道：「曹朋成親，這是一樁好事，姐姐何必焦躁？」

「妳可知，曹朋是倉舒的啟蒙先生？」

「當然知道。」

「那妳可知道，我為何要讓曹朋，做倉舒的啟蒙先生？」

環氏愕然不解的搖了搖頭，表示不太清楚。

是啊，曹朋所著《三字經》的確是很精彩，也獲得了士林認可。但若以才學而言，曹朋並不是最好。可以說，這年代的博學鴻儒，隨便拿出來一個都比曹朋強，有的名聲甚至遠比曹朋大許多，身分和地位更不是曹朋可以相提並論。畢竟，曹朋不過寫了兩篇蒙學教材而已。

論才智，環氏比不得環夫人；論眼界，她更不如環夫人。所以，當環夫人發問的時候，環氏一臉茫然。

環夫人嘆了口氣，輕聲道：「倉舒五歲了，將來會慢慢長大。司空現在對他寵愛有加，可誰敢保證，他日後還會繼續疼愛倉舒？同樣，我現在可得司空疼愛，十年後是否能繼續保有這種疼愛？妹妹，身在司空府，我不能不為日後做一些打算。」

「曹朋這個人，不僅僅是才學好，最重要的是，他懂得做人。短短四年，他便編織了一張大網……在這張網裡，不僅僅有子廉、子孝這些曹氏宗親，還有典韋、許褚這樣的外姓將領。他得荀彧和郭嘉看重，又有孔融這些清流名士支持，早晚必一飛沖天。很多人只看他被罷官削爵，卻沒有看到司空對他是何等看重、何等的信賴……若有他扶持倉舒，倉舒一生無憂。」

「可，只是一個啟蒙先生的關係，遠遠不足以讓他盡心輔佐倉舒。卞姐姐的手段，極其高明……她讓子文隨曹朋習武，也得了半個師生之誼。如此一來，倉舒將來能獲得的支持，必然會減少。妹妹，我需要曹朋更堅定的支持。單憑一個師生之誼，還遠遠不夠……妹妹，妳可明白我的意思？」

環氏似懂非懂，點點頭，旋即又苦笑著搖了搖頭：「姐姐，妳究竟想說什麼？」

「妳可知道，小真一直喜歡曹朋？」

環氏本來笑呵呵的，可聽到『小真』二字，頓時拉下了臉。

環夫人嘆了口氣，沉聲道：「妹妹，我知道妳還在恨小真，可妳仔細想想，過去的事情，與小真有何關係？妙才重情義，以至於棄了親生骨肉，而撫養小真兄妹，小真可有選擇？這些年來，小真一直很痛苦，她總覺得對不起妳夫婦，所以連家都不敢回。妹妹，已經過去了這麼多年，妳難道還看不開嗎？」

環氏低著頭，卻沒有回答。好半天，她頭道：「姐姐，妳是想……」

「沒錯，讓妙才去提親。只有讓曹朋徹底綁在咱們這邊，將來倉舒才能有所成就。而這件事成與不成，只看妳的態度。妹妹，我不僅僅是為倉舒一人考慮，更是為環家、為夏侯的未來考慮。」

環夫人陷入了沉默，久久不語。

「妳仔細想想，若同意了，等妙才回來，妳把我的意思告訴他。若妳不同意……算了，就當我沒有說過這件事。我家裡還有些事情，就先回去，等妳答案。」環夫人說罷，盈盈而起。

「姐姐……容我三思。」環氏本想攔下環夫人，可話到嘴邊，又變了。

環夫人也知道，這種事強求不得。即便是夏侯真嫁給了曹朋，若環氏不能改變態度，終究達不到最佳的效果。她只能等待，等待環氏能想清楚這其中的道理，但願得……不要太久。

曹府花園裡，步鸞備好了碗碟，奉上火鍋。

一頭剛宰殺的羔羊，被切成薄薄的肉片，連同蘸醬一併送來。和著曹操賞賜的玉漿，龐統吃得是連聲讚嘆。

「賢弟，何以知我名？」

不過，他心裡還是疑惑，於是開口詢問。

曹朋笑而不語，忽然道：「兄長，諸葛亮已行冠禮了吧。」

「嗯，去年便行了冠禮，司馬先生賜他『孔明』表字。今年，業已二十了！」

諸葛亮，已二十了嗎？

曹朋依稀記得，《三國演義》裡說他出山輔佐劉備時，已二十六歲。也就是說，赤壁之戰，已為時不遠。想到這裡，曹朋心中還是暗自感到一絲緊迫，於他的時間，似乎越來越少。

「那單福先生可好？」

龐統啞然，向曹朋看去。

單福，就是徐庶，同時也是他的別名，知道的人並不多。

龐統這時候有點相信，曹朋之前所言絕對不是信口開河。他是真的聽說過自己，而且對自己好像很瞭解。

「賢弟，也知元直乎？」

「徐元直，孟公威，崔州平，石廣元！」

龐統倒吸一口涼氣。

他今年二十二歲，還遠不是歷史上那個面見曹操時毫無懼色，能侃侃而談，獻上連環計的那個龐士元。曹朋說出一連串的名字，使得龐統心生忌憚。曹朋如何能知曉他們這些毫無名氣的人？只有一個可能，那就是曹操早就把目光盯住了荊襄，所以曹朋才可能知曉清楚。

甚至，這曹朋就是那個監視荊州的人……

「賢弟，莫非曹公欲向荊襄用兵？」

曹朋大笑，「兄長何出此言？袁紹尚未消亡，曹公怎可能用兵？你我今日一見如故，我也不妨直言。荊襄，如今看似太平，然……十年，十年之內，必有戰事。」

龐統盯著曹朋，看了半晌後，突然道：「賢弟為何人效力？」

「我……只為蒼生效命。」

「蒼生？」龐統沉默了。

他泯了一口酒，陷入沉思。這次他離開荊州，隨黃承彥來到許都，一方面是想見一見曹朋，另一方面則希望能遊歷天下，尋找明主。學院裡，已學不到什麼東西。該讀的書，已讀過了，剩下的，就是增長見識，增加閱歷。

而他之所以想見曹朋，已是五年前的願望。當時曹朋逃難，在羊冊鎮車馬驛偶遇龐季和司馬徽，曾言袁紹十敗、曹操十勝之論。而今，那十敗十勝，似乎已被證實，也使得龐統對曹朋充滿了好奇。他突然升起一個念頭：我何不留在許都，再觀察一番呢？

「兄長，接下來有什麼打算？」

「打算？」

龐統醒悟過來，笑道：「我此次離家，是為遊歷天下，增長閱歷。不過在此之前，我還要做幾件事。此次離開襄陽，元直曾託我，去拜會一下他的母親……」

操！我怎麼把這件事忘了？

曹朋聽聞，不由得心生懊悔。

之前他一直覺得自己好像忽視了一件事情，卻怎麼也想不起來。

而今龐統提起，也使得曹朋終於想起來。徐庶……就是徐庶！徐庶好像就是潁川人，他少年時好遊俠兒，曾為人報仇，臉上塗抹白堊殺人，後披髮逃走。被官吏抓住之後，官吏問他姓名，他始終不肯回答，於是官吏把他綁到了車上，擊鼓行於街市……再後來，他被好友石韜解救，得以逃脫。從此，徐庶棄刀戟，換上疏巾單衣，折節向學。

史書記載，徐庶剛開始求學的時候，其他人聽說他做過賊，都不願與他接近。而徐庶則擺出卑謙姿態，每日早起打掃學堂庭院，從而得以旁聽，通曉義理……而後，他與石韜南下，繼續求學生涯。

徐庶有一老母，留在潁川老家。歷史上，正是因為被曹操抓住了老母，徐庶才離開了劉備，歸順曹操。於是便有了後世『徐庶入曹營，一言不發』的習語。如今，徐庶人在荊州，他母親在潁川，不正是大好機會？

想到這裡，曹朋突然道：「兄長，何時去潁川？」

「你……」

「呵呵，聽說元直是潁川人，兄長既然要去拜會他的母親，豈不是要往潁川？我正好有事，要往潁川一行。若兄長不嫌棄，咱們一同出發，我也順便去拜會一下老夫人。」

去潁川，只是臨時起意。曹朋也害怕龐統突然離開，索性跟著他一同前往。

聽說，那位老夫人可是凶悍得很。《三國演義》裡，程昱假徐庶之名把老夫人從潁川騙到了許都之後，徐庶只好離開劉備。哪知道，老夫人得知自己上當受騙後，頓時大怒，把徐庶臭罵一頓以後，自盡身亡，留下美名於後世。至於這個故事是否屬於演繹，曹朋也不得而知。

萬一那位老夫人對曹操反感的一逼，他跑過去不是自己找罪受？有龐統跟著，正好可以做擋箭牌，就算老夫人反感曹操，曹朋也有藉口和老夫人扯上關係。

「你要去潁川？」曹汲似笑非笑的看著曹朋。

「是啊，阿爹何故如此？」

曹汲笑道：「正好，你丈人欲在潁川定居，想要在那邊找個住處，你就陪你丈人一同去吧。」

黃承彥真要定居潁川？這著實有些出乎曹朋的預料之外。

古人的鄉土情結極重，所謂故土難離，很少有人願意遷移。

但又一想，似乎又很正常。諸葛亮不是南陽人，堂堂琅琊諸葛，也是一個大族，還不是因戰亂而舉家遷移。江夏那地方也不太平，且不說孫權對江夏虎視眈眈，早晚必然會有戰亂。

「我這一房並不是很興旺，所以也算不得什麼。我只有月英這一個女兒，日後嫁進你曹家的大門，恐怕很難見面。我思來想去，阿福說得也有道理，江夏那邊沒太多可留戀，索性便遷過來。潁川嘛，倒也正合了我的心意……」

裝，你就裝吧！你要是沒準備搬家，何必把家小一同帶來？

曹朋沒有去拆穿黃承彥，只是笑了笑，便點頭答應。

黃承彥定居潁川，也不是什麼壞事。對曹朋來說，似乎只有好處，沒有壞處，又何必做壞人呢？

「岳父準備何時去潁川？」

「此事當早做安排，你和月英的婚期已確定下來，必須要趕在婚期之前把住處安置妥當……不如，明天就去。」

曹朋想了想，點頭應下。「岳父所言極是，那就明日一早動身。不過，我還要去向司空稟報，畢竟這一去潁川，少說也要十幾日，我必須要告知司空與荀尚書。」

曹朋如今為人師，這一去十幾日，的確有些耽擱。

黃承彥道：「那你順便去告訴興霸一聲，就說他當年交給我的僮客，我都給他帶到了許都。」

「好！」曹朋拱手一禮，退出大廳。

甘寧如今官拜虎豹騎副都督，已經有了自己的住處。

曹朋離開曹府之後，先去了甘寧的住所。不過甘寧不在家，估計又在虎豹騎的營地裡練兵。他是單身，雖說在許都有住處，可大部分時間還是喜歡在軍營裡。

曹朋交代了門丁一聲，便急匆匆離開，趕奔司空府。

聽說黃承彥打算定居潁川，曹操也很高興。他看重的不是別的，而是黃承彥在荊州的名望。連荊襄名士也願意搬來他的治下，豈不是說他曹操治理有方？

所以，曹操大加稱讚一番之後，又詢問了曹朋婚期的具體日子。

曹朋說：「家父與丈人定下來年穀雨，萍始生，鳴鳩拂其羽，戴勝降於桑，正是個好日子。」

「嗯，這樣也好，時間倒是充足，正可準備周全。」曹操點頭而笑，「阿福，這成了家，可就要變成大人。以後切莫再如從前那般，隨著性子。」言語間，透出長者對晚輩的濃濃關切。

曹朋當然知道曹操說的是什麼意思，不禁心中感動，拱手道：「姪兒定牢記叔父的教誨。」

「教誨倒也算不得什麼，只是一點提醒。自大戰結束以來，我一直想找你好好說說，可惜一直沒有找到機會。阿福，要說起來，你此次立下了大功，到頭來卻……我不妨和你明說，兩、三年內，我將不會用你，望你明白。」

對此，曹朋早有準備。畢竟他這次和伏完的衝突，鬧騰的實在太大。如果不是他運氣好，孔融那幫清流沒有站出來的話，只怕現在已經是焦頭爛額，身陷牢獄。

可即便如此，想要復起，也不是一時半會兒的事情。

曹操必須要考慮到漢家的顏面，若立刻讓曹朋復起，豈不是赤裸裸打漢家天子的臉？不過，他也必須要安撫一下曹朋，以免曹朋心生怨念。沉吟片刻後，他從書案上拿起一本書，遞給了曹朋：「拿回去，好生學一下。」

「這是……」曹朋疑惑的從曹操手中接過書，只見封頁上寫著《漠北圖會》的字樣。

只看書名，曹朋大致上就能猜出，這本書的內容多半和漠北西域有關。只是，曹朋卻不明白曹操為何要給他這本書。但曹操不說，曹朋也不好問。想來曹操絕不會無緣無故的把這本書給他，一定有他的想法。具體是什麼想法？也許待時機成熟，曹操才會告訴自己。

「姪兒回去，定會認真鑽研。」

「去吧……我會告訴子文和倉舒，這幾日暫回家來。」

「喏！」曹朋躬身退出書房。

而曹操則返回書案後坐下，拿起一卷書來。

「小緹縈，能救父，見文帝，廢肉刑。蔡昭姬，能辨琴……彼女子，且聰敏。爾男子，當自警。」

這是曹朋所作的《三字經》內容。原文是蔡文姬，能辨琴，謝道韞，能詠吟。不過謝道韞這時候還未出生，所以曹朋便以緹縈取而代之。就有漢以來，緹縈無疑曾產生了巨大的影響力。她本是西漢名醫淳于意之女，為救父親，上書於漢文帝劉恒陳情，劉恒因此而廢除肉刑。這在西漢的歷史上，有著極為濃重的一筆……用緹縈取代謝道韞，倒也不算是壞事。

至於蔡昭姬，便是蔡邕之女，後世大名鼎鼎的蔡文姬。

建安五年十二月，官渡大戰已結束達五個月，但餘波尚未平息。

曹操大勝袁紹，聲望一時無兩。這也使得各路諸侯不由得生出惶恐之念，其中尤以劉表最甚。

想當初，袁紹發表檄文，討伐曹操。劉表第一個表示贊同，並大罵曹操為『漢賊』。此後，袁紹出兵，劉表蠢蠢欲動。奈何張繡坐鎮宛城，擋住了劉表攻伐曹操的出路。同時，孫權命周瑜屯兵柴桑，對江夏虎視眈眈……

原以為，袁紹勢大，曹操必然戰敗。哪知官渡一戰，袁紹幾乎全軍覆沒，退回河北。

劉表開始擔心了！他數次和曹操為敵，兩人早已撕破面皮。加之此前他為袁紹助長聲勢，大罵曹操，也使得他和曹操的關係一時間無法挽回。曹操如今在許都按兵不動，消化官渡大戰的勝利果實，可是劉表卻感到無比緊張，害怕曹操出兵，攻打荊州。

隨著時間一點點的過去，曹操沒有表露出要攻伐荊州之意。可越如此，劉表就越是緊張。曹操的沉默，給劉表造成了巨大的心理壓力……

荊州世族，也分成了兩派，一派認為應該和曹操交好；另一派則認為，曹操是國賊，當起兵討伐。總之，兩派各有各的說法，整日裡爭吵不休，使得劉表感到無比頭疼，難以決斷。

眼見著新年一日日逼近，劉表心裡卻絲毫沒有過年的喜悅。

他甚至無心去理睬蔡夫人，一個人坐在書房裡，看著一份份戰報，感到頭大如斗。孫權在十一月，又一次向江夏發動了攻擊。黃祖拚死抵擋，總算是擋住了孫權，卻是損兵折將。

黃祖懇請劉表，向江夏增調水軍。

對於黃祖求援，劉表自然不會有意見，於是便派出內兄蔡瑁、張允，率襄陽水軍前去馳援黃祖。

他也知道，黃祖的壓力很大。那柴桑的周瑜非同等閒，對江夏所造成的威脅著實巨大。不過，江東雖然有威脅，卻還在劉表可以承受的範疇。

十月時，益州牧劉璋兵出巴郡，攻占夷陵，已隱隱威脅到了劉表的後院大門。同時，五溪蠻老蠻王起兵造反，數次攻打長沙，也使得劉表感到頭痛。內憂外患，這是真正的內憂外患……劉表命文聘拒劉璋於荊州之外，又使南郡司馬王威鎮守長沙，平定五溪蠻之亂。一時間，荊州戰火四起，亂成一團。

這種情況下，劉表自保都成問題，哪有工夫去招惹曹操？

而他新納的夫人，荊州名士蔡諷之女，為他生下一子。這本來是一樁好事情，可沒想到這孩子剛一生下，便傳來了請求劉表立嫡次子的聲音。在荊州人看來，劉表的次子雖小，卻是荊州人；而劉表的長子劉琦，似乎始終一直游離於荊州圈子之外，無法被荊州人認可。

劉表也知道，這裡面必然有蔡家的影子……

蔡家，作為荊州大族，不可不安撫。可長子劉琦，隨他一同來到荊州，這些年來也是兢兢業業，非常本分，並沒有什麼過錯。若立嫡次子，那長子劉琦又該如何處置？

「使君，伊籍先生有事求見。」

「啊……快快有請。」劉表站起身來，邁步走出書房。

不一會兒的工夫，就見一個身穿黑色裘衣、氣質雍容的中年男子，沿著兩廡來到書房門口。

「卑職伊籍，拜見主公。」

「機伯，前些日子聽聞你病了，一直想要去探望。可這瑣事實在太多，竟未能抽得閒來……怎樣，身體可好些了？」

這伊籍，表字機伯，是兗州山陽郡人氏。

說起來他和劉表是同鄉，很早便跟隨劉表，也算得上是劉表入主荊州的功臣元老。

聽聞劉表詢問，伊籍笑道：「多謝主公關心，籍已大好。」

兩人寒暄兩句之後，便走進了書房。分賓主落坐後，劉表問道：「機伯今日前來，有什麼指教？」

「聽聞主公近來悶悶不樂，故而前來探望。」

「機伯，有心了！」劉表看著伊籍，心裡一顫，險些流出眼淚。他輕聲道：「機伯，你可要多注意身體才是。昔年隨我入荊州的元從，如今只剩你一人。龐元安故去後，我更感身邊寂寞……」

「主公……」

伊籍剛要開口，卻見劉表把手一擺。

「對了，你來得正好，我也正有事情，要與你商議。」

「不知何事？」

「想來你也聽說了，曹孟德官渡大敗袁本初。我欲命人出使許都，只是一時間卻找不到合適人選。我選了幾個人，還請機伯為我挑選一下。」

果然，劉表最終還是選擇了服軟。

這本就在伊籍的意料之中，所以並沒有露出驚異之色。他接過名單，掃了一眼上面的名字，沉聲道：「若要我選，當選別駕劉先。」

「哦？」

劉表想了想，沉聲道：「我正欲如此。」

這劉先，字始宗，是荊州零陵人。此人頗好黃老之術，又修習漢家典故，是劉表的別駕，同時也是勸說劉表結好許都的中堅人物。之所以伊籍認為劉先合適，是因為這劉先頗有氣節，即便是贊成交好曹操，但卻不會做出對劉表不利的事情。劉表提筆，在劉先的名字旁邊畫了一道，算是確認了劉先使者的身分，而後長出一口氣，舒展了一下腿腳，露出輕鬆之態。

「主公，雖說使劉先出使許都，但主公也不可不防曹操。」

「我何嘗不知應當提防，奈何手中無人可用。你來之前，我也正在為此事而感到頭疼。」

伊籍笑了，「如此說來，籍來的正是時候。」

「機伯可有妙計？」

「妙計說不上，但是籍想要推薦一人。若有此人在，則主公無須憂慮北面之敵，大可安心經營，平定亂事。」

「何人？」

「便是主公之同宗，豫州牧劉備。」

劉表聽聞，不由得一怔，「劉備？玄德乎？」

「正是此人。」伊籍道：「劉玄德乃今天子皇叔，曾署名衣帶詔，乃曹操心腹之患。此人善戰，手下頗多猛將，曹操數次圍剿而不得，足以見此人確有真才實學。如今，劉備正處於落難之時，如無根飄萍，而他家眷得主公收留，對主公更是感激萬分。主公何不將此人收留？如此一來，即便曹操意圖進犯荊州，主公也可使劉備迎戰，必能阻擋曹操大軍。」

劉表露出沉思之態。他沒有見過劉備，但是卻聽說過劉備之名。而且，劉備的家眷如今就在韋子鄉，被他收留……

若是劉備願意過來相助，那麼曹操就算想出兵，也可抵擋一陣。

片刻後，劉表抬起頭來，輕聲道：「聽說劉備自東海戰敗之後，行蹤不定，又如何去請他？」

伊籍笑道：「若主公願意接納劉備，找他也不會太難。主公莫要忘記，他的家小如今都在韋子鄉，必然和劉備有聯繫，何不讓他的家小出面相召？」

劉表深以為然，連連稱讚：「機伯所言極是，就依你所言……你立刻動身，前往韋子鄉，讓他們儘快與劉備聯繫。」

伊籍興沖沖的回到家中，也沒有理睬門丁僕役的招呼，便直奔後宅而去。

他走進一座跨院，褪下靴子，邁步登上門廊，而後輕叩門扉，拉門走進房間。屋子裡，一個年約四旬左右的中年男子半倚著書案，手裡捧著一卷書，正有滋有味的翻閱。他站起來大約有七尺六寸左右的高度，體格不甚魁梧，面容嚴峻，稜角分明，猶如刀削斧劈一般，透出陽剛之美。劍眉朗目，頷下一部美髯，使得他看上去更有一種華貴氣質。

見伊籍進來，男子放下手中書卷。

「友若，成了！」伊籍一臉笑容，在男子身旁坐下，「幸不辱命，劉荊州同意了！」

中年男子聽聞，不由得長出一口氣，輕輕點頭，露出釋然之色，「如此，多謝機伯相助。」

他，名叫荀諶，字友若，潁川人。

在後世，荀諶的名聲並不是特別響亮，有許多人甚至不知道他是誰。可是在三國，荀諶之名可謂響徹南北。他有個弟弟，就是那位大名鼎鼎的荀彧荀文若……

荀諶最初是冀州刺史韓馥的謀士，後來袁紹入主河北，荀諶便成為袁紹的謀主之一。

荀氏三若，性情各有不同。荀衍很四海，很豪爽；荀彧文質彬彬，有點喜怒不形於色；而荀諶則極為剛直，好兵事，不喜虛與委蛇。三兄弟的性格不同，所以走的道路也不一樣。荀諶投奔袁紹之後，一度被袁紹看重，只是隨著袁紹手下出現派系後，荀諶漸漸被排除出核心，成為一個邊緣化人物。

建安四年，也就是曹操攻伐汝南劉備的那一年，荀諶、田豐、沮授聯名請求袁紹出兵救援劉備，卻最終被袁紹否定。田豐和沮授還好一些，屬於本地大族；可荀諶卻因為種種原因，被趕去了平原郡，輔佐袁譚。

劉備千里大迂迴，從汝南投奔袁譚之後，就是由荀諶引領。

不得不說，劉備的個人魅力奇強，以荀諶之能，竟然也被劉備所吸引，深為折服。乃至於劉備投奔東海郡之後，向袁譚請求援助。荀諶自告奮勇，前往東海輔佐劉備。只可惜那東海郡，的確不是一個什麼好地方……看似面積廣袤，實則人口稀缺，物產貧乏，加之三面受敵，即便荀諶有通天之能也無可奈何。於是荀諶乾脆棄了袁譚，隨劉備殺出重圍。

在歷史上，荀諶的命運也很多桀。官渡之戰後，隨著袁紹的滅亡，他便不知所蹤，去向不明。

而今，卻因為種種原因，荀諶跟隨了劉備。

當然了，知道這件事的人並不多，至少袁紹和曹操都以為荀諶死了。

荀諶不需要擔心家眷安危，不論是袁紹還是曹操獲得最終勝利，他的家小都不會受到虧待。袁紹，沒理由為難他的家小；曹操，更不可能為難。荀諶的兩個兄弟，如今都是在曹操麾下效力，曹操又怎可能威脅他的家人？

逃離東海郡，藏身於汝南後，劉備和荀諶一直都關注著官渡大戰的發展趨勢。從一開始袁紹占據絕對優勢，到後來逐漸持平，荀諶便看出，袁紹最後必然不是曹操的對手。

若袁紹亡，又該如何？

荀諶和劉備商議，決定暫時依附於劉表。

在劉備的麾下，荀諶可以獲得足夠的重視，施展他的才華。而劉備呢？在經歷汝南、濮陽、東海一連串的慘敗之後，也發現了他自己最大的一個弱點。

此前劉備征伐天下，靠的是他的勇武和謀略，但僅只是軍事，還遠不足以站穩腳跟。他手下原來也有幾個謀士，可如今，簡雍和孫乾，一個戰死，一個被俘、生死不明，劉備迫切需要有人幫助。而這時候，荀諶來了，無疑使劉備如虎添翼。他待荀諶猶若上賓，可謂是言聽計從，表現出了足夠的尊重。

「劉景升，未必肯容我吧？」

「明公不必擔心，劉景升虛有其名，不足為慮。如今荊州看似平靜，實則暗流激湧。劉表不管怎麼說，終究不是荊州人。荊州士族或許可以接受劉表，卻未必肯接受那些隨劉表而來的人。荊州治下，傾軋甚烈，劉表東有孫權之患，西有劉璋虎視眈眈。曹操此次獲勝，必然給劉表帶來巨大壓力，明公此去，劉表必能接納……明公進入荊州之後，可在明處虛與委蛇，諶自會在暗中幫助，休養生息，以圖來日與曹操決戰。」

劉備聽罷，喜出望外，立刻請荀諶先往韋子鄉，秘密與麋竺兄弟聯繫。而後又透過麋竺兄弟探聽出荊州虛實，最終選定了伊籍為突破口。

伊籍原本也是中原名士，荀氏三若之名，足以令伊籍竭力幫助。荀諶一到襄陽，便和伊籍取得聯繫，並請求伊籍出面，代為說項……

果然，正如荀諶之前所預料的那樣，劉表在伊籍勸說下，很容易便答應下來。

「友若，不知玄德公何時可入荊州？」

荀諶微微一笑，「且不著急，若玄德公來得太早，只怕於機伯不利。我明日就返回韋子鄉，最遲來年中，玄德公必然會抵達荊州。到時候，還希望機伯能夠從中多多予以照拂。」

「那是自然，那是自然！」伊籍連連點頭，同時對荀諶縝密的思路也極為讚嘆。

不錯，如果劉備來得太快，恐怕劉表就要心生疑慮：我剛同意，那劉玄德就到了？是不是劉玄德和伊籍已經達成了某種協定？若如此的話，豈不是引狼入室？

如果真的出現這種狀況，連伊籍都要陷入麻煩之中。

同時，伊籍也需要時間準備，為劉備前來造出足夠的勢來，否則劉備來了，單憑伊籍一人，也難以給予支持。所以，荀諶不願意來得太早，伊籍也欣然同意，準備多聯絡一些人，以便劉備抵達時可以給予更大的幫助。

就在伊籍離開劉表府邸的時候，一個奴僕步履匆匆，穿過中閣後，來到後堂花廳。

花廳裡，火盆中炭火熊熊，使得屋中極為溫暖。

一個身著淡青色裘衣，雲鬢高聳的美豔女子，正在和幾個婦人說話。一名小婢走進花廳，在那美婦人耳邊低聲細語兩句。美豔女子聽聞，頓時變了臉色，與那幾名婦人道了個罪，便匆匆走出花廳。

在迴廊拐角處，見到了那僕役，她沉聲問道：「你可聽得清楚，使君真的同意劉玄德入荊州？」

「是，小人聽得一清二楚。」

「那可聽清楚，劉備何時會來？」

「這個，使君和伊籍並未說明……」

「翠兒，帶他下去，賞他十貫錢。」

小婢領著僕役離開，美婦人手扶廊柱，美目眸光閃動。

使君這時候請劉玄德來，只怕沒有那麼簡單……不行，必須要儘快通知別人，一定要阻止劉備入荊州。

「翠兒！」

「奴婢在。」

小婢剛回來，美婦人便喊住了她，「妳再辛苦一趟，讓蔡中立刻來見我，就說我有要事與他。」

「喏！」小婢再次領命而去。

而美婦人則站在迴廊上，看著廊下的幾朵冬梅，突然間森然一笑，眼眸中透出一抹殺機……

潁川，大雪。

十二月隆冬時節，正是大寒。雖無法和北疆西涼那種滴水成冰的酷寒相提並論，但也讓人感覺到了足夠的寒冷。清晨，鵝毛大雪紛紛揚揚灑落，很快的，漫天風雪，令路途難行。

曹朋一行人行進了一半路程時，就遇到了這一場暴風雪。

本來，從許都到潁陰不過一天的路程，可因為這場大雪，使得曹朋等人的行進速度大大降低。入夜之後，眾人不得不夜宿一座破敗的土地廟裡，以躲避這暴風雪的酷寒。當然了，他們可以選擇繼續行進，可道路濕滑，許多地方都出現了結冰，迫使得曹朋最終只得選擇停下。

這次出門，他帶了一百飛眊。

夏侯蘭和韓德隨行，再算上龐統，共一百零四人。

郝昭本來也想跟過來，可年末了，各種祭祀活動開始，許都必須要加強治安。曹汲把郝昭臨時抽調過去，並上報執金吾賈詡，給了郝昭一個都長的職務，率緹騎負責巡視許都街市。

為此，郝昭好大不樂意：「每次都讓子幽隨行，總讓我留守。」

可這也是無奈之舉，郝昭統領黑眊，是最合適的人選。再加上這不是去打仗，即便是有衝突，最多也就是小規模衝突，夏侯蘭與韓德似乎更加專業。

曹朋也是好生安撫了郝昭一番，才算是讓郝昭點頭。沒想到，才一出門……

祠堂裡點起了幾堆篝火，把陰森黑暗的祠堂照得通通透透。

夏侯蘭安排了警戒的人選之後，與韓德一起，走到了曹朋身旁。

「都坐吧，暖一暖。」

曹朋看了看外面的暴風雪，對夏侯蘭說：「一會兒讓大家再去取些柴火，今天晚上必然很冷，屋子裡的篝火不能熄滅。讓大家都注意保暖，莫要得了風寒……該死的，本以為這一路順暢，沒想到碰到這種天氣。等到了潁陰，我請大家喝酒。不過今晚，就只好先委屈一下。」

「公子，這算得甚委屈！」夏侯蘭笑著回答。比起當初在小潭的廝殺，眼前雖然條件不好，卻也是一種幸運。

兩人在篝火另一邊坐下，夏侯蘭負責準備飯食。飯食很簡單，其實就是麵餅煮成的粥水，加入一些茱萸，入口有些辛辣，但是在這種天氣裡，喝一口這樣的粥水，勝似大魚大肉……

「阿福，你莫非欲薦元直？」

「嗯？」

「你這次和我一同去潁陰，是不是想要招攬元直？」

曹朋聽聞，不由得啞然失笑：「士元，你認為元直願意隨我嗎？」

「這個……」

「我還是有點自知之明，以元直之才，未必能看得上我。我只是聽說，他那為老母極有主見，而且非常剛強。所以我想去拜訪一下，看看能否幫襯一把。他日若有可能，說不得能與元直為同僚，彼此間能多一份情意，多一些照拂。」

龐統笑了，「元直此人，心氣甚高。」

「嗯！」

「不過此人，也是至孝。」龐統抬起頭來，看著曹朋，輕聲道：「若老夫人要他幫你，他定然從命。」

曹朋一怔，片刻後輕聲道：「士元，咱們能否簡單一點？我並無其他意思，只是單純的想要去探望一下。說起來，你我也算是同門，若非陰差陽錯，說不得我現在也在水鏡先生門下求學。我生平最重一個『孝』字，最討厭有人拿這『孝』來作文章，那樣實當不得人子。你要是覺得我真是別有居心，天亮之後我回去就是……」

龐統神色一正，連忙擺手，「阿福，勿怪……我並無此意，只是覺得有些奇怪罷了。說實話，你名氣比元直大百倍，才學未必輸於元直。如此上心，所以……阿福，還請見諒。」

曹朋聽聞，心裡不免有些慚愧。

說實話，他最初是懷著功利之心，但是後來……

也許是在這個時代久了，性子裡難免會沾染一些古人的思想。

這『孝』字，乃人倫大道，若參雜功利，不免讓人恥笑。再說了，以曹朋現在的狀況，又能給徐庶什麼幫助?他之所以來，是因為聽龐統提起了徐庶之母的一些往事，故而心生敬意。

據龐統說，當初徐庶為友報仇殺人，成為階下之囚。後石韜等人設法將他救出，徐庶連夜回家，卻見老夫人手持藤杖在屋中等候……老夫人嚴辭訓斥徐庶，並用藤杖打了徐庶二十記，令徐庶幡然悔悟。

龐統說得很簡單，可曹朋相信，絕不是二十藤杖那麼簡單。老夫人能使一個好勇鬥狠的遊俠兒成為莘莘學子，必然有著不為人知的故事。徐庶求學在外，老夫人獨守家園，沒有給徐庶任何拖累……這份望子成龍之心，確實令曹朋感到敬佩。

所以，當龐統詢問的時候，曹朋也不禁有感而發。

「其實，我倒更希望，士元你能留下來幫我。」沉默了一會兒，曹朋突然開口。

「什麼?」龐統端著粥碗，愕然抬起頭，向曹朋看去。

曹朋正色道：「我希望士元可以留在我身邊，幫我一把。」

「這個……」

「兄長，你先別急著拒絕，聽我說完。人道是讀萬卷書不如行萬里路。說實話，兄長要遊歷天下，自然是一樁好事，可問題在於，兄長你的身分註定了你不可能真正的去接觸那些普通人。你是鹿門山龐公之後，大龐小龐尚書之名世人皆知，你不管走到何處，也只能是流於表面，真正的百姓疾苦，又能感受多少？」

「世事洞察皆學問，人情練達即文章。兄長，想當初荀文若才情何等出眾，遊歷天下時，又有幾多獲益？反而是身在其位之後，其才幹不斷提升，而今才能為尚書令，獨當一面。兄長在家裡，已學不到多少東西，倒不如留在這裡，幫我一把。我不敢說我有多麼高尚，但我相信，總好過那四處流浪、走馬觀花……當初，我拜師的時候，恩師孔明先生曾問我有何志向，兄長可知我是如何回答？」

龐統猶豫了一下，搖搖頭道：「願聞其詳。」

「我與恩師言，我之志向：為天地立心，為生民立命，為往聖繼絕學，為萬世開太平。」

龐統聽聞，不由得身子一顫。

他抬起頭來，向曹朋看去，剛要開口，卻又被曹朋攔住。

「兄長，且聽我說完。我知道，我這志向很狂妄。當時老師曾說，我選擇了一條極為辛苦的道路……但我不後悔。這條路，會很漫長，我甚至不知道該如何前進，只能暗中摸索。老師說，我會很孤獨……可我卻不這麼認為。我相信，總有人會陪我沿著這條路走下去！與兄長認識後，我知道兄長也是有大志向的人，所以我請兄長隨我同行，若有難時，可相互依持。」

「子曰：有朋自遠方來不亦說乎。我望與兄長為朋，只不知，小弟可否有此榮幸？」

龐統有點暈！

曹朋這一番話出口，著實令他有些措手不及。

他此次離家，的確是想要遊歷天下，增長見聞。說實話，若曹朋不說這件事，他未必會願意留下來。

畢竟，龐統有龐統的驕傲。嗟來之食，非他所願，哪怕他對曹朋也頗有些親近。

可是現在，曹朋開口了……龐統竟不知道該如何拒絕。

他因相貌醜陋，所以一直以來也沒什麼朋友。水鏡山莊，所謂的那些同窗，表面上看似敬他，實則是敬他父母，而非是他。背地裡，不曉得會如何嘲諷……即便是與諸葛亮、徐庶、石韜等人交好，但那裡面究竟有多少情義？

自尊的人，往往更加自卑。

曹朋這一番話，觸動了龐統心裡的那根弦。

二十二載以來，龐統對友誼的渴望，遠甚於普通人……

曹朋說完這番話後，沒有再說下去。他知道，龐統也要仔細的考慮一番。

「兀那道人，我已經說過了，這裡已被占下，讓你去別處歇息，你怎麼還在這裡？」

忽然，祠堂外傳來一陣喧譁，緊跟著就聽一個似曾相識的聲音道：「非是我糾纏，而是這方圓百里只這一座寺觀……我這裡不過兩人，也占不得太多地方。這位老兄，何不通融一下，容我們躲避風雪，絕不會給你們增添麻煩。」

曹朋起身，向外走去。夏侯蘭和韓德也隨著他，一同來到祠堂門口。

「香虎，何故喧譁？」

章九 合久必分，分久必合

風已小了，雪勢也弱了。天色雖暗，但白皚皚一片蒼茫，卻使得夜色看上去變得光亮許多。

土地廟就位於溪水旁邊，不過溪水早已冰凍。方圓百里不見人煙，天地恍若一色，令人都生寂寥。

一個方士模樣的男子，背著一個女娃，正站在祠堂外。兩名負責警戒的飛眊將方士攔住，一派警惕之色。

曹朋走出祠堂，看清楚方士的長相，不由得一怔，脫口而出道：「孝先師兄，你怎地會在這兒？」

「曹師弟！」方士看清楚是曹朋，頓時大喜。

他快步上前，兩名飛眊想要上前阻攔，卻見方士也不知是如何動作，在飛眊攔阻之前，自兩人之間穿行而過。曹朋看得很清楚，這方士只不過是做了一個節奏上的變幻，就使得兩個飛眊的阻攔變成了無用功。同時，他心裡更生出一絲駭然，因為在方士身後，只見一個淺淺的腳印，風雪掠過，那腳印眨眼間消失不見……踏雪無痕？這是不是有點太扯了？

武俠小說裡，時常會出現這樣的場景，所謂一葦渡江，踏雪無痕，是武道造詣達到一個巔峰時，才會出現的現象。不過在此之前，曹朋一直認為所謂的踏雪無痕，是小說家杜撰出來的，卻沒想到今天在這裡，居然見到了活生生的例子。

方士，正是曹朋的便宜師兄，也就是後世《抱朴子》作者葛洪之祖，大名鼎鼎的葛玄葛仙翁。

差不多兩年前，葛玄曾和曹朋見過一次，並代左慈傳授了曹朋一套白虎七變。之後這傢伙就不知去向，杳無音信。曹朋也沒有刻意尋找，因為對葛玄，他始終是有一些畏懼，只是沒有想到會在這風雪之夜，與葛玄在此相會。兩年不見，葛玄看上去並沒有太大的變化，甚至一點都不顯老。想想，似乎也沒什麼奇怪……人家是修仙有成的得道高人，雖不一定能青春永駐，但延緩不成問題。

不對，不是修仙！只能說他是修道……

曹朋領教過葛玄的身手，也知道這個人若以武道而言，恐怕天底下沒多少人能夠比擬。武道修行，和武藝高強不一樣。不論是呂布還是關羽，練的是殺人之道，包括曹朋也是如此。而葛玄的武道，則是注重個人修行，所以若真打起來，未必能勝過呂布。

「孝先師兄，你怎會在這裡？」曹朋擺手示意香虎等幾名飛眊稍安勿躁，好奇的問道。

葛玄咧嘴一笑，「曹師弟，有話可否進去再說？你我身子可抵禦風寒，只是這小丫頭……」

曹朋這才留意到葛玄身後的小姑娘。

其實，用女童來稱呼更準確一些，因為這小姑娘的年紀，大約也就是五、六歲而已。長得有些瘦弱，面龐似因營養不良，而略顯枯黃。一身洗得發白的花襖，使得她看上去楚楚可憐。

曹朋脫口道：「師兄，這是你閨女？」

「胡說八道，我丫頭如今在吳郡，隨她祖父生活。」葛玄一邊說，一邊邁步走上祠堂門階。曹朋連忙錯身讓路，與葛玄一同走進了祠堂……

夏侯蘭端來一碗茱萸粥，給小姑娘喝下。

葛玄在篝火旁坐下，上上下下打量一番之後，突然輕聲一嘆，「師弟，兩年不見，這氣運似乎越發強盛了。」

氣運這種很虛幻的東西，曹朋看不出來，也不懂得怎麼看。不過葛玄說他氣運強盛，想來也不是討好的言語，所以他只是一笑，並沒有做出回答……

而葛玄也沒有再說什麼，目光不經意間落在了一旁沉思的龐統身上。

「咦？」他不禁一怔，手指在大袖裡飛動掐算。片刻後又朝著曹朋看去，眼中流露出疑惑之色。

「師兄，怎麼了？」

「好奇怪！」葛玄輕輕搖頭，彷彿是自言自語似的道：「若以相法，師弟你本應在數年前早夭，不想卻活到了現在；而這位公子，相法似乎更加古怪。如果依照他的相法，在他三十六歲之前必有血光之災，並且是一個死局。可偏偏，他的相法似乎出現了一些變化，死局之中，似有生機。」

「上次與你觀氣，我以為是我相法不高，於是便入山尋友，試圖來提高修行。這剛一出來，就又遇到了一個怪人……這位公子，可否將你生辰八字告之，讓我再掐算一局？」

龐統橫眉一蹙，幾乎扭在一起。

任誰聽到別人說自己是早死的命，都會心生不滿。

曹朋連忙道：「士元，此乃我師兄葛玄葛仙翁，是從左慈左仙翁門下，道行可是相當高深。」

「阿福竟拜左仙翁為師？」

那左慈，可不僅僅是一個普通的修道者，更在江左有著極高聲望。

東漢末年有幾大著名神棍，左慈就是其中之一。他究竟是不是仙人，曹朋也不太清楚，反正他沒有見過左慈……不過老百姓相信，左慈就是仙人，有白骨生肉、起死回生之能。

至少葛玄言及曹朋時，並未說錯。此曹朋非彼曹朋，若非曹友學重生，也許那曹朋早已化為一捧黃土。

聽聞葛玄師從左慈，龐統也不由得肅然起敬，同時心裡更生出一絲惶恐，連忙說出了自己的生辰。

葛玄掐指，片刻後輕輕搖頭：「真是古怪了……你命中原是死局，為何會透出生機？」

「還請仙翁救我。」

「救你不難，然我有一語寄之，望公子牢記：此生莫向西南，否則必有血光之災。」

曹朋激靈靈打了個寒顫，駭然看著葛玄。歷史上的龐統，不就是在攻打西川時喪命？而西川，豈不正是位於西南？

前世，曹朋也見過不少看相算命的神棍，大多數都是騙子。葛玄難道也是騙子嗎？他能一語道破龐統的死局，絕不是無的放矢。這世上是否真有仙神？曹朋不知道……這原本就是一筆糊塗帳，因為誰也沒有見過神仙；可如果說沒有神仙，那麼曹朋又無法解釋自己的狀況。

一想到這些事情，曹朋就開始感到頭疼。他猶豫了一下，輕聲道：「師兄，可再為我算一算？」

「你的算不出來。」

「為什麼？」

「我也不知道……師弟，如果按照你的相法，你早就該變成一個死人。可現在你不但活著，而且氣運之強盛，令我感到吃驚。師兄我道行不深，所以難以算出，估計唯有恩師才能看出真相。我這次回去，準備將此事告知，到時候自有他來觀氣……不過，依照你這氣運，若無災無難，必是個長生局。」

所謂長生局，並非長生不老之意，而是長壽高壽的意思。

曹朋心知再問也問不出什麼，索性不再糾纏於這個問題……

眾人在篝火旁圍坐，小女孩蜷縮在葛玄懷中睡著了。曹朋這才詢問起小女孩的事情。

「她本是我好友之女……我那好友姓朱，也是個好神仙術的人，而且頗有道行。兩年前，他曾算出自己命中有一劫，故而喚我前去。我本想助他一臂之力，奈何最後……他只留下這一女，名叫朱夏。可

你也知道，我常年在外，家中老父撫養我兒女已是辛苦，若再把她帶回去，只怕是……正好遇到了你，所以想要麻煩師弟，代我撫養此女，如何？」葛玄目光灼灼，盯著曹朋問道。

曹朋看了看葛玄，又看了看他懷中的幼女，不由得有些頭疼。

「此女，有女王相。」

曹朋聽聞，不由得咳嗽連連：「咳咳……女王相？」

「就是貴氣……我修道之人，講的是中正平和，淡泊名利，與這貴氣不合。你也知道，江東如今不甚太平，以她這種面相，弄不好會有災禍。若跟在你身邊，則有你氣運護佑，將來必然能有大富貴。這也是我對她父親的承諾，不希望她修仙成道，只願她一世平安富貴。」

葛玄這番言語，說起來有些雲山霧罩。

曹朋聽不太明白什麼女王相、長生局之類的東東，但也能隱約聽出葛玄話中的另一層蘊意。

這小女孩，將來必有大富貴！

說是讓曹朋氣運護佑，其實何嘗不是要這女孩的氣運來護佑曹朋？

這原本就是一件相輔相成的事情。曹朋現在護佑住小女孩兒，將來小女孩兒就能護佑住他……

「這個……既然師兄開口，我倒是沒什麼。不過我這次是要去潁川，估計過些時日才能回家。要不然，請師兄辛苦一趟，先把她帶回許都？我父母都在家中，丈人原本要和我一同去潁陰，只因有些瑣事，故而也留在家中，他們定然同意。」

葛玄聽罷，卻笑了：「還是讓她跟著你吧……此去潁陰，也不過咫尺。我還有要事，須儘快返回江東。若再往許都，只怕會耽擱了時間……不如，讓她從現在開始便跟隨你吧。朱夏性子清冷，你們也可以多接觸，讓她能接受你。師弟，就拜託了！」

曹朋怎麼聽，怎麼覺得葛玄是在糊弄。

他是不是急於回家，帶著個小女孩終究是累贅，所以才……

凝視葛玄半晌，曹朋突然一笑，「也罷，既然師兄開口，我豈能拒絕？就讓她暫時跟著我吧。」

葛玄臉上，登時透出笑意……

看著眼前的小姑娘，曹朋在心裡面一遍又一遍的咒罵葛玄。

這廝一大早就走了，揮一揮衣袖，留下一堆麻煩。小姑娘醒來之後，先是因為看不到葛玄而大哭，在明白了事情的緣由之後，便一直沉默著，好像啞巴一樣，一句話也不說……

對曹朋，更是報以濃濃的戒備。

以至於曹朋說什麼，她都不搭腔，弄得曹朋頭疼萬分。

尼瑪，這小丫頭還真有個性。

「朱夏，葛師兄是世外之人，須斬斷一切塵緣。他把妳留下來，並不是不要妳，而是因為我可以更好的照顧妳。等我們回許都後，妳會有許多玩伴，會見到很多人，他們都會非常疼妳。葛師兄家裡的情況也不好，而且遠在江東，萬里之遙。他走的時候反覆叮囑我，要照顧好妳。妳看，妳這麼不吃不喝不說話，若壞了身子，葛師兄豈不是更加擔心？乖，先吃點東西，我帶妳騎大馬……等到了潁陰，叔叔帶妳吃好吃的。」

曹朋說這些話的時候，自己都感覺著有點狼外婆，又像騙小姑娘看金魚的怪蜀黍一樣，讓他覺得非常詭異。

朱夏瞪著烏溜溜的大眼睛，一眨一眨的看著曹朋，分明是一副『我信你才怪』的模樣，讓曹朋有些哭笑不得。龐統等人則站在一旁，一副看笑話的架式，誰也不肯上來幫忙勸說。

好不容易勸著小丫頭喝了一碗熱粥，已經過了辰時。

章九

合久必分，分久必合

雪停了，風止了，可氣溫卻變得更低。

曹朋從行囊裡取出一件厚厚的裘衣，披在朱夏的身上，然後把她抱起來，在祠堂外上馬。朱夏倒也沒有掙扎，只是靜靜的由曹朋抱著，臉上的戒備之色卻減弱了許多。

「阿福！」

「嗯？」

「我考慮了一整個晚上，決定留下來。」龐統和曹朋並轡而行，沉聲說道。

昨晚曹朋的一番話，只是讓他有些猶豫，但葛玄的那一番話，卻觸動了龐統的心弦。以他現在的情況，留在荊州的確是沒什麼發展，與其無所事事，倒不如從小處做起，積累經驗。

最重要的是，葛玄說他若往西南，必有血光之災。

荊襄……毗鄰西南。

葛玄的意思非常清楚，如果龐統想要破解死局，最好遠離西川。既然如此，回荊州也就沒什麼意思。至於江東……江東雖好，但並非龐統所願。所以，他最終決定留在曹朋身邊。

葛玄不是說了嗎？曹朋是個有大氣運的人！

且不說曹朋懷裡的那小女孩是不是女王之相，單只是曹朋的大氣運，至少能護持龐統周全。

「聰明的決定！」曹朋露出笑臉，點頭表示稱讚。

「那你準備如何安置我？」

「我現在也只是個白身，沒資格說安置之類的話。我有幾個選擇，你可以任選其一。一，我姐夫如今任酸棗令，駐紮延津，行典農校尉之事。我可以推薦你到他那邊，以士元之才，想必可以輕而易舉上手，待時機成熟，必能飛黃騰達。」

「這第二條路，家父如今為太僕丞，執金吾丞，也需有人相助。不過他那邊大都是一些瑣碎事情，也不可能做出驚天動地的事情出來，但好處就是，在許都可以接觸方方面面，上至王公貴族，下至販夫走卒，能體察民情，瞭解這百姓的疾苦……」

「第三條路，我向司空舉薦，為你在司空府謀一前程。這好處自然不需要我贅言，只是在司空府，更需有資歷。想那田豫曾輔佐劉備獲取徐州，協助公孫瓚駐守北疆，但是在司空府也只是一個軍謀掾……若非這次機緣巧合，他未必能坐上越騎校尉之職。到了司空府，你可以學到很多東西，但是我可能無法給你更多幫助。」

「第四條路，我為你介紹一些大人物，能否成功，只看你個人造化。第五條路，留在我曹府，陪我一同教導學生……不過以兄長之才華，這條路恐怕有些屈才。」

曹朋侃侃而談，朱夏在他懷裡，好奇的看著龐統。

不得不說，曹朋為龐統考慮的非常周詳，說得也很誠懇。

要說最好的去處，就是幫助鄧稷，那邊肯定是最能出成績，最容易建立功勳的地方。曹操如今大力推行屯田，並著手進行兵屯計畫。鄧稷有海西屯田的經驗，可以事半功倍……而且，延津距離戰場很近，若袁紹攻打河南岸，必走延津，也是一個最容易立功的地方。

不過，龐統最終會做什麼樣的選擇，還要看他自己。曹朋為他設計好了各種出路，只看龐統怎麼看待。

龐統露出沉吟之色，半晌後猛然抬頭，「我留在許都。」

「哦？」

「我選第二和最後一條路。」

龐統笑嘻嘻的看著曹朋，沉聲道：「不知阿福能否割愛？」

曹朋笑了！

聰明的選擇，一個極聰明的選擇……

第一條路的確是最好，但以鄧稷之名，卻未必能使龐統屈居人下。而且，龐統不是個內政型的人才，他更擅長的應該屬於謀略方面。延津雖說臨近前線，但袁紹方敗，一時半會兒難有戰事，也沒甚用處。如此一來，與其在地方，倒不如留在許都，畢竟許都作為帝都，更能接觸到這時代的脈搏。從小處做起，又有什麼能比太僕寺和執金吾更瑣碎和細緻呢？

最重要的是，留在許都，可以和曹朋的聯繫更加緊密，畢竟龐統這一次過來，是因為曹朋。如果去延津，倒不如留在荊州，說不定還可以主政一方……

至於龐統的第二個選擇，則是一個站隊。龐統透過這樣一種方式，來確定自己未來的方向。雖未效力於曹操，卻與曹操緊密聯繫。

曹朋道：「若士元願意，我倒是可以省卻不少心力。」

說罷，兩人相視而笑。那笑容裡，透著一絲不足為人道的會意……

朱夏往曹朋的懷裡縮了縮，小手緊緊抓住柔軟暖和的裘衣，心想：這個大哥哥，看上去倒也挺好！

潁陰，本是潁川治所，也是潁川郡最大的一座城市。它座落於中原大地，巽水繞城而行。東漢年間，這裡更是大漢治下學術氣息最濃的地方之一。

潁川書院，或許比不得太學，但聲名卻絲毫不遜色於太學。

東漢末年時鼎鼎大名的人物，大都在潁川書院留下烙印。或是求學於潁川書院，如荀彧、荀攸、陳群等人……或教學於潁川書院，似李固、李膺、蔡邕等名流大儒，莫不在此授課。

潁川書院門外，矗立一座座石碑，上面留有許多名家的筆墨，為士人所尊敬。

來到潁陰，即便高傲如龐統，也自覺的下馬，牽馬而行。

曹朋等人更是如此，一個個面露敬慕之色。隨著許都的崛起，潁川第一大縣的名號早已轉移。但人們來到潁陰，還是能感受到這座古城的莊重氣息，令每一個人都不自覺的產生敬重之意。

曹朋等人先是在官驛找到住處。

雖然曹朋被罷官削爵，卻依然保留著騎都尉的官階。加之，他如今也不是無名之輩，所以官驛的驛長絲毫不敢因為曹朋沒有職位，而露出怠慢之色。誰都知道曹家（曹朋家）已不是那種小門小戶人家。隨著曹朋聲名鵲起，曹汲和鄧稷的官位不斷提升，曹家崛起已勢在必然。如今，曹家在許都只能算是一個中下之家，主要還是在於人丁稀少的緣故，但假以時日，待曹朋復起，其前程必然光明。

更何況，曹家和潁川幾大世族的關係，似乎非常密切。

安頓下來之後，曹朋先是讓夏侯蘭帶著朱夏去城裡買幾件換洗的衣服。

葛玄既然把朱夏託付給了曹朋，曹朋就不可能有半點怠慢。等回去許都，必然會請許都最好的衣匠為朱夏重新置辦衣物。不過現在嘛……且先應付一下，隨便買上幾件就夠了。

曹朋和龐統則換上一身衣服，帶著十幾名飛眊，離開官驛。

龐統離開水鏡山莊之前，徐庶曾詳細說過他的住所。所以，一行人並不太困難便找到了徐庶的家。

徐母，正在家中推碾。

徐庶外出求學之後，徐母便靠著賣豆腐為生。她做的豆腐在潁陰頗有名氣，反正比後世的染色豆腐要強上百倍。

每天一大早，就會有城裡的酒肆將徐母做好的豆腐買走，然後十天一結帳，一個月下來，也能有兩、三貫的收入。只是這年頭物價很高，一斗粗糧就要一百二十錢，對於一般的普通家庭來說，可不是一個小負擔。加之徐庶在外求學，雖然不靠徐母資助，但徐母還是習慣性的把錢攢起來，等湊夠一定數量，託人送去荊州。

合久必分，分久必合

君不見，後世大學裡，學子們衣衫華美，可家中父母卻是省吃儉用。望子成龍之心，自古有之，不論歷朝歷代，都不會有甚改變。

聽說龐統是徐庶的同窗，徐母極為高興，在家中熱情的招待。

看著徐母那一身補丁疊著補丁的衣衫，看著她那雙在寒冬臘月裡被凍得紅撲撲的雙手，曹朋不由得生出萬般感慨。

「阿福，怎麼不說話？」看曹朋一直沉默，龐統忍不住問道。

曹朋深吸一口氣，輕聲道：「慈母手中線，遊子身上衣。臨行密密縫，意恐遲遲歸。誰言寸草心，報得三春暉……士元，你若是有空，請把這首詩寄予元直，想來他一定明白。」

龐統一怔，在心裡暗自重複兩遍。抬起頭，看著徐母忙碌的身影，眼睛不自覺的濕潤了！

「阿福，你這一首詩，卻道盡了為人母者之偉大。」

徐母年紀在四十上下，透著一股爽朗。她走進房間，見飯桌上飯菜未動，忍不住道：「兩位先生，何故不食？可是飯菜不合胃口？」

「不不不，伯母您莫要再忙碌，坐下來一起用飯吧。」

徐母也沒有客氣。雖然她口稱兩人為『先生』，卻畢竟是徐庶同窗，也算是她的晚輩。只不過，曹朋的排場太大，讓徐母有點弄不清楚他的真實身分。龐統只說自己是徐庶的同窗，以至於徐母以為曹朋也是。她坐下來後，為曹朋和龐統分別夾菜，好奇的詢問徐庶在荊州的生活。

「還未請教這位公子……」

「在下曹朋，並非元直同窗。但與元直卻神交已久。早年間曾得小龐尚書之關愛，故而與士元兄弟相稱……伯母，您這飯菜確是可口得很。想必元直漂泊在外，定然懷念。我聽說他已學成，何不令他回來？」

「那孩子說，他想遊歷天下，增長見識……」

「胡鬧！」曹朋勃然大怒，厲聲道：「豈不知父母在，不遠遊，行必有方。元直已是大人，當擔負起責任，豈能為一己之私，竟置人倫而不顧？此非賢者所為，若見到元直，必斥責於他……」

徐母嚇了一跳。

曹朋這一怒，令徐母有些心驚肉跳。

畢竟，曹朋也曾為官，治下曾有多大數萬百姓，在軍中歷練許久，那種上位者的氣勢在不經意中流露。莫說徐母心驚肉跳，就連龐統也為之畏懼。曹朋一怒，有一絲絲淡淡的殺氣，令龐統噤若寒蟬。

「曹朋？敢問是大名鼎鼎的曹八百？」

「呃……伯母也知我名？」

徐母頓時露出敬重之色，連忙道：「曹八百之名，老身豈能不知？未想到我家元直竟能結交名士……曹公子誤會了，非是元直不孝，卻是我不同意。此前元直也曾想過要回家來，但我覺得他還須歷練，所以就拒絕了。還請曹公子息怒，莫要怪罪我兒。」

曹朋如今雖非博學大儒，卻也是個有名氣的人。他若是公開指責徐庶，那徐庶這不孝之名必然無法洗刷，一輩子都別想有出頭之日……

龐統在一旁靜靜聆聽，心裡突然生出一絲感慨：元直，這一次你恐怕只有入友學之轂了！

曹朋連連道歉，與徐母交談起來。兩世為人，讓他有著超出同齡人的見識，雖說和徐母有年齡差距，但每一句話，都能說到徐母的心坎上。

待到天黑時，曹朋和龐統告辭。

「伯母，您望子成龍是好事，但元直也須明白身為人子之責任。如今，百廢待興，正是需要元直這等有才學之人一展身手之時。與其終日碌碌，何不為國家效力？於公，可報效國家，為生民立命；於私，

也能常伴父母，行人子之責……若元直真有心，可令其至許都找我，我願為他舉薦。」

《演義》裡說，徐母對曹操恨之入骨。

可實際上呢？徐母對曹操的反感並不深。畢竟曹操入主豫州以來，著實為百姓們做了許多好事。不管是屯田種糧，還是架設曹公車，他所做的事情，徐母都看在眼中。

聽曹朋一席話，徐母也不由得有些意動。

哪個為人父母的，不希望兒女常伴左右呢？只是徐母也知道，徐庶就算回來，憑他現在的狀況，一無聲名，二無資歷，三無背景，想要出人頭地也不是一樁容易的事情。之所以讓徐庶留在荊州，徐母也是有自己的打算。她希望徐庶能多結交一些名士，闖出名聲之後，才可能有前程可言。為此，徐母寧願自己吃苦受累、緊衣縮食，也不想徐庶現在就回來。

可是，若曹朋願意出面舉薦，那情況必然不同。

徐母雖然不曉得曹朋如今是什麼官職，卻知道曹朋的名聲之大，至少在潁川婦孺皆知。別的不說，連村裡那些小孩子都能隨口唱出『人之初，性本善』的句子，更不要說之前的『天地玄黃，宇宙洪荒』。也許很多人不知道曹朋的名字，但『曹八百』一定是知道的。

據說，來年開春，潁陰附近的幾所私塾，都將以曹朋的《三字經》和《八百字文》來教學。

由此也可以看出，曹朋在民間的影響力何等巨大。

這年月，人們的娛樂不多。曹朋在《三字經》被世人認可後，曾派人到雒陽，請張泰以『樂府』簡單的格律編曲，並迅速流傳出去。

你可以不知道曹朋是誰，但若是不知道《三字經》和《八百字文》，你就不好意思說自己讀過書。這就是曹朋如今的影響力……徐母知道，如果是曹朋舉薦，徐庶定有大好前程。

離開徐家後，一路上曹朋和龐統都沒有開口。等快到了官驛的時候，龐統突然道：「友學，你可知天下大勢？」

曹朋一怔，旋即便明白了龐統的意思。這是龐統在向他考較……

沉吟片刻，曹朋輕聲道：「我只知這天下大勢，合久必分，分久必合。」

龐統聽聞竟呆愣住了，久久說不出話來。

他原本是想要考較一下曹朋時勢，哪知道曹朋只用了八個字，便說盡了古往今來的勢態。

合久必分，分久必合！

短短八個字，使得龐統收益頗多。不自覺的，他提了一下韁繩，落後曹朋半個身子。

「友學之才，高我十倍！」

他暗自一聲感慨，在不經意間，已認可了曹朋的存在……

此際，天已黑了！

從巽水上游，寒風來襲……

章十 男人，真難

曹朋沒有去資助徐母，也沒有留下什麼錢帛。因為他很清楚，以徐母的性子，你真若是去資助她，說不定適得其反，會令徐母產生反感。

你曹八百有幾個錢就了不得了？

你曹八百有點名氣，就可以施捨我嗎？

徐母這樣的女人，有著甚至比男人還要高傲的骨氣。

所以，曹朋覺得沒必要那樣做，倒不如順其自然一些更好。如果徐庶有良心，自然會回來；如果他沒有良心……那就算了。即便日後他來了，曹朋也不會理他。一個懂得孝順的人，就算再壞也壞不到哪兒去；一個不知孝順的人，再好，也都是假的。

古人說，百善孝為先！這句話自然有其道理。

現在，曹朋只需要靜觀徐庶的選擇。

別看他昨天在祠堂和龐統說得那麼義正詞嚴，其實那是裝逼。內心裡，他當然希望能得到徐庶的幫助。如果能有徐庶幫忙，定然如虎添翼。至於諸葛亮嘛……曹朋倒是想拉攏招攬，不過估計難度太大。

那貨最能裝逼，否則又怎可能上演一齣三顧茅廬的戲碼，流傳後世？

不過，曹朋很快便沒有了從徐家出來時的快感。

回到官驛時，就看到官驛門口圍著許多兵馬。

曹朋剛要下馬，卻見夏侯蘭匆匆從裡面跑出來，先是朝著曹朋行了一禮，而後低聲道：「公子，曹太守來了。」

「曹太守？」曹朋一下子沒反應過來。

「就是都護將軍，子廉太守。」

「啊……」

曹朋大吃一驚，連忙把韁繩遞給一名飛眊。他扭頭朝著龐統嘀咕了幾句，龐統點點頭，帶著人自回住處。而曹朋則和夏侯蘭匆匆向官驛衙堂走去。

子廉太守，就是曹洪。官渡之戰時，曹洪奉命出鎮潁川，為潁川太守。不過曹朋也聽說了，曹洪很快就要調任，離開潁川郡……但具體是去何方任職，估計要看曹操這一盤棋會怎麼下。

原本，曹朋打算明天再去拜會曹洪，畢竟這潁川郡現在還是曹洪的地頭，身為子姪，怎麼著也得去拜訪才是。可沒想到的是，曹洪居然自己找上門來。這可不是什麼好現象，估計是有事發生，否則曹洪也不會親自登門。

說起來，曹朋和曹洪，也有日子沒見了！上次相見，還是曹洪從陳郡前往許都覆命，在司空府匆匆相見一次。

這一晃，已有一年。

曹朋來到衙堂門口，就看到了一個熟人，喊道：「羅司馬！」

羅德見曹朋，微微一笑：「曹公子，一別經年，可無恙否？」

「有勞羅司馬掛念……呵呵，子廉叔父怎麼來了？」

曹朋如今沒有官職，所以也不需要稱呼曹洪的官位，喚作『叔父』，倒是更能透著親熱。

羅德說：「都護將軍說，你這小子到了潁陰也不去拜會，那他只好來『拜會』你嘍。」

「說笑，說笑！」曹朋連連擺手。

就在這時，聽衙堂上傳來洪亮的聲音：「阿福，既然來了，還不進來。」

羅德朝著曹朋一吐舌頭，示意曹朋快點進去。曹朋也不敢再耽擱，連忙大步走進衙堂，就看見曹洪大馬金刀的坐在正中央，陰沉著一張臉，上下打量曹朋。

「阿福，你架子可是越來越大。」

曹朋笑道：「叔父，您這話我可受不起。」

「哼，你怎受不起？娘的，來了潁陰，居然住在官驛。你這不是架子大，又是什麼？這要是傳回許都，豈不是被人笑話，說我曹子廉六親不認嘛。」

這位今兒是怎麼了？說起話來，為何這麼衝？

曹朋連忙道歉：「非是姪兒架子大，實在是這次來潁陰還有其他事情，人員也比較駁雜。我那丈人過兩日也會抵達，到時候豈不是給叔父添麻煩？」

「什麼麻煩不麻煩，難道我太守府裡，還容不下你？廢話少說，立刻收拾東西跟我走……老子可丟不起這個人，以後回許都，定然被他人恥笑。」

「叔父怎麼說，姪兒就怎麼做。」

「這還差不多……」

曹洪的臉上總算是透出了笑意。他擺手示意衙堂上的閒雜人等都退下，而後笑咪咪的看著曹朋，示意他坐下來，道：「阿福，你做的好大事。」

「啊？」

「還瞞我？我可聽說了，你是不是準備與陳家合作？」

曹朋疑惑的看著曹洪，輕聲道：「叔父，您說什麼呢？我怎麼一點都聽不懂？」

「我剛得到消息，雒陽陳長文將與海西結盟，並準備以官府之名，以陳氏和你為主，開設銀樓，發放錢票。這種好事，你可不能忘了叔叔我，怎麼著也得算我一份……嗯，我正準備著從賭坊撤股，乾脆把這筆錢投進去，你要還是不要？」

銀樓？錢票？

曹朋驀地想起來，似乎確有這麼一回事。

當初步騭託鄧稷來信詢問，說海西和雒陽之間的貿易越來越大，所耗費的五銖錢以億而計之。不管是從海西運往雒陽，還是從雒陽運送海西，都大費周折。而若是以貨易貨，也很麻煩……所以，步騭問曹朋，有沒有什麼好辦法解決這個問題。當時曹朋就想出了『錢票』的辦法，類似於後世的支票，以官府信用做抵押，進行兩地貿易，可以節省許多麻煩。

最重要的是，透過這樣的手段，來減少銅錢交易。要知道，一筆貿易動輒以億計數，對銅錢的消耗實在太大。而中原本就缺銅，銅錢的大量流通，必然會使得市面上的五銖錢供不應求。如此一來，必然會出現民間私下鑄幣，使得大量劣幣充斥市面，最終的結果，必然是物價再次上漲。

曹朋不是學金融出身，對這裡面的彎彎繞繞也不太瞭解。他只能給一頭線索，但具體的實施方案，卻需要陳群等人自行決斷。

他給陳群寫了一封信，之後就再也沒有過問此事。以至於曹洪猛然提起，曹朋還有些迷糊。

「叔父，您是說司空同意了？」

「正是！」曹洪沉聲道：「陳群早在兩月前便上奏司空，只是司空一直沒有下定決心，所以外人也不知曉。昨日，司空與文若等人商議之後，決定在雒陽和海西兩地試行此法。只不過，這件事要由你和長文出面牽線。我聽著頗有意思，加上這賭坊雖然賺錢，終究不是正道。為司空名聲著想，我也必須要從裡面退出。可退出了，又無事可做，便想來和你商議一下這件事。」

「我估計子孝和元讓也會有這種想法，但他們還沒有和你聯絡。你若是同意，我替你牽線搭橋，咱們一同做下這檔子買賣……嘿嘿，反正我相信，這件事大有可為。」

曹朋感覺有些發懵！

尼瑪是穿越來的不成？居然想搞風投？

這錢莊如果開設起來，說不定會對這個時代產生出巨大的影響。賺錢是肯定會賺錢，問題是這裡面的彎彎繞繞，曹朋自己都弄不太明白，而曹洪居然找上門了……

「叔父，這件事我還不太清楚，須和長文見過之後，詳細商議。」

「你只管和他商議，反正你要記得，如果真的開設了，必須要算我一份，否則以後可別再想我幫你……嘿嘿，你想清楚哦，你現在這樁麻煩事，如果我不出面，估計你也無法解決。」

「我的麻煩？」曹朋愕然不解，看著曹洪道：「我有什麼麻煩？」

「哼哼，你還想瞞我？」

「我沒有瞞你啊……只是，我最近過得挺不錯，雖然被罷官削職，但也逍遙自在，有甚麻煩？」

曹洪愣住了。「你不知道？」

「我知道什麼？」

兩個人大眼瞪小眼的對視半晌，曹洪突然間仰天大笑起來。

「原來，你都不知道這件事！」

「我真不知道……我離開許都時，一切都挺好啊。」

「阿福，來求我吧。」曹洪一副痞賴模樣，笑呵呵的看著曹朋，「你若是不求我，我敢保證，你要有大麻煩了！」

曹朋是真有些糊塗了！他不清楚離開許都這兩天，究竟發生了什麼事情。但是看曹洪的模樣，似乎事情還不小。

難道說……袁紹又打過來了？可就算打過來了，和他有什麼關係？自有老曹和他那些幕僚頭疼。但若不是這件事，又會是什麼事情呢？

曹朋搔搔頭，知道眼前這位絕對是個不見兔子不撒鷹的主兒。若是沒有好處，他定然不肯說。

「叔父，這樣吧……我回頭見到長文，商量一下。若是真要興辦銀樓，必算上叔父一份，您看如何？我只能答應到這種程度，畢竟長文那邊有什麼計畫，準備如何興辦，我一點消息都沒得到。而且，這件事牽扯雒陽海西兩地，搞不好過些日子，子山也會過來。到時候我還要再和子山商量商量，然後才能拿出一個章程。」

「嗯……那好吧。」

曹洪也清楚，曹朋把話說到這個分上，已經是極限了。他既然同意算上自己一份，那就一定不會反悔。所以曹洪想了想，便不再在這件事上追究。

「妙才，提親了！」

「啊？」

「阿福可還記得司空府的小真？」

「當然記得。」

「那是妙才的姪女兒。說起來，小真的兄長和你還有過袍澤之情，便是夏侯伯仁。我剛得到消息，妙才昨日親自登門，到你家與小真提親。你那丈人也在，聽罷後勃然大怒，當時就要帶你媳婦離開。也

曹賊 章十

男人，真難

幸虧是雋石，死活拉住了你丈人，還求了孔文舉他們出面說項，算是勸住了你那位丈人。不過，他估計一時半會兒不會過來這邊……阿福，你有大麻煩了！」

曹朋腦袋嗡嗡直響，有點發懵，不知所措。

男人嘛，總有點後宮傾向。

而曹朋呢，對夏侯真的印象也挺好，甚至也挺喜歡。當初曹朋大鬧輔國將軍府，夏侯真連夜到牢獄裡慰問，那份心意，曹朋又豈能不瞭解？但他和黃月英，早已是情根深種。所以，一直以來，曹朋沒有和黃月英提起此事，就是害怕黃月英誤會。

待黃承彥來到許都之後，他才算是下定了決心，娶黃月英為妻，此生不負……哪知道，這婚事已經談好了，居然發生了這麼一個意外。

這種事若放在曹朋身上，估計也不會忍，更何況黃承彥好歹也是江夏名士。

只不過，夏侯淵怎麼突然間會登曹府之門提親呢？

「叔父，這可如何是好……這樣，我立刻返回許都。」

「你回去？哼哼，你現在回去，你那丈人絕不會給你好臉色，甚至可能會帶著你那媳婦一走了之。他正在氣頭上，你回去，豈不是想讓他發作嗎？依我說，你現在千萬不能回去。」

「可是……」

「嘿嘿，都說你阿福生了個七竅玲瓏心，依我看也不過如此。」

曹洪得意洋洋，得瑟的讓曹朋恨不得拉住他一頓暴打。

「還請叔父指點。」

「哈，看在你這麼有誠意的分上，我就幫你一把。阿福，我問你，你喜歡你那媳婦嗎？」

「當然喜歡！」

「那小真呢？」

「我……」

曹朋本想說不喜歡，可腦海中，卻不自覺的浮現了一幕熟悉景象——典府的後花園裡，一個白衣小姑娘，懷裡抱著一隻小白兔，怯生生的喚他一聲：「兔子哥哥！」

閉上眼，曹朋不知道該如何回答。

曹洪道：「你不開口，我就當你是喜歡。」

用力的揉了揉臉頰，曹朋苦笑著點了點頭，又搖了搖頭。

這感覺真的很怪異，說不喜歡夏侯真？那肯定是睜眼說瞎話。可他知道，他更愛黃月英……

「我……」

「阿福，你聽我說，這件事其實不難解決。」曹洪自信滿滿道：「你現在要做的是，不要露面。你現在回去的話，必然會使得事情更麻煩。你想想看，你若是拒絕，妙才的面子往哪兒放？那傢伙可不好說話，日後必然會找你麻煩。況乎他即將出任東郡太守，你姐夫好像也在東郡，正好屬於妙才的治下……所以，你不能拒絕。可是，你不拒絕的話，我估計你老丈人那邊……」

「我聽說，主公已親自出面，準備為你調解此事……可即便是你丈人答應了，也必然會讓你媳婦做大，而妙才未必願意。」

好複雜！

曹朋就覺著奇了怪……本來挺簡單的一件事情，怎麼會變得如此複雜？

可他也知道，曹洪說得沒錯。如果往好裡說，黃承彥答應了，曹朋可以兩個一起娶過來。但一起娶過來可以，卻要有個大小。

難不成，讓夏侯真做小？估計夏侯淵會立刻翻臉。

夏侯真雖然不是夏侯淵的親閨女，可也是他的姪女兒。他都親自登門了，難道把姪女兒送去做小嗎？好歹夏侯淵也是曹操的元從，真兩千石俸祿的統兵大將，如果夏侯真做小……嘖嘖嘖，夏侯淵必不願意。

那麼，問題就出來了：夏侯真做大，黃月英做小，黃承彥肯同意嗎？

答案呼之欲出：那不可能。

曹朋現在回去的話，就必須要面臨選擇，誰大？誰小？

曹洪說得一點都不錯，他還真不能回去。

「叔父，這件事，我總歸是要面對，不可能一直躲下去啊！」

「笨蛋，誰讓你一直躲著？你現在回去，必然加劇衝突……所以，你不能回去。但你可以在這裡做一些事情，好生安撫一下你丈人。」

「我聽說，你丈人準備定居潁陰？你就先幫他選好地方，買下來……然後呢，投其所好，滿足一下你丈人。順便去一趟雒陽，和長文商議一下銀樓的事情。等你把事情都處理好了，事情自然也就解決了……到時候你再高高興興回去，豈不是皆大歡喜？」

尼瑪，這個時候你讓我去幫你談生意？

曹洪看曹朋那表情，就知道他心裡再想什麼。

「你可以不聽啊，那老子不管了。」

「叔父，我聽！我聽還不成嗎？這樣吧，我最遲三日後就去雒陽，和長文商議這件事情，如何？」

曹洪笑了，那張黑臉，幾乎笑成了菊花。

他上前摟著曹朋的脖子，笑咪咪的說：「阿福，你放心……這件事就交給叔父為你解決，一定讓你享盡齊人之福，絕不會讓我那兩個姪媳婦溜走。你丈人那邊的住所很簡單，由此而南，行十五里，就在潁陰邊上，有一座三峰山，景致極美，且田地肥沃。那原本是一豪強所有，不過太平賊動盪時，把那豪強滿門給滅了……以至於那塊土地田莊，至今仍空著。」

「我明天就為你把那塊地登記下來，劃到你丈人名下。至於你丈人喜好……似你們這些讀書人，都好為人師。我回頭找老鍾說一說，請他在潁川書院授課，你看如何？」

「呃……似乎還成。」

曹洪說：「既然這邊的事情都解決了，我看你就別三日後再去雒陽，明天一早動身比較好。」

尼瑪……

曹朋險些破口大罵。

「可是我的婚事怎麼辦？」

「嘿嘿，你放心好了，這件事就交給我處理。我保證來年穀雨，你定能當上新郎，而且左擁右抱……唉，叔父也算為你費盡了心思。」

曹朋瞪著曹洪，看了好半天，知道想要再從他口中套話，非常困難。

良久，他苦笑一聲，「叔父，那這件事我就靠你了！」

「放心，你若是娶不得媳婦，我回去就讓我閨女嫁給你……」

我呸，同姓不婚！

曹朋搖搖頭，轉身就往外走。

「阿福，你幹什麼去？」

「叔父，也別明天了，我這就去雒陽……可我跟你說明白，如果你辦不好，我回頭就和你拚了！」

說罷，曹朋也不理曹洪，邁步走出衙堂。

站在門階上，他仰望漆黑蒼穹，半晌後一聲長嘆：「尼瑪！男人，真難！」

章十一 三年後

一場豪雪襲來，大河上下銀裝素裹。

豪雪，也迎來了建安七年的嚴冬，氣溫陡降，許多人不得不縮在家裡，不願出門。

曹朋站在校場邊上，靜靜的看著場中正在交手的兩個少年。一個頭髮略有些發黃，另一個則生得膀大腰圓，手中一柄大斧翻飛，呼呼作響。

在曹朋身後，夏侯蘭和韓德靜靜站立。二十名黑毦立於場邊，看著兩個少年的交鋒，不時竊竊私語。

一晃，已經三年。

曹朋二十歲了，長得越發像似老爹曹汲。

也許是他常年習武的緣故，膚色呈現古銅色，身高已過了八尺，體格顯得格外壯碩。少年時的曹朋，給人一種單薄文弱的感受，可成年後的曹朋卻猶如一頭雄獅。隨著年紀的增長，他的體型漸漸朝著橫裡發展。也許是生活條件改善的緣故，所以看上去頗有曹汲的氣勢，雄壯、高大，站在那裡，給人一種壓迫感。

即便是不說話，夏侯蘭和韓德也可以覺察到曹朋身上給人的威壓。

那不僅僅是煞氣，更多的是一種剛正的威壓。好像隨著曹朋讀的書越來越多，也讓他變得越來越有氣勢。有時候夏侯蘭甚至感覺著，曹朋身上的氣勢和程昱很相似，在他身邊站立總會令人提心吊膽，可是又偏偏說不出個緣由。

場中交手的少年黃鬚兒，便是曹操三子，曹彰。而和曹彰交手的，則是典韋的外甥，牛剛。

三年來，曹彰和牛剛隨曹朋習武，進步神速。特別是曹彰，天生力大……在經過系統性的錘鍊後，雙臂可生裂虎豹，被曹操稱之為吾家黃鬚兒，可萬人敵。

牛剛呢？和曹彰不同，他沒有曹彰的悟性，所以進境沒有曹彰快。可是單以氣力，牛剛尤勝曹彰。即便是和典滿角力，也絲毫不落下風。

曹二代之中，牛剛的力氣排名第二。而第一位，就是許褚之子許儀。當然了，若把曹朋算進來，可能不遜色於牛剛。但由於他的身分是牛剛的老師，以至於很多人在不知不覺中把曹朋算進了曹一代裡面，故而二代之中無曹朋之名。

典滿排名第三，典存名列第四。曹彰，則在曹二代神力榜上排名第五……

只見曹彰手持一桿大槍，與牛剛搏殺一處，大槍晃動，快如閃電，又勢大力沉。而牛剛則不慌不忙，手中大斧翻飛，劃出一道道弧光寒芒，守得是水潑不進……曹彰槍法雖迅猛，奈何牛剛下定決心死守，一時間想要取勝，也不是一樁易事。

沿著小路，行來三個童子。為首的童子個頭不高，圓圓的臉，略有些嬰兒肥，臉蛋因天氣而被凍得紅撲撲，好像熟透了的蘋果。他一蹦一跳的走在前面，兩個童子則緊緊相隨……一個童子個頭略高，顯得很結實；另一個童子則是文文弱弱，透著一股書卷氣。

「老師，我來了！」為首的童子奶聲奶氣的喚道。

曹朋轉過身，看到那童子，不由得露出一抹笑容，「倉舒，你們那邊下課了嗎？」

章十一
三年後

「嗯，已經下課了。」

「今天都學了些什麼？」

「剛開始，是德潤先生教我們《孝經》，然後有廣元先生授我們《弟子規》，最後是士元先生讓我們練字。老師，今天士元先生還誇獎了我，說我寫的字很好。」

曹朋眼中笑意更濃。

三年了，曹沖依舊跟隨他執弟子之禮。

不過教授曹沖的人，從最初的曹朋、闞澤和黃月英，如今又增加了龐統和石韜兩人。石韜，是潁川人，徐庶的好友，如今則在太僕寺任職，閒暇時來教授曹沖。

建安六年，袁紹再次興兵。二十萬大軍在六月強渡大河，與曹操在蒼亭決戰。

曹操採納了程昱之計，背依大河，與袁紹決死一戰。他設下八面埋伏，於蒼亭大敗袁紹，使得袁紹再次大傷元氣，退回河北。而蒼亭之戰後，曹操順勢渡河，開始了征伐河北的腳步。

曹朋並沒有參與蒼亭之戰，依舊留守於許都城內……於他而言，蒼亭之戰本就是歷史上存在的戰事。也就是說，當蒼亭之戰尚未開啟的時候，曹朋已經知道了結果。

建安七年五月，袁紹積鬱而亡，年四十九歲。

對蒼亭一戰，曹朋實在沒什麼好說。私下裡，龐統曾說過：官渡之敗後，袁紹雖然元氣大傷，但根基猶在，曹操想要消滅袁紹，非十載不能全功。可惜，袁紹貿然開啟蒼亭之戰，徹底動搖了河北的根基。二十萬大軍覆沒，也使得曹操必將由守轉攻……袁紹此人，心氣太高，如果他能放低一些，這勝負尚未可知。

對此，曹朋不予置評。

袁紹病故後，也預示著曹操徹底占居了主動。

石韜是在建安六年蒼亭之戰結束後，隨徐庶一同來到許都。

徐庶接到了龐統的書信，當讀到了那首《遊子吟》之後，竟忍不住放聲大哭……雖然諸葛亮和孟建、崔州平苦苦挽留，奈何徐庶歸心似箭，三人只得與他灑淚而別。

石韜是徐庶的至交好友。徐庶既然要回家，他也不想繼續留在荊州。

建安六年八月，兩人回到了潁川。徐庶先拜訪了在潁川書院任教的黃承彥，隨後便拉著石韜，來到許都拜會曹朋。一番商談後，曹朋便舉薦徐庶前往東郡，任東郡司馬之職。

蒼亭之戰結束後，夏侯淵奉命前往河內，出任河內太守；程昱則擔任兗州刺史之職，拜鄧稷為別駕，兼掌酸棗令，典農校尉。徐庶也因此得到了鄧稷、曹朋的推薦，被新任東郡太守滿寵拜為司馬，與鄧範並列。石韜則留守許都，在太僕寺任職，後又經曹朋的推薦，出任曹沖的授課老師。

曹朋在過去兩年之中，又寫出了《弟子規》一文，與《八百字文》、《三字經》並稱三篇，隱隱成為所有書院私塾的標準啟蒙教材。曹朋也因此而得啟蒙宗師之名。

只是，曹朋在清流中的名氣越來越響亮，曹操卻始終沒有讓他入仕。以至於連孔融都站出來為曹朋說話，可曹操依舊駁回，認為曹朋還須繼續思過。

就這樣，一晃已是建安七年末。

曹沖身後的兩個童子，文弱的是荀彧次子荀俁；而結實高大的，則是曹朋的外甥鄧艾。鄧艾比曹沖小一歲，可論個頭，卻比曹沖還高。自建安五年一同在曹朋門下學習，鄧艾、曹沖還有荀俁三人的關係極好，私下裡常以兄弟相互稱呼。

對此，曹朋視若不見。

角場上，曹彰大槍鐺的一聲與牛剛大斧交擊，巨大的力量令曹彰手臂發麻，連連後退……

「子文，你輸了！」

章十一 三年後

牛剛大笑一聲，輪大斧猱身而上，那車輪大小的圓盤巨斧呼嘯，將曹彰逼得手忙腳亂。好不容易從牛剛的大斧中脫身出來，曹彰面紅耳赤，猛然大吼一聲，身體向下一壓，大槍撲稜稜一顫……

隨著他抖搶的一剎那，只聽從他體內傳來一種若有若無、似有還無的古怪聲息。

「虎豹雷音？」曹朋眼睛一亮，輕輕點頭。

看起來，曹彰的功夫已經練到了一定程度，骨骼和筋肉爽利而堅實。這個時候，功夫就要往身內走，也就是要沁入五臟六腑。曹朋當初習武，也經過這麼一個階段，當然知道這一步的艱難。想要練入身內，須發聲接引。聲音由內而外，勁力由外而內，裡應外合。這也就是後世習武時所說的『虎豹雷音』……

所謂雷音，並不是晴空霹靂，而更像是下雨前天空中的隱隱雷音，似有似無，很深沉。

曹彰能發出虎豹雷音，也就說明他的功夫已經練到了一個程度。如果說之前，曹彰和牛剛能半斤八兩，那麼此時曹彰的狀態，絕不是牛剛所能夠抵擋下來。

不管是曹彰還是牛剛，隨曹朋習武已有數載，不論誰受傷，都不是曹朋所希望看到的結果……

可曹彰蓄勢待發，這股勁力已經湧出，想要收手，顯然有點來不及了。

曹朋連忙喊喝：「牛剛，後退！」

對於曹朋，牛剛是言聽計從，二話不說，身形後退。與此同時，曹彰大槍撲稜稜一顫，呼的奔向牛剛刺出。這一槍，勢若奔雷，掛著一股罡風，隱隱有風雷之聲。

曹朋臉色一變，騰身而出。

他出手雖然比曹彰慢了一步，可是卻後發而先至，橫身攔在牛剛身前。眼見大槍刺來，他腳下向後一退，甩膀蓬的將牛剛撞飛出去，同時側身讓過大槍，抬手做手刀蓬的劈在槍桿上。曹彰如受雷擊，大槍噹啷一聲脫手落在地上。

「老師……」曹彰也有些慌了，連忙上前就要跪下。

「子文無須擔心，你剛才這一槍，使得極好。單以槍法而言，你已經到了一個瓶頸，想要再提高、再突破，就需要大量實戰。單純的依靠練習，恐怕難有太大進步……嗯，這樣，待叔父這次回來後，我會向他稟報，讓你從軍。如今河北戰事尚未結束，你想要提高，就去戰場上搏殺一年，到時候再來找我……這件事要早做安排。對了，誰知道司空何時會返回？」

建安七年，也就是西元二〇二年九月，曹操率軍北渡黃河。

屯駐黎陽的袁譚發動攻擊，卻發現曹操勢大，無法抵擋，於是向袁尚告急。哪知道，袁尚擔心分兵救袁譚後，袁譚會奪兵不還，於是便下令審配駐守鄴城，親率兵馬解救黎陽。可不管是袁譚還是袁尚，又怎是曹操對手？曹操連戰連捷，使得袁家兄弟緊閉城門，不敢與曹軍交鋒對陣……

不過，隨著寒冬來臨，曹操的糧道有些緊張。

自建安五年開始，官渡、蒼亭連番大戰，曹操雖說府庫充盈，也擋不住這般消耗。所以曹操已決定暫時收兵，返回許都。曹朋也聽到了消息，只是不清楚曹操回兵的具體時間。

曹彰聽聞，先是緊張，旋即喜出望外。他生性好武，獨愛兵事，一直希望能為曹操斬將奪旗，成為曹操身邊的大將軍。只是他年紀小，所以曹操不肯讓他跟隨。此次進擊黎陽，連曹丕都隨軍出戰了……這也使得曹彰心裡更加難耐。

如果曹朋願意去說項，曹操一定會同意。在曹彰心中，對曹朋當年十四、五歲便立下赫赫戰功羨慕不已。如今有這樣的機會，他又豈能錯過，於是連連點頭。

曹朋只是笑了笑，沒有再說什麼。

一轉身，他招手示意曹沖道：「倉舒、小艾，你們也準備一下……朱兒，帶他們兩個去換衣服，若是練得不好，小心沒有午飯。荀俁，你也跟著去，盯著他們。」

在校場邊，從夏侯蘭和韓德身後，轉出來一個小姑娘，正是當年葛玄託付給曹朋的朱夏。

章十一
三年後

朱夏在曹府也有兩年了，看上去比之當初豐潤了許多。她平日裡就負責伺候曹沖他們讀書習武，也不算陌生。聽到曹朋的吩咐，朱夏答應一聲，便領著曹沖三人離去。

看著他們的背影，曹朋搔了搔頭。

「子幽，你在這裡幫忙盯著，我有點事，先離開一下。」

「喏！」韓德和夏侯蘭連忙插手應命。

曹朋轉過身，沿著小路行去，穿過一道拱門之後，他便走進了後院正堂。

「公子！」兩個美婢笑嘻嘻的迎上前來。

「小鸞，小寰……月英今天還好吧？」

「真夫人正和夫人在屋裡說話，一切都很好……公子只管放心就是，老夫人已經準備妥當。穩婆隨時可以過來，肖先生甚至關了回春堂，就住在前面，不會有事兒的。」

肖先生，也就是那位非著名婦科大夫肖坤。

由於依附了曹家，肖坤的回春堂如今是生意興隆。加之張仲景和華佗時常會在回春堂裡坐鎮，也使得這回春堂的名聲在許都城裡極有名氣。連帶著，肖坤的地位隨之水漲船高，普通的病人自有他的學生負責，他更多時候只是指點。

不過，肖坤也知道，他今時今日地位的根源，所以對曹家的事情非常上心，這次更帶了三個穩婆，就住在曹家城外的田莊，隨時候命。

曹朋揉了揉鼻子，邁步走上臺階……

花廳裡擺放著兩尊用生鐵打造而成的煤爐子，上面架設直通廳外、碗口粗細的煙筒。煤爐子裡，燒的是煤餅，使得屋子裡溫暖如春。

黃月英挺著肚子，正坐在廳裡和夏侯真說話。兩年過去，黃月英和夏侯真也已經從當初清純的少女，變成了成熟的婦人。夏侯真一身白裘，懷裡抱著一個七、八個月大的女嬰，正笑嘻嘻的和黃月英說著閒話；而黃月英披著一件狐裘披風，頗有些慵懶的靠在榻上，不時的點頭，偶爾還會插上一、兩句，發出歡快笑聲。

「阿福，你怎麼過來了？」看到曹朋進來，黃月英好奇的問道：「倉舒他們剛下課，這會兒應該在校場習武吧。」

「有子幽和信之盯著，沒事兒。」曹朋說著話，便湊了過去。「月英，今天可有不舒服？」

「只是晌午時疼了一陣，不過肖先生說沒有大礙。」

曹朋從夏侯真懷裡接過了女嬰，用臉頰貼著那粉嫩的臉蛋，狠狠的香了一下，惹得女嬰咯咯笑起來。她還不會說話，但看得出她很喜歡曹朋的這個動作……

夏侯真在一旁看著，也忍不住笑了。

初為人母的她，在剛生下女嬰的時候頗有些擔心，害怕曹朋不喜歡女兒。不過現在看來，曹朋對女兒也極為疼愛。

三年前，當曹朋和黃月英定下親事之後，夏侯淵突然登門提親。當時這件事情鬧得可不小，黃承彥大發雷霆之怒，甚至要帶著黃月英返回江夏，後來在孔融等人的勸說下，總算是留在許都。

曹操也出面說項，最終使得黃承彥不得不點頭答應。但是，在這個『大小』的問題上，雙方還是起了爭執。黃承彥一開始堅持要黃月英做大，可夏侯淵卻不願意讓夏侯真做小。那段時間，曹朋嚇得不敢回許都，乾脆跑去雒陽找陳群作伴。

直到後來，曹洪跑出來出了一個主意。

「分什麼大小？月英書香門第，才學淵博；小真將門之女，溫良賢淑。索性不要設正妻，只立平妻

三年後

便是，這樣月英和小真也不必分大小，一樣大……省得阿福夾在中間為難。」

古代有三妻四妾之說。但實際上，卻只有一個正妻。

曹洪的意思很清楚，別設正妻了，否則非打起來不可。都是平妻，無分大小，誰也不比誰高出多少。後來又經孔融等人出面，這件事總算是平息下來。

建安六年，曹朋返回許都，同時迎娶了黃月英和夏侯真兩人。不久之後，在黃月英的建議下，曹朋又把步鸞和郭寰納為妾室。

建安七年初，夏侯真生下一女嬰，取名曹綰。隨後，黃月英也懷上了身孕，至今已有九個月的身子。兩女相處的挺好，原因嘛……不管是黃月英還是夏侯真，都不是那種性格很強的女子，加之當初曹朋入獄，二女時常接觸，彼此間的關係也挺不錯，如今在一起，倒也沒有太大衝突。

要說黃月英心裡沒有怨言那是瞎話！原本屬於她一個人的寵愛，如今是兩個人均分，換作誰，心裡都會不好受。但夏侯真性子委婉，很能容讓，一來二去，這怨恨也就少了許多，以至於到後來兩人就像姐妹一樣，絲毫沒有什麼隔閡。

對此，曹朋也是暗自慶幸。

成親後，黃月英和夏侯真各有愛好。

黃月英喜歡奇淫巧計，在建安六年時，造出一種三錠腳踏紡車，效果極其出眾。

漢代時，紡車已經普及，但是以手搖紡車為主。黃月英在其父黃承彥的幫助下，利用偏心輪，在紡車製造上完成了一次改革，發明出三錠腳踏紡車，使得紡織的速度大大提高。不過，這種紡車尚未正式推廣，曹朋還處於觀望之中。只是在田莊小規模的投入，主要用於商業上的用途。

建安七年初，史上第一家銀樓，在雒陽和下邳同時開設，海西與雒陽之間的貿易，將由銅錢轉變為錢票交易。只不過這種交易方式還有待推廣，至於效果究竟怎樣，誰也說不清楚，至少，一、兩年內未必能出現效果。與此同時，海西開始大規模推廣曹公車，如此一來，使得屯田面積增加了三分之一，並且開始以稻米取代其他作物。

三年的時間，說多不多，說少不少。曹朋始終沒有走到前臺，在大多數時候，依舊隱藏於幕後。不過，以曹朋名義而開設的商鋪，開始出現在雒陽和許都街頭。曹氏商行所經營的商品，以麻紡為主，並迅速加入了雒陽行會。行商坐賈之事，曹朋自然不可能出面，於是和家人商議了一番後，曹朋決定將商戶交由郭寰來負責打理。

郭寰精明能幹，對錢帛有著敏銳觸覺。行商坐賈之事雖說不登大雅之堂，但對於郭寰而言，也是向曹朋證明自己的途徑。

至於內宅，則交由步鸞打理。洪娘子已放手了田莊事務，大部分時間是在曹府做事。步鸞心細，性子外柔內剛，更有應變之能，所以這田莊打理的也是井井有條……

有時候，曹朋覺得自己是在做夢，娶得嬌妻美妾不說，如今更是家財萬貫，有了一定根基。曹朋覺得，重生於三國，做到這一步也算是小有成就……至於以後的事情，他並沒有過多考慮。

坐在花廳裡，陪著黃月英和夏侯真說了會兒話，曹朋便起身離開。他正準備去後院校場看看曹沖他們的狀況，卻聽有人在呼喊他的名字。抬頭看去，只見龐統和石韜正興沖沖走來。兩人來到曹朋跟前，先拱手行了一禮。

「友學，正要尋你，你卻來了。」

「二位兄長，可是有事嗎？」

「嘿嘿，當然是有好事。」

「什麼事？」

龐統一把攫住曹朋的胳膊，拉著他就往外走。曹朋問道：「士元，你這是幹什麼？」

章十一
三年後

「帶你去看熱鬧。」

「什麼熱鬧？」

龐統停下腳步，看著曹朋道：「友學，你不會是真不知道吧？」

「不知道什麼啊？」曹朋有些哭笑不得，對這位有些神神道道的鳳雛先生，頗有些頭疼。

龐統笑道：「來大家今日要在毓秀樓歌舞，我和廣元商量了一下，決定帶你一起去開開眼界。」

「來大家？」曹朋面露疑惑之色。

龐統道：「友學，你不會連來大家都不知道吧？」

看曹朋搖頭，石韜不由得頓足捶胸。

這石韜年紀在二十七、八歲，長得是一表人才，頗有幾分俊朗之氣。

「友學，果真是不知風情之人，竟連來大家都不知道，豈不是辜負你曹三篇之名？」

曹朋不禁苦笑。

龐統道：「來大家叫做來鶯兒，生得如花似玉，體態窈窕婀娜。她本是雒陽歌舞大家，在雒陽和長安極有名氣……近日毓秀樓花重金把她請來，準備在許都停留三十日，每五日一場歌舞，今天是第一場。許都有頭面的人物都準備過去，我和廣元商量了一下，決定叫上你。你這兩年幾乎就窩在這田莊裡，好不容易來了場熱鬧，又怎可能置你於不顧？走走走，若晚了可就沒位子了！」

說起來，曹朋這兩年的確是很少露面。要麼在家裡陪伴妻子，要麼就是教導曹沖等人讀書習武，偶爾出門，也是為了公事。比如海西來人，抑或者是陳群派人過來商議事情，他才會出去。平常就深居簡出，甚至連年初典滿和許儀找他去射鹿，也婉轉拒絕。

原來是歌舞！曹朋不由得笑了……

說實話，他對這歌舞實在是沒有興趣。前次在孔融家裡拜訪，孔融命家中歌姬獻舞。那些歌姬長得的確是好看，只是歌舞出來的東西，曹朋有些看不太明白。

哪怕他在這個時代生活的再久，可有些東西終究還是無法理解。比如古人的舞蹈，那些名士清流們可以看得津津有味，更說得頭頭是道。而曹朋呢，每次看歌舞都會昏昏欲睡，打不起精神。

時代的差異，對審美的觀點自然不太一致。古人看歌舞，是一樁雅事，但讓曹朋看歌舞，卻如同嚼蠟……甚至連黃月英也說，曹朋這傢伙有時候不解風情。

所以，龐統興致勃勃，曹朋卻全無興趣，「算了，我還有事兒，就不去了。」

「你不去怎行？」

「什麼意思？」

石韜苦笑一聲，「友學以為，這頭場歌舞，以我和士元，能坐進去嗎？」

是啊，這的確是個問題。石韜和龐統雖說小有名氣，但是與許都城裡那些博學鴻儒、名士清流、達官貴族相比，還真就算不得什麼。今日頭場演出，想必那毓秀樓裡必然高朋滿座，他二人想進入，並非易事……不過，這和他有什麼關係？曹朋疑惑的看著兩人。

「友學，你好歹也是當代宗師。曹三篇之名，或許比不得孔文舉那些人，但若是去了，必有一席之地。我們……嘿嘿，只是想跟著你去看熱鬧。」

尼瑪，讓我帶你們嫖妓？

曹朋一縮脖子，輕聲道：「你去和月英說，若月英同意，我就去。」

「呃……」龐統和石韜相視一眼，搔了搔頭，乖乖的閉上了嘴巴。

這種事，哪能明著去說？若是被黃月英知道，別說放曹朋出去，估計敢放狗咬人。

曹朋田莊上可是有兩頭雪獒，凶悍得很。除了曹朋之外，也就是那養犬的王雙能夠指揮。但王雙那小子，擺明了是幾位夫人的跟屁蟲，有時候甚至連曹朋的話都不聽，只聽從黃月英和夏侯真的指派……

「算了，你還是老老實實待在家裡，陪伴弟妹吧。」

龐統和石韜相視一眼，轉身要走。

「慢著！」

「嗯？」

「你們真想去看歌舞？」

「廢話。」

「既然如此，你們持我名刺，去臨沂侯府找臨沂侯，就說我請他幫忙，讓他帶你們進去。」

臨沂侯劉光，毓秀樓的幕後老闆。這兩年和曹朋差不多，都是深居簡出，很少與人接觸。

劉光和曹朋的關係，挺複雜……要說起來，兩人屬於敵對立場，可又惺惺相惜。曹朋覺得劉光是屬於看得清楚形勢，卻又身不由己的那種人；而劉光則覺得，曹朋年少而有才華，值得交往，甚至連曹朋田莊上的大白小白兩頭雪獒，也是劉光相贈。兩人雖然沒有來往，但彼此間卻頗有交情，也算得上是一樁怪事。

龐統和石韜相視一眼，忍不住連連點頭。如果劉光肯出面，那他二人要走進毓秀樓，倒也不是一樁難事……

「臨沂侯，能同意？」

「他會幫忙的……」曹朋說著，微微一笑，扭頭就走。

龐統和石韜的事情，曹朋沒有放在心上。

至於來鶯兒，曹朋更是毫不在意。哪怕是在前世，他對伶人，是發自骨子裡的厭惡，全無半點好感。也許是因為前世那所謂『全民娛樂』的原因，報紙鋪天蓋地都是那些戲子們的消息，讓他非常討厭，以至於重生東漢後，他也從不去那種風月場所。雖說名士風流是這個時代的風俗，可是曹朋本能的還是很排斥。

這樣也好，至少在世人的眼中，『曹三篇』屬於那種古板之人。

許多士子對曹朋的這種做法極為賞識，甚至是交口稱讚。當然了，有稱讚的，就有詆毀的……可那又有什麼關係？曹朋對這種事情全然不在意，又進一步坐實了他高潔孤傲之名。

走進一個小院，卻見院子裡有一口漿池。

這是曹朋在年初時，和黃月英一起搞的實驗，想要透過一些後世的方法，造出物美價廉的紙張。這年月，紙張實在是太貴了……以至於曹朋很多想法都無法實施。若能夠造出便宜的紙張來，就可以進一步推動這個時代的發展。但有時候，你覺得是一樁簡單的事情，做起來卻並不容易。至少對曹朋而言，造紙就是一樁麻煩事。

他在漿池旁邊觀察了一下，然後用竹盤試了試，發現掛漿造紙……還是再等等吧！

曹朋在院子裡足足逗留了一個時辰，這才起身離開。

回到書房，他正準備做一些記錄，卻聽門外突然間傳來一陣急促的腳步聲……

「公子，司空派人前來，通知公子立刻趕赴長社。」

曹朋一怔，「曹司空，已到了長社？」

他心裡不由得有些奇怪：你老曹既然已回來了，好端端又把我叫去長社做甚？

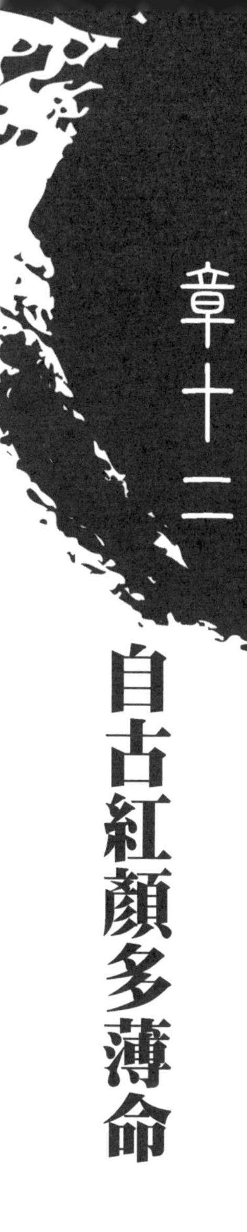

章十二 自古紅顏多薄命

曹操相召，曹朋自然不能推卻。

好在從許都到長社並不算遠，雖然積雪很厚，也耽擱不了太多時間。曹朋騎上了照夜白，叫上韓德和二十名飛眊即刻出發。一路匆匆，在亥時便抵達長社。

曹操並未率軍入駐長社縣城，而是在長社城外駐營。

曹朋在轅門口通報了姓名，不一會兒的工夫，就見典滿和許儀率兩隊鐵騎迎接。

「二哥、三哥，司空這麼急著把我找來，有事兒嗎？」

典滿搖頭，表示不太清楚。許儀則道：「前些時候，好像是在黎陽時，司空偶得一篇文章，此後便悶悶不樂……也許找你就是為了這件事。你小心點，主公最近一段時間，情緒都不是很好。」

得了篇文章，和我又有什麼干係？

曹朋不由得愣然，便下馬隨著典滿二人往營中行去。本想再打探一些消息，可這兩位卻一問三不知，也弄不清究竟是什麼狀況。就這樣，懷著滿腔疑惑，曹朋往中軍大帳行去。

眼見就要到了大帳，卻見一名青衫文士攔住了曹朋的去路。這文士的年紀大約在五十左右，相貌清腰，頷下三縷長鬚，看上去頗具儒雅之氣。這人中等身高，體型單薄，顯得有些瘦弱。

他一出現，典滿、許儀的臉色頓時發生了變化，一個個顯得非常難看。

曹朋停下腳步，疑惑的打量對方。

「可是曹三篇當面？」

「呃……在下曹朋，敢問先生大名？」

「某家許攸。」

許攸？就是那個奇襲烏巢，獻計破袁紹的奔走之友許攸？

曹朋可是記得，這許攸的下場似乎不是太好。此人性格桀驁，不知進退，以至於在鄴城被破之後，遭許褚所害。曹操當時表現的很生氣，但結果也只是罰了許褚一年俸祿，並沒有深究。連帶著，曹朋對許攸的印象也不是太好，所以當許攸攔住他的時候，不免有些疑惑，好奇的打量許攸。

記憶裡，他和許攸沒什麼接觸。許攸投奔曹操的時候，他正被關在衛將軍府的大牢之中。後來許攸到了許都之後，曹朋跑去了雒陽，找陳群商議事情。等曹朋返回許都成親時，許攸又因故返回老家南陽，兩人再一次錯過。

說起來也有趣，許攸投奔曹操近三年，竟沒有和曹朋見過面。哪怕是同在一座城市，也因為曹朋削爵罷官的緣故，兩人沒有過任何接觸。許攸一直在司空府做事，拜司空軍事祭酒。曹朋呢，也不喜歡沒事總跑去司空府，特別是結婚之後，大部分時間都待在城外的田莊裡，授課、習武，很少踏進許都的城門……那許攸找他，又有何事？

「聽聞曹三篇，乃南陽人氏？」

「呃……在下幼年時曾在南陽生活，至十四歲後，未曾還鄉。」

「那敢問，是南陽何處？」

曹賊

章十二

自古紅顏多薄命

「在下南陽郡舞陰縣中陽山人氏。」

曹朋沒有留意到，許攸說話時用的是南陽方言。也許是習慣的原因，他本能的也以南陽話回答……不過，許攸的口音應該更接近於穰城地區，屬於南陽西南；而曹朋的口音是舞陰方言，位於南陽北部。親不親，同鄉人。

曹朋到了許都之後，說的是雒陽官話，乃至於在家中，不管是和曹汲還是與鄧稷，大都是以官話為主，除了和母親張氏、姐姐曹楠交談時偶爾會用南陽方言之外，幾乎很少說南陽話。如今，許攸用南陽話詢問，曹朋不由得心生一絲親近之感。而許攸呢，臉上更露出了笑意。

「未想，竟與曹三篇同鄉。」

「子遠先生也是南陽人？」

「正是……我乃穰縣人氏。」

「穰縣啊，我去過。」

許攸聽聞大喜，「中陽山我也去過，景色甚美。他日若曹三篇有閒暇，何不一同返鄉？呵呵，難得有同鄉人，許某有些失態了！」

「朋也久聞先生之名，只是未曾拜會，所以心中一直存有遺憾。若先生不吝，待閒暇時，願與先生把酒言歡……只是，司空喚我有事，恕朋失禮。」

許攸連忙擺手，「友學自去，他日自會登門拜訪。」

說著，許攸背著手，看似悠閒的溜溜達達而走，卻讓曹朋一頭霧水，有些不明所以然。

這許攸，看上去也不是那麼討厭嘛！

「今天可真是奇怪了，許子遠對你，可是親熱得很呢。」

「是嗎？」

典滿黑著臉道：「你是不知道，這廝平日裡有多麼討人嫌。架子大，口氣也狂妄得很。上次見到我，還問我：可知破袁者何人？我知道他曾獻計奇襲烏巢，可那也是主公深謀遠慮，將士們效命的結果……若非看在他是主公昔年好友，老子早就把他一頓胖揍。平時不管和誰說話，都昂著頭，一副誰也不待見的模樣。今天和你說話倒是看上去還挺正常……不過，估計也是暫時，早晚會讓你心頭起火。」

看得出，典滿對許攸怨念很深。

曹朋看著許攸的背影，有些疑惑的搖了搖頭。

《三國演義》裡，羅大糊弄著重描繪了曹操的果斷，而掩去了許攸的光芒。但實際上，許攸在奇襲烏巢的事情上，起了極為重要的作用。而後有賈詡、郭嘉、許攸推波助瀾，最終令曹操下定決心。可以說，沒有許攸，官渡之戰可能會延續很長時間，勝負尚未可知。不管歷史是如何評價，許攸的前半生確實很輝煌。

他曾經與何顒等人，被稱之為奔走之友，是大將軍何進的座上客；也曾參與過合肥王廢立之事，後來協助袁紹，雄踞北方。連孔融都曾稱讚說：「田豐，許攸，智計之士。」

曹朋看著許攸的背影，輕輕搖了搖頭……這種事情，誰也說不出個所以然。許攸生死，與他無關。至少，他對自己的態度，挺好。

「走吧，主公應該等急了！」

「正是正是，咱們快點過去吧。」

典滿和許儀暫時忘記了許攸的事情，帶著曹朋匆匆來到中軍大帳。

大帳中，燭火通明。曹操正獨自坐在榻上，身披一件黑色裘衣，興致勃勃的看書。

對曹操的好學，曹朋極為敬佩。這傢伙不管走到哪兒，總會帶著一車書卷。

這兩、三年來，曹朋和曹操的接觸並不是特別多，一來曹操忙碌，二來曹朋也不想總去麻煩曹操。

對於自己的仕途，他絲毫不擔心，曹操該用他的時候，自然會用他。

「曹朋奉命前來，拜見司空。」

「阿福啊，快進來。」曹操放下書，招手示意曹朋進帳。

典滿和許儀很自覺的在帳外停下腳步，當曹朋進帳以後，帳簾隨之便垂落下來。

「叔父這麼急喚姪兒前來，有何吩咐？」當帳簾落下後，曹朋便明瞭曹操的意思，立刻改變稱呼。對外，曹朋喚曹操官職，那是公事；現在，只有他二人，曹朋喚曹操叔父，則是私事。

曹操笑了，擺手示意曹朋坐下，然後親自為他滿了一杯水酒，笑呵呵問道：「阿福，倉舒近來進步甚大，你環嬸嬸時常在我面前誇獎，他知書達理，懂得進退。而且，子文的武藝大有進步，連君明也說，他早晚必成軍中的猛將……此皆阿福你教導有功，我還要先謝謝你才是。」

「叔父哪裡話？倉舒天資甚好，我只是順勢引導，哪裡有什麼功勞？」

「誒，再好的天資，若沒個明白人指點，也是無用。倉舒這兩年每次回家，皆有進步，我也非常高興。他來年就要正式進學，不過我還是希望，他能繼續在你那邊學習。」

建安七年五月，袁紹病死。

曹操因喪亂以來，學校多廢，後生不見仁義禮讓之風，於是下令郡國各修方學。規定：凡縣滿五百戶，即設立校官，負責選鄉中俊才教學；凡公卿六百石以上官吏，以及將校子弟為郎、為舍人者，皆可詣博士受業；能誦一經者，由太常分等授官。

曹沖此前一直是由曹朋授業，不過他眼見著將九歲，是時候正式入學，學習經典文章……也就是說，他的啟蒙教育初步完成，到了這個階段，就必須要正式的在學堂裡學習。

曹朋早就預計到了這個結果，所以並不覺得奇怪。

曹操笑道：「我聽說，倉舒在你那裡，還接受了其他人的授業？」

多。」

「正是！」曹朋躬身道：「德潤、士元、廣元皆有為之士，才學過人，倉舒得他們授業，收益良多。」

「嗯，闞澤此人我知道，也算是你的老部下了。說起來，他也是個有才華的人，是時候該入仕了。我也正好要和你說這件事情，子山在海西已有三年，政績卓著，我擬將他調至司空府，出任辭曹一職，並兼任太倉令一職。如此一來，海西出缺，闞澤也算是海西老人，可繼任，你以為如何？」

步騭要上調了嗎？

辭曹和太倉令，皆實權職務。特別是辭曹，有監察百官之責，屬於司空府內部的執法機關。步騭出任辭曹，品秩雖未提升太多，卻是一次不小的升遷……但是，讓闞澤接掌海西？

曹朋立刻明白了這其中的奧妙。

於私，曹操准許曹朋繼續享受海西的三成收益；於公，銀樓的開設，也必須要有一個合適的人選去穩定局勢。相比之下，徐州九大行會的行首，更容易接受曹朋的部曲；若換一個人過去，勢必會出現一些波動，單只是和九大行首的相處，就是一大問題。九大行會是曹朋一手設立，闞澤前往海西，無疑是最佳選擇。

但曹朋也知道，這恐怕是他最後一次享用海西的收益了！

從鄧稷，到闞澤……待闞澤卸任時，曹朋對海西的掌控，至少超過十年。

當一個人對某一個地方掌控超過十年，換誰都會感到眼紅。更何況，如今的海西可不是七年前那個荒僻之地，它已成為兩淮最富庶的地區。九大行會不僅壟斷了兩淮商業，更勾連江東。若銀樓的效果出來，曹朋再想享用收益，估計很難。別的不說，海西每年的鹽稅過億，曹朋的收益將會何等驚人？

曹操不得不考慮這些事情，闞澤繼任海西，也預示著闞澤之後，曹朋將失去對海西的控制。

曹朋想了想，躬身道：「姪兒願從叔父之命。」

闞澤之後，我同意放棄海西的利益！

曹操的眼睛笑成了彎月，輕輕點頭：友學果然是個知進退的小傢伙！

「這兩年，雋石在執金吾做的甚好。前些時候文若曾向我舉薦，決定任雋石為城門校尉之職，我已經應下此事。另外，王猛在軍中也頗有長進，如今西涼不甚平靜，護羌校尉出缺，我已上奏陛下，由王猛接掌護羌校尉一職。你那結義兄長王買，則出任行軍司馬，你以為如何？」

這是一個交換！

曹朋接受了闞澤之後放棄海西收益的決定，曹操則投桃報李，還之以其他方面的補償。城門校尉，掌京師城門屯兵，屬官有司馬兩人、城門侯十二人。曹操只說任曹汲為城門校尉，也就是告訴曹朋，其屬官可以由曹汲自行委派，曹汲可以透過這種方法，提拔一些屬於他的親信。

換而言之，曹操准許曹家自立門戶。

至於護羌校尉，始於漢武帝元鼎六年，執掌西羌事務，震懾涼州，也是一個極大的實權職務……而將王買調至隴西，也說明了曹操對西涼馬騰有所覺察……

這兩個職務，可都是不折不扣的實權官職。曹朋哪能不清楚曹操的心意，連忙躬身拜謝。

「友學，我讓你過來，還有一件事情要與你商議。」

「不知叔父有何吩咐？」

「你先看看這個……」

曹操說著，從書案上翻出一副白絹，遞給曹朋。曹朋上前接過來，就著燭火的光亮掃了一眼，只見那白絹上盡是密密麻麻的小字，字跡娟秀，可看出功底不凡。

「悲憤詩？」曹朋詫異的抬起頭來，看了曹操一眼，見曹操面無表情，又低下頭去認真閱讀。

白絹上是一首騷體詩。

什麼是騷體詩？這還要從戰國說起。

騷體詩出現以前，詩歌基本上是四言體，也就是《詩經．國風》式的民歌。只是，四言體節奏短粗，單調呆板，容量也有限，在表現複雜的社會生活時，就顯得相當局限。直到戰國時，著名詩人屈原受讒言所害，遭遇驅逐流放，心中充滿悲憤和痛苦。只是當他想要用詩詞發洩心情時，四言體的局限性令他忍無可忍。於是屈原便學習民間的俗歌俚句，不再拘泥於四言體的格局，而採用了五言、六言、七言體，但保留了詠唱中的語氣詞『兮』，也就是騷體詩的雛形。其中最有名的就是《離騷》。

到漢代，例如劉邦的《大風歌》，都屬於騷體詩的範疇。

曹朋此刻手上拿的，正是一首騷體詩。看用詞和格律，似乎是出自女人之手筆，而且是一個學識極為出眾的女人手筆，用詞造句極為出色。

曹朋這兩年也苦學樂府格律，偶爾能作出一、兩首屬於自己的詩詞，但相比之下，他那些詩詞和手中這一篇騷體詩一比，就是個渣……更重要的是，曹朋有一種非常奇怪的感覺。這首騷體詩的作者，所用的筆法非常熟悉，似乎是……飛白體？

「這是……」

「友學可知蔡伯喈乎？」曹操抬起頭，臉上露出一抹苦色。

曹朋嚇了一跳！要知道曹操身居高位，早已做到了喜怒不形於色的地步，不管遇到什麼事情，他都很少流露真實的表情。可眼前的曹操，卻好像是真的動了情。曹朋甚至可以看到，在曹操眼中依稀閃動一抹水光，著實有些感到吃驚。

「蔡伯喈，豈非蔡邕先生，我豈能不知？」

「此詩，乃蔡琰所作。」

「蔡琰？」

自古紅顏多薄命

「就是蔡伯喈之女，昭姬。」

蔡琰，蔡昭姬……啊，想起來了，那不就是蔡文姬嗎？

不過，蔡文姬是在後來才更改的名字。她本叫做蔡昭姬，只是後來司馬氏篡魏，為避司馬昭的名諱，於是才改成了蔡文姬。而後，世人就一直以蔡文姬稱呼。

蔡文姬，本名蔡琰。昭姬是她的表字。

蔡邕一生，膝下有二女，但命運卻截然不同。

蔡琰是長女，少有才女之名，博學能文，善詩賦，兼辯才，精音律，曾以班昭為偶像，從小留心典籍，博覽經史，曾與蔡邕續修《漢記》。只是她命運多桀，第一次出嫁，遠嫁河東衛氏，丈夫衛仲道是以修《大學》而聞名的士子。在當時而言，才子佳人，不曉得羨煞多少人。可惜不到一年，衛仲道咯血而死，蔡琰便遭衛家嫌棄，認為蔡琰是『剋死丈夫』，乃不祥之人。蔡琰也是出身名門的才女，心高氣傲，且能受得這種侮辱？一怒之下便返回家中，從此和衛家斷絕關係，再無往來。

然而，衛家對蔡琰，卻是嫉恨不已。

董卓入雒陽，啟用了蔡邕。不久之後，董卓被殺，蔡邕也被王允所害，李傕和郭汜攻占長安，關中戰亂不止……而在這時候，羌胡乘機出兵，洗掠關中。詩中記載『中土人脆弱，來兵皆羌胡，縱列圍城邑，所向悉破亡。馬邊懸男頭，馬後載婦女。長驅入朔漠，回路險且阻』。蔡琰也就是在這種情況下，跟著許多被擄掠的婦女，被帶往南匈奴。

此後，天下大亂，戰事不止，誰又會去掛念一個柔弱女人？

而蔡琰的妹妹，名叫蔡貞姬，和蔡琰卻是截然不同的命運。蔡貞姬的才學遠不如蔡琰出眾，相貌也不似蔡琰美豔。可是一生平平安安，嫁給了一個名叫羊衜的男子。也許，很多人不知道蔡貞姬是誰，但蔡貞姬有一個了不得的兒子，在後世大大有名，那就是西晉最為著名的將領羊祜……

後世武俠小說的宗師金庸，也曾在作品中提及羊祜。

人生不如意事常十居八九，正出自羊祜之口。

曹朋抬起頭，輕聲道：「此為蔡琰所作？」

曹操深吸一口氣，用力的點點頭，而後露出落寞之色。

蔡邕，與曹操亦師亦友，交情深厚。

曹操道：「此次征伐河北，我偶得當年伯喈之作，還有這篇悲憤詩，據說是昭姬被擄去漠北後所作。我看到這首詩，故而有些感慨……想當年，伯喈才情出眾，少有人可比。可現在，一代宗師屍骨無存不說，連當年的小才女也受這多磨難。」

王允殺了蔡邕後，將蔡邕棄屍荒野。不久後，李傕和郭汜圍攻長安，殺人無數。一直到最後，竟無人知道蔡邕的屍首埋在何處。李傕和郭汜死後，曹操入主關中，依舊無法找到蔡邕的屍首何在。

他抬起頭，輕聲道：「阿福，我欲贖回昭姬。」

說實話，曹朋對蔡文姬倒是沒太多的感受。

因為在後世，蔡文姬的名聲並不是太好，其根源所在，就是蔡琰一生三次嫁人。第一次是衛仲道，第二次是匈奴人……雖說嫁給匈奴人，並非蔡琰所願，卻依然成了後世衛道者攻擊的藉口，說她不貞潔，若是烈女，就不該苟且偷生；既然苟且偷生，就別回來，還生了兩個孩子，結果回中原時，又把兩個孩子拋棄。總之，在衛道士的眼中，蔡文姬就成了傷風敗俗之人。

可事實上，在東漢年間，人心向古。婚姻不須三從四德之約束，更不能以節烈之名，羈絆名節。所謂節烈，大致上是從宋明理學之興而開始……朱熹老兒把自己的觀念，強加於千餘年前古人的身上，簡直就是荒天下之大謬。

曹朋討厭朱熹，但也說不上喜歡蔡文姬。所以，當曹操說欲贖回蔡文姬的時候，曹朋本人並無太大的反應。

你要贖回蔡文姬，那就去贖回，和我說什麼？你堂堂司空，贖人又何必與我說？

曹朋疑惑的看著曹操，卻見曹操目光灼灼，盯著他看。不由得心裡一顫，他有一種不好的預感。

「叔父的意思是……」

「如今，袁紹方死，河北戰事仍熾，非短時間可以竟全功。我抽不出身來，所以只能找人前往漠北尋找昭姬。你也知道，如今漠北羌胡林立，匈奴、鮮卑混戰不止。若無勇武之人前往，只怕是難以尋獲……阿福，我想讓你代我出使匈奴，迎昭姬歸漢。此行必有許多困難，不知你可否願行？」

讓我去漠北，迎接蔡文姬歸漢？

曹朋雖說有心理準備，可乍聽之後，仍不免頭暈：幹嘛讓我去？

他看著曹操，卻見曹操仍凝視著他，目光灼灼閃亮。腦子裡驟然閃過一道靈光，他睜大眼睛看著曹操，半晌後輕聲道：「叔父，莫非是要我……」

曹操用力點頭，「我也不瞞你，讓你去漠北，也是我深思熟慮之後的決定。你想必清楚，自有漢以來，胡害不止。此前是匈奴，後來是鮮卑……如今更有烏丸、靺鞨等異族一直虎視眈眈。特別是烏丸，與袁紹關係甚密。此前在官渡時，我就見到過烏丸鐵騎混雜在袁紹軍中……而今，我將蕩平河北，烏丸始終是我心腹之患。所以，你此去漠北一來是迎接昭姬歸漢，第二件事，也是最為重要的一件事，便是探查漠北形勢，破壞烏丸與漠北異族的關係。」

迎接蔡文姬，是私事；破壞烏丸和漠北異族，才是公事。

不過，老曹你未免太看得起我了吧……這麼大的事情交給我去做，你不怕我辦砸了嗎？

「叔父的意思，我為使者？」

「當然不是，你此去並無身分。」

「沒有身分？」

「這次前往漢北，正使乃中宮僕周良。」

操……

曹朋有點懵了。

中宮僕，其實就是近侍，或者說是太監、宦官。

你怎麼讓一個太監跟著我一同去漢北？誰都知道，中宮僕是大長秋屬官，而大長秋則是漢帝身邊最親近的宦官。曹朋真的暈了，難道說，這還牽扯到了宮中？

曹操似乎沒有發現曹朋的目光是何等幽怨，自顧自的說道：「周良，是陛下的老奴，在長安時便跟隨陛下……他此次往漢北，也是奉了陛下之名，去拜訪南匈奴單于呼廚泉。哦，你可能不太清楚這些……呼廚泉乃羌渠之子，上代單于于夫羅之弟。此人與我漢室素來傾慕，此前陛下東歸，呼廚泉也是出過大力……」

曹朋似乎有點懂了！漢帝在這個時候派遣中宮僕前往漢北，莫非是想要……

曹操藉口尋訪蔡琰，於是讓自己隨同前往。看起來，自己的責任不僅僅是要尋找蔡琰，破壞漢北異族之間的關係，同時還有一個重要的任務，就是監視周良。

責任太大了！

別看曹朋平時在外面總是一副牛逼哄哄的樣子，可自己幾斤幾兩，心裡清楚得很。

曹操讓曹朋去，是對曹朋的信任。而且曹操也知道，曹朋和宮中的關係很不融洽，所以不需要擔心曹朋與宮中勾結。最重要的是，曹朋心細，曾破獲過許多大案，所以曹操也相信曹朋能夠勝任。

其他人？卻是目標太過明顯。

而曹朋這兩年不太張揚，深居簡出，以至於不少人甚至忘記了他的存在。

曹操看著曹朋，臉上露出一抹笑容。「阿福，你可願往？」

你他娘的大半夜把我從許都找來，如果我不願意，你肯答應嗎？

「叔父，姪兒願往……只是姪兒一個人，恐怕孤掌難鳴。」

「孤掌難鳴？」曹操笑了，「你放心，我會派人協助你。我這裡有一塊腰牌，必要時你可以節制護兵，隨機而動。」說著話，他取出一塊白玉雕成的虎頭腰牌，遞給了曹朋。

「叔父讓誰協助我？」

「呵呵，你到時候自然知道。」

「那什麼時候出發？」

「你放心，使團入漠北，至少要來年開春以後，否則漠北苦寒，周良細皮嫩肉的也未必能夠承受。我知道月英將要分娩，所以不會耽擱你看到我那姪孫降世。」

還好，你還記得我孩子要出生了！

「對了，月英一切都好？」

「回叔父的話，一切正常。」

「可預計到何時會分娩？」

「據回春堂的肖先生估計，就在近日。」

「嗯，我這次征伐河北，得了一株二百年的玄參。你今天過來，正好拿去給月英補身子。」

「那出使之事……」

「出使之事你莫問，該出發時，自會通知你。在此之前，我不會再召見你……你做好準備，挑選一些隨從，到時候自有人與你聯繫。」

「姪兒，遵命！」

曹操今天的談性很濃，拉著曹朋說了很久，直到將近丑時，他才放曹朋離去。不過，曹操讓曹朋連夜返回許都，不要在長社停留。這月黑風高，天氣酷寒，曹朋無奈之下，只好上馬帶著韓德，連夜趕回許都。

這一路上，他在心裡不停的咒罵：這老曹也真是夠嗆，把我神神秘秘的找過來，又讓我神神秘秘的趕回去……這唱的究竟是哪一齣啊！

漠北！曹朋一想起這件事就有些頭疼。

蔡琰身陷漠北，可漠北那麼大，林林總總有幾百個部落散落於其間，怎麼尋找？

歷史上，曹操是從誰手裡贖回了蔡琰？曹朋一時間可真的是想不起來。更頭疼的是，這裡面還參雜了皇家事由，使得事情變得更加複雜。

老曹，可真是給我面子，把這麼重要的任務交給我，他也不怕我把事情搞砸了嗎？

想到這裡，曹朋不由得越發頭疼，還真是麻煩啊！

幸好，曹朋如今沒有住在曹府，不需要入城。許都如今正是夜禁，每天晚上過了亥時，便會關閉城門，那樣的話就得在城外等到天亮才行。而曹朋返回田莊外，自有守護的莊丁打開莊門。

他來到自家宅院門口，還沒等下馬，就見王雙從門裡面風一般的衝了出來，一把拉住他的坐騎。王雙今年已十六歲，也許是西涼人的緣故，所以骨頭架子很大，比之正常人要高大許多。當初剛到曹家的時候，王雙顯得有些枯瘦，可是這幾年在曹家，王雙過得很滋潤，所以體型也變得比普通人魁梧許多。

「公子，你可回來了！」

「怎麼？」曹朋翻身下馬，疑惑的問道。

王雙一臉憂急之色，拉著曹朋的衣袖道：「碩夫人、碩夫人她……馬上要生了！」

章十三 最後一課

碩夫人，就是黃月英。

冬季的白晝來得很晚，已近辰時，可這天色卻仍顯昏暗。天邊透著魚肚白的光亮，大地卻依舊在沉淪之中。

曹朋幾乎是一路小跑的到了後宅，還沒等進跨院，就看見一大群人堵在院子門口，一個個面露緊張之色。曹汲也在跨院裡，這兩日由於產期臨近，他這個做公公的每天從執金吾衙門出來，便逕自回到田莊。張氏和曹楠在產房裡幫忙。步鸞和郭寰則進進出出，顯得極為忙碌。

曹朋走進跨院的時候，居然沒有一個人理他。他看到站在迴廊下神色緊張的夏侯真，於是連忙走上去，輕輕攏住了夏侯真瘦削的肩膀。曹綰在夏侯真的懷裡，瞪著一雙烏溜溜的大眼睛，看著產房進進出出的人，一臉的好奇之色。

不過，當曹朋摟住夏侯真的肩膀時，依舊能感受到她嬌柔身體的顫抖。

其實夏侯真的心情很複雜！她知道，自己之所以能嫁給曹朋，與其說是他二人感情好，倒不如說更多的是一種政治聯姻。夏侯淵希望曹朋將來能給他更多支持；環夫人希望藉由夏侯真，與曹朋的關係更加親密……以前，環氏對夏侯真從來都是橫眉冷目，沒有給過好臉色，可自從夏侯真嫁給曹朋以後，環氏對夏侯真的態度也有了明顯改善。

建安六年，蒼亭之戰結束，曹操任夏侯尚為太子文學之職。這太子文學，掌校典籍，侍奉文章。聽上去似乎是沒什麼實權，但卻屬於近臣。

而此時的五官中郎將，恰恰是曹操世子，曹丕。後世，將太子文學稱之為五官將文學，正是源於曹丕出任五官中郎將之事。曹操這種作為，則是一種平衡手段，透過夏侯尚輔佐曹丕，來維持一種平衡……

不管怎樣，夏侯尚算是正式成為曹氏核心成員。夏侯真知道，夏侯尚能成為太子文學，也得益於她和曹朋的婚姻。所以，說這是一樁政治婚姻，絲毫不為過。但夏侯真也確實喜歡曹朋，一直以來很擔心曹朋對她心生抵觸，畢竟當時曹朋娶她的時候，夏侯淵的推波助瀾、強勢壓迫，起到了很大的作用。因此在她心中，對黃月英總存有一絲愧疚。

好在黃月英也不是那種特別強勢的女人，兩人相處相得益彰。

夏侯真產女後，更有一種危機感，特別是黃月英臨產在即，這種危機感一日勝似一日。她害怕，從此她再也得不到曹朋的關懷。母憑子貴，可是自己偏偏只生了一個女兒。哪怕是曹朋對女兒曹綰非常喜愛，也讓夏侯真感到恐懼，甚至感到絕望。

曹朋在她肩膀上輕輕拍了拍，沒有說什麼話。他多多少少能明白夏侯真的想法。這是一個外柔內剛，內心極其堅強，同時又非常脆弱的女人。

「小真，天冷，回去歇著吧，莫讓綰兒生病。」

夏侯真似乎有了一絲勇氣，搖搖頭道：「月英分娩突然，幸好肖先生和穩婆近來住在家中，否則定然趕不及。我在這裡等著，雖幫不上什麼忙，也可以求乞月英無礙。」

話音未落，房間裡傳來黃月英嘶聲裂肺的叫喊。

曹朋身子一僵，有心幫忙，卻知道自己無法進入產房。

「月英，別怕，我在這裡！」他有些慌了手腳，只能在迴廊下隔著窗子大聲叫喊。

也許正是他這一聲呼喊，使得屋中的慘叫聲減弱了許多。夏侯真臉上露出笑容，當初她生下緡兒的時候，曹朋也是這麼在門外焦躁不安，和現在差不多。

「阿福，月英不會有事。」

「當然……」

當天邊掛起一抹金光，太陽一躍而出的時候，產房裡傳來一陣嬰兒的啼哭聲。

「生了，生了！」

步鸞從屋裡跑出來，臉蛋兒紅撲撲的，大聲叫喊道：「是公子，是小公子！」

跨院門口，曹汲頓時如釋重負般，長出了一口氣。

王猛笑呵呵的道：「雋石，恭喜！」

是啊，是要恭喜才是。曹家從此有後……

曹朋揉了揉鼻子，也鬆了一口氣。這時候，張氏抱著一個裹在襁褓中的嬰兒，從產房裡出來，一臉快活笑容。曹朋連忙要走上前觀瞧，但走了兩步之後，他突然轉身，從夏侯真懷裡接過了曹緡，一隻手拉著夏侯真，興致勃勃的上前。

夏侯真一愣，那蒼白的臉上頓時嶄露出笑容，心想：至少，在阿福心裡，並沒有看輕我……

「乖，快看，這是妳弟弟，以後可不許欺負他，明白嗎？」曹朋從張氏懷裡接過了男嬰，一手抱著曹緡，一手抱著男嬰，臉上的笑容無法抑制。

曹緡好奇的伸出手，在男嬰的鼻子上掐了一下，頓時引發出一陣陣響亮的嬰兒啼哭聲。只樂得曹朋嘿嘿直笑，抱著兩個孩子，便一頭紮進了產房。夏侯真猶豫了一下，上前攙扶著張氏，也隨著曹朋走進產房。曹汲等人也想過去，卻被張氏攔住。

「都進去作甚？女人家剛生了孩子，身子正弱……都在外面待著。」

曹汲一臉尷尬的笑容。

屋子裡溫暖如春，兩個穩婆正在收拾。

黃月英臉色蒼白的躺在榻上，看見曹朋進來，眼睛成了兩輪好看的彎月，卻掩飾不住她的疲憊。曹朋在她身邊坐下，將男嬰輕輕放在黃月英身邊。說來也怪，本正啼哭得起勁兒的男嬰，靠在母親身上的時候，頓時止住了啼聲。

曹朋沒有說話，只握著黃月英的小手。

夏侯真則坐在另一邊，輕聲道：「姐姐，恭喜！」

她心裡很清楚，從這男嬰出生的一剎那，黃月英已坐穩了大婦的位子。夏侯真本就不是個喜歡爭鬥的女子，只要曹朋還喜歡她、還疼愛她，誰是大婦又有什麼關係。

黃月英笑著，輕輕握住夏侯真的手，雖然什麼都沒說，卻已經表達了她心中之念。

「夫人，小公子該叫什麼？」郭寰歡快的問道。

不過這個『名』，可不是大名，而是一個暱稱。大名需要滿月時才有，就像曹朋的小名叫阿福，是出生後便定下來，也代表著父母對兒女的祝福。張氏喚曹朋『阿福』，是希望他一生平安，福緣深厚。

小名，多是由母親給出，非父親的責任。

曹朋重生這個時代已有七年，多多少少懂得一些規矩。所以，他也不開口，只微笑看著黃月英，一言不發。

黃月英柔柔問道：「他出生時，是何時辰？」

「剛過食時。」

食時，也就是辰時。

黃月英道：「食時乃群龍行雨之時，若以生肖，正好是龍……不如，就喚他『小龍兒』，如何？」說罷，她向曹朋看去。

曹朋沉吟片刻，輕聲道：「昔年叔父與我青梅煮酒，曾言龍之變化。小真可還記得？」

夏侯真笑了，點頭道：「當然記得……主公言：龍能大能小，能升能隱；大則興雲吐霧，小則隱介藏形；升則飛騰於宇宙之間，隱則潛伏於波濤之內……龍之變化，猶人得志而縱橫四海；龍之為物，可比世之英雄……小龍兒，這名字響亮。將來必然能如龍一般，縱橫四海，為天下之大英雄！姐姐，小妹在這裡先恭喜妳了。」

黃月英臉上笑容更甚，疼愛的向男嬰看去。

曹朋卻在心裡道：我不願我兒為英雄，只望他這一世平安……

黃月英誕下男嬰，曹家田莊歡聲雷動。

沒辦法，曹朋這一家子對莊戶們非常好，從不欺壓剋扣。曹汲和張氏，本就出身貧寒，故而對莊戶們非常友善；而曹朋呢，也沒什麼名士的架子，對莊戶們非常照顧。所以，當小龍兒出生之後，曹家上下一片歡騰。

晌午時，荀彧便得到了消息，派人前來道賀。

緊跟著，又有許多朝中大臣派人前來，其中包括新任大鴻臚孔融、太常張機張仲景。這兩人的命運，似乎已偏離了歷史的軌跡。

孔融在原有的歷史上，雖效力於曹操，卻一直屬於清流一派，並不融於曹魏，後來被曹操所害。

而張機呢，一生也僅官至長沙太守，後來便再也沒有做過官。不過現在，隨著張機從涅陽縣舉家遷至雒陽後，很快得曹操所重。歷史上只說他醫術高明，卻不知這張機能做到長沙太守，其政治能力也不遜色，所以很快的便被辟為太常，官至九卿。

孔融的情況更古怪，只因他在當初曹朋大鬧輔國將軍府時，保持了沉默，以至於和曹朋結下了交情。隨後幾年交往，人還是那麼清高，但是卻多了幾分沉穩。

至於能沉穩到什麼時候？恐怕就無人能夠知曉……

孔融在建安四年時，老來得子，喜獲麟兒，名孔嘉；建安六年時，再獲一子，名孔林，年方兩歲。也許正是這個原因，促使孔融變得比從前沉穩了許多……

整個晌午，曹家門外客人不斷。曹汲乾脆請了假，和曹朋迎接招待客人。

直到下午時，曹操率大軍抵達許都十五里外，曹家才算是停止了忙碌。畢竟曹操還都，朝中官員必然前去迎接。此次曹操征伐河北，也算不得成功。會出現什麼樣的狀況，誰也不太清楚，所以還是要去迎接一下，順便探一探風聲。

曹朋總算是閒下來。黃月英也累了，和小龍兒睡下。張氏、曹楠、夏侯真等人也都是一夜未睡，晌午又忙了那麼久，一個個早已精疲力竭。好在有洪娘子在，所以也不需要太操心。

曹朋抱著曹綰，和曹汲等人同坐在花廳裡，有一句沒一句的閒聊起來。

「對了，昨日曹公喚你，究竟何事？」曹汲閒下來，總算是有工夫開口詢問。

花廳裡，王猛坐在曹汲上首，曹朋在下首處，而後依次有闞澤、龐統、石韜三人。夏侯蘭、郝昭和韓德，則坐在王猛下方。文武分開，一目了然。

王猛笑道：「哪還能有什麼事？必然是主公決意啟用阿福，否則也不可能那麼急匆匆把他找過去……對了，阿福，主公這一次準備任你何職？」

章十三
最後一課

闞澤等人齊刷刷向曹朋看去，眼中透著一抹期望之色。

三年了，差不多三年多了！

從曹朋被削爵罷官至今，已三年之久，是時候該復起，一振雄風。闞澤等人一直期盼著這一天的到來，畢竟他們追隨著曹朋，只有曹朋崛起，他們才有施展才華的舞臺。而龐統和石韜相對冷靜一些，畢竟他們來許都的時間短，尚等得起。

曹朋看了眾人一眼，不由得笑了。

「主公喚我過去，確有幾件事情。阿爹、猛伯，我卻要恭喜兩位……主公意欲任阿爹為城門校尉，屬官皆由阿爹薦之。」

「城門校尉？」曹汲一怔，脫口而出道：「我哪能領得兵馬？」

「父親當初為執金吾丞時，不也是什麼都不懂嗎？主公以父親為城門校尉，自有考校。其實，父親只需要做好太僕寺的事情就行，城門校尉方面不需操心。伯道和子幽隨我多年，一直不肯入仕，這次父親出任城門校尉，可使他二人入仕為司馬……伯道長於治兵，子幽武藝超群，可獨當一面……至於十二城門侯的人選，父親也不必擔心，想來用不了多久就會湊足人數，父親大可放心。」

龐統和石韜聽聞，不由得心中一動。從這簡短的信息中，他二人聽出了別樣的意味：曹操，這是要把曹家推到檯面上！

「至於猛伯，恐怕要離開許都了。」

「哦？」

「如今西涼不穩，馬騰、韓遂蠢蠢欲動。主公已決意，命猛伯為護羌校尉，並且會把虎頭哥從徐州調返，出任護羌行軍司馬。」

「啊……」王猛露出驚喜之色。

也難怪，王買自建安二年離開許都之後，一直駐守於淮北地區，如今官拜廣陵司馬，掌海西兵事，秩千石。官，是越做越大，可與家人在一起的時間，卻是越來越少。從建安二年起到現在，整整五年，除了通信之外，父子二人再也沒有見過面，說不想念，那純粹胡說八道。

王猛心裡面不知道有多麼掛念王買，可是他也沒辦法，誰讓這是朝廷的委任呢？

有好幾次，王猛想要申請調去徐州，但最終還是忍了下來。

如今，他父子將在一起做事。雖說要遠離中原，前往西涼苦寒之地，但父子能在一起，無疑是一樁美事。又有什麼事情，能比他父子二人團聚更加美好呢？

曹朋抬起頭，向石韜看去：「廣元，可有興趣遊歷西涼？」

石韜一怔，旋即笑道：「久聞涼州蒼茫，我早有心前往。」

他知道，曹朋這是準備提拔他了……當初他和徐庶從荊州返回，如今徐庶已做到了東郡司馬的職務，可他現在卻只是一個太僕寺的屬官。表面上，石韜沒什麼意見，似乎頗有些安於現狀的想法，可實際上呢？他心裡何嘗不羨慕徐庶？同是從荊州回來，徐庶能做到司馬，他又焉能落於後人。

曹朋道：「這件事，還要猛伯出面，到時候向主公舉薦。廣元大才，只是……我如今能力有限，可舉為臨洮長。猛伯，涼州形勢複雜，須謹慎小心才是。虎頭豪勇，經過這多年歷練，於兵事上我並不擔心，但若內事不決，可問廣元。」

他這一番話，等於是確立了石韜謀主的地位。

石韜也是個曉事的人，連忙站起身來，躬身向王猛一揖，「還請猛伯多多照拂。」

王猛一開始還沒有考慮太多，但此刻聽曹朋一說，頓時生出警惕之心：沒錯，護羌校尉若是那麼容易做，豈不是人人可為？阿福既然說西涼複雜，那必定是複雜的。單憑我父子二人，未必能站穩腳跟，若有廣元，則大事可成。

「廣元休要客套，日後還要靠你多幫忙才是。」

龐統突然問道：「友學，曹公何故做出這等安排？」

曹朋猶豫了一下，把目光落在了闞澤身上。他深吸一口氣，片刻後道：「德潤，子山即將離任，我已向主公推薦了你，你可願往？」

闞澤愕然抬起頭，看著曹朋，半晌後突然明白了這其中的奧妙：曹朋，這是請他在海西，站好最後一班崗啊！

「闞澤必不辱公子厚望。」

龐統橫眉扭成一團，看著曹朋道：「如此說來，曹公已決定收回海西了嗎？」

曹朋點了點頭。

「那友學有何打算？」

「海西，早晚會被主公收回，我能獨享海西三成利益十載，已是主公厚愛……這一點，我早就做好了準備，也算不得什麼意外。主公此次喚我，另有安排。至於以後怎樣，我目前還沒有想出一個妥善的主意。不過，時間尚還充裕……」

龐統點了點頭，倒是沒有再追問下去。他也知道，這件事已經有了定論，再去爭取，也沒有用處，反而會帶來不必要的麻煩。現在，只看曹朋接下來準備如何行事。

「阿福，主公安排你何事？」王猛好奇的問道。

曹朋一笑，搖頭道：「目前還沒有一個定論，且等確定下來之後，才能知曉清楚。」

聞言，龐統不由得陷入沉思。

曹操獲悉曹朋喜得麟兒，對此他非常高興，命曹彬前來道賀。

隨後，又是一輪道賀風潮開始，只不過這一批來道賀的人，多為實權人物，比如夏侯惇、徐晃、于禁、樂進，還有荀攸、賈詡……這些人大都不會親自前來，派出家中子弟親信便給足了曹朋面子；而曹真、曹休、典滿、許儀，以及夏侯恩、夏侯衡等曹二代的代表人物，則親自前來。

一時間，曹家田莊外車水馬龍，訪客絡繹不絕。

當晚，又有張遼、甘寧前來拜訪。

張遼如今官拜中堅將軍，受中兩千石俸祿，甚得曹操所重；而甘寧呢，則為偏將軍，依舊為虎豹騎副都督，為曹純助手，雖然比張遼低了一級，但卻是比兩千石俸祿的大員，和曹汲持平。

所以說，世有伯樂然後有千里馬，有本事的人很多，怕的是無人賞識。甘寧追隨曹朋甚久，立下不少功勳，所以甚得曹操喜愛。

曹純為虎豹騎都督，但實際統領虎豹騎的人，卻是甘寧。

兩人的到訪，令曹朋非常意外。他將張遼和甘寧請到了後宅，又是一番互訴衷腸。

自從甘寧進入虎豹騎，三年裡和曹朋相見甚少，不過三、四面而已；張遼就更是少見，從建安四年至今，兩人就沒有見過。所以大家見面之後，顯得非常高興。

張遼私下詢問，呂布家眷的消息。

曹朋輕聲道：「兩年前夫人曾遣使者至海西，與子山進行了一些交易。據說，夫人她們已站穩了腳跟，隱隱有獨立成國的跡象。不過其勢力仍有些薄弱，特別是北面高句麗人甚是強橫，雙方交鋒數次，夫人雖然略占上風，但卻無法向北擴張。如今，夫人已開始向南征伐，意欲消滅馬韓等土著國家……」

「我令子山盡力給予支持，不過海路難行，終究杯水車薪。自年初以來，子山那邊就未有夫人的消息……但據線報稱，夫人的狀況尚好，小姐也已成人，可提槍上馬，據說有乃父之風。可是，高句麗人終究有些麻煩。」

章十三
最後一課

張遼聽罷，眼中閃過一抹冷芒：「那友學以為，當如何才能減輕夫人壓力？」

曹朋看著張遼，半晌後微微一笑，「若將軍能為度遼將軍，或許可以給予幫助。」

度遼將軍？

張遼陷入沉思。

想要做度遼將軍，可不是一樁容易的事情。首先，必須要蕩平河北，同時還要立下足夠的功勳。

「友學以為，河北戰事將如何發展？」

「兄不友，弟不恭，雖袁氏根基深厚，圖之奈何？」

袁譚和袁尚本為兄弟，應相互扶持，可是兄弟二人勾心鬥角，彼此間相互防範，相互傾軋。袁紹給他們留下了極為深厚的基業，如此傾軋下去，必然難逃滅亡的命運。歷史上，袁譚袁尚兩兄弟，最終也沒有逃出曹操的手心……今時今日，更是如此。所以當張遼詢問的時候，曹朋的回答也顯得格外有信心。

張遼點頭，沉默不語。

曹朋這是告訴他，你有大把的機會建立功勳，只是能否為度遼將軍，還要看你自己。這裡面除了要有實力，也需要有些運氣。

張遼深以為然。

「興霸大哥在虎豹騎可還如意？」

甘寧道：「主公待我甚厚，只是河北烏合之眾，不足以令虎豹騎出擊，故而……」

「我聽說，袁熙請來了烏丸突騎？」

「嗯，確有此事。不過若真要交鋒，烏丸突騎不足為慮。」甘寧言語中透著強烈的自信。

隨著地位的高漲，也使得甘寧的信心越來越足。他統領虎豹騎，可謂曹操麾下精銳所在，只可惜虎豹騎輕易不會出擊，也使得甘寧有一種英雄無用武之地的感受。

曹朋可以感受到甘寧心中的鬱悶，不由得笑道：「莫非興霸想要離開虎豹騎？」

「只看別人殺敵，卻不能建立功業，終究有些不太舒服。」

「如此，何不與主公言之？」

「可以嗎？」

曹朋點頭道：「興霸不去自薦，主公焉能知曉你的手段？」

他心裡很清楚，即便將來曹純不再為虎豹騎都督，甘寧也不可能被扶正。原因很簡單，虎豹騎是曹操手中的王牌，怎可能交由外姓統領？只看虎豹騎的將領，大都是以曹氏和夏侯氏為主，外姓將領僅甘寧一人，便可以看出其中端倪。

曹朋相信，如果曹純退出，最有可能接掌虎豹騎都督之位的人，無非曹真與曹休兩人。甘寧若繼續留在虎豹騎，很難有作為，了不起，官階官爵會得到提升，但官職很難提高。

官職，代表著手中的權利。

沒有實權，又有何用處？曹朋也不希望甘寧留在虎豹騎，給別人當一輩子的廚子。哪怕那個吃飯的人，有可能會是他的結義大哥曹真，曹朋也不願意。

甘寧沉吟良久，突然對張遼道：「文遠，我若到你麾下，你可願意接納？」

張遼愣了一下，旋即笑道：「若興霸願來，實如虎添翼，豈能不願？」

這一句話，也使得甘寧最終下定了決心，從虎豹騎脫離出來……

曹朋在一旁看著，只微笑不語。張遼和他的關係，更似一種盟友；可是甘寧，卻是他真正嫡系。內心深處，曹朋當然更希望甘寧能飛黃騰達。唯有他飛黃騰達，曹朋才可以獲得更多利益。

「主公已決意收回海西的控制權。最遲來年開春，德潤將赴海西，與子山交接。他恐怕會成為我在海西的最後一個代言人。多則五年，少則三載，主公必然會抹消我在海西的烙印。到那個時候，我恐怕再也無法給予夫人支援。文遠要有所準備，以免到時候夫人孤軍奮戰。」曹朋思忖了一下，還是決定透露一點消息。

張遼虎軀一震，拱手道：「友學，遼待溫侯謝過你這些年來的幫助……放心，我拚了死，也會奪取這度遼將軍之職。三五年內，我定會給高句麗以警告……」

「如此，我便放心了！」

曹朋微微一笑，端起酒杯，抿了一口酒水。

第二天，黃承彥抵達許都。

得知女兒生了一個兒子，黃承彥樂得嘴都合不攏。雖然依舊沒給曹朋好臉色，可是態度上已經有所緩和。當初，他被迫答應了婚事，心裡一直不太舒服。雖說曹朋不立正妻，黃月英和夏侯真不分大小，但黃承彥總覺得曹朋虧欠了黃月英。想當初，黃月英不顧一切的跟著曹朋來到許都，到頭來卻只是個平妻……他嘴巴上不說什麼，可心裡終究不快。

現在，黃月英生了兒子，而且還是長子；夏侯真雖說比黃月英生得早，卻是個女兒……如此一來，黃月英的地位也就隨之穩固。至少在黃承彥的心中，女兒毫無疑問的占了上風，壓住了夏侯真一頭。

所以，在晚宴上，黃承彥笑聲不斷。

曹朋倒也能理解他的想法，陪著笑，把黃承彥灌了一個酩酊大醉。

「友學欲喚小子何名？」

「這個嘛……尚未決定。」

「怎能還未決定？孩兒的名字，要早些想好……我倒是想好一名，就叫曹禮如何？」

黃承彥一開口，就是知書達理。

曹汲道：「曹禮雖好，卻不夠響亮。」

「那親家以為，當叫何名？」

「這個嘛……」曹汲憨厚的搔搔頭，「我所學不多，也不知道喚作何名才好。當初阿福的名字，還是請中陽山裡的方士所取的。這個……還是讓阿福做決定吧。」

曹汲連消帶打，化解了黃承彥的氣勢。

開玩笑，我孫子的名字，當然要我兒子來取才是，你是他外公，斷然不能從你。

若是在以前，曹汲一定會開口拒絕，不過當了這幾年的官，讀了一些書，他這肚子裡也有了彎彎繞繞，說起話來頗有章法。黃承彥雖有心反駁，卻不知如何還擊。曹汲說的很在理，小龍兒的大名，應該由他老子取，這是規矩！黃承彥哪怕是外公，也只能建議，無法決定。

曹朋想了想，「我兒生於辰時，故月英喚他小龍兒。他出生的時候，朝陽初升，正是大地復甦之時。我想，就叫他曹陽，怎麼樣？」

曹陽？

黃承彥想了想，感覺不錯。又有什麼能比旭日東昇更有意義？

而曹汲更不會有意見，只要這名字是曹朋決定，他斷然不會說出什麼反對的言語來。

就這樣，在小龍兒出生的第三天，曹朋為他定下了大名。

時間，一點點的過去。套句老話，光陰如電，歲月如梭。

建安七年在不知不覺，成為了歷史。一場春雨過後，拉開了建安八年的序幕……

二月，驚蟄。天氣回暖，春雷始鳴。蟄伏於地下的昆蟲紛紛驚醒，睜開迷濛雙眼，巡視蒼茫原野。

「驚蟄分三候，一候桃始華；二候倉庚鳴；三候鷹化鳩……」

章十三 最後一課

一場春雨過後，桃花紅，李花白，黃鶯鳴叫，燕飛來。田野中，數十騎飛奔，沿著春耕的田地行進。

曹朋猛然勒馬，在田邊駐足，呼吸著空氣中瀰漫的土腥味道，精神不由得為之一振。

田野中，正在忙碌的農夫們看到曹朋，紛紛起身，高聲道：「公子，來踩青嗎？」

「呵呵，只是散心而已，大家且忙吧。」曹朋與農夫們招了招手，而後翻身下馬。

曹沖、鄧艾和荀俁三人，也緊跟著從馬上下來。龐統與韓德則好奇的看著曹朋。

本來，開春之後，曹沖三人就該正式進入學院，開始求學生涯。可曹朋卻向曹操道：「我尚有一課，須授予倉舒。」

他請求讓曹沖三人晚一些時候再進學，曹操欣然應允。雖然環夫人有些不太願意，擔心曹沖耽誤了功課，但曹操既然答應下來，她自然也不好再開口反對。再說了，環夫人相信曹朋不會害曹沖。

所以，今日前來的人裡面，除了曹沖三人之外，還有曹彰、牛剛、典存等人。原以為，曹朋會在家中授課，可沒想到當他們來到田莊後，曹朋卻把他們帶到了田地裡。

「倉舒，可識得這是什麼？」曹朋手指田間的那些農作物，表情嚴肅的看著曹沖問道。

曹沖一怔，上前觀望了一會兒，輕聲道：「是粟吧。」

「那這個呢？」

曹朋不置可否，只帶著曹沖等人在田間行走，不時指著田地裡的農作物，向曹沖等人發出問詢。曹沖、荀俁，包括鄧艾在內，可說是長在富貴之家，讓他們辨認個花啊草啊的，也許還能說出一二，但是對這些農作物，卻往往回答錯誤。

「去問問那些人，把這五穀的特性，瞭解清楚。」

曹朋發出了命令，曹沖三人包括曹彰等人在內，都紛紛上前詢問農夫。

「阿福，你這是幹什麼？」龐統輕聲問道。

曹朋道：「我在授他們最後一課。」

「最後一課？」龐統露出茫然之色，搞不清楚曹朋的想法。

整整一個晌午，曹沖等人就是在田間地壟行走，或是詢問，或是蹲下來觀察。直到午飯時，曹朋才把他們喊回來。

在一片綠油油的草地上坐下，朱夏帶著幾名僕役鋪上了布，把準備好的食物擺放在上面。

曹沖等人先後回答了曹朋一連串的提問之後，曹朋滿意的笑了。

「子文，倉舒，小艾，小僕……可知道，我今天為什麼讓你們來做這些事情嗎？」

一群半大的孩子同時搖頭，表示不太清楚。

曹朋深吸一口氣，「在此之前，我先給你們講個故事。古時，天下大亂，民不聊生。莊稼都絕收了，老百姓到最後不得不易子而食，苦不堪言。可是在朝堂上，皇帝仍舊歌舞昇平，酒池肉林，快活不已。於是，有大臣實在是忍不住，告訴皇帝，這天下老百姓都餓著肚子，莊稼都已經絕收了。可你們知道皇帝如何回答？」

曹彰、曹沖等人，同時搖了搖頭。

曹朋道：「那癡呆皇帝聽罷，竟非常奇怪的問道：既然莊稼絕收了，何不食肉糜？」

眾人聽罷，忍不住哈哈大笑。可笑著笑著，笑聲卻漸漸消失了……

「先生，那皇帝最後怎樣？」

「皇帝……最後死了。他的國家四分五裂，最終陷入連年的戰爭。後來，漠北的胡人殺進了中原，視我等中原人為兩腳羊。再後來，那個國家的皇帝離開了中原，偏安於江東一隅。此後，中原三百年戰亂不止，這大好河山，十室九空。」

曹沖只聽得是眼中含淚，默然不語。

「終有一日，我必馬踏漠北，將那些胡人異族刀刀斬絕，一個不留！」曹彰突然怒聲咆哮，「今我為誓，不殺盡胡人，誓不甘休！」

曹朋拉著曹彰坐下，輕輕拍了拍他的肩膀。

「不管你們將來是在朝中為官，還是獨鎮一方，我希望你們能體察百姓疾苦，為他們排憂解難……我們的這些老百姓啊，他們要求不高，只求能吃飽肚子。而為官者，若連這最基本的需要都無法滿足他們，又有何面目為官？《史記》上說，倉廩實而知禮節，衣食足而知榮辱……」

曹朋諄諄教導，一旁龐統不由得連連點頭。說起來，他追隨曹朋已有些年月，可是對曹朋，卻始終無法看透。但今天曹朋這一番話，卻使得他對曹朋有了更多的瞭解。

曹朋並沒有講太多大道理，只是用許多小故事，把他的觀點傳授給曹沖等人。他不求曹沖他們能完全理解，但也希望能夠多給予一些影響。

曹沖等人圍坐在他周圍，聽得津津有味，忽而開懷大笑，忽而面露沉思之狀……

直到日暮西山，曹朋才算是停下來。

「今日我所說的這些，不求你們全都能牢記住，但是也希望你們將來在遇到類似問題的時候，能想起我今天的這番話。子文，你生性粗豪，將來必能成為大將軍。為將之道，不是靠著猛衝猛打就可以，你要多讀一些兵法，學習分析思考。」

「小艾，你和子文相似，喜歡兵事。但我希望你……」

曹朋的聲音很輕柔，但是曹彰等人莫不露出感恩之色。

「倉舒，你我師生三載，其實我並未教授你許多。你天資聰慧，世所罕見。可有時候，太聰明了卻不是一件好事情，你必須要學會什麼時候去展現你的聰明，什麼時候掩飾你的聰明……」

當曹朋把話說完之後，曹沖等人起身，鄭重其事的向曹朋躬身一禮。

「學生必將牢記先生今日教誨！」

「哈哈哈，教誨算不上，只是有些感懷而已。好了，天已經晚了，你們也該早些回去了……信之，你帶人送他們回家。小艾，我們也該走了，若回去的太晚，你娘親又會責怪我……我可實在消受不起。」

曹沖等人再次向曹朋行弟子之禮，這才紛紛離去。

曹朋上了馬，卻見龐統在一旁盯著他看，不由得問道：「士元，你這麼看著我作甚？」

龐統不由得嘿嘿笑道：「我在想，你那腦袋瓜子裡，究竟還裝了些什麼？」

「這個嘛……哈，你慢慢猜吧。」

說話間，曹朋一提轠繩，催馬揚鞭而去。

看著他日暮下的背影，龐統不由得輕輕點頭，自言自語道：「你這傢伙，我卻無法猜透。」

都不是省油的燈

建安八年二月，曹沖進入官學。

隨同曹沖一起進入官學的還有鄧艾和荀俁兩人。由於鄧艾的父親鄧稷，已經是比兩千石的官員，所以鄧艾也獲得了得博士授業的資格。當然了，曹沖和荀俁就更不需要為這個資格而擔心。三人在商議了一番之後，正式拜五經博士濮陽闓為師，開始了他們的求學生涯。

此前，濮陽闓已有兩個學生，一個是他的兒子濮陽逸，另一個名叫陸玳……陸玳，也就是陸瑁，陸遜的弟弟。他是奉陸遜之命前來許都，暗中探聽許都消息，同時他還身兼一個任務，就是觀察曹朋。

濮陽闓為五經博士，進入太學。濮陽逸和陸瑁則需要繼續求學，所以輕而易舉便獲得了太學資格。陸遜對此也非常高興，畢竟能進入太學，就代表著一個遠大的前程。就好比後世，上了清華、北大一樣，說起來也是一種地位和身分的象徵。陸遜早年也曾嚮往進入太學，不過此生恐怕難以如願……畢竟，他現在已經進入孫權幕府，西曹令史，拜海昌屯田都尉，海昌長之職。

同時孫權對陸遜也是非常的重視，不僅僅是因為陸遜本身才能卓著，更因為他背後的兩大世族。

陸遜娶了顧家小姐，與顧家結成盟友關係，使得陸氏在江東的地位頓時穩固下來。而陸遜非常知趣，散去部曲，併入江東兵馬。這也使得陸遜在孫權眼中，成了一個識時務的俊傑……

不得不說，孫權和孫策雖是兄弟，卻完全不同。孫策剛毅勇武，果決幹練；孫權同樣果決，但是在剛毅中又有一絲陰柔氣質。江東碧眼兒在孫策死後接掌江東，迅速平定了江東的動盪。他採取了和孫策完全不同的路數，不再肆意打壓江東士族，而是採用懷柔的手段，大肆提拔江東士族子弟，緩和與士族間的矛盾。同時，他又大力提拔了庶族子弟，如山東琅琊郡人徐盛，早年流落吳郡，是吳縣集鎮一霸。建安五年，孫權初掌江東，徐盛歸附孫權，如今官拜蕪湖令。

借用庶族，以制約士族；拉攏士族，打壓江東豪強……

孫權的年紀和曹朋相差不多，但他的手段卻是高明，連曹操也不禁為之稱讚。

「孫仲謀如今在海昌屯田，怕也是得了主公海西屯田之影響。」

田豫笑呵呵的飲了一杯酒，用筷子夾起一片薄薄的羔羊肉，在沸騰的銅鍋裡一涮，蘸著醬料，有滋有味的品嘗著，「友學，你這天下第一鍋，確實是滋味十足啊。」

天下第一鍋，是一座酒樓的名字，位於北里許集市中，位置非常便利。幾乎來北里許的人，都會從這天下第一鍋門前行過，更能聞到從酒樓中瀰漫出來的香味。

建安六年中，曹朋大婚之後，閒來無事，在一次極為偶然的機會裡，從海西前來的木市行首潘勇品嘗了這銅火鍋的滋味，便建議曹朋在雒陽、許都和下邳開設酒樓。在潘勇看來，這種食物定能引起轟動，甚至表示願意承擔一切費用。

對曹朋而言，酒樓能賺來的錢也沒有多少，他坐擁海西三成商業收益，豈會在意這些利潤。但郭寰卻躍躍欲試，建議曹朋開設起來。她在家無事可做，又不似步鸞能耐得住性子，倒不如出來做些事情。

曹朋也不在意，便點頭同意。可沒想到，他前腳剛一應下，後腳就有曹洪登門。

曹洪願意把他在北里許的一塊產業建成酒樓，和曹朋一起經營。於是，北里許的布莊，便成了今日的許都天下第一鍋。隨後，曹朋又和陳群商議，在雒陽開設分店，並且由陳群參股。之後潘勇在下邳盤下店面，由徐璆參股，使得這天下第一鍋迅速開設起來，生意極為興隆。

曹朋這兩日也沒什麼事情，不想田豫突然找上門來，要請他一起喝酒。

想想，這些日子似乎是宅了些，曹朋倒沒有拒絕，便和田豫約定在天下第一鍋見面。

聽田豫說完，曹朋只是一笑，沒有接口。孫權在海昌（今浙江省海寧市鹽官鎮）屯田，他早有耳聞，但並沒有放在心上。

屯田這種事，早晚會推廣開來，這是註定的事情。想曹操這些年來屯田，收益頗豐，單只是海西一地，便可以輕鬆的供應整個徐州……曹操治下的糧價，在過去兩年間穩中有降，雖落差不大，卻令普通百姓的生活壓力減輕許多。同時，隨著關中局勢漸漸平穩，三輔之地也開始推廣屯田。

古有八百里秦川富足天下的說法。

關中足，則天下足……一俟關中屯田穩定下來，許都的糧價至少可以再降三成。

屯田有如此巨大的益處，孫權又怎可能視而不見。所以，當曹朋得知孫權開始推廣屯田，並不感到吃驚。

他喝了一口酒，輕聲道：「單只是海昌屯田，恐怕還不足以令孫仲謀滿足……我估計，他在海昌屯田就像當初主公在許都屯田一樣，若效果顯著，必會大肆推廣。孫仲謀進取不足，守成有餘……只可惜，主公錯失了一個最佳的時機。」

建安四年，孫策被害，江東動盪不安。如果當時曹操一鼓作氣，兵進江東，則江東必亡。可惜，曹操被袁紹纏住，無暇顧及江東……如今，袁紹雖死，那時機卻已經逝去。

田豫當然明白曹朋所言之意，也不由得一聲長嘆。

這種事情，還真不好說什麼。只能說，曹操的運氣不好，被袁紹束縛了手腳……

「友學可知世子近況？」

田豫口中的世子，就是曹丕。曹丕在蒼亭之戰時，曾建立功勳，以至於袁紹死後，曹丕便被封為五官中郎將。

曹朋笑道：「世子如何？」

「今府內多有爭辯，言主公當儘快立嫡。想當初袁紹雄踞河北，實力何等雄厚，可就因為這立嫡之事，使得麾下派系林立，相互傾軋，而今更是兄弟相互猜疑，無法同心協力。前車之鑒，歷歷在目，也使得府內頗為緊張。主公眼見就要到知天命的年紀，自大公子故去之後，遲遲沒有立嫡……今世子聲望甚高，所以許多人都建議主公該儘快立嫡，以免重蹈袁紹覆轍。友學對此事，可有什麼看法嗎？」

田豫看似隨意詢問，卻令曹朋心頭一震。他旋即笑道：「這種事，我等外人急不得，主公自有定論。再者說了，主公非袁本初可比，正是鼎盛之年，所以……呵呵，不在其位不謀其政，國讓休要用這些事情擾了咱們的酒興。來來來，喝酒，咱們喝酒！」

田豫眸光一閃，輕聲道：「不在其位，不謀其政……嘿嘿，友學此言說得甚妙。不過，恐怕你想要置身事外，也非易事。」

「此話怎講？」

「我記得，友學師從臥龍谷孔明先生？」

「是啊！」曹朋疑惑的看著田豫，心道：我拜師胡昭，這天下人盡知，你田國讓何必明知故問？

「如此說來，溫縣司馬仲達，乃友學師兄？」

「呃……是。」

「我聽說，司馬仲達即將前來許都，為太子文學。」

曹朋心頭一震，抬起頭看著田豫。

章十四 都不是省油的燈

太子文學，又叫五官將文學，屬於五官中郎將的屬官。司馬懿，終於要出山了嗎？

曹朋不由得有些緊張。

司馬懿出山所代表的意義，非同尋常。曹丕得司馬懿之助，將如虎添翼。雖然曹朋和司馬懿相處的時間不多，可是對這個人，卻一直心存顧慮。司馬懿出來了！徐庶到了許都，而龐統也來到自己身邊。活躍於三國的精英們，即將全部登場。只剩下一個諸葛亮，還在隆中坐等劉備……

不過，他也不會再等太久，因為劉備已經抵達荊州，二人一旦相逢，便是命運齒輪轉動之時。內心裡，曹朋期盼這大時代的到來，可同時又隱隱約約感到恐懼。

三國，鐵馬金戈，英雄無雙。

三國，征戰不休，血漂櫓櫓……

這是最好的年代，也是最壞的年代。

曹朋自己也說不清楚，他究竟是期望還是恐懼？

「友學？」

「啊……大兄何事？」曹朋呆呆發愣，竟未曾留意到，田豫在呼喚他。

田豫笑道：「怎麼，友學可是感受到了壓力？」

「壓力？」曹朋強笑一聲道：「我又能有什麼壓力呢？」

「如今，世子天資文藻，下筆成章，博聞強識，才學兼備。以我觀之，必為雄主。」

曹朋瞇起眼睛，「國讓欲為世子說客乎？」

「難道友學不以為否？」

「主公尚在，言之過早。」曹朋說罷起身道：「我還是那句話，主公立嫡，乃其家事，我等為臣下者，還是當盡心竭力輔佐主公。至於誰為嫡子，我等還是不要參與其中的好。國讓，若沒有其他事情，我就先回去了，恕我失禮……」

說罷，曹朋起身便要離開。也就在這時，他忽聽田豫道：「友學，十日之後，出行漠北，你可率隨員十人，一應物品，我會命人送至府上。只是到時候，你還須藏匿行跡，小心一些為妙。」

曹朋愣了一下，猛然回身向田豫看去。

原來是他……

在剎那間，曹朋似乎想明白了其中的奧妙。田豫今天這一番話，恐怕並不是出自他的本意，而是曹操的一次試探……雖然不太清楚曹操的真實意圖，但看起來，自己應該是通過了這次考驗。他蹙了蹙眉頭，半晌後朝田豫拱了拱手，轉身大步離開。

田豫在他身後，露出一抹古怪笑容。

「鋤禾日當午，汗滴禾下土。誰知盤中飧，粒粒皆辛苦。」

司空府裡，曹操負手而立，目光深邃。他口中所吟誦的這首詩，是曹沖正式入學之後，曹朋所贈，以使曹沖牢記這百姓疾苦。曹操看罷之後，感觸頗深。

難道說，阿福認為倉舒可以繼承我的事業？抑或者說，他在用這種手段，來影響倉舒的未來？

曹操本就是個多疑的性子，第一眼看到這首詩的時候，不免感觸頗深；可再一想，又覺得這其中頗有玄機。

曹昂死後，曹操遲遲不肯立嫡，原因有各種各樣，而其中最為關鍵的一條，便是當時曹丕等人的年紀還小。而現在，曹丕已經十七，逐漸展露才華。曹操也有意確立世子，但不成想曹朋這一首詩詞，卻讓他產生了疑竇……

「友學當時說，主公家事，還由主公決斷。他不在其位，不謀其政，所以也沒有表現出什麼特別的傾向……大致就是如此。」田豫在曹操身後，輕聲敘述著今日在酒樓裡和曹朋的交談。

「不在其位，不謀其政？」曹操不由得笑了，「這倒是他的風格。」

他沉吟片刻，擺手道：「國讓，你先下去吧……這幾日做好準備，此次出使漠北，意義重大，你還須多多小心。」

「卑職明白。」

「順便請公仁前來。」

「喏！」

田豫躬身退下，不一會兒的工夫，就見董昭沿著兩廡，匆匆來到曹操跟前。

「司空喚我，有何吩咐？」

「公仁，最近可有什麼地方出缺嗎？」

「啊？」

曹操沉吟良久，輕聲道：「我是說，可有下縣出缺？」

「嗯，倒是有幾處地方。」

「一一道來。」

「琅琊郡上奏，海曲、琅琊兩縣出缺；東萊郡不其縣出缺；汝南安陽縣出缺；還有河內和關中，各有幾地出缺，但大都是貧瘠下縣，所以已轉由尚書府自行決斷。」

「關中，何處出缺？」

「有右扶風杜陽、漆縣兩地。」

「立刻派人去尚書府，告之文若，就說漆縣長暫留，我自有安排。」

董昭聽聞不由得一怔，旋即躬身應命。不過，他還是忍不住問道：「若文若詢問，昭當如何回答？」

曹操猛然轉身，眼中閃過一抹冷芒。董昭心裡頓時一顫，連忙把頭壓得更低，他知道自己可能問了不該問的事情。

曹操卻突然笑了，「公仁，如果文若真的詢問，你就告訴他，我有意讓子桓為漆長。」

「啊？」董昭大吃一驚，抬頭看著曹操。

漆縣，那可是位於涼州和漠北之間的四戰之地。匈奴人每每出擊，必走漆縣，凶險無比。曹操突然決定讓曹丕出任漆縣縣長，又是什麼用意？要知道，曹丕如今官拜五官中郎將，那是真兩千石俸祿，而漆縣縣長不過三百石俸祿。

難道說，主公對世子不滿？

漆縣，秦置。也就是後世的陝西省彬縣。倚涇水，背靠龜蛇山，版圖呈現『人』字形，將全縣劃分為兩原一川的地勢……

「讓我去漆縣？」曹丕驀地起身，一臉愕然之色。

也許在百年前，漆縣是個富庶之地。可對剛剛經歷了動盪，方平穩下來的關中而言，漆縣是一個極為凶險的去處。不僅僅是貧苦，更兼直面匈奴，凶險萬分。

西面有馬騰、韓遂之患，羌狄虎視眈眈；北面有鮮卑、匈奴之害，隨時都有可能發生戰事。

更不要說這關中雖漸趨平穩，但盜匪橫行。李傕和郭汜雖然被殺，可他們麾下的潰兵卻藏匿山林，聚眾為賊，成為關中一個極為不安定的因素。曹丕怎麼也想不到，曹操為什麼會把他送往漆縣？在那裡能做什麼？簡直就如同是流放。

歷史上的曹丕，也算得上雄才大略。可現在，他畢竟才十七歲，正當年少氣盛……此前才登上了五官中郎將之職，不成想就被流放到了偏遠之地。

曹丕咬牙切齒的問道：「王圖，你可聽得真切？」

「回世子，卑職聽得是千真萬確。」

「究竟是怎麼回事！」曹丕氣得一下子將書案掀翻，在屋中徘徊不定。

一旁蒲席上，一個青年氣定神閒，老神在在的恍若不知。他突然睜開眼，問道：「王圖，可知主公近來讀過什麼書？」

「呃……這個卑職無法知曉。不過近些時日，常聽主公念叨什麼：鋤禾日當午，汗滴禾下土，誰知盤中飧，粒粒皆辛苦。據說，這首詩是曹三篇所作，乃五公子入學之時，特意贈與五公子。」

「又是曹友學！」曹丕不禁暗自咒罵。他知道曹操寵愛曹沖，環夫人令曹沖拜師曹朋，對於他和母親而言，極為凶險。偏偏那個該死的子文不曉事，居然也跑去和曹朋習武。

這也就罷了，母親讓你拉攏曹朋，你非但沒拉攏到，反而整日的誇獎曹友學好處，弄得母親對曹友學也極為讚賞。現在更好，連我也要被發配流放到偏荒之地。

曹丕強壓怒氣，擺手示意讓王圖退下。他扭頭向那青年看去，「仲達，你怎麼看？」

青年卻笑了，輕輕鼓掌道：「曹友學這一招，端地是妙啊……」

「哦？」

「還記得當初五公子進學前，曹友學那最後一課？」

「記得！」

曹沖的最後一課，不可能隱瞞過去。不管是曹操還是曹丕，都迅速的知曉了其中內容。

「何不食肉糜乎？」司馬懿透出鷹隼般的眸光，冷笑道：「曹友學步步連環，端地是巧妙……此前，我還以為他教導五公子，只是希望五公子體察民情，不想他最終的目的，卻是為了阻撓世子上位。」

「此話怎講？」

司馬懿道：「之前許多人勸說主公立嫡，想必主公也有了決斷。這些年來，世子兢兢業業，已得主公所重……加上這次卑職推波助瀾，已使主公下定決心。想必曹友學也覺察到了端倪，故而才有此一課。他為五公子師，自當為五公子考慮，加上環夫人與夫人之間……也使得他必然會傾向於五公子。」

「五公子甚得主公所愛，但卻有一個極為嚴重的問題，那就是年齡和資歷。曹友學先是以『何不食肉糜』，在主公心中確立下五公子體察疾苦的印象，而後以這首詩詞暗示世子不曉民情、不知百姓疾苦，才使得主公有此決定。依我看，這件事未必是一樁壞事。」

曹丕聽聞，連忙上前坐下，「還請仲達指點。」

「五公子最大的缺憾，是他的年紀，而世子最大的問題，在於資歷。此前，世子一直是在軍中效力，對於地方並無太多瞭解，更不要說體察民情……漆縣貧瘠不假，可如果世子在漆縣能做出事業，更能令人信服。世子可記得那鄧稷、曹朋兄弟是如何崛起？不就是把海西打造成今日兩淮重地？漆縣的底子比海西強百倍，世子何不沉下來，在漆縣一展身手？」

曹朋若是聽到這些，必然會喊冤不止。他寫那首《鋤禾》贈與曹沖，說穿了只是為了裝逼而已。曹沖入學後，還專門讓鄧艾前來詢問：「先生可還有其他教誨？」曹朋便隨手將這首《鋤禾》贈給了曹沖，說白了也只是希望曹沖不要做那五穀不分的米蟲。不成想……

曹丕聽罷這一席話，不禁連連點頭。

在史書裡，陳壽對曹丕的評價是：不夠曠達。

史書記載：若加之曠大之度，勵以公平之誠，邁志存道，克廣德心，則古之賢主，何遠之有哉。

司馬懿這一番話，令曹丕欣然同意。只是這心裡面，終究是有些不太舒服，一想到這傢伙和自己作對，就忍不住殺意。

「世子，要我說，世子當向曹友學道謝。」

章十四 都不是省油的燈

「道謝？」

「若非曹友學，只怕世子也得不到這種證明自己的機會……其實，漆縣治理並不困難，無非三點，西涼羌狄，塞上胡人，還有本地盜匪。只要解決了這三個問題，再推之以屯田之法，則漆縣崛起不遠……漆縣之豐，未必就輸於海西。」

曹丕想了想，躬身道：「還請仲達助我。」

「這本就是卑職本分。」

司馬懿連忙起身還禮，眸光中閃過一抹熱烈之色：友學，我會向先生證明，我絕不會輸給你……

可憐曹朋，此時還不知道自己在不知不覺中，竟得罪了曹丕。

他正在整理行囊，做好出使漠北的準備。由於他這次出使漠北是秘密隨行，故而也沒有張揚。

曹汲為他打造了一百枚鐵流星，以及一套鎧甲。虎咆刀也重新鑄造修理，較之從前更加鋒利……同時，曹汲還命郭永在滎陽打造了一口圓盤巨斧，重五十二斤，贈與韓德。

此次曹朋前往漠北，只有十個名額。夏侯蘭和郝昭都無法隨行，因為他們已出任城門司馬之職；闞澤不日將啟程，前往海西繼任；石韜則在苦讀《涼州志》，準備前往隴西輔佐王猛父子。剩下的，也只有韓德和王雙兩人隨行。

本來，曹朋想要龐統留下來，幫助一下曹汲。可龐統卻說，希望能隨行前往漠北，領略塞上風光。於是曹朋在思忖之後，決定讓鄧稷出面，寫信給鄧芝。

鄧芝現在老實多了！他本想輔佐鄧氏崛起，可無奈被曹朋狠狠壓制。步騭也是個有手段的人，上任之後迅速清空了鄧氏在海西的力量。鄧芝在伊蘆為縣長，一開始也很彆扭，但漸漸就沉澱下來。

曹朋決定，讓鄧芝出任城門丞，為曹汲助手。這樣一來，文有鄧芝，武有夏侯蘭和郝昭，曹汲可以輕而易舉坐穩這城門校尉。

要知道，曹朋這些年來苦心經營出來的關係網，可沒那麼簡單。

清流有孔融這等名士，實權有曹洪、曹仁這些大人物。由於曹汲出身執金吾衙門，所以也算是賈詡的部下。如今，自家部下要獨當一面，賈詡也沒有太吝嗇……

賈星，被賈詡推薦給了曹汲。

賈詡的這一舉動，曹朋欣然接受。他可以感受到賈詡所釋放出來的一絲善意。賈星，在許都算不得什麼風雲人物。賈詡雖然有兩個兒子，可真正受了賈詡衣缽的人，應該是這個賈星。他很低調，也很沉默，以至於許多人忽視他的存在。但曹朋知道，這傢伙也是個陰人。

既然賈詡推薦賈星過來，曹朋又怎能拒絕?於是，賈星便成了城門校尉從事，秩比六百石俸祿。

鄧芝若是聰明，他就會老老實實輔佐曹汲。若是不然，曹朋有無數手段，令他生不如死。

解決了老爹的問題之後，曹朋把所有的精力都集中在出使漠北之上，除了翻閱大量關於漠北的資料，還要做好各種最壞的準備。

黃承彥也知道曹朋此行可能會有凶險，於是將他苦心研製出來的『歐納格』，贈與了曹朋。等曹朋看到這歐納格的時候，才弄明白了是什麼東西，其實它就是縮小版的弩炮，或者用手弩炮來稱呼更加合適一些。

狄俄索尼斯最早採用了力學的扭力彈簧發明了弩炮，即利用兩束張緊的馬鬃、皮繩或者東吳肌腱所產生的扭力作為動力，驅動弩臂帶動弓弦，拋射彈丸或箭矢。

弩炮最初，是由希臘人所創，帶有堅固支架。

不過，真正把弩炮推向巔峰的，卻是羅馬人，也就是漢朝人所稱呼的大秦帝國。

透過將弩炮和當時稱之為ONAGER的重型投石機原理結合，羅馬人把扭力彈簧的實戰價值推上了巔峰。西元前二世紀左右，亞歷山大城的狄俄索尼斯設計出了新型弩炮，將備用箭矢存放在V型箭匣中，透過一組五邊形齒輪和鏈條機關的往復運動，實現了弩炮待發、填裝、擊發的自動化，其解構在當時堪稱是一絕。

後世很多人都認為，達芬奇是鏈條的發明者。但實際上，早在西元前二世紀，古羅馬人便實現了鏈條的往復動作……

黃承彥是在偶然的機會下，得到了一架弩炮，隨後開始研究其中的奧妙和玄機。他甚至將整架弩炮拆卸零散，並根據其中的原理，設計出了一種連發弩。

曹朋甚至覺得，所謂的諸葛連弩，就是在這種連發弩炮的基礎上改進而成。黃承彥將弩炮改進之後，製作成了小型手弩。弩箭是專門打造出來，長約一尺，也就是二十公分左右……箭匣一次可承裝八枝弩箭，可以佩戴在手臂之上。不過，手弩的射程很小，遠不如弩炮的威力巨大。大約只有三十步左右的射程，但勝在出其不意，可以產生奇效。

這次因為曹朋出使漠北，黃承彥可算是把老底都拿了出來。曹朋對這種手弩，也是極為好奇，實驗了一下之後，很快便得出結論：射程三十步，有效射程二十步，但十五步之內，效果最佳。

而後，曹汲為曹朋準備二十匣鋼弩，共一百六十枝弩箭。

單只是鐵流星和弩箭，就足夠沉重，甚至需要單獨的馬匹來承載。好在曹家現在也不缺馱馬，故而也不需要費心。

十天時間就這樣在無聲無息中流逝過去。

使團出發當天，曹朋將衣甲包放在馬背上，而後從神兵閣內取出了那桿方天畫戟。三載時光，曹朋已經可以輕鬆使用畫桿戟。把一切物品準備妥善以後，曹朋帶著韓德、王雙、龐統，以及六名飛眊銳士，在家人依依惜別的目光中，告辭離去。

建陽門門內，田豫領著他的部曲靜靜等候。待曹朋等人抵達之後，他也沒有任何言語，只是和曹朋點了點頭，曹朋一行人便迅速融入護隊裡。至少從外部來看，看不出什麼問題來，只是普通的隨員……

十里亭外，使團已整裝待發。

中宮僕周良，年約四旬，生得白白胖胖，頗為富態。他領了三百餘人，還有數十輛車仗。田豫則領兵六百，算上雜役奴僕，共一千二百人。

田豫和周良見面之後，含笑寒暄。隨後，曹操領文武百官，代表漢帝前來送行。

此次出使漠北，一方面是為了感謝當初南匈奴單于呼廚泉相助漢帝東歸的情義，另一方面也有試探胡人的意圖。至於是哪方面的試探？也許只有周良和田豫知曉。當然了，曹朋對此同樣是心知肚明。

正午時分，使團正式啟程出發。沿著官道，千餘人百餘輛車馬，浩浩蕩蕩北去。

曹朋一身什長裝束，胯下一匹普通的戰馬。照夜白太搶眼了，許都城裡有不少人都認得照夜白的來歷，所以他也不敢太過張揚，無聲的隨著隊伍行進……

當晚，車隊抵達長社。田豫和周良商議了一下，在長社宿營。

曹朋領著龐統等人紮好了營寨，而後準備取些草料來餵馬。以前，這些事情都有專人去做，不需要曹朋來費心，可現在他只是一個小兵，也只得親力親為。不成想在出門時，迎面就看到一行人走來，穿著的是禁軍服飾，看樣子也是一個什長……

兩撥人錯身而過的一剎那，曹朋和其中一人正好打了個照面。兩人同時露出愕然之色，對面那人隨即低下頭，匆匆離去。

劉光？

曹朋有點不太確定。他看著那些禁軍離去的背影，不由得眉頭緊蹙。

若真是劉光，只怕漢帝這次派人出使漠北，目的可不單純啊……

章十五 念天地之悠悠

漢帝為什麼在這個時候，派遣使團出使塞北？

原因其實很簡單，大家心裡非常清楚。漢帝的目的，就是要拉攏南匈奴單于呼廚泉。

說起呼廚泉，也許很多人不熟悉。他原本是南匈奴單于于夫羅的兄弟。興平二年，于夫羅病故，呼廚泉繼任成為南匈奴單于。不過別誤會，這裡面並沒有什麼陰謀詭計的成分，呼廚泉之所以繼任單于，是因為匈奴人習俗使然。按照匈奴的習俗，兄死弟承，而後才是兒子。

當然了，也有例外。比如西漢初年匈奴單于冒頓，殺了自己的老父和叔父，登上了單于之位。

但並不是所有匈奴人都能似冒頓那般狠辣果決、手段高明，至少在南匈奴于夫羅在世的時候，沒有出現冒頓這樣的人物。于夫羅的兒子名叫劉豹，當時還不足二十歲，年紀太小，加之于夫羅死得突然，劉豹根本沒有機會，也沒有能力和資歷與呼廚泉爭奪單于之位，所以呼廚泉輕而易舉便登上單于寶座。

建安元年，漢獻帝東歸。李傕、郭汜當然不可能坐視漢帝逃離，於是派兵追擊。呼廚泉命右賢王去卑領兵護駕，與李傕交戰阻擊。漢帝遷都許縣之後，去卑返回南匈奴。

在很多人看來，呼廚泉對漢室非常尊重，否則也不可能千里迢迢前去護駕。

只是當時漢帝驚魂未定……或者說，根本無心理睬呼廚泉，並未給予任何封賞。

總體而言，自有漢以來，漢代帝王大都是一方面視胡人如虎狼，心存恐懼，又對胡人心存輕視，視之蠻夷。一邊打擊，一邊又拉攏。這一點，從漢帝將昔日秦國大將蒙恬擊胡三千里而得的河南地交給南匈奴休養生息，便能看出端倪。

對於這一點，曹朋一直不太明白。

也許，他一輩子都不可能想得通，明明仇恨四海，為何又要做出一副施捨模樣，把水土肥沃的河南地交給南匈奴呢？這顯然又是一個農夫和蛇的故事！匈奴人虛弱時，俯首稱臣，坐擁河南地，休養生息；當他們強橫時，便出兵襲擾，寇邊犯境，掠奪人口，是塞北血流成河……歷史一次次的證明，胡人是一群養不熟的狼……可是皇帝們卻似乎沉浸於天朝上國的臆想中，始終不肯接受教訓。

一衣帶水嗎？

後世天朝上國，總是用這個名詞來形容兩國關係親密。

可事實上，若仔細研究這一衣帶水的出處，便可以明白這並不是什麼褒義詞句。

《南史．陳紀下》：「隋文帝謂僕射高熲曰：『我為百姓父母，豈可限一衣帶水不拯之乎？』」

一衣帶水的意思，就是說像一條衣帶那麼寬的河流。

隋將伐陳，而陳在江之南。隋文帝的意思是說，就那麼一條小河，我隨時都可以打過去，拯救天下百姓。也就是指征伐之時，江河湖海不足以為阻礙……

匈奴人和漢朝的關係，似乎也是如此。

曹朋隱隱約約猜出劉光之所以出現在使團中的蘊意。

隨著袁紹病死，曹操統一北方的勢態已無人可以阻止。但漢帝又豈能甘心當一輩子的傀儡？官渡之戰以後，曹操聲望日隆，朝堂上甚至出現了請曹操為丞相，總領朝政的聲音。不管這聲音是自發，還是曹操在暗地裡推波助瀾，但它的出現，證明了曹操在朝堂的控制力越來越強……令漢帝隱隱感到擔憂。

昔日衣帶詔盟友，如今只剩馬騰和劉備。

馬騰踞西涼，勢力很強。可問題是，漢帝對涼州兵，始終懷有一絲絲恐懼，不敢輕易信任馬騰。昔年董卓的涼州兵給漢室帶來了何等災難？漢帝至今仍記憶猶新。焉知馬騰不是第二個董卓？焉知此西涼兵就不是當年之西涼兵？

所謂一朝被蛇咬，十年怕井繩，大致如此。

漢帝對馬騰的態度很曖昧，也很複雜，既寄希望於馬騰，同時又防患著馬騰……這也是馬騰至今仍只有一個安狄將軍的封號，卻始終沒有正式升遷的主要原因。

反倒是在建安六年時，曹操任馬騰為征南將軍，是正經的將軍封號。

當時，袁尚安置在河東的河東太守郭援，與南匈奴單于呼廚泉聯手攻打關中，於平陽交鋒。馬騰雖然對曹操心懷惡感，但最終還是決定出兵協助曹操，他命長子馬超領兵三萬，協助鍾繇抵抗郭援兵馬。其子馬超臨陣，斬殺郭援，立下赫赫戰功。也因此，使得漢帝對馬騰又多了一分小心謹慎。

至於劉備……如今困居於荊州，甚至無法立足。

荊州世族對劉備的到來，始終懷有一絲敵意。雖然有伊籍等人在暗中支持，但看得出來，劉備想要站穩腳跟，絕非一件容易的事情。

荊州世家對劉備的打壓不遺餘力。而劉表在內心裡，還是對劉備懷有一絲顧慮，甚至隱隱站在荊州世族一邊。

漢帝知道一時半會兒想要指望劉備，似乎不太可能。那他能指望的，或者說在北方可以指望的，也只剩下當初曾擁立過他的南匈奴。南匈奴去年被曹操所敗，損失不小。呼廚泉之後隱隱有動搖之心，使得漢帝感到惶恐，他希望南匈奴能夠給曹操一定的壓力，而後由他出面招撫南匈奴，樹立他的威望。

所以，漢帝必然會拉攏南匈奴。

如果南匈奴投向漢帝，在一旁給曹操搗亂……那必然會令統一北方的大業變得更加艱苦。曹操也看出了這個問題，所以命田豫為副使，出使塞北。田豫和胡人打過很多交道，對胡人的習性也非常瞭解，加之曹操去年新敗呼廚泉，只要施加一些壓力，定然會令呼廚泉不敢輕舉妄動。

這是一盤棋，一盤很大的棋。下棋的，是曹操和漢帝。曹朋也好，劉光也罷，甚至包括南匈奴，都只是棋盤上的一顆棋子而已……

只不過，曹朋沒有想到漢帝居然會派出劉光。那可是他手中最信任的一顆棋子，如今卻扔到塞北這塊棋盤之上，也說明了漢帝現在真的是山窮水盡，找不到其他的出路。若不然以劉協的性子，未必肯拉下臉來拉攏呼廚泉。想明白了這其中的奧妙，曹朋的心情變得很陰鬱。

南匈奴……這一次，說什麼也要破壞漢帝拉攏南匈奴的計畫！

他可以想像，漢帝會付出何等巨大的代價。如果南匈奴真的和曹操站在對立面，只怕會使得這時局變得更加複雜，甚至……很有可能會脫離原來的軌跡。

反正在曹朋的記憶裡，三國時期胡人並沒有什麼異動，甚至非常老實。

至少在曹操活著的時候，這些胡人一個個和孫子似的。反倒是在三國後期，胡人屢屢出現在史料當中，漸漸的融入了華夏的歷史舞臺，以至於到最後……

在歷史上，每一次胡人大規模的參與中原戰事，都會給華夏帶來災難。三國如是，晚唐如是……

曹朋對胡人沒什麼好感，他似乎明白過來，曹操此次派遣使者的目的，恐怕就是要阻止胡人大規模的進入中原。坐在軍帳裡，曹朋深吸一口氣，用一塊乾爽的抹布慢慢擦拭著手中的虎咆刀……必要的時候，殺死劉光，也在所不惜。

曹賊

章十五

念天地之悠悠

「冷宮，你猜我今天見到了誰？」

就在曹朋下定決心要殺死劉光的時候，劉光已經返回營地，走進一座小帳。

小帳裡，燭光昏暗。一個白髮老者正靜靜的盤坐蒲席上，閉目養神。

「劉侯見到了何人？」

「曹朋！」

老人面頰驟然一抽搐，睜開眼睛，眸光精亮。他皮膚白皙，頷下無鬚，一身宮中雜役的裝束，看上去讓人感覺有點死氣沉沉。

這老人，正是宮中常侍冷飛，也是劉協最信任的心腹。

劉協這次派出臨沂侯劉光和冷飛兩人，可以看出，他內心裡拉攏南匈奴人的心情是何等迫切。

建安五年，冷飛刺殺曹朋失敗之後，便銷聲匿跡，再也沒有聲息。此前熟悉他的人，都以為他死了。可實際上，冷飛一直留守在毓秀臺下的竹苑裡，充當著一個打掃祭壇的老太監職責。

「莫非，走漏了風聲？」

劉光在冷飛跟前坐下，輕輕咳嗽了兩聲。他說道：「應該不是……我見曹友學時，他似乎很吃驚，有些不敢確認我的身分。我也沒有和他多逗留，便急匆匆離開。以我之見，曹友學並非是衝我而來。」

「嗯……其實，陛下這一手，並不高明。以曹賊之智，又豈能沒有覺察？只是他也沒有藉口阻攔使團，所以派人來阻撓，倒也正常。不過，曹賊未免太過自信，以為派個毛頭小子就能阻攔住我們？」

冷飛說罷，突然冷笑一聲：「不若，讓我來取了那小賊性命。」

劉光猶豫了一下，擺了擺手，「現在還不是時候。」

「哦？」

「依我看，曹朋即便是知曉我的存在，能奈我何？大不了我就奪了周良正使之職，名正言順的充當使者，曹操也無話可說。我手中有陛下詔書，所以無須擔心……無非就是從暗處走到明處而已，我堂堂皇室後裔，他曹朋又算得個什麼？」

冷飛微微一笑，頷首不語。

「所以，曹朋奈何不得我，而且我已命人將他盯住。不過現在殺他，也不太妥當。這裡距許都太近，殺了曹朋，勢必會給曹賊以藉口。冷宮，咱們等進入塞北，再與他算帳，到時候就算殺了此人，曹賊也鞭長莫及。但在此之前，請冷宮盡量不要露出馬腳破綻，隱去行藏。曹朋雖然知道了我的存在，但還不知道冷宮也隨行。到時候，冷宮可以將其……」劉光說著，伸手做了一個抹脖子的動作。

冷飛嘿嘿笑了，點頭道：「既然如此，那就讓他再多活兩日。」

生活，有時候就是這樣奇妙。

曹朋一直覺得，如果活在後世，他說不定能和劉光成為朋友，把酒論交，甚至結義金蘭。

而今，生逢亂世，二人各為其主。曹朋有曹朋的夢想，劉光有劉光的執著。誰也無法說得清楚他們誰對誰錯，總之大家雖然相互敬佩，但卻又不得不兵戈相見。

不過這一次，劉光似乎占居了主動。

建安八年，孫權再次征伐江夏太守黃祖。江東鄱陽等地，山越突然大起，迫使孫權不得不做出決定，即刻還軍，平定山越。孫權命征虜中郎將呂範、蕩寇將軍程普、建昌都尉太史慈分頭進討。隨後，又命別部司馬黃蓋、韓登，扼守山越經常出沒的郡縣，於四月平定戰亂……

而曹操本有心坐收漁人之利，插手江東事務。不成想發生了一件事，使得曹操不得不把注意力收回，轉而於河北地區。

四月，袁譚請求其弟袁尚增加所部兵員，並更新軍丈鎧甲，準備出擊攻伐曹操，挺進河南岸。哪知

念天地之悠悠

袁尚卻懷疑袁譚有貳心，拒絕了袁譚的請求，致使袁譚大怒，立刻起兵攻打袁尚。二人於鄴城門外交鋒，最終因袁譚實力不足，被袁尚所敗，五月退守南皮。可袁譚雖退兵了，袁尚卻不肯善罷甘休，尾隨追擊，袁譚大敗……

隨後，袁譚退至平原。謀士辛毗獻策，可以向曹操請求援助。袁譚在三思之後，派遣辛毗前往許都，向曹操乞降，並提出和曹操結親的要求。

說起來，袁譚是曹操的晚輩。曹操本不欲答應，卻被郭嘉勸說，最終同意讓其子曹整娶袁譚之女。可是，曹整今年還不滿一歲，袁譚之女卻已十四……這門親事最終是什麼結果，可想而知。

建安八年四月，就在江東之亂平息，河北出現動盪之時，大漢使節在周良和田豫的帶領下，抵達蕭關。

蕭關，位於後世甘肅省固原縣東南。《史記．年表》記載，東函谷，南嶢武，西傘散關，北蕭關，是關中四大關隘。其具體位置，在今環縣境內秦長城和蕭關故道的交會點上。其地處環江東岸開闊的臺地上，是關中的北大門。自戰國以來，蕭關故道一直是關中和北方的軍事、經濟、文化交往通道，是長城史上最早的關口之一，戰略位置極其重要。

不過，歷經李傕郭汜之亂、關中混戰之後，蕭關殘破。

使團抵達蕭關之後，將逗留三日，待補充給養等一應物資之後，將北出塞上。

曹朋在經歷了一路顛簸後，也難得清閒下來。這一日，他領著韓德和王雙，帶著龐統，策馬行出大營轅門……

在很多人的印象裡，蕭關似乎是一個獨立的關塞。

但事實上，蕭關和秦長城的戰略地位密切相關。秦長城以及沿長城修築的城鎮堡塞，形成了一個完整的防禦體系，與果兒山、玉皇山、城東原三大烽燧以及城子崗、沈家臺、城東溝口的城障，構成了一道堅固的人工屏障。三大烽燧在蕭關制高點上，可遙相呼應，同時又可以鳥瞰環水、城西川、城東溝三水交會的所有地域，關內外五平方公里的山川河谷、道路村舍，皆可以盡收於眼底……

高下、縱橫！形成了立體的防禦體系。

蕭關設計之精心，布局之巧妙，令後世人嘆為觀止。

後世曾有《天下布局》一書，對蕭關的設計無比推崇。

曹朋此前從未來過蕭關，而今當他登上玉皇山，鳥瞰蕭關景色時，也不由得感慨萬千。

多年戰亂，使得蕭關的防禦顯得破敗。站在一座烽火臺上，曹朋鳥瞰蕭關內外，但見關內河川縱橫，山巒起伏，關外天地一色，蒼茫雄渾。空曠曠，蒼茫茫……令曹朋心裡，頓生無盡寂寥之意。

腦海中，驟然浮現出一首詩詞。

「前不見古人，後不見來者。念天地之悠悠，獨愴然而涕下……」

昔年秦孝文帝勵精圖治，得商鞅而變法，令大秦崛起。此後，又有張儀、司馬錯，白起、范雎，歷經二百載光陰流轉，終有始皇帝揮劍絕浮雲，秦王掃六合之不世功績。然秦二世而亡，留下來的，只有這八百里秦川……

「前不見古人，後不見來者……說得好！」

正當曹朋感慨萬千之時，忽聽身後傳來腳步聲。他回頭看去，卻見劉光領著幾名銳士，正邁步登上玉皇山烽火臺。

兩人此前已經見過，曹朋更偷偷告之田豫。但奇怪的是，田豫也好，劉光也罷，都不約而同的選擇了沉默。用田豫的話說，劉光在不稀奇，倒是省卻了麻煩。

曹朋當時沒聽明白，等回頭與龐統商議時，龐統猜出了奧妙。

誰都知道，漢帝派遣使團的目的不簡單。

曹操密令曹朋隨行，如同一著暗棋，查看漢帝使團的動靜。曹朋在暗處，田豫在明處，所為的就是要弄清楚這漢帝究竟有什麼招數。若曹朋沒有發現劉光，則田豫會很頭疼；但曹朋發現了劉光的存在之後，也就使田豫如釋重負……

我不怕你耍花樣，我怕的是不知道誰在耍花樣。

劉光既然進入了視線，也就代表著，田豫能夠有的放矢，而不至於似沒頭蒼蠅。

「臨沂侯既然來了，又怎可能沒有後著？他出現在使團裡，必然已做好了被發現的準備。我估計，他手裡一定有陛下詔書……一旦被發現，而不得不站出來時，他一定會憑藉詔書，罷免周良之職，走到檯前。」

若劉光聽到龐統的這些話，必然會改變主意。說不定，他會先下手幹掉龐統，因為龐統所猜測的，基本上符合了事實。

「那他豈不是暴露了？」

「又有什麼關係？難道曹公就不知道陛下派遣使團的目的嗎？曹公一定很清楚這一點，所以才讓你暗中相隨。臨沂侯在暗處和明處的區別不大，所差的也不過是在暗處時，他可以更方便行事，而在明處，則需要有顧忌。我還敢肯定，田國讓手中也有一份密令。當必要時，田豫會把你推出來，和劉光明刀明槍的較量……這是陽謀，曹公也好，陛下也罷，都把計謀擺在了明處，只看誰的手段更高明，誰的心思更縝密。」龐統說到這裡，也不禁露出一抹敬服之色。

曹朋心裡暗自吃驚，曹操有這樣的手段他並不奇怪，可漢帝劉協……那個在歷史上極為窩囊，諡號為『獻』的皇帝，居然有這種心計，大出曹朋的預料。

劉光面帶笑容，走上前來，「未曾想，大名鼎鼎曹三篇，竟改頭換面。」

曹朋也回過神來，臉上也露出了燦爛笑容，「朋不過白身，焉能比得上臨沂侯？」我是個白身，沒啥官職，改頭換面很正常。你可是堂堂漢室宗親，臨沂侯……不也和我是一個樣子？言語中，不知不覺的便針鋒相對起來。

劉光看著曹朋，半晌之後，突然輕嘆一聲……他轉過身，手扶烽火臺垛口，舉目眺望關內景色。

「好江山！」

而曹朋則向關外看去，恍若自言自語道：「果然好江山。」

聽上去，兩人似乎都是在稱讚山河秀美。可實際上，話語中卻又暗含一次交鋒。

劉光說『好江山』，是告訴曹朋：這是大漢的江山。言下之意則在提醒，不管曹操怎樣，他始終都是大漢臣子。你曹朋，應該歸附漢室。

而曹朋說的『果然好江山』，不免有譏諷之意。如此大好江山，卻被你們治理成如今模樣。想當年，漢武帝北擊匈奴，班定遠震懾西域，陳湯那『明犯我強漢者，雖遠必誅』嘶聲裂縫的吶喊聲猶在耳畔迴響，可是你們卻把大好江山交給了匈奴人休養生息。如此好江山，你們配嗎？

兩人同時回頭，目光中帶著一抹厲色。

半晌後，劉光突然笑道：「久聞曹三篇詩才絕倫，如此好風光，何不賦詩一首？來日，我等將北出蕭關，就以此為題，如何？」

曹朋一怔，旋即笑了！

時長河日落，將北方故壘照應殘紅。

蒼茫原野，透出雄渾之色。那若有若無，似有還真的胡茄聲，隱約傳來，想必是牧人的歌聲。風，從北方襲來，仍有一絲絲寒意。曹朋從腰間取出一支橫吹，放在唇邊吹奏。橫吹的音質高亢，帶著一絲絲蒼涼寂寥，是軍中常用的樂器。

一曲畢，曹朋轉身離去。

劉光愕然看著他的背影，剛要開口，卻聽曹朋吟道：「單車欲問邊，屬國過居延。征蓬出漢塞，歸雁入胡天。大漠孤煙直，長河落日圓。蕭關逢候騎，都護在燕然。」

詩畢，曹朋已走下烽火臺，扳鞍認鐙。

劉光怔怔站在烽火臺上，好半天道：「好一個曹三篇，好一個都護在燕然……」

滿心的計較，在剎那間蕩然無存。

昔日漢室榮光，今已不在。想當初，驃騎出鎮，長渠六舉，電擊雷震，飲馬瀚海，封狼居山，西規大河，列郡祁連。可現在，卻要與匈奴俯首，與胡蠻連橫……祖上有知，必恨我子孫不肖。

早先那點計較之心，再也生不出半點波瀾。

劉光何嘗不知道，此次漢帝與南匈奴若聯合成功，不異於與虎謀皮，所要付出的，必然驚人……可若不與匈奴聯合，又有什麼辦法重振漢室威風？手中無兵，身邊無將，漢帝如今在許都，如一個傀儡，長久以往，漢室必將覆沒……

飲鴆止渴！

沒錯，漢帝現在的做法，就是飲鴆止渴。

明知道害處很大，偏偏又不得不去。劉光又何嘗願意和南匈奴聯合？可不與南匈奴人聯合，又有誰能幫忙？別的不說，那些漢室宗親，劉表、劉璋皆不為人子，固守於一地，若守家之犬……漢帝詔令，這二人根本不顧。若他們有半點宗室之情，漢帝也不至於像現在這樣無助。劉表就不用說了，單只那劉璋，簡直就是……當初漢帝派遣巴郡太守，竟被劉璋所殺，如今西川，儼然已自立為王。

曹友學啊曹友學，我又何嘗希望與胡人勾結？

劉光心裡沉甸甸的，一股抑鬱之氣令他幾欲爆裂……

忽聽遠處傳來歌聲，慨然豪邁。歌曰——

男兒生世間，及壯當封侯。戰伐有功業，焉能守舊丘。召募赴薊門，軍動不可留。千金買馬鞭，百金裝刀頭。閭裡送我行，親戚擁道周。斑白居上列，酒酣進庶羞。少年有別贈，含笑看吳鈎。

朝進東門營，暮上河陽橋。落日照大旗，馬鳴風蕭蕭。平沙列萬幕，部伍各見招。中天懸明月，令嚴夜寂寥。悲笳數聲動，壯士慘不驕。借問大將誰，恐是霍嫖姚。

古人重守邊，今人重高勳。豈知英雄主，出師亙長雲。六合已一家，四夷且孤軍。遂使貔虎士，奮身勇所聞。拔劍擊大荒，日收胡馬群。誓開玄冥北，持以奉吾君。

獻凱日繼踵，兩蕃靜無虞。北疆豪俠地，擊鼓吹笙竽。雲帆轉遼海，粳稻來東吳。越羅與楚練，照耀輿台軀。主將位益崇，氣驕陵上都。邊人不敢議，議者死路衢。

我本良家子，出師亦多門。將驕益愁思，身貴不足論。躍馬二十年，恐辜明主恩。坐見北人騎，長驅河洛昏。中夜間道歸，故里但空存。惡名幸脫免，窮老無兒孫……

歌聲，漸行漸遠。

劉光卻已淚流滿面。他已無心繼續留在這烽火臺上，好像逃難似的離去……

回到營內，劉光逕自衝進小帳，一個人呆呆的坐著。帳簾一挑，從外面走進一位老者。

「劉侯，何故悲傷？」

「冷宮，我……」

進來的人，正是冷飛。他本在帳中靜坐，忽聽人言，臨沂侯情緒不好，於是便匆匆趕來。看到劉光淚流滿面的模樣，冷飛嚇了一跳，在他的印象裡，臨沂侯是個極為堅強的人……即便是當初在長安，受

章十五

念天地之悠悠

李傕、郭汜欺壓，也從未見他流過眼淚。可現在，他哭得好像個孩子。

「劉侯，發生了什麼事？」

「我……」劉光抹去臉上的淚痕，輕聲道：「冷宮，我們與胡人連橫，錯了嗎？」

「劉侯，何故有此問？」

自劉光被喚『漢家犬』以來，他從來都是堅定的執行著漢帝的命令。

漢帝所做的一切，都是正確的。即便漢帝讓他殺人，劉光也不會有絲毫的猶豫。可現在……

冷飛能感覺到劉光心中的那份淒苦和悲涼。他坐下來，輕輕撫摸劉光的肩膀，「劉侯，心裡有什麼不痛快，就與老奴說說。可對外，您可千萬不能說這些。」

「為什麼？」

「陛下何嘗不知，與匈奴連橫，不異於與虎謀皮。可時勢所迫，若不與匈奴連橫的話，陛下在朝中的聲音必一天弱似一天，最終……老奴也不想與匈奴人連橫。但以今日之狀況而言，與匈奴連橫，是最好的出路。」

「我知道，可是我……」

「劉侯，我知您不願為此事。但既然陛下詔令，我們就必須要把此事做好。將來會如何，非您我所能顧慮……我們現在要做的、要考慮的，就是助陛下重掌朝堂，恢復我漢家江山的榮耀。」

榮耀？都與匈奴連橫了，漢家江山還有什麼榮耀！

這次若真是連橫成功，只怕不會比昔年高祖白登之圍好多少，必然成為漢家奇恥大辱。那時候，自己的名字……

劉光閉上眼睛，露出痛苦之色。

冷飛還想再勸說劉光，卻見劉光輕輕擺了擺手，「冷宮，我很累，讓我一個人靜一靜。」

「那……劉侯您多保重。」

冷飛知道，這時候說什麼都沒有用。他相信，以劉光的才智，很快可以冷靜下來。而此刻，不過是他情緒波動之時。

走出小帳，冷飛猶豫了一下後，招手示意一名銳士過來。這銳士，日間隨劉光一同去了玉皇山。

冷飛問道：「你們今日在玉皇山，發生了什麼事情？你一五一十的告訴我，不許有半點疏漏。」

銳士想了想，道：「今日主公在城裡轉了轉，便生出往玉皇山一遊的想法。不過，在玉皇山我們遇到了一些人，主公似乎與那些人認識，在一起說了一會兒……」

銳士把事情詳詳細細的告訴了冷飛，冷飛聽罷，眉頭緊鎖。

男兒生世間，及壯當封侯？

他歷經過世態炎涼，哪能不曉得劉光為什麼會出現這種情緒上的波動。

一雙細目，瞇成了一條縫，心中陡然生出無盡的殺機。曹朋，又是那該死的曹朋……他幾次破壞了陛下的好事，如今更動搖了臨沂侯的信念，使臨沂侯對陛下生出不滿。此子若活著，必為我大漢之災難。若不能儘快除去，這次出使，只怕會徒生波折。

不行，必須除掉此子！

冷飛突然冷哼一聲，臉上露出一抹森然。

夜色深沉，營中刁斗聲不絕。

睡夢中的曹朋猛然一個激靈，呼的坐起身來，抬手緊緊的抓住了虎咆刀……

何故，心生悸動？

章十六　割喉禮

軍帳裡靜悄悄的，沒有聲息。

龐統在榻上翻了個身子，又沉入夢鄉。

帳外，邦邦邦三聲響，已是三更。曹朋披衣下榻，輕手輕腳的從小帳裡走出來。

這是一個五人小帳，一般可容納一伍軍士。不過由於曹朋特殊的身分，所以在出發後，田豫分給他三座小帳使用。曹朋一行共十人，卻有十三匹馬，以至於不少使團裡的人都認為曹朋是田豫的心腹。所以，他獨占三頂小帳，也不足為奇。

整個使團從一開始，便劃分出兩個派系。一個是正使周良，毫無疑問他代表的是漢帝，其麾下以宮人和漢帝近衛為主。另一個就是田豫，則屬於曹操一系，其手中皆銳卒，大都是經過官渡大戰的軍士，實力遠遠勝出周良。

不過，周良是正使，田豫是副使。

明面上，兩人相處很愉快；私下裡，卻是涇渭分明，相互間不予理睬。

曹朋和龐統獨占一小帳，韓德和王雙獨占一小帳，其餘六名飛眊則占據一座小帳。只是，在曹朋帳外常設兩名飛旺守衛，所以地方很寬敞。

「公子！」

「噓……在這裡，喚我什長。」

「喏！」

「好了，去歇息吧，我一個人走走。」

兩名飛旺躬身退下，曹朋站在軍帳門口，仰望蒼穹。

蕭關的夜空很高，也很清爽。但是卻讓人感覺有些寂寥……星辰璀璨，銀河越空，似在寂寥中平添了些許生氣。這裡，是大漢的天空，卻顯得有些冷清。

不遠處，中軍大帳裡，燈火通明。

想來田豫還沒有休息……這傢伙和老曹有點相似，屬於那種手不釋卷的主兒，最喜歡讀《春秋》，對《戰國策》也頗有研究。

估計這個時候，田豫還在捧書閱讀。

曹朋沒打算去打攪田豫，因為他和田豫之間，交情並沒有看上去那麼深厚。

這個人很有才華，而且心機很深，謀略不俗。

曹朋非常清楚田豫不可能依附於他，了不起保持一個良好的關係，也就難得。自家的盟友已經很多，沒必要再去勾連太多盟友。與其有那心思尋找盟友，還不如想想怎麼讓甘寧、步騭這些人更進一步，因為這些人，才是他的根基。

已四月，許都想來有些炎熱。

不過蕭關下，天氣仍有些清爽，風有點冷……

這也是曹操為什麼讓使團二月出行的緣故。漠北的春天，來的比中原至少要晚一個月，若出發太早，進入漠北後，必然極為寒冷。又不著急，何必趕這時間呢？

曹朋在軍帳周圍轉了一圈，並沒有發現什麼不正常的地方，便返回帳內。

剛才那一絲悸動，卻牢記心中。如今，曹朋雖然還沒有達到那種洗髓如霜的境界，但其勢已初成，功夫更達到了準超一流的地步。和典韋這些超一流的牛人可能沒法子相比，但是和徐晃、夏侯惇相比，怕是不分伯仲。所欠缺的，是經驗。

練武到了一定程度，就會產生一種靈覺。當危險到來時，可以在第一時間發現……有的時候，甚至能預知危險。

曹朋搔搔頭，有些疑惑不解。這軍中能給他帶來威脅的人，還真沒有。至少在他視線所及中，那使團的三個軍司馬，也不過一流而已。若交鋒的話，曹朋有信心可在二十招內解決那三個人，他們的身手，甚至還比不上韓德和王雙。

而禁軍那邊……曹朋也沒有發現什麼高手。

所以，他實在想不出有什麼人能對自己造成威脅。不過，明槍易躲，暗箭難防。小心無大錯，還是謹慎點好。回到軍帳中，他把衣甲包取出，從裡面翻出一件薄薄的衣甲。這衣甲是由兕皮鞣製而成，作工很精細，而且質感也非常輕。

曹汲曾為武庫令，掌管著京畿甲胄兵器。這件皮甲，是曹汲從武庫裡找到，而後在裡面襯上了鐵線，便成為一件極佳內甲。

把內甲套在身上，而後又從行囊中取出手弩，扣在手臂上，再取出二十枚鐵流星裝進隨身的麂皮兜內，曹朋坐在榻上，心裡面多多少少感覺有些踏實。

「阿福，這大半夜的，你穿著一身衣甲幹嘛？」龐統迷迷糊糊的醒來，睜開眼就看見曹朋一身戎裝的坐在那裡，不禁疑惑問道。

曹朋說：「不知什麼緣故，總覺得心裡面有點不安，似乎要發生什麼事情。」

「什麼事情？」龐統坐起來，披上外衣，走到帳門口向外看了兩眼。「能發生什麼事？」

「不知道。」曹朋苦笑回答，「我若知道會發生什麼事情，早就去想應對之策，那裡會像個傻子一樣的坐在這裡？」

「你……多疑了吧。」

「或許！」

兩人面對面的坐著，龐統也不知道該怎麼勸說。

良久後，當刁斗四響時，曹朋突然倒在榻上，「睡吧，天亮之後，我們還要趕路。」

「你現在不擔心了？」

「兵來將擋，水來土掩就是。」說著話，曹朋和衣而臥，拉起毯子。

龐統打了個哈欠，看著曹朋，輕輕搖頭：這個阿福，有時候古裡古怪，真看不明白……

卯時，田豫點兵，準備出發。

至辰時，一行車馬浩浩蕩蕩從蕭關駛出，踏上了出使塞北的路途。曹朋跨坐馬上，領著韓德等人隨大隊行軍。他就在中軍，與田豫在一起，看上去神色輕鬆。

遠處，則是周良車隊。

周良的年紀大約三、四十的模樣，胖墩墩，肉乎乎，一臉的笑容。他沒有騎馬，而是坐在車仗當中，神情肅穆的看著身前的青年和白面無鬚老者。

「劉侯，真要如此做嗎？」

經過一夜的調整，劉光看上去平靜許多，恢復到往日沉冷模樣。他點點頭，「我的身分已經被人識破，再隱瞞下去，也沒有什麼用處，反而顯得小家子氣。與其這樣子偷偷摸摸，倒不如擺明一切，看那些人又能奈我何？」

「既然劉侯已經決定，奴婢遵命就是。但不知，劉侯決定什麼時候出面？」

劉光想了想，輕聲道：「今晚，逢義山。」

建寧元年春，太尉段潁領兵十萬人，與先零諸種戰於逢義山……

至逢義山，基本上就等於離開了漢室的控制區域。雖然說名義上，逢義山屬於安定郡治下，但實際上這裡已經是羌胡混雜，漢室對此地的控制力幾乎為零。

過逢義山，沿清水北上，可至大河。再順大河而行，出石嘴山，便可以直達朔方郡。這裡，是河套所在，也就是南匈奴駐紮之地。

周良點點頭，輕聲道：「那麼咱們就在逢義山宿營……」

劉光與冷飛相視一眼，點了點頭。

「周中宮，那就拜託你了。」

兩人說罷，便離開了車仗，迅速混入人群之中。

周良微微一笑，而後嘆了口氣，自言自語道：「爭吧，鬥吧，反正與我有何干係？」

本來，按照田豫的計畫，會直接過逢義山北上。

但是周良堅決不同意，認為並不急於趕路，倒不如在逢義山停宿一晚，來日北上。

他的理由非常充分：「非是我不願趕路，實我等出蕭關之後，便已入羌胡之地……這些地區馬賊橫行，匪患不斷。趕夜路的話，萬一遭遇襲擊，必損失慘重。既然如此，為何不晝間行軍？明日天亮出發，我們可以在傍晚抵達大河，到時候再休息一夜，第二天便可以在富平渡河，北出石嘴山，進入南匈奴治下。」

「可這樣一來，只怕要耽擱時間。」

「田將軍，咱家以為這安全抵達，比趕時間更重要。再者說了，出石嘴山後，臨近並州，萬一被並州人覺察到，發動襲擊，該怎麼辦？日間行進，安全一些。」

最終，周良說服了田豫。

於是在當天晚上，使團抵達逢義山之後，便駐紮下來。

本來，田豫準備休息一下。可還沒等他卸下衣甲，周良就派人過來，說是有要事商議。緊跟著，聚將鼓響起。田豫不敢懈怠，連忙匆匆趕去大帳。

曹朋等人正搭建營帳，聽到那聚將鼓聲，不由得眉頭一蹙。

這好端端的，敲什麼聚將鼓呢？

曹朋心裡滿是疑惑，連忙集合人手，準備應對。

可是很快的，便傳來了命令：各部人馬紮下營寨，無須集結。

「怎麼回事？」曹朋輕聲問道。

龐統一蹙眉，沉聲道：「恐怕有變故。」

「變故？」

「我有種感覺，只怕你很快就要走到明處了！」

「哦？」

曹朋還想再問，忽聽帳外有人呼喚：「曹什長可在？田副使有請，請你即刻過去。」

加入使團以後，田豫對曹朋幾乎是置之不理。可是這突然間，田豫卻讓人找他，而且是在大帳議事？

心裡面，似乎有所明悟。曹朋不敢猶豫，連忙急匆匆趕去了中軍大帳，卻見大帳中，田豫正陰沉著臉，端坐中央。

「田副使，喚卑下何事？」

「友學，莫要再藏下去了……從即刻起，你為征羌校尉，統領護軍三部。」

「啊？」

田豫苦笑一聲，看著一臉茫然之色的曹朋，「劉光，站出來了！」

不知為何，曹朋激靈靈打了個寒顫：「臨沂侯，站出來了？」

「嗯，他剛才持陛下詔書，接替周良出任正使。周良和我皆為副使，從正使之命……我原以為臨沂侯會晚一些再站出來，卻沒想到他這麼早……從現在開始，我們都將從臨沂侯節制。如此一來，陛下的後著盡出，你也不必再隱藏下去。」

「出發前主公曾與我密令，任你為司空軍謀掾，征羌校尉，視情況而定……友學，你即刻接掌護軍，我估計臨沂侯之所以站出來，必然會對你有所不利。」

剎那間，曹朋心中一冷：怪不得我有種不安的感覺，原來是劉光要出招了！

說起來，曹朋對劉光一點都不瞭解。而且他可以肯定的是，在《三國演義》當中，絕對沒有這位臨沂侯、漢室宗親的存在。

歷史，掩埋了多少真相？

漢家犬的存在，令曹朋開始產生了一絲動搖。

這個傢伙，可以在諸多磨難中生存下來，並且一直堅定的站在漢帝身前，絕不是一個善與之輩。至少，許多人雖然知道劉光這個人，但大都認為他是一個靠著鬥犬而討取漢帝歡心的小丑。哪怕是漢室宗親，也沒有多少人真正在意劉光。

想當初，曹朋之所以和劉光認識，也是因為一次鬥犬。

轉眼八年過去，昔日的漢家犬已逐漸走到檯面上，早晚必會成為心腹之患……劉光，對曹朋動了殺機。

同樣的，曹朋也對劉光產生了一絲絲殺意。

當田豫告訴曹朋，劉光正式接掌使團的時候，曹朋立刻意識到，兩人的交鋒即將開始。

當晚，曹朋以征羌校尉之職，接掌護軍。

好在護軍中，知道曹朋大名的人有不少。特別是那些曾參與過官渡之戰的人，更知道這曹朋就是當初在白馬斬顏良，後又誅文醜、俘虜張郃和高覽的有功之臣。就連如今的偏將軍，虎豹騎副都督甘寧，也出自曹朋帳下，其能力可見一斑。所以，對於曹朋執掌兵權，並無人反對。

第二天，曹朋換上衣甲，跨乘馬上。

劉光和周良從營中行出時，當周良看到軍前的曹朋，不由得露出詫異之色……

「田副使，他是何人？」

「此征羌校尉曹朋，也是此次出使塞上之護軍主將。」

「啊？我怎麼不知道？」

田豫冷笑一聲，「我也不知臨沂侯駕到。」

劉光在表面上稱自己是奉聖命，從許都連夜追趕過來。其實，大家都心照不宣，田豫也不可能戳破。

既然你臨沂侯能夠從許都追來，那曹朋又為何不能從許都趕來？

大家都不是傻子，有些事情心裡明白即可。

周良肥胖的面頰略一抽搐，抬頭向曹朋看去，露出苦澀笑容，心道：這一回，還真不會太輕鬆……

與此同時，劉光正看向曹朋。兩人相視片刻，就見劉光突然催馬上前，到了曹朋近前。

「友學，我們又見面了！」

「是啊，未曾想臨沂侯也在這裡。」

「此次出使，困難重重，還要煩勞友學多多費心。」

「此末將本分，請臨沂侯不必掛念。」

劉光哈哈大笑，「友學，你誤會了……我不是說我需要保護，而是請你多保重。」

曹朋聽聞，眼中閃過一道冷芒，但臉上依舊一副微笑模樣，拱手道：「我剛才的意思是說，請臨沂侯莫要為我掛懷。朔北風寒，倒是臨沂侯出身天家，須謹慎小心，莫要著了風寒才是……」

劉光一笑，撥馬離去。

「阿福，這劉光今天看上去，和前日不太一樣。」

「嗯……前日我曾把他刺激了一番，估計是刺的狠了，這傢伙看上去比前日更加沉穩。我想他已對我生出殺意，士元你要多小心，莫要著了此人的道兒。」

龐統點頭應下，朝著劉光的背影又看了一眼。

曹朋則把王雙喚來，在王雙耳邊低聲細語幾句，王雙旋即退下。

昔日，劉光把王雙贈與曹朋。可以看得出在劉光的心裡，王雙不過是普通犬奴，根本不值一提，以至於幾次照面，劉光都沒能認出王雙。

曹朋告訴王雙，讓他跟隨在龐統身邊，加以保護。

至於田豫……估計劉光不會對他動手吧！

可不知為什麼，曹朋心裡總覺得自己似乎忽視了什麼事情。

只是看著劉光的身影，他又想不出個緣由來，索性長出一口氣，暗道：兵來將擋，水來土掩……且讓我看看，你這位不曾在歷史中登場的臨沂侯，有何手段！

天亮之後，使團再次啟程。

曹朋命韓德在前方開路，命龐統壓陣後軍。他自領一部人馬坐鎮中軍，與禁軍分前後，護衛使團車仗。百餘輛車馬，浩浩蕩蕩離開了逢義山，在初夏炎炎烈日下，朝著北方瀚海，緩緩的行進著……

一連兩天，平安無事。

延熹二年以前，逢義山一帶羌胡猖獗，其中尤以先零諸種最為強橫，與當地豪強勾結一處，肆虐涼州。時武威姑臧人，也就是賈詡的老鄉段熲為護羌將軍，令三萬人與先零諸種決戰於逢義山下，殺得先零諸種血流成河，從此名揚天下，被封為都鄉侯。只是後來，因為這黨錮之亂，段熲投靠了當時的權閹王甫，因而被士人所唾棄。這也是當時士人的悲哀，要麼投靠權閹，要麼就被迫害……

光和二年，王甫被誅，段熲因而下獄。雖有朝中大臣，如中郎將皇甫嵩、盧植等人求情，可他最終還是被下令飲鴆自殺。

不過，段老子之名在西涼，卻是聲名響亮。乃至於今日，安定地區雖偶有胡患，卻並不熾烈。

使團一路北上，在四月二十一日抵達富平。

天色已經有些晚了，按照此前計畫，他們將在富平渡口過河，而後北上石嘴山。過石嘴山之後，便算是進入了胡區。而漢室的控制力，在富平渡河之後，就算是完全消失……

「國讓，天晚了，渡河有些不合適吧？」

「若不現在渡河的話，明日定然又要耽擱一天。按照計畫，咱們必須要在二十五日前出石嘴山，到時候呼廚泉會派兵馬在石嘴山外接應，去晚了只怕不好。」

「這樣啊……」曹朋搔搔頭，看了一眼在渡口長長的車隊，有些蹙眉。

他是不願意這時候渡河，看這樣子，全部渡河至少要到半夜。主要是車仗太多，渡河相對麻煩。而大河之上，又沒有什麼橋梁，只能依靠著渡船渡河。

六十章 割喉禮

可田豫說得也有道理，每拖延一天，就多一些麻煩。

曹朋思忖了一下，沉聲道：「既然如此，國讓你率一部人馬先行渡河，我會在這邊警戒，待所有車仗過河之後，我再過去……這樣一來，至少能多一份安全。」

田豫想了想，點頭應下。

就這樣，田豫率人先過河，在河對岸下船後，紮下了營寨，點亮燈火，以示安全。隨後，車仗開始通行……曹朋命韓德率部警戒，以留意渡口四周的安全。隨後，他和龐統登臨河堤，眺望大河滔滔。

這裡，是黃河『几』字彎的上游，也就是俗稱的河套地區。

民諺曰：黃河百害，唯富一套。說的就是這個地方。

河套，分為東套和西套兩個部分。

以石嘴山為界，向西至青銅峽的平原，稱之為西套；石嘴山以東，也就是朔方郡為主的區域，屬於東套。曹朋等人所在的位置，就是西套地區；他們所要出使的南匈奴，則座落於東套朔方郡。狹義上的河套，有時就是單指『東套』，朔方郡。

「可惜了這大好河山，如今為匈奴所有。」曹朋自言自語，突然對龐統道：「早晚有一日，我必馬踏朔方，將匈奴人、鮮卑人趕盡殺絕。」

龐統愕然看著曹朋，有些不太明白曹朋為何會對胡人如此恨之入骨。不過，他考慮的是另外一件事情。在觀察了良久之後，他輕聲道：「阿福，曹公若收回海西，你當如何？」

「嗯……這個我還沒有想好。」

「你想馬踏塞上，終須要有一處根基。而失去海西之後，你也需要有一立足之處……昔年孟嘗君也曾狡兔三窟，友學何不效之？依我看，這裡就挺不錯，若友學將來能得此地方，便可立於不敗之地。河西，土地肥美，兼之水草豐茂，當年漢武帝曾在此設立馬場，才有了征伐匈奴不世功業，只是此後這一地區便被廢去，但根基尚存。友學何不請屯田此地，到時候即便是曹公，也斷不會拒絕。」

曹朋聽聞，心裡不由一動。

有些話，點到為止即可，不需要說得太透。

龐統在提醒了曹朋以後，便不再開口。

大約兩個時辰，車仗基本渡過大河。渡口上，劉光和周良也登上了渡船，緩緩向對岸行去。龐統四下觀察了一下，沉聲道：「阿福，你帶一部分人先渡河吧。我與韓德、王雙在這裡警戒，最後渡河。」

曹朋看了一下，發現渡口上只剩下一些宮人和禁軍。他想了想，點頭答應下來，對龐統叮囑了幾句之後，帶著一隊人馬來到渡口。

宮人和禁軍已紛紛登船。不過有一艘船，空了一半有餘，曹朋便下馬帶著人上了那艘渡船。船上，是一些身著灰色衣袍的低賤宮人，大都聚集在船尾處。曹朋等人上船後，兩名飛眊緊隨曹朋身後，站在船甲板上，示意那船夫開船渡河……

舟船，緩緩駛離渡口，朝著對岸行去。

河套地區的河面大約有二百米左右，水流湍急。渡船不敢太快，只能慢慢行進。

曹朋站在甲板上，眺望夜幕下的大河。

忽然，他聽到船尾處傳來一陣騷亂喧譁之聲，緊跟著聽到有人高聲喊喝道：「你是什麼人？」

「奴婢有緊要事情求見曹校尉。」

一個尖亢的聲音，傳入曹朋的耳中。不知為何，曹朋陡然有一種毛骨悚然的感覺。那聲音，依稀耳熟，似曾相識……

他轉過身來，就見一個灰衣雜役正慢慢靠近！

月光皎潔，映照河上。

曹朋可以清楚的看到那灰衣雜役的樣貌。他年紀大約有四、五十，白面無鬚，甚至有些富態，一頭花白色的頭髮被河風捲起，透出一股蒼老之氣。他行走的速度不快，佝僂著身子，有氣無力的模樣。只是那雙眸子，隱隱閃過精芒……

「攔住他！」曹朋突然大聲叫喊。

這張面孔，對於曹朋而言並不陌生。

三年前，他在許都遇刺時，險些被這張面孔的主人打得吐血身亡……

三年來，刺客杳無音信，彷彿人間蒸發一樣，再也沒有出現過。曹朋後來雖竭力打探，卻始終沒有發現這刺客的蹤跡。至此，三年過去了，那張臉他仍記憶猶新。

曹朋一聲大喝，冷飛也抬起了頭。

眸光相觸，曹朋甚至可以清楚的看到冷飛臉上陰冷的笑容。猛然間，他的身體拔高，腳下行進的速度加快。兩名護軍聽到曹朋的呼喝聲，還沒等反應過來，冷飛已到了跟前，只聽砰砰兩聲響，護軍慘叫一聲，從船上跌落河中，眨眼不見。

與此同時，十幾名護軍手持兵器衝過來，同時大聲呼喊：「刺客，有刺客……」

冷飛冷笑一聲，身形若鬼魅般，在船舷狹窄的空間裡一動。

劍光吞吐，每一抹冷芒出現，必伴隨一道血光。在他的手中，出現了一把一指寬的短劍。劍刃大約有半米長短，隨著冷飛的閃動，劍氣縱橫，只殺得護軍慘叫連連。

這些護軍在戰場上，都是能以一當十的銳士，可是在狹窄的空間裡，卻根本不是冷飛的對手，手中的長戈大戟全然無法發揮出應有的威力，加之冷飛速度奇快，出劍更快，眨眼間就殺出了一條血路，直奔曹朋而來。

「保護公子！」兩名飛眊拔刀迎上。

只是，不等他們出刀，冷飛已到了他們跟前，身體好像無骨之蛇般，詭異的從兩名飛眊之間穿過，也看不清楚他究竟是如何出手，兩道冷芒出現，噗噗兩聲輕響，便穿透了飛眊的身體，緊跟著來到曹朋身前。

說時遲，那時快。從曹朋發現冷飛，到冷飛來到曹朋身前，只是一眨眼的工夫。

看著冷飛，曹朋卻伸出了左手。那架式，活脫脫是要上來和冷飛握手，讓冷飛一怔。也就是在這一怔的工夫，曹朋猛然一翻手，綳簧聲響，八枝鋼弩閃電般飛出，射向了冷飛。

「卑鄙！」冷飛罵了一聲，手中劍光吞吐，只聽鐺鐺鐺一連串聲響過後，冷飛向後連退數步，將六枝鋼弩擊飛。他出劍的速度不可謂不快，卻仍舊被兩枝鋼弩射中，一枝正中肩膀，另一枝則射中他的腹部。冷飛吃痛，忍不住一聲怒吼，劈手將一個護軍手中的長矛奪過來，反手橫掃千軍，將護軍逼退，就要再次撲向曹朋。

曹朋卻冷笑一聲，拔刀而出。虎咆刀帶著一抹道光飛出，剎那間，刀氣縱橫。

曹朋的刀，如下山猛虎，每一刀劈出，隱隱透出猛虎咆哮的聲息。冷飛不由得一驚，手中短劍吞吐，唰唰唰十數劍刺出，每一劍都正中虎咆刀的刀戟之上。

在狹小的空間裡，兩人展開了一場極為慘烈的搏殺。曹朋刀勢詭譎，刀法靈巧，猶如拈針刺繡；而冷飛劍勢迅猛，快如閃電，每一劍如流星趕月……

周圍的護軍根本無法幫上忙，只能圍住兩人。

曹朋此時腦海中一片空白，眼中只有冷飛。這傢伙，太妖了！那細劍給曹朋帶來無盡壓力，恰似水銀瀉地，無孔不入。兩人眨眼間交手十餘招，可是刀劍竟無一次碰撞。每一刀，每一劍，都無法完全施展出來，往往剛出半招就要變招。

這種無聲的搏殺，更為凶險。

兩個人在狹窄的甲板上，幾乎是憑藉著本能應戰。

如果沒有這三年的苦修，曹朋自認接不住冷飛十招。這傢伙比之上一次，更厲害了！

遠處，一艘渡船上。

劉光快步走上甲板，冷冷的觀察著遠處的渡船。

冷飛決意殺死曹朋，他心知肚明。其實，在內心深處，劉光雖有些不太情願，但也同意冷飛的決定。這個傢伙，實在是太詭異了！短短幾句話，兩首詩，竟然讓他差一點動搖了信念。這也使得劉光對曹朋深為忌憚，欲除之後快。

可是，出乎劉光的預料，原以為冷飛能輕而易舉斬殺曹朋，不成想竟然成了焦灼之勢。

在劉光的印象中，曹朋一直是彬彬有禮、談吐文雅之人，雖然偶然露出殘暴嘴臉，但身手算不得太高明。之前之所以能橫行，更多是因為他有幾個厲害的手下……

也難怪劉光這麼認為，曹朋很少在人前展示身手，以至於許多人都不瞭解。

這傢伙，藏得好深！

劉光心中不由得生出一股冷意，正考慮著如何對付曹朋，忽聽身後有人道：「劉侯，渡口有船隻靠過去了……」

劉光連忙抬頭看去，只見一艘渡船，正緩緩向曹朋所在的船隻靠攏。

「來人！立刻靠上去，攔住它！」

「速救曹校尉！靠過去，靠過去……」

劉光的手下哪能不明白他的心思，連忙大聲呼喊。

岸上，龐統和韓德一臉焦急之色，他們萬萬沒有想到，這渡船上竟然藏有刺客。

王雙駕著渡船上前，想要接應曹朋，哪知道橫裡一艘渡船衝過來，險些把他的船隻撞翻。

「你他娘的瞎了眼嗎？」王雙勃然大怒，厲聲喝罵。

有軍卒連忙道：「是臨沂侯的座船。」

王雙一怔，一咬牙，「繞過去，不要管他……」

渡船在王雙的命令下，幾次變向，想要繞過劉光的船。可沒想到，幾次都被劉光的船隻阻擋下來。王雙心裡有些明瞭，這是劉光故意為之，想要拖延時間啊……那豈不是說，公子船上的刺客，是他的人？

「拿箭來！」王雙奈何不得劉光，回頭厲聲喊喝。

這些年，他在許都練出了一手百步穿楊的箭術。有軍卒取來弓箭，王雙跳到甲板上，彎弓搭箭，想要助曹朋一臂之力。但見那艘渡船上，兩個人影幾乎糾纏在一起，刀來劍往，根本無法瞄準。王雙急得連連頓足，猛然喝道：「給我撞過去！」

哪怕劉光昔日是他的主公，但如今曹朋才是他的衣食父母。

王雙也顧不得什麼昔日的主僕之情，下令渡船撞向劉光的船。劉光在船上，也嚇了一跳，連忙讓人躲閃。兩艘船幾乎是擦著船舷而過，王雙的渡船朝著曹朋的那艘船就衝了過去。

渡船上，曹朋和冷飛的交鋒越發凶險。

由於這地方狹窄，所以那些剛猛的招數無法施展，用的全都是一股柔勁兒，走的是小快靈的路數。眨眼間，兩人交手三十餘招，仍不分勝負。

曹朋暗自讚嘆：這死太監果然好功夫……尼瑪，再讓他這麼練下去，早晚必變成東方不敗！

而冷飛也在暗中感嘆：曹操手下，真是能人無數。沒想到這曹友學竟然如此厲害，比之三年前，可是大不相同。若讓他活下去，必然會是陛下心腹之患。

割喉禮

想到這裡，冷飛一咬牙，手中短劍滴溜溜一收，連進兩步，迎著曹朋逼來。

虎咆刀帶著一聲虎嘯劈落，這冷飛卻不躲不閃，臉上露出一抹陰森笑容，猛然一側身，迎著虎咆刀而上。曹朋一怔，頓覺不妙，連忙想要變招，卻已來不及了。虎咆刀劈在冷飛的肩膀上，刀口沒入三分，他想要拔刀，不想這刀卻好像被夾住了一樣。冷飛全然不顧肩膀上的傷口，順勢一劍刺出，向曹朋胸口刺去！

好在曹朋在刀被夾住的剎那，雙足用力，向後飛退。利劍噗嗤刺中曹朋的胸口，被他衣內的兕皮甲擋了一下之後，曹朋的身體呼的飛出。短劍上湧來的勁力，讓曹朋噴出一口鮮血。冷飛正要墊步而上，卻看到曹朋手中飛出兩枚鐵流星，朝著自己就砸了過來！

蓬的一聲響，鐵流星正中冷飛的胳膊，頓時將骨頭砸斷。

曹朋的身體落入河水中，水花飛濺。

冷飛還想趕過去查看，卻見四周護軍蜂擁而上。他不敢停留，縱身躍入滔滔大河，在河面上沉浮了兩下之後，瞬間不見了蹤影。

與此同時，王雙的渡船也趕到了……

「快救公子！」王雙站在船頭，大聲呼喊。

十幾名軍卒腰間繫著繩索，縱身便躍入大河。

忽然，有人喊道：「刺客還沒死！」

王雙順著軍卒手指的方向看去，就見冷飛正奮力向曹朋靠攏過去。王雙不敢再有半點猶豫，彎弓搭箭，一箭飛出。只聽啊的一聲慘叫，冷飛被王雙的利矢射中，身子在河面上掙扎了一下之後，再次沉入水中。與此同時，十幾名軍卒已游過去，護住了曹朋，王雙連忙命渡船靠過去，七手八腳的將曹朋從水中救出。

跪在甲板上，曹朋吐出好幾口渾濁的河水。

「休走了刺客！」

他厲聲喝道，可是那河面上，卻是人影皆無……

遠處，劉光的渡船慢慢駛來，與王雙的渡船擦船舷而過。曹朋半跪在甲板上，抬頭看過去。就見劉光負手而立，面無表情的向他看過來。

撕破臉了嗎？只可惜你到頭來，賠了夫人又折兵！

王雙上前，把曹朋攙扶起來。

曹朋衝著劉光，猛然抬手，做了一個割喉禮……

你想殺死我？沒那麼容易！

甲板上，燈火通明。

曹朋所做的割喉禮，雖然劉光從未見過，但是卻能猜出其中的含意。剎那間，他的臉色鐵青，虎目圓睜，凝視曹朋……半晌後，他突然笑了，但笑容格外猙獰！

章十七 瞞天過海

大河西岸，田豫看得清清楚楚。當曹朋從水中被救上船後，他如釋重負的鬆了口氣。但隨即，他心中暴怒。他很清楚曹朋在曹操心裡的分量。

此次讓曹朋隨行出使，說穿了就是曹操給曹朋一個緩衝的機會。直接任命？勢必會遭遇漢室老臣的阻止。即便能讓曹朋入仕，那麼相對的，就必須要解除對伏完的制裁。曹操不擔心伏完，他擔心的是保皇黨趁機發難，搞風搞雨。如今形勢一片大好，河北統一在即，曹操著實不希望再有什麼襟肘，使得統一北方的大業受阻。所以，便有了曹朋出使塞北的舉動。

曹朋出使，只須平平穩穩的返回，就是一大功勞。有了這個功勞，曹操也就有了充足的藉口。田豫知道，如果曹朋在塞北出事，那麼他即便返回許都，迎接他的必然是曹操的雷霆之怒。可沒想到，還是差一點出事！他立刻下令，命軍卒沿河搜尋，查找刺客的下落。

當劉光座船靠岸時，田豫的臉色陰沉的好像要滴出水來。他甚至不理劉光，逕自走到了渡口等待。

遠處，王雙的渡船正向渡口靠攏。

「守住營地，今日不許任何人出入！」

劉光根本就不理睬田豫的態度，下船後立刻發出命令。他是正使，自然有資格下令。至少在名義上，包括曹朋、田豫在內，都受他節制。

在轅門口，劉光停下腳步，扭頭看了一眼已抵達渡口的渡船，心裡暗自嘆息：友學，你我都清楚，早晚會反目成仇。只是沒想到，這一天會來的這麼快……對不起，我一定會把你除掉。

他眼中，閃過一抹戾芒。

曹朋走下渡船時，身子顯得很虛弱。他身上似乎沒什麼明顯的外傷，可實際上胸口受冷飛一劍，雖然說有護甲防身，但仍被那劍上的暗勁所傷，心脈有些受損。好在，這傷勢並不嚴重，休養一段時間即刻恢復。不過在短時間內，曹朋很難再與人交手，否則傷勢必將加重……

「友學，我必會找到那刺客！」田豫上前，低聲說道。

曹朋咳嗽兩聲，從口中吐出一小口血，朝著田豫搖了搖頭：「不用了！」

「為什麼？」

「那刺客身手超強，雖被我所傷，也非等閒人能夠抓捕。此人既然敢在船上動手，必然有萬全之策。想要找到他，不是那麼容易的事情……何必再浪費時間？」

「可是……」

曹朋一笑，輕聲道：「放心，他若不死，必會捲土重來。」

「哦？」

曹朋向轅門方向望去。此時，劉光已沒入轅門內，不見了蹤影。他冷聲道：「有人想我死，可我還沒有死……那他又豈能善罷甘休？」

田豫立刻明白了曹朋的話中含意。只是，他又要開始感到頭疼，因為那個人……不僅僅是皇親國戚，還是此次出使塞上的正使。如果他有心想曹朋死，可以有諸多花樣，甚至不需要費太多周折。

自己這次不僅要配合好他，還要保護好曹朋，這實在是一樁棘手的事情……

「你傷勢如何？」

「沒有大礙！」

田豫猶豫一下，看著渾身濕答答的曹朋，眼珠子一轉，輕聲道：「從明日開始，你不再執掌護軍。」

「為什麼？」曹朋詫異的看著田豫。執掌護軍，手中持有兵權，尚有自保之力。若沒了兵權，那豈不是要束手就擒？

田豫微微一笑，拍了拍曹朋的胳膊，「你病了，你受傷了，你要靜養！」

說完，他對隨從道：「還不快攙扶曹校尉回帳中歇息……友學，你放心，我會讓你的人跟隨你一起。從現在開始，你所要做的，就是將養身體，莫再勞神。」

田豫的笑容裡，透著自信。

曹朋雖然沒有太明白他的心意，可是也知道田豫和他是一夥兒的，絕不可能害他。於是，在兩名扈從的攙扶下，往營中行去。

田豫負手而立，突然喚了聲：「延年。」

「在！」

從田豫的扈從裡，行出一名男子，插手向田豫行禮。

「從明日起，你暫領護軍……不過，有任何事情，暗中與曹校尉商議，莫要自作主張。保護好曹校尉，若有半點差池，我必殺你。」

「田紹明白！」

這田紹，是田豫的子姪，但年紀比田豫還大。公孫瓚死後，田豫帶著一些族人從漁陽投奔曹操，這田紹也隨行而來。他的本事算不上太大，卻重在穩重，一直以來，都是田豫極為信任的心腹……把兵權交給田紹，倒也能令田豫放心。

此時，河東岸的軍卒源源不斷而來。

龐統和韓德從船上下來，一臉焦慮之色道：「公子何在？公子何在？」

田豫立刻命人領他二人入營，隨行的尚有四名飛眊親衛。幾乎是一路小跑，龐統和韓德來到曹朋的帳外。只見王雙持刀跨弓，站在大帳門口，異常警覺。

「王雙，公子可安好？」

「在帳中歇息，言龐先生立刻進去。」

「那我呢？」

「把馬匹行囊都帶過來……公子吩咐，須將兩個兄弟的銘牌取回，待返回許都之後，風光大葬。信之哥哥在此看護，我這就去收拾東西，以免有什麼差錯。」

韓德點點頭，接替了王雙的位子，一手持斧，一手扶刀，靜靜站立在大帳門外。

龐統有些提心吊膽的走進了軍帳，就看見曹朋正靠在榻上，看似病懨懨的，有氣無力。

「阿福，你……」

「我沒事。」曹朋朝龐統一笑，輕聲道：「只是國讓罷了我的兵權，我有點想不明白。」

「啊？」

「國讓說我傷了、病了，需要休養，故而不再統領護軍。」

龐統聽聞，頓時笑了，「阿福何必擔心，國讓此舉乃為你好，他是想要把你保護起來。至於護軍……更不需要擔心。你這征羌校尉，使團護軍主將乃司空所任，國讓怎可能將你罷免？他這是欲使你隱跡藏形，暗中保護……試想，你這一病，活動的空間自然變小，即便有人欲對你不利，也必須要尋找合適的機會。同時，你潛形藏於暗處，豈不是更容易監視對手？」
曹朋聽聞，眼睛不由得一瞇。
瞞天過海……好一招瞞天過海之計！
田豫用這樣一種方法把自己保護起來，同時也可以充當一著暗棋。
想到這裡，曹朋也就放下了心，只是旋即露出苦笑：「可這一路漫漫，我總不成一直無事可做。」
「呵呵，且先忍忍。」龐統說罷，也算是放下心來。
他和曹朋聊了一會兒後，便走出軍帳。
曹朋獨自在軍帳裡待著，看著空蕩蕩的大帳，感覺好生無趣。至少在抵達南匈奴之前，田豫不會讓自己走到明處。既然如此，總要找點事情，以免這途中太過於無聊。可是，找什麼事情呢？曹朋翻身，看著書案上那一摞紙張，眼睛突然一亮。既然無事可做，何不寫一些東西，省得這路上發悶……
寫什麼呢？
曹朋的眼珠子，滴溜溜的轉動著。

突如其來的刺殺，令使團營地裡氣氛陡然緊張。
禁軍和護軍，在剎那間涇渭分明，形成了兩個截然不同的體系。雖然禁軍在護軍的營盤中，但是卻獨立出來。從巡視到守衛的兵卒，全部都是禁軍兵馬，而護軍只能駐紮在外，無法靠近過來。
夜，已深。
劉光在大帳中徘徊，無法入睡。他在等，等冷飛的歸來。
他也清楚，先前的刺殺必然已驚動了田豫等人，冷飛再想出手，只怕是沒那麼容易。他有些擔心，因為在河上，他清楚的看到冷飛身上受了傷。雖說有周全的安排，可河水湍急，萬一出什麼意外，他就等於失去了一個極佳的助手。

冷飛雖然是閹宦，手裡又沒有兵權，但他那一身武藝，無疑是漢帝手中最為鋒利的一柄利劍。冷飛若出了什麼差池，必然是一大損失。劉光閉上眼睛，沉吟良久之後，回身在床榻上坐下，輕輕撫摸著頜下青幽幽的鬍子渣兒。這長大了，可真是一樁苦事……他並不喜歡這種事情。

親自下令，殺死自己最看重的朋友，這滋味不好受。

可是，他必須要殺了曹朋。

別看曹朋隱居三載，可是這名聲一日大過一日，早晚會給漢室造成大難。身為漢室宗親，從他當年入長安，為漢帝鬥犬的那一天開始，就已註定了無法回頭。

友學啊友學，要怪，就怪你不識好歹，逆天而行。

這天下是大漢的天下，這江山是劉姓江山。你身為大漢子民，不思為漢室效力，卻要幫那亂臣賊子。即便你們是同宗，也是謀逆，也是犯上……早晚必死。

你今死去，他日我必保你家人無虞。我能做的事情，也只有這些……

想到這裡，劉光長出一口氣。忽然間，大帳外傳來撲通聲響，劉光忙抬起頭，只見一個人渾身上下血跡斑斑，濕漉漉的走進了帳中，撲通一下子便摔倒地上。

「冷宮！」劉光嚇了一跳，連忙跑上前去攙扶。

只見冷飛肩膀上的刀口，猶如裂開的嬰兒嘴巴一樣嚇人，肩頭和大腿上還插著兩枝鋼矢，幾乎近半沒入肉中。冷飛的臉色慘白，沒有半點血色，他輕聲道：「劉侯，速解決外面禁軍。」

「冷宮稍待。」

劉光扶著冷飛坐下，連忙跑出大帳，只見兩個內侍昏倒在地上，早已人事不醒。他心裡一動，頓時計上心來……

他找來兩個心腹家奴，指著昏迷的太監，低聲吩咐道：「立刻把這兩個人處理掉，留下一具屍體，另一具就扔進大河。辦得漂亮些，休要被人發現了蹤跡。」

兩個家奴連忙答應，把兩個太監綁上之後，扛著便偷偷溜走。

劉光暗自鬆了一口氣，轉身返回大帳。只見冷飛坐在榻上，咬著牙，將腿上和肩頭的兩枝鋼矢拔出。那兩枝鋼矢上帶著掛刺……這一拔，生生拽下了二兩肉來，鮮血汩汩流淌，冷飛幾乎要昏迷過去。好在，他早有準備，在拔箭之前便在口中嚼碎了金創藥，噗的噴在手心，用力壓在傷口上，身子幾乎要縮成一團。

「冷宮……」

「劉侯，奴婢一時半會兒，恐怕幫不上您了。這曹家子心狠手辣，竟然身懷如此利器……三十天裡，我很難再與人交手，一切就要拜託劉侯……劉侯，我知道您和曹家子惺惺相惜。我也知道，咱們這次出使南匈奴，將來必會遺臭萬年。可您我都是為陛下做事，有些事情身不由己。陛下若非沒有辦法，絕不會用這樣的方法……他日，總有人會為咱們討回公道。」

「所以，休要再婦人之仁。如果您再這樣下去，只怕咱們這最後一個希望，就要破滅……劉表、劉璋、劉備、馬騰之流，皆不足相信。陛下真正相信的人，如今只剩下您我，您可千萬別再猶豫。」

「冷宮，光記下了。」

「那曹朋……也被我所傷，估計需要將養些時日。在我傷好之前，您莫要理他。那小子一身的機巧太多，一個不慎就會出大事。此子交給我來處理，待我傷好之後，必取此子性命……否則，終究是漢室之患。」冷飛目光灼灼，盯著劉光。

只見劉光用力點頭，「冷宮，你放心，我絕不會莽撞。」

「那，我就放心了……」冷飛說罷，站起身來，忍著身上的疼痛，悄然離開大帳。

劉光緊握拳頭，咬著牙，好像壓抑著一樣嘶吼道：「曹友學，我絕不會再心慈手軟！」

「阿嚏！」曹朋猛然打了一個噴嚏，翻身坐起來。

帳中，燭光閃動。

龐統正坐在一旁，手捧一卷書冊，見狀，問道：「友學，怎地醒了？」

「什麼時辰了？」

「已過了寅時……你再睡一會兒，今天可要過了辰時，才會出發。」

「怎麼回事？」

「你睡下之後，臨沂侯派人過來，告訴田副使，說隨行內侍之中有兩人失蹤。田副使在河灘上找到了其中一人，但另一人卻不見蹤跡。臨沂侯說，那失蹤之人恐怕就是刺殺你的凶手。而被找到的那個人，想來是那刺客的幫凶……」

「田副使怎麼說？」

龐統聽聞，不由得苦笑反問：「若你是田副使，又如何說呢？」

曹朋一怔，旋即明白了龐統的意思。彷彿自言自語般，他低聲道：「這位臨沂侯，卻是個有手段的……」

劉光是正使，還掛著一個漢室宗親的名頭。整個使團當中，以他的身分最為尊貴，頭銜也最大。所謂的屍體，不過是掩人耳目，給其他人一個交代罷了。畢竟所有人都看到了，在河上刺殺曹朋的刺客，是一個太監。整個使團裡，太監都歸周良管，周良又聽劉光的指揮，那刺客的來歷也就呼之欲出。劉光扔出來兩個太監，就是想要洗清干係：刺客不是我的人！

這種手段，糊弄那些小蝦米也還成，可田豫、龐統，哪個是省油的燈？

劉光的意思很清楚：此事到此為止！刺客死了，同黨也找到了，不必再追查下去，以免耽擱了正事……

田豫呢，總不可能帶著人闖進去搜查，那樣一來可就是真的撕破了臉皮。

古往今來，大都是一樣。為官者虛情假意，當面笑，背後刀，即便心裡清楚，也不可能真的撕破臉皮。即便恨不得把對方碎屍萬段，但是在表面上還要相互友善。

曹朋心中冷笑，劉光這樣做，倒是洗清了，可也證明了一件事：那死太監一定還活著。

尼瑪，果然東方不敗啊！

中了兩箭，被我砍了一刀，然後掉進河裡淹了那麼久，居然還不死？這死太監的命，還真夠硬，有小強幾分風範。不過，你越是如此，我就越是要把你幹掉！

「士元，和田副使說一聲，我要見周良。」

龐統一笑，「我自會吩咐！」

起身走到帳門口，看了看天色，龐統回身道：「阿福，你再歇一會兒，到時候我叫你。」

「好！」曹朋說罷，便重又躺下。腦海中，卻仍不斷浮現河上的那一幕，昏沉沉的，又睡著了……

曹朋病了！不過不是裝的，是真病了。

也難怪，心神受創，又被冰冷的河水一激……下船時，在渡口上被小風一吹，以至於第二天出發時，曹朋時冷時熱，開始發燒。好在，他身子骨甚好，又有張仲景配的傷寒藥丸，所以病情並不算嚴重，只是想要乘馬，的確是有些困難。

田豫在探查之後，立刻給曹朋配上了馬車。

在車裡睡了一覺，出了一身的汗之後，總算是緩解了許多。只是身子還有些發虛，加上身上有內傷，以至於曹朋一整天都無精打采，讓人覺得有些萎靡不振。

「友學，過了，有些過了！」田豫看到曹朋那憔悴的模樣時，也忍不住連連搖頭。

「什麼過了？」

「只是讓你裝一下而已，你何必把自己弄成這副模樣？」

「我是真不舒服……」曹朋厲聲吼道，旋即劇烈的咳嗽起來。

「好吧，好吧，你真有病。」

「你才有病！」

田豫嘿嘿一笑，也不和曹朋爭辯，隔著車窗說：「今晚露宿靈武谷，我已約好周良，賞賀蘭夜色。你準備一下，該怎麼勸說，我相信你心裡已有了萬全之策。」

車內，一陣靜寂。

靈武谷，位於賀蘭山口。

秦始皇時期，始皇帝派大將蒙恬領三十萬大軍，與匈奴決戰，旋即便對這裡進行了有效的控制。然則受國力影響，大秦朝的勢力始終未能越過黃河，只是以黃河為塞。

到漢朝，在靈武谷附近置廉縣，算是將西套納入版圖之中。可實際上，漢朝對西套的控制力，並不是特別強橫。至少，在東漢末年時，廉縣幾若於無有……

說起靈武谷，就必須要說一說靈武、靈州。

西元前一九一年，當時在黃河西岸有一個縣城，由於靠近賀蘭山，而賀蘭山上有靈武谷，所以便有了靈武的說法。西元一五九年，太尉段熲在逢義山大敗先零，而後率部築基。先零諸種一路逃竄，在靈武谷被段熲追上，只殺得先零從此退出西套。

使團的車馬，當晚就在靈武谷紮營。

周良一臉陰鬱的走出轅門，沿著山路行進。他此行的目的，是靈武谷旁的山頂，據說那裡的景色很美，也算是當地一大特色。他這段時間以來，心情頗有些燥鬱。原以為這次堂堂正正的出使匈奴，即便劉光為正使，他也可以過上一把癮。

在許都，著實太憋屈了！到處都是王公貴族，他一個中宮僕，根本算不得什麼。表面上看，中宮僕也是秩比兩千石的俸祿，堪比九卿。但實際上，他這個中宮僕，手裡根本沒有權力。且不說他上有大長秋，單是宮中那些禁軍，也非他可以使喚。周良能夠指揮的，不過他麾下幾十個太監而已，哪裡又有什麼權勢？

這次出使匈奴，是他的機會。可偏偏劉光從渡過黃河後，便總攬大權，他這個副使幾乎形同虛設。田豫邀他賞風景，其真實用意，周良隱隱能夠猜測出來：莫非田國讓準備拉攏我嗎？若是他真要拉攏我，倒也是個不錯的選擇。如今漢室積弱，曹司空獨攬大權，將來等曹司空統一了天下，那我也是元老功臣。

在周良心裡，何嘗不想要歸附曹操？但苦於沒有機會，更找不到什麼好門路……太監，也有人權；太監歸附，也要抱上大腿才行。

田豫嘛……似乎分量不足。倒是那位曹公子很合適！不過自熹平以來，士人和太監之間的爭鬥就不曾停止。想當初十常侍得勢的時候，把士人壓制的太狠了些。

曹公子乃當今清流名士，曹三篇之名享譽天下……

周良著實不敢肯定，如果他去投奔曹朋的話，曹朋能否收留？

一路行來，患得患失。山路不好走，周良人又胖，以至於走上山頂時，氣喘吁吁，整個人被汗水浸透了。

「曹、曹校尉？」

當周良登上山頂的時候，卻見山頂上站立兩人。一個是曹朋，另一個則是韓德。兩人背對著周良，正在觀賞靈武谷景色。聽到周良的聲音，曹朋轉過身來，看著周良微微一笑。

月光下，曹朋一襲白衣。山風拂過，捲起衣袂飄飄，恍若神仙中人……

「周中宮，也來賞月？」

周良一怔，呵呵笑道：「是啊，聽說靈武谷夜色甚美，咱家閒來無事，所以來看看。」

「只是看看嗎？」曹朋邁步走上前來，一把攫住了周良的手臂。「這等美景，怎能只是看看，還需要用心品味。」

「這個……」

兩人都是話裡有話，暗藏玄妙。

風掠過，曹朋輕輕咳嗽了兩聲，扭頭向山路上看去。

「曹公子，那兩人乃咱家心腹。」

「心腹好啊，心腹之人，便可以坦誠相見。」

周良微微一哆嗦，從曹朋這一句話裡，聽出了他的用意：你要不要做我的心腹呢？做了我的心腹，我就可以和你敞開心扉的說話，而非遮遮掩掩。

這是在招攬我嗎？

周良心裡一動，剛要開口，卻睜大了眼睛，半晌說不出話來。只見曹朋手裡拿著一摞薄薄的紙張，看上去好像是……傳說中，銀樓裡的錢票！

「我這裡有一百萬錢，若周中宮收下，你我便能坦誠相見了。」

收買，這是赤裸裸的收買！

一百萬錢，可不是一個小數目。

周良眼珠子滴溜溜直轉，心裡面猶豫著：我是不是應待價而沽？也許曹公子會多給我一些呢？

大凡太監，往往心裡有些扭曲，其愛好有多種多樣，但有一個通病，那就是貪財。

不過，自從十常侍覆沒以後，太監的收入可是大大減少。不管是漢帝，還是之前的董卓，到現在的曹操，對太監的約束極為嚴格，甚少給他們權力，也使得太監們的收入大為減少。

周良身為中宮僕，那如果放在十常侍的年代，可是個極能撈錢的職務，但現在……清湯寡水的，周良自己都不好意思敢說是太監。哪有做太監做到我這般淒慘，靠著微薄俸祿為生，宮外連個府邸都沒有？

可是，他突然看到，韓德的一隻大手放在了刀柄上。

「周中宮，這麼晚了，山路一定不好走吧。」

周良激靈靈打了個寒顫，二話不說，伸手從曹朋手裡接過了錢票，「公子一番心意，咱家若不收，豈不是看不起公子？」

「聰明！」

曹朋臉色突然一正，轉身看著周良道：「周中宮，咱們打開窗戶說亮話吧……今夜我約你前來，是有一件事情想要拜託。若周中宮答應，日後前程不可估量。朋如今雖只是一介征羌校尉，但想必周中宮也知道這裡面的玄機。我要知道，那刺殺我的人，是誰？」

周良頓時有些猶豫起來，他看了看曹朋，一咬牙，輕聲道：「前中常侍，冷飛。」

「冷飛？」

「此人乃陛下之心腹，早在長安時就甚為倚重。只是，冷飛這次突然出手，咱家事前也不清楚……不瞞曹公子，臨沂侯接掌正使之後，咱家就什麼事情都不知道了。臨沂侯的事情，咱家不敢管，也管不了啊。」

曹朋聽聞，哈哈大笑，伸手勾住了周良的脖子。他個頭比周良高很多，低著頭輕聲道：「周中宮，你我同在臨沂侯麾下效力，一切事情自有臨沂侯主張。我請你來，是希望你能幫我盯著些……你也知道，臨沂侯那邊我無法靠近，有些事情嘛……你懂得！不知道周中宮可願意幫我嗎？」

「願意，咱家當然願意……」

「爽快！」曹朋笑著輕聲道：「咱們一邊走一邊說，我有很多問題，須向周中宮請教。」

匈奴，匈奴

仲夏將至，中原此時烈日炎炎，但塞上卻極為涼爽。

此時，正是牧草豐美的時節，但也是衝突最為激烈的時候。為了一塊豐美的牧原，部落之間往往會大打出手……

「大人，再堅持一下，前面就是石嘴山了。」

一匹戰馬上，一名男子搖搖欲墜，他渾身上下都是血，趴在馬背上，幾乎無法坐穩。在他身後，尚有十幾騎扈從緊緊相隨。一個匈奴人打扮的扈從催馬上前，攙扶了男子一把，男子這才算穩住了身子，抬頭望去，只見遠處山巒，已隱約可見。

他從馬背上抓起一個水囊，咕嘟咕嘟灌了兩口之後，精神略顯振奮……

「走，回家去。」他咬著牙，攏韁繩剛要催馬，身後卻傳來隆隆的蹄聲，從遠處顯出百餘騎，正風馳電掣般追來。

「該死的劉豹！要趕盡殺絕嗎？」男子啐出一口帶血的唾沫，反手抽出長刀，就要迎上去。

扈從大吃一驚，連忙攔住了男子：「大人，不可戀戰……劉豹此次欲置大人於死地，若迎戰反而正中下懷。我等拚死攔阻，請大人速走。」

「洪都，一定要活著！」

「大人放心，洪都死不了。」青年說著話，撥轉馬頭，厲聲喝道：「檀石槐的兒郎們，隨我保護大人撤離！」

十餘名騎士同時呼喝，摘弓催馬向後衝去。男子不敢猶豫，撥馬就走。

遠處百餘騎越來越近，只見馬上的騎士，清一色匈奴人裝束，最醒目的就是他們那獨有的髡髮辮裝，令人一眼便能認出他們的來歷。

所謂髡髮，就是將頭頂部分的頭髮剃光，周圍蓄髮，結成一根根小辮的髮型。他們的面龐略有些大，高顴骨，眼窩略有些凹陷，膚色白皙。

這些人，正是曾對漢人造成無數災難的匈奴人。

眼見青年命人衝過來，為首的匈奴人嘬口發出一連串古怪的音節，百餘騎在剎那間散開來，挽弓射箭。而青年洪都一邊在馬上閃躲，一邊予以還擊。短短數百步的距離，不斷有人墜落馬下。

這也是塞北胡人最常見的對決方式，一時間箭矢如雨，往來不斷。

洪都的騎射功夫顯然精湛，沒有馬鞍，沒有馬鐙，他整個人好像與戰馬融合為一體，匈奴人的箭雨極為凌厲，卻無法令他受到傷害。同時，他不斷還擊，在一個眨眼間接連射殺三名匈奴人後，胯下坐騎突然一聲淒厲的長嘶，撲通就摔在了地上。他可以躲避箭矢，但馬匹卻難以躲避。

洪都墜馬之後，十餘名匈奴人呼嘯著向他衝來。

「雍奴，你休想殺我！」

洪都在地上骨碌碌一個翻滾，呼的跳起來，手中已多出一把明晃晃的長刀。如果仔細觀察，就會發現他手中的這把長刀，竟然是曹軍裡剛開始推行的制式鋼刀。

刀脊帶著一抹暗紅色，在空中一閃而過，為首的一名匈奴人被他一刀斬落馬下，洪都腳下疾奔，三兩步竟追上了那匹無主的戰馬，探手抓住轡頭，一隻手按在馬背上，騰身躍上馬背。戰馬甚至不知道牠的主人已換成了別人……

洪都在馬上身子猛然一斜，手中長刀橫著一推，旁邊的一名匈奴人頓時身首兩處。

說時遲，那時快，從洪都落馬，到再次上馬殺敵，不過十幾息的時間。可就在這十幾息裡，洪都的同伴已折損了大半，只剩下三五人，而且個個帶傷。

「洪都，左賢王敬你是一條好漢，何苦跟隨檀柘賣命？若你肯歸降左賢王，不但可以不死，女人，牛馬，任你挑選，你可休要自誤下去。」

「雍奴，雄鷹一輩子只有一個主人。劉豹想要我投降，那是做夢……檀大人於我的恩情，又豈是牛馬和女人可比？」洪都說罷，就要再次衝鋒。

可是幾名僅存的扈從卻攔住了他：「洪都，去追隨大人的腳步吧，這裡有我們在足矣。」

洪都猶豫了一下，點點頭，突然仰天一聲厲嘯：「檀石槐的兒郎們，衝鋒！」

那名叫雍奴的匈奴人，眼中閃過了一抹戾色，「既然你要找死，那我就成全你……殺了他們！」

匈奴人呼嘯著，催馬疾馳而來。幾名扈從毫無懼色，彎弓搭箭，向匈奴人衝了過去。洪都的眼睛閃過一抹淚光，猛然撥轉馬頭，掉頭就走。

「洪都，你這個膽小鬼，竟然敢逃走！」

雍奴沒有想到洪都居然臨陣而逃。要知道，洪都有黑水之狼的綽號，凶悍勇猛，是黑水鮮卑的第一號猛將。雍奴此次是抱著殺死洪都的念頭而來，卻未曾想到洪都居然不戰而走。他怒吼一聲，催馬追擊……可那些扈從卻拚死將他攔住。

三五扈從，竟拖住了雍奴的腳步。等雍奴斬殺了這些扈從之後，洪都已跑出去了近一里地。

「追！不殺了洪都，絕不收兵！」

雍奴厲聲呼喊，帶著匈奴兵，朝著洪都逃走的方向急馳而去。

石嘴山，因賀蘭山脈與黃河交會處『山石突出如嘴』而得名。

這裡，是塞上江南，物產資源極其豐富。與後世那種荒涼蒼茫相比，此時的石嘴山綠茵茵，透出盎然生趣。這裡的植被尚未經大肆砍伐，也沒有戰爭的洗禮。

出石嘴山向北，就是徹頭徹尾的『胡區』。

曹朋已經可以乘馬而行，精神看上去比前幾日好了很多，只是臉色仍略顯蒼白，有些有氣無力。他身上的傷勢已好轉大半，可是卻無法上陣搏殺。冷飛那一劍的威力，絕不是一時半會兒可以恢復過來。但至少，他已無性命之憂。

曹朋表面上看去很平靜，但心裡面還是有一些擔憂……因為冷飛的下落，仍未找出來。即便是周良幫忙，卻始終沒有線索。這讓曹朋總有些不安。

冷飛，已成了曹朋心頭上的一根刺。

這傢伙的功夫太厲害，也不屬於那種面對面的敵人。他藏在暗處，隨時都有可能給曹朋致命一擊。哪怕曹朋有信心能擋住冷飛的刺殺，可這整日裡提心吊膽，終究不是個事情。『不怕賊偷，就怕賊惦心』的道理，曹朋算是徹底明白了。也正因為這個原因，使得曹朋更要置冷飛於死地。

「周良說，查不到線索。」

「整個內營都查了嗎？」

龐統輕聲道：「都查了……不過，內營之中，尚有臨沂侯的部曲。周良雖然控制內營，可是臨沂侯那邊卻無法查找。他派人說，臨沂侯防範的很嚴密，他也不敢輕易露出馬腳。只說請你暫忍耐一下，待

曹賊 章十八

匈奴，匈奴

有機會了，他一定會設法查找……」

「讓他……保護好自己。」曹朋一蹙眉，低聲對龐統吩咐道。

冷飛雖然危險，可是曹朋卻不希望因為這個冷飛，把他好不容易埋下的暗線暴露出來。周良在宮中，用處更大，若是為了一個冷飛……

「阿福，你說冷飛會不會死了？」

「你說呢？」

龐統頓時止住了話語，聳了聳肩膀，苦笑一聲。

曹朋堅信，冷飛沒有死。到了他那種身手，怎可能輕易死掉？劉光當然會竭力保護這個冷飛，因為這冷飛，是他手中的一張王牌。可如果不解決冷飛，終究是個麻煩。

想到這裡，曹朋突然輕輕咳嗽起來。他從懷中取出一條方帕，掩住了嘴巴，而後隨手扔在了地上。

隊伍繼續行進，石嘴山山口依稀可見。

一個內侍從路邊走過，見無人留意，偷偷的從地上撿起了那方手帕，只見上面沾著殷紅的血跡。他臉上露出一抹森冷笑容，旋即一瘸一拐，隨大隊繼續行進……

出石嘴山，視野頓顯開闊。

天蒼蒼，野茫茫，那份塞北的蒼茫，令人陡然間感到心胸廣闊。

「單車欲問邊，屬國過居延。征蓬出漢塞，歸雁入胡天。大漠孤煙直，長河落日圓。蕭關逢候騎，都護在燕然……果然好詩！」曹朋不由得呢喃自語，旋即蒼白的臉上露出一抹笑容。

一旁的龐統看著他，忍不住啞然失笑：「阿福，從未見過你這等自戀之人，哪有自家誇獎自家？」

「啊？」曹朋一怔，旋即反應過來，心中暗自苦笑。

王維的《使至塞上》，正合了今日之景色。壞就壞在他最後那一句，令龐統生出誤會。

不過，無所謂，自戀就自戀吧，總比自──慰強。

曹朋正要開口說話，忽見前面軍馬停下。他連忙問道：「何故駐馬？」

「曹校尉，前方有人……」

曹朋聽聞，忙催馬衝到高處，手搭涼棚看去。只見一匹馬落荒而來，一個青年匍匐在馬背之上。與車隊正好照面，那匹馬立刻止步停下。馬背上的青年旋即摔在了地上，昏迷不醒。

「好像是被人追殺？」

曹朋帶著韓德、王雙，連忙縱馬趕了過去。

只見幾名護軍已到了那青年的身邊，韓德一眼便認出了青年的裝束，忙對曹朋道：「公子，這傢伙好像是鮮卑人。」

「鮮卑人？」曹朋一怔。

如果早二十年的話，他倒是會對鮮卑人存有幾分顧慮。不過現在……

他下馬走上前去，田紹連忙迎過來，手裡捧著一把長刀，遞給了曹朋。

「公子，這口刀，似乎是奉車侯所造。」

「哦？」曹朋聽聞，不禁露出好奇之色，伸手將長刀接過來。

就在這時候，遠處一隊匈奴人疾馳而來，鐵蹄聲陣陣，匈奴人口中發出怪嘯，聲勢好不驚人。

「漢蠻子，留下貨物，把洪都交出來！」

雍奴的叫喊聲，傳入曹朋的耳內。不過，雍奴是用匈奴話叫喊，曹朋也聽不太明白，於是回頭問道：「那傢伙在喊什麼？」

雍奴是南匈奴左賢王劉豹麾下的豪帥。

按照《周禮》的說法，兩千五百人為師，亦得為千夫長。『長』與『帥』同義，故而千夫長也稱之

章十八 匈奴，匈奴

為師帥。匈奴與漢糾葛很深，所以也就引用了這個稱呼。而豪帥，即師帥。

雍奴此次奉命襲殺，卻不想那主人跑了。跑了主人，那就千萬不能放過黑水之狼，無疑是一樁美事，想必左賢王也不會因之而責怪。

他一路追擊下來，就看到了一個漢人車隊。在雍奴眼中，漢人就是被屠戮的羔羊。雖說草原上有許多漢人集市，可對於雍奴而言，並無太大的意義。既然趕上了，那就殺了他們。漢人羸弱，哪是匈奴人的對手？以至於雍奴並沒有看清楚那車隊的儀仗。

曹朋正在觀察手中長刀，他已經確認，這口長刀正是出自曹汲之手。

曹汲造刀，用灌鋼之法，以柔鐵為脊，加以鍛打而成。曹汲打造的刀，刀脊呈暗紅色，而其他地方，比如河一工坊打造出來的長刀，就沒有這一抹暗紅。可以說，這一抹暗紅色是曹汲獨有的標誌，別人就算是想要模仿，也模仿不來。

故而在許都，曹汲打造出來的刀，又名『殘陽血』，取的就是那一抹暗紅之韻。

這口殘陽血，應該是曹汲在建安四年前後所造。

曹汲每年都會造出幾口寶刀，被人以重金收購……眼前這個昏迷青年手裡的這口殘陽血，應該就是被人收購的那一批。只是，天曉得怎麼落在了這青年手中，也許是他重金購買，也許是他搶掠回來……

曹朋本來並不想插手此事，可雍奴的那一句話，卻惹怒了他！

「信之，一個不留！」

韓德大吼一聲，催馬就衝了出去。

雍奴哪裡想得到，這些漢人竟然敢反抗。眼見韓德衝過來，他本能的抬手就是一箭，卻被韓德在馬上輕鬆閃過。而他這一箭，也惹怒了隨行護軍。三名軍司馬勃然大怒，回頭向田紹看去。

田紹也知道，這時候他必須做出決斷了！他是大漢使團的護軍，代表著大漢的榮耀……反正出了事，有曹朋頂著，田紹也不擔心，於是森然冷笑道：「傳令下去，一個不留！」

剎那間，三軍齊動。

匈奴人這時候才看清楚了這車仗的旗幟，雍奴也嚇了一跳。

「我等是……」

他想要高呼：我們是左賢王部曲。

可是，韓德哪會給他這個機會？胯下坐騎，飛馳而來，眨眼間就到了雍奴跟前。大斧本藏於身後，只見那韓德在馬上猛然長身而起，圓盤大斧掛著一聲風雷，呼嘯而來。

那雍奴連忙舉刀相迎，只聽鐺的一聲響，刀斧交擊，雍奴被一股巨力掀起，呼的就落到了馬下。沒等他起身，韓德的馬已經到了，戰馬仰蹄，凶狠的踹在了雍奴胸口，只聽卡嚓一聲，雍奴的胸骨被那馬蹄一下子踹碎……

韓德如虎入羊群，大斧翻飛，無人可擋。王雙也耐不住寂寞，催馬掄刀，殺入敵陣當中。匈奴人大叫一聲想要逃竄，卻見三隊護軍呼嘯而來，將他們圈住，就是一頓狠殺。

這場發生在石嘴山腳下的戰鬥，並沒有持續多久，當劉光趕到時，只見遍地殘屍，血流成河……

「誰讓你們大開殺戒！」劉光勃然大怒。

曹朋已命飛眊將青年看護起來，聽聞劉光的喝問，他立刻催馬上前，「我下的命令。」

「曹朋，你可知道，我們此行出使匈奴，乃為結好，你豈可……」

「結好歸結好，若是連臉面都護不住，結好又有甚用？臨沂侯未聽，他們要我們留下貨物嗎？」

「可是……」

「失我祁連山，使我六畜不蕃息。失我焉支山，使我婦女無顏色……」曹朋突然雙手高舉過頭頂，仰天大聲呼喊：「霍將軍，若在天有靈，請佑江山！」

當年，霍去病縱橫漠北，殺得匈奴血流成河，以至於草原上流傳這首民歌……

曹朋喊罷，向劉光看去。

卻見劉光滿面通紅，一雙眸子怒視曹朋，半晌後冷哼一聲，撥馬返回車隊。

曹朋在譏諷他！

想當年，霍驃騎何等雄姿，令匈奴俯首。而你，身為漢家子弟，竟然連這一點擔待和勇氣都沒有。

劉光感覺著周圍那一雙雙目光帶著嘲諷之意。他心裡憋屈，他感覺著窩囊。他也想殺匈奴，可他是正使，他知道自己此行匈奴的目的！

他心裡面，對曹朋的所作所為暗自讚嘆，但是在表面上，他必須要去質問曹朋。

如果是在以前，曹朋或許會給他留有顏面，但大河刺殺之後，兩人已撕破了面皮，註定了會成為對手。既然是對手，曹朋打擊起來絕不會有半點心慈手軟。

若換成劉光站在曹朋的立場上，同樣不會放過曹朋。他扭頭向曹朋看去，卻見曹朋也正立馬凝視著他。心裡面萬般的憤怒，到此時也只能化作一聲長嘆。

曹友學，我誓殺汝！

章十八

匈奴，匈奴

使團繼續行進。當晚，在距離石嘴山山口以北三十里處的一個市集紮下營寨後，沒有多久，便看到一隊匈奴騎軍從朔方方向趕來。他們正是呼廚泉派來迎接使團的人馬。

前來迎接使團的，是右賢王去卑。此人，是呼廚泉的心腹，更是呼廚泉的左膀右臂。

呼廚泉登上單于之位以後，也不太輕鬆。左賢王劉豹是于夫羅之子，手中掌握著一支極為強大的力量……而呼廚泉雖為南匈奴單于，對劉豹也頗為忌憚。他必須要壓制住劉豹，而想要壓制劉豹，就必須要依靠去卑。

這幾年來，去卑的右賢王部不斷壯大，也有呼廚泉暗中扶持的原因。以去卑牽制劉豹，使得權力保持在一種平衡的態勢下，只有如此，呼廚泉才可以更好的統治住南匈奴。

劉光和去卑是老熟人了！早在當年漢帝東歸時，兩人便認識。

去卑前來迎接，劉光自然熱情招呼。當晚，左使周良、右使田豫皆在大帳中款待去卑。

本來按照規矩，曹朋也應該參加，但不知是劉光故意還是其他原因，曹朋並未得到通知。而他本身也不太願意向匈奴人示好。剛殺了一群匈奴人，扭頭又要向對方示好？他做不來這種事情。

況且，他本身還有其他的事情要做……

軍帳裡，燈火通明。一名行軍大夫正小心翼翼的為洪都療傷。

這行軍大夫，原本是少府太醫院治下的太醫。因此次出使的緣故，曹朋專門找了華佗，請他派出。這一路上，的確是幫了不少的忙。

行軍大夫為洪都取下身上的箭矢之後，抹上了金創藥，這才長出一口氣，從王雙手裡接過了濕巾，擦了擦額頭的汗水，「已經沒事了……不過失血過多，恐怕一時半會兒難以恢復，但不會有性命之憂。」

曹朋聽罷，微笑著點頭道謝。他送走了行軍大夫後，回轉軍帳，就見洪都幽幽醒轉。

「多謝將軍救命之恩。」洪都醒來後，看清楚周圍的狀況，立刻反應過來，強撐著想要下榻，向曹朋拜謝。

「咦，你這官話說得不錯嘛。」

洪都說的是漢話，所以曹朋倒也不需要人翻譯。

「小人原本是長安人氏，興平中，李傕、郭汜圍困長安，小人護著老母逃出京兆。本來是想要到塞上投奔一親戚，不想中途母親受了風寒，得黑水鮮卑大人檀柘資助，方救回母親的性命。在那以後，為報答檀柘大人的恩情，小人就留在黑水鮮卑。」

章十八
匈奴，匈奴

「黑水鮮卑？」曹朋一怔，扭頭向旁邊問道：「黑水鮮卑在哪裡？」

「回將軍的話，黑水鮮卑在石嘴山以南，賀蘭山腳下。」

「那檀柘又是何人？」

「這個……檀柘，乃鮮卑王檀石槐之子。自鮮卑王死後，鮮卑分裂，檀柘大人獨領黑水鮮卑一支。」

檀石槐之子？

曹朋聽聞，不由得愕然。

他倒是知道檀石槐這個名字，不過是在重生這個時代之後，才得以知曉。

這檀石槐是鮮卑部族的首領，在世時，曾創立了鮮卑律法，統一了東西諸部落，立王庭於彈汗山，兵強馬壯，征戰四方，將昔日匈奴故地，東西兩千餘里、南北七千餘里盡納入鮮卑牧場。隨後，他又把轄地分為東、中、西三部，每部置大人為首領，寇邊犯境，給漢室造成了巨大的災難。

桓帝時，朝廷曾派兵征討，結果慘敗而回。又派遣使者授予印綬，欲封檀石槐為王——你可以當鮮卑王，但是必須臣服我漢室。甚至，桓帝還提出了和親。

但檀石槐卻不肯接受！

這是個很有個性的傢伙，桀驁不馴，有雄才大略。

靈帝熹平六年，朝廷再次派兵征討，分三路出擊。結果，被檀石槐以三部大人擊潰。從此，這檀石槐在塞北稱王，不服漢室，囂張跋扈。

光和四年，檀石槐病死，年四十五歲。檀石槐死後，鮮卑分裂，諸大人世襲……

龐統突然扯了一下曹朋，轉身走出軍帳。曹朋一怔，而後安撫了一下洪都，也跟著走了出來。

「士元，什麼事兒？」

「恭喜友學，賀喜友學！」

曹朋一頭霧水，「士元，喜從何來？」

龐統微微一笑，在曹朋耳邊低聲道：「我有一計，可令友學輕而易舉，掌控河西。」

檀石槐死後，鮮卑隨即分裂。

檀柘雖為部落大人，世襲了黑水西河兩部鮮卑，但處境並不是太好。原因，就是因為南匈奴的迅速崛起。南匈奴雄踞朔方，占居了河套最為肥美的牧原。加之受漢室暗中支持，使得南匈奴實力暴漲，已隱隱向塞北擴張，並且吞併了許多鮮卑部落，把當年檀石槐所占領的匈奴領地奪回了不少，給鮮卑人帶來巨大壓力。

相對而言，東部和中部鮮卑兩部承受的壓力較小。而檀柘的西部鮮卑，因為毗鄰朔方，占居了西套地區，所以和匈奴的衝突最大。

「過去十年間，檀柘已丟失了黑水鮮卑的牧原，被迫退居於西河地區，苟延殘喘。而南匈奴對河西，卻是勢在必得。」

「自呼廚泉繼任單于之後，就暗中縱容左賢王劉豹與檀柘爭鬥，並且獲取了巨大利益。所以，檀柘現在的情況並不是太好過。洪都說，檀柘在從彈汗山返回的途中遭遇伏擊，我估計就是劉豹所為。至於他去彈汗山的目的，一定是希望得到鮮卑中部大人的幫助。不過看情況，其結果未必非常理想。」

「鮮卑中部大人軻比能野心勃勃，勢力極為雄厚，麾下有十數萬控弦之士……如今，軻比能與鮮卑東部大人燕荔游正爭奪牧原，即便有心，也無法支援檀柘。也正因此，南匈奴才敢伏擊檀柘。」

「友學，塞上如今形勢風雲變幻，正是最為混亂之際。我之所以說現在是你獲得河西之地的最佳時機，便源於此。若是待塞上形勢穩固，只怕就是我邊塞受難之時。友學可以藉洪都這層關係，與檀柘獲得聯繫。若檀柘聰明，必然會向你俯首……到時候，你可以支持檀柘北出石嘴山，參與漠北之爭，把這潭水攪得更渾。而後，你趁檀柘北進之際，將河西羌狄蕩平……」

章十八
匈奴，匈奴

「昔年漢武帝曾在河西屯田，根基猶在。友學你可以在此地繼續推行屯田之法，招攏百姓，聯合檀柘，則河西可定。」

所謂策士，並不是一定要有什麼奇謀妙想。

策士最大的作用，在於拾遺補缺，想人之未想，看得更遠。

龐統一番話，似乎給曹朋打開了一道嶄新的門戶。曹朋曾立志要立萬世功業，但卻始終沒有根基；而今，海西的財源即將失去，他必須要獲取更大的財源，來支持他日後的發展。

想要發展？無非三點：土地、人口還有財物。

而這其中，土地無疑最為重要，有了土地，就能獲得人口，有了人口，才能創造財富。中原……太小了！海西，更不足道。而河西之地……

「可是，我擔心養虎為患。」

「哦？」

「檀柘若崛起，只怕早晚必成第二個鮮卑。」

「那就別讓他崛起……而且，我相信軻比能也不會坐視他崛起。我們需要的是檀柘把水攪渾，只要保持他一定的實力，讓他可以在漠北立足，便足以成功。」

「但主公又豈能讓我坐擁河西？」

龐統一笑，「友學莫非忘記了，西涼馬騰？」

曹朋聽聞，頓時恍然大悟。

沒錯，西涼馬騰，也是曹操心腹之患。雖然馬騰如今看似溫順，可始終都是曹操心裡的一根刺。那衣帶詔，更令曹操如鯁在喉。馬騰一日不除，則西北一日不靖，曹操一日不得心安。

「那我當如何施為？」

「友學，你當務之急，是要設法和檀柘取得聯繫，如今洪都就是最好的引薦之人。同時，你需要有一立足之地……依我看，廉縣就挺好。只要你占領了廉縣，便可以立於不敗之地，進可北出石嘴山，退可渡河而守。至於這人選……我倒是可以推薦一人。此人有經天緯地之才，而且極善於治理地方，名聲也非常好。」

經天緯地之才？誰！

曹朋愕然看著龐統，心道：你不會是想要把諸葛孔明推薦給我吧？

「孟建！」

「他？」

「此人足以擔此重任。」

曹朋當然知道龐統所說的孟建是什麼人。此人就是水鏡山莊四友之一的孟公威，他雖然沒有投靠任何人，可人在荊州。此前，徐庶、龐統、石韜從荊州而來時，孟公威並不曾跟隨。

曹朋輕聲道：「他能來嗎？」

「只要友學告訴他，欲平靖河西，此人必到。」

看起來，這個孟公威也是個希冀開疆擴土之人。歷史上，此人和石韜都曾為一方太守，所鎮之地就在西北。如今，石韜已出任臨洮令，那麼孟建也是時候出山了。

曹朋想了想，「此事，就拜託士元。」

「我這就書信與他。」

龐統離去後，曹朋獨自一人走回軍帳。他一邊走，一邊考慮龐統所說的可能性……

不得不說，龐統說得沒錯。失去海西之後，曹朋要想重新開發出新的財路，那麼河西無疑是最好的地方。這裡土地廣袤，人口稀少，又兼常年受胡人兵禍，故而漢室對此地的控制力並不太強。最主要的是，若能占領河西，還可以解決西涼馬騰之患。

曹朋已記不太清楚，歷史上曹操究竟有沒有占居河西。但有一點卻可以肯定，西涼馬超曾給關中帶來巨大威脅。也就是說，曹操在赤壁之前，對河西幾乎失去控制。

如果我得了河西……嗯，其實，也是一個不錯選擇，這裡倒是一個風水寶地。

不知不覺中，曹朋已來到了軍帳門口。他穩住了心神，伸手將帳簾一挑，邁步走進帳中。

「曹公子！」洪都此時已恢復了一些精神，見曹朋進來，忙起身想要下地。

曹朋連忙上前，示意洪都不要多禮。在床榻邊緣坐下，曹朋露出一抹沉思之色。

「公子，可是有煩心之事。」

「我聽說，河西曾有人口數十萬，可為何現在如此荒涼？」

洪都道：「這些年來，胡禍不止，許多在河西的漢家人，或逃回中原，或流落塞北……有的被胡人擄走，有的則似我這樣，依附在胡人帳下。還有一些人，聚眾成鎮，自立為王。非常混亂，皇帝也無暇管我等草民，只能是盡力生存罷了。」

「我若能重振河西，你以為如何？」

「啊？」洪都一怔，看著曹朋，半晌後突然掙扎起身，「公子若能重振河西，乃我漢家之福。」

「我有些想法，但是苦於對這裡不太瞭解。洪都，你也是這邊的老人了，能否給我一些忠告？」

「公子，若說忠告，洪都不敢。洪都在檀柘手下，也不過幾年光景，瞭解的也不算特別清楚。若只是檀柘，我還能給予一些幫助，但若是涉及整個河西和塞北……公子，我倒是認識一個人，說不得能給予公子幫助。」

「哦？」

「此人名叫石公，住在西南處，一個喚作草集的地方。當地有漢家郎數千人，大都是當初流落河西的子民。石公在河西住了大約二、三十載，頗有威望，就算是檀柘，也不敢輕易找石公的麻煩。最主要的是，他對塞北的情況最為熟悉，而且有一手養馬的絕活兒。公子若想要鎮踞河西地區，這石公是一個關鍵人物。」

石公？

是尊稱，還是本名？

曹朋可以肯定，他沒聽說過這麼一個人。但既然洪都這麼說了，想必這石公，定有不凡之處。

暗自把石公這個名字記下，曹朋抬起頭，沉聲道：「洪都，那你先給我說說檀柘，如何？」

夜深了，酒宴已經結束。去卑為表現出他對漢家的尊敬，在內營旁邊安營紮寨，做出保護使團的姿態。

草原上的夜晚，格外清冷。

今晚，皎月無蹤，星辰不見。

一個瘦削的身影，一瘸一拐的從去卑的大營裡走出來，神不知鬼不覺的來到內營。

「請通報臨沂侯，就說故人求見。」來人在內營門外，與禁軍低聲稟報。

不一會兒，從營中傳來了消息，說是臨沂侯讓他前去。

來人身穿匈奴人的服飾，隨著禁軍來到了內營中軍大帳。走進帳中，就見劉光正坐在案旁，手捧書卷。來人恭恭敬敬的向劉光行禮。

「草民伏均，拜見臨沂侯！」

劉光聽聞，不由得一怔，借著帳中燭火的光亮仔細辨認……只見來人中等身材，一身匈奴人的衣著打扮，髡髮結辮，頷下長鬚，面龐黝黑，透著風餐露宿之態。

八十章

匈奴，匈奴

「你，是伏均？」

劉光睜大眼睛，看了好一會兒，突然道：「你真是伏均！」

那面龐輪廓依稀可辨認出來，正是伏均。只是，如今的伏均看上去，少了些當年的輕浮，多了些沉穩。說實話，若不是他自報家門，劉光還真認不出來。

想當年，伏均在許都惹了禍事，還是劉光把他送出許都。

一晃，已三年多了！劉光從那以後，再也沒有聽說過伏均的消息，甚至已漸漸的忘卻了伏均這個人。卻不想此次出使塞北，竟然與伏均重逢。

劉光站起身來，緊走兩步，一把攥住了伏均的手臂，「伏均，你這些年跑到哪兒去了？你可知道，皇嫂對你是何等牽掛，國丈為你是怎樣擔憂？你、你、你……你怎麼到了匈奴，還變成了這副模樣？」

伏均聽聞，眼睛一紅，淚水頓時湧出，「非伏均不肯與父母聯絡，實在是……一言難盡。臨沂侯，我今晚冒死前來，是有一樁事情要與你知。呼廚泉，恐怕未必會與你結盟。」

劉光激靈靈打了個寒顫，凝視伏均，良久後輕聲問道：「伏均，此話怎講？」

伏均深吸一口氣，與劉光娓娓道來……

伏均這幾年的遭遇很淒慘。當初，他在許都縱馬撞傷了曹朋的姐姐之後，伏完為保護他，把他送出了許都。按照計畫，伏均本應被送往雍丘，做個雍丘都尉。只是沒想到，伏完為了出一時之氣，徹底激怒了曹朋，直接被曹朋打上門去，還落了個殘疾，被罷黜官職。

這一來，伏完原本的計畫也就付之東流。漢帝即便是想要給伏均一個官位，也無法執行。因為在那之後，曹操發出海捕文書，緝拿伏均。

試想，一個通緝犯，漢帝怎可能給伏均封官？別說曹操，恐怕就是朝中那些清流士大夫也都會堅決反對。就算封官，也必須要伏均先返回許都。

可問題是，伏均回許都，能活著嗎？

曹朋的性子火爆，怒起來無法無天，天王老子都不認。他連國丈都敢打，更別說一個小小的伏均。只要伏均回了許都，大家都相信，曹朋會往死裡弄伏均……

當時，伏均正在長安風花雪月，得到消息後，也是嚇得六神無主。他本可以藏匿長安城裡，不想司隸校尉鍾繇下屬的都官從事曹遵，竟下令在畿內抓捕伏均。

曹遵和曹朋的關係大家都清楚，那是小八義裡的老六，是曹朋的結拜六哥。曹遵自建安二年隨鍾繇入關中以後，甚得鍾繇的信任，權柄甚大。他抓捕伏均的用意，不言而喻。

伏均驚慌失措，在親眷的幫助下，連忙逃離長安城。可逃出長安，又能去哪兒？

本來，伏均打算去投奔馬騰，可是官渡之戰曹操大獲全勝，馬騰立刻改變了主意，退出三輔之地。伏均也不敢再去找馬騰了，於是想要投奔小娘楊氏的親戚。

不成想，南匈奴犯境，把伏均掠到了朔方。一開始在南匈奴的小帥帳下當奴隸，不過由於伏均認得字，很快得到小帥的提拔，幾次公文處理得當之後，便被那小帥推薦給了右賢王去卑，並在去卑帳下當了個書記。

看著伏均那瘦削、黝黑的面龐，劉光不由得暗自感嘆。

災難有時候最能歷練人！

想當初，伏均在許都連劉光都不待見。可如今的伏均，看上去比之當初，截然兩人……

「伏均，你剛才說，呼廚泉不願與我結盟？」

伏均點頭道：「自去年南匈奴河東敗北之後，呼廚泉就一直有些猶豫不得。此前，烏丸大人蹋頓曾意圖與呼廚泉聯手出擊，協助袁氏抵禦曹賊，但是被呼廚泉拒絕。我聽說，呼廚泉有些畏懼曹賊，更有意歸附曹賊。所以我估計，臨沂侯如果和呼廚泉聯絡，他十有八九會拒絕，甚至有可能害了臨沂侯的性命。」

劉光面頰抽搐，許久後一拳頭砸在案上，「我早就知道，胡狗不可信！」

「臨沂侯，也不必為此擔心……其實，呼廚泉現在的日子也不好過，與其和他結盟，倒不如拉攏左賢王劉豹。可能臨沂侯還不清楚，左賢王如今的聲勢極大，若非右賢王牽制劉豹，恐怕呼廚泉的單于之位也無法坐穩。左賢王這個人的野心不小，而且一向不服呼廚泉……所以，我覺得拉攏劉豹，可能更加容易。」

「你說說看。」

「劉豹現在極力想要向漠北擴張，以加強他的力量。呼廚泉的意思是，他可以向西，但不可以向東，觸犯鮮卑中部大人軻比能的利益。為此，劉豹極為惱怒，幾次與呼廚泉商議，但呼廚泉都不肯答應。軻比能現在坐擁彈汗山，和燕荔游打得正熱鬧。如果劉豹向南擴張，軻比能未必顧得上他，甚至很有可能會放棄一些牧原，交由劉豹……如此一來，劉豹實力必然暴漲。」

「正因為此，呼廚泉不肯點頭。他使去卑向南，為的就是要壓制住劉豹。我聽說，劉豹對此極為頭疼……若臨沂侯能給劉豹一個名號的話，那劉豹就可以……」

劉光聽明白了！

劉豹現在是師出無名，受呼廚泉壓制。如果自己能給劉豹一個名頭，他就可以名正言順的擴張。但關鍵在於，劉豹是否願意歸順自己。

劉光手裡有劉豹急需的名頭，而劉豹手中擁有漢帝所需要的兵馬。

說起這劉豹，之所以姓劉，和漢室關係頗大。西漢初年，漢高祖採用了和親政策，以皇室宗女嫁給匈奴單于為妻。匈奴單于姓欒提，按照匈奴人的習俗，貴者須從母姓，所以欒提氏的子孫皆以劉姓。所以，劉豹的這個『劉』，也屬於漢室之『劉』。

劉豹一直使用『劉』姓，也是一種向漢室釋放善意的舉動。他老子叫欒提于夫羅，他叔叔叫欒提呼廚泉……沿用的是匈奴姓氏。而劉豹偏偏使用了『劉』姓，其中含義不言而喻。

只可惜，此前漢帝包括劉光，都未留意。

「你覺得，劉豹能低頭嗎？」

「應該可以……臨沂侯應該知道，匈奴人秉性貪婪，只須給以小利，必然能向漢家臣服。我聽說，劉豹現在正致力於向河西擴張，那乾脆就給他一個河西王之名，讓他堂堂正正占居河西，豈不是於陛下更加有利？河西，乃荒蕪之地……」

劉光怦然心動。

不得不說，伏均的建議極好。呼廚泉是否願意結盟，此時倒顯得不太重要，只要劉豹駐紮河西，其大軍隨時可以南下，呼應漢帝權柄。如此一來，漢帝必然可以逐漸獲得朝堂的話語權，到時候……

只是，一想到把河西讓給匈奴人，劉光又覺得有些憋屈。

那河西，可是有漢以來，漢家兒郎拋頭顱灑熱血奪取過來的。雖說漢室現在對河西的控制力幾近於無，但名義上始終是漢家天下。交給匈奴人，豈不愧對祖先？

劉光沉吟片刻，輕聲道：「此事容我再考慮一下。不過，伏均啊……你既然來了，乾脆就留在我身邊。這幾年，你看起來長進不小，就幫我做事吧。另外，此次出使塞北，曹朋也來了！我知道，你兩家恩怨頗深，但我要警告你，不可以去找曹朋的麻煩……這個傢伙，我自有安排……」

乍聽曹朋也在使團，伏均眼中頓時閃過一抹戾色。但聽劉光後面的話語，伏均先是一怔，旋即便明白了其中奧妙。

他想了想，建議道：「臨沂侯，不如這樣，我即刻前往左賢王部，設法將您的想法轉達給他，到時候看左賢王如何安排。再過二十天，便是匈奴叼羊大會，咱們可以神不知、鬼不覺的把那傢伙……」

章十八 匈奴，匈奴

伏均說著話，做了一個刀斬的手勢。

劉光臉上頓時露出一抹燦爛笑容，自言自語道：「叼羊大會？」

他凝視伏均，「那這件事，就由你安排……不過我不會出面涉及此事。若能把他幹掉，你當為首功一件。他日隨我返回許都時，我會設法在陛下面前為你請功。」

「伏均，多謝臨沂侯提拔。」

看著匍匐在地上的伏均，劉光心裡面頓時感到了一絲輕鬆。只是那輕鬆過後，又沉甸甸的……

把劉豹放進河西，真的是一個上上之選嗎？若引狼入室，我豈不是成了漢家罪人？

劉光臉上的笑容，也隨之漸漸隱去。

建安八年五月，漢家使團抵達朔方。

呼廚泉率南匈奴各部豪帥，在渡河至三封迎接使團的到來。

說起朔方郡，就不得不提起黃河。大河在朔方穿過，將朔方郡一分為二。三封、雞鹿塞以及申屠澤，屬於左賢王劉豹所轄，左賢王王庭設立於申屠澤；呼廚泉坐擁單于庭，而右賢王去卑則坐鎮於受降城……南匈奴治下，如今幾乎包括了三分之一個并州。

與此同時，許都司空府內，曹操接到了一封書信。他在看罷了書信之後，也不由得眉頭深蹙，在沉吟良久之後，將幕僚們紛紛喚來。

「我剛收到友學六百里加急文書。」

「敢問司空，友學有何事奏報？」荀彧詫異的看著曹操，有些不解的詢問道。

曹朋，有密奏之權！這一點，早在使團離開許都之前，荀彧便已經知曉。

曹操將書信遞給了荀彧，而後對郭嘉等人沉聲道：「友學信中提出，在河西屯田。」

「啊？」郭嘉聽聞，不由得一怔。「河西屯田？怎麼好端端的，友學想到了要在河西屯田？」

「友學信中言，河西地域廣袤，土地肥沃，乃天然牧原。昔年漢武帝曾在此屯田牧馬，而後才有了開疆擴土之無上功績。而今，他身在河西，眼見大好土地荒廢，實有不忍。故而向我建議，在河西設置軍鎮，推行屯田之法……他在書信中說，願意督鎮河西，為我除西北之患。我今日將大家找來，也正為這件事情。」

督鎮河西？

對於曹朋這突如其來的要求，郭嘉等人都有些措手不及。

河西的重要性，他們自然很清楚。只是在此之前，曹操所有的注意力都放在了河北袁紹的身上，對河西也沒有投注太多關注。這好端端的，曹朋為何要出鎮河西呢？

郭嘉和賈詡相視一眼，露出了然之色。

而曹操則面帶微笑，「友學言，五年之內，為我在河西打造出第二個海西縣，大家以為如何？」

第二個海西縣？

眾人聽聞，不由得精神一振。

海西現在的情況，大家都看在眼中。如果曹朋真的可以……

荀彧放下書信：「友學的建議很好，我同意在河西設置軍鎮，友學可為護羌中郎將。」

他這一句話，又使得眾人驚異萬分……

胡茄十八拍

嗚咽的胡笳聲，在草原上空迴盪。

夜了，星星點點的火光，映襯著申屠澤牧原。那胡笳之聲悲戚而蒼涼，令人不由得生出淒涼感受。有隱隱約約的歌聲從遠處飄來，只讓人愴然涕下……

曹朋心情很不好，披衣走出軍帳。他的身子已經大好，但由於種種原因，對外仍舊稱病不起。來到草原多日，各方的磋商也已經展開。以劉光為首之人或明裡，或暗處與呼廚泉進行商議，而田豫則秘密與南匈奴各部豪帥聯繫。雖在同一個使團，卻處在不同的立場。劉光要做的，田豫必然反對；而田豫所堅持的，也定是被劉光否定。

不過這些事情，和曹朋沒有太大干係。

曹朋此次出使塞上，還有另一個任務，那就是找到蔡邕之女，蔡琰。但茫茫草原戈壁，散落部族數百乃至上千……更不要說那蒼茫的鮮卑大草原上，有不計其數的胡人部落。在如此情況之下，要找到一個女人，無異大海撈針。

蔡琰當初是被胡人擄走，天曉得會流落何方？也許死了，也許成為低賤女奴。她又不是什麼皇親國戚，至少有線索可尋。一個普通的女子，混雜在大批被擄掠的漢人女子當中，誰又能知道她的身分呢？

曹朋曾試圖詢問一些在匈奴部族裡的漢人女子，也是毫無線索。也不知道，歷史上蔡文姬是怎麼被找到的。不過這也說明，蔡文姬在匈奴部落裡，至少不是默默無聞。為此，曹朋在私下裡命人打探了許多部落，始終沒有消息。

「他們在唱什麼？」曹朋心煩意亂的扭頭詢問。

韓德側耳傾聽片刻，低聲道：「我生之初尚無為，我生之後漢祚衰。天不仁兮降亂離，地不仁兮使我逢此時。干戈日尋兮道路危，民卒流亡兮共哀悲。煙塵蔽野兮胡虜盛，志意乖兮節義虧。對殊俗兮非我宜，造惡辱兮當告誰……笳一會兮琴一拍，心潰死兮無人知……公子，似乎是誰作的詩詞……」

如今的曹朋，可不是當年剛重生於世的曹朋，特別是這三年來，在黃月英的督促之下，他文化修養提高甚快。雖然說不得什麼吟詩作賦北窗裡的才華，但多多少少也能品鑑出一些詩詞的內涵和蘊意。

那歌聲，與胡笳聲配合的相得益彰。

歌詞甚悲，正合了胡笳的特點。

胡笳，是一種將蘆葦葉捲成雙簧片形狀，或者圓錐管形狀，首端壓扁為簧片，簧管混為一體的吹奏樂器。《太平御覽》記載：「胡笳者，胡人捲蘆葉吹之以作樂也，故謂之胡笳。」

其起源，大致是秦漢之交。發明者是何人，早已經無從查詢。

而到了漢代，又出現兩種胡笳：一種是簧管分開，蘆葦製成，管上開有三孔的胡笳，主要流行於塞北地區，也就是曹朋現在聽到的這種胡笳。另一種則是張騫通西域之後，傳入的木製管身，三孔，蘆為簧的胡笳，流行於中原地區；這種胡笳在南北朝以後，便逐漸為七孔篳篥所代替，而後消失在中原大地之上。

曹朋好奇的是，這詩詞優美，與音律相得益彰，極為傳神。

「這詩歌，是何人所作？」

「哦……卑職這就去打聽。」

不一會兒的工夫，韓德匆匆跑回來，恭敬的說：「公子，打聽到了，這是左賢王帳中的王妃所作。」

左賢王王妃？

那不就是劉豹的老婆！

曹朋心裡一動，「去打聽一下，左賢王王妃是何方人士，胡人還是漢家人，姓字名誰。」

「喏！」韓德答應一聲，連忙跑下去安排此事。

曹朋則返回軍帳，眉頭緊蹙一起。

有如此才學的女人很多，但是能作得好詩，又能將樂律融入詩詞中的女人，恐怕……

只是，左賢王劉豹這個人，恐怕不太好對付。

曹朋曾在暗處見過劉豹，這傢伙是個年富力強、精力旺盛的男子，大約在三旬左右，個頭不高，也就是一百六十五公分上下。這倒是符合了匈奴人普遍的特徵，據說匈奴人的個頭都不是很高。漢代與後世有些區別，漢人的個頭普遍高於胡人；而在後世，反倒是少數民族，特別是生活在塞北邊荒地區的少數民族，個頭要高於中原漢人。

這，也許就是那該死的『民族大融合』所致吧……

曹朋可以感覺得出來，劉豹對曹操有些恐懼，但同時又有些排斥。他似乎更傾向於漢室一些，也許和他那『劉』姓有關。幾次會盟磋商時，劉豹都沉默不語，可是從他那雙灼灼的眸子中，曹朋看出了此人對中原的野心。

劉豹是誰？

也許，在歷史上此人不甚有名。但他有一個兒子，卻極有名氣……那就是劉淵，擊敗西晉，五胡十六國中建立匈奴漢國的皇帝，也是第一個對漢人祭起屠刀的胡人首領。

曹朋知道劉淵，但是對劉豹並不太清楚，只是本能的對此人產生了一絲排斥。至於呼廚泉，垂垂老矣……此人，並不足以令曹朋恐懼。

在幾天的會盟中，曹朋對南匈奴大致有了瞭解。

南匈奴的政權頗有些三位一體的味道。大單于總領部落，下設左右賢王分治，形成了一個極為完整的統治體系。三者相互間既合作，同時又相互提防和排斥，甚至部落之間也時常會發生一些小規模的衝突……呼廚泉對南匈奴的統治力，似乎並不是特別強盛。于夫羅當初留下的資本，足以令左賢王劉豹自成一系。

而右賢王去卑，本是呼廚泉當年帳下小帥，只因為救過呼廚泉的性命，後來又竭力扶持呼廚泉，在呼廚泉上臺後，才得了右賢王之位。論出身，去卑不足以和劉豹相提並論。但此人勝在勇猛好戰，名聲也不是太差。他坐擁受降城，直面鮮卑中部大人軻比能，手下的人口雖然比不得劉豹和呼廚泉，卻盡是驍勇善戰之輩，故而也成為呼廚泉極為倚重之人。

去卑的態度，顯得很曖昧。他既不和劉光過多交流，也不與田豫有什麼接觸。

從表面上看來，去卑似乎只忠於呼廚泉。可曹朋卻能感覺到，呼廚泉對去卑也頗有提防。

總之，從目前的狀況來看，呼廚泉、劉豹、去卑三人相互牽制，也使得南匈奴保持了一個極為平穩的勢態。他們坐擁河套最肥美的土地，休養生息，一邊對中原虎視眈眈。這幾年來，南匈奴表面臣服，但實際上對中原的侵犯甚於軻比能的中部鮮卑。畢竟，軻比能現在還面臨著一個燕荔游的威脅。

如果……只是如果！

如果蔡琰是左賢王劉豹的人，那麼劉豹會心甘情願的讓自己把蔡琰帶回中原嗎？

換作是曹朋，絕不會同意。

章十九

胡茄十八拍

軍帳外，胡笳聲漸漸止息，歌聲也停止下來。

中屠澤，沉浸在一派寂靜的夜色之中，所有人都沉入了夢鄉……

韓德從外面打探來消息：那左賢王的王妃是一個漢人，姓什麼倒是不太清楚，據說當初董卓被殺，李傕、郭汜作亂關中的時候，劉豹曾率部侵入關中，擄走漢人女子無數。那王妃就是當時被擄走的漢人，先是被一個部落豪帥看重，後來又獻於左賢王劉豹。如今，王妃誕下一子一女，男名阿迪拐，大約在八歲年紀，女兒名叫阿眉拐，年僅五歲。據說，這位王妃深居簡出，平日裡很少拋頭露面。

曹朋有些頭疼了！

時間、地點，還有發生的事件，似乎都符合，而且人物性格好像也沒有錯。只是沒名沒姓，終究有些不好確定。萬一弄錯了，豈不是耽擱了大事？

「公子，據說這位王妃還作過幾首詩歌，在本地流傳甚廣。我讓人打聽了一下，把那幾首詩歌的內容都抄錄過來……公子不妨可以參考一下。」

「戎羯逼我兮為室家，將我行兮向天涯。雲山萬重兮歸路遐，疾風千里兮揚塵沙。人多暴猛兮如蟲蛇，控弦披甲兮為驕奢。兩拍張懸兮弦欲絕，志摧心折兮自悲嗟。」

兩拍？

曹朋突然想起剛才那首詩中，曾有『笳一會兮琴一拍』的詩文。如今，又有『兩拍張懸兮弦欲絕』的詩文……曹朋連忙翻開下一篇，就著燭光看去。

「越漢國兮入胡城，亡家失身兮不如無生……風浩浩兮暗塞昏營。傷今感昔兮三拍成……無日無夜兮不思我鄉土，稟氣含生兮莫過我最苦。天災國亂兮人無主……四拍成兮益悽楚。雁南征兮欲寄邊心，雁北歸兮為得漢音。雁飛高兮邈難尋……五拍泠泠兮意彌深。」

胡笳十八拍！

這難道就是後世鼎鼎有名的胡笳十八拍嗎？

曹朋心中幾乎可以確認，作出這胡笳十八拍的左賢王王妃，應該就是蔡文姬。

可是，這畢竟只是猜想，尚未得到確認。

曹朋沉吟片刻，輕聲道：「韓德，明日一早，你我前往左賢王營地查探一番，看看情況，而後再做決斷。」

韓德說：「是否要喚上士元？」

「不了，士元這兩日在幫國讓，就不要讓他露面了。你和王雙，還有四名飛眊跟隨即可。如今咱們雖在胡地，我卻不相信，誰能奈我何。」

「卑職，遵命！」

曹朋揮一揮手，示意韓德下去。

他坐在軍帳裡面，拿起案上的幾篇詩文，就著燭光一次次閱讀。

位於使團駐地大約三十里外的一座大帳裡，一個年紀約二十七、八的女子，側躺在榻上，輕輕拍著身邊女孩兒的手臂，口中用匈奴語低吟民歌，眼中流露迷茫之色。

卻不知，故土尚有人記得我嗎？

天亮了，朝陽升起。

沉寂的草原，重又煥發出勃勃生機。牧民們趕著牛馬，嘹亮的歌聲在牧原上空迴盪。

曹朋一身便裝，帶著韓德、王雙和四名飛眊，施施然離開使團駐地。

一行人騎著馬，朝左賢王駐地行去。在前往匈奴駐地的路上，曹朋一次次與韓德等人交代。為了這趟出使塞北，曹朋也做了不少準備，特別是對匈奴人的習俗，他可是下了一番功夫。

日當晌午，遠遠就看到一隊鐵騎從駐地行出……

這是左賢王劉豹的人馬，往使團駐地走。

曹朋瞇起眼睛，領著人避開劉豹等人。待劉豹的人馬遠去之後，才慢慢靠近匈奴駐地。

左賢王劉豹的王帳，面積很大。粗略估計，這塊申屠澤牧原上至少有數萬人，這些也是劉豹立足南匈奴的根本。

王帳以下，還有許多依附部落。根據人口多寡，這些部落大人或稱之為豪帥，或稱之為小帥。一般來說，有控弦之士三千以上者，可為豪帥，而三千以下者，則為小帥。

如果畫一張結構圖，便可以清楚的發現整個匈奴的體系。單于最大，其下是左右賢王；左右賢王以下，設有部落大人，也稱之為豪帥；豪帥以下，又有許多小部落依附，為小帥……如此，就成了一個金字塔形的結構。

這些年來，南匈奴和中原的聯繫挺密切，特別是呼廚泉繼任以後，與中原地區更緊密相連。

所以當曹朋等人進入左賢王駐地之後，並沒有受到太多的盤查，更無人為難他們。

「漢家郎，有什麼事情？」

「美麗的姑娘，我們趕了很遠的路，來到這美麗的牧原……只是口乾舌燥，所以想討些食物。」

基本上，這時候的匈奴人對漢人還算客氣，畢竟從某種程度上而言，匈奴人處於歸化依附的狀態。

所以，當韓德用流利的匈奴語和他們交談之後，一些婦女便取出食物和奶酒，熱情的招待了他們。其中，還有不少漢家女子，似乎已習慣了草原上的生活。她們圍著曹朋等人，詢問故鄉的消息，一個個透著別樣的熱情……

草原，物競天擇！能生存下來的女子，自然有她們的不同尋常之處。不過，提起家鄉，這些女人還是流下淚水。

「漢家郎，唱支家鄉的歌吧。」一個三旬婦人，看著曹朋懇求道。「我們離開家鄉，幾乎快忘記了家鄉的民歌……不知道如今，家鄉又有什麼新曲？」

遠處的王帳，巍峨矗立。那金黃色的帳頂，在陽光下閃爍著恢宏之氣。

那就是左賢王劉豹的住處。王帳周圍，有匈奴的軍卒守衛。曹朋可以隱約見到，那大帳外面，幾個匈奴少年正在玩耍。

如何才能讓王妃走出來呢？

曹朋想了想，突然笑道：「我有一曲，可與歌之。」

他讓韓德從馬背兜囊裡取出一張古琴，擺放在身前。

古人評論才學，除了詩詞歌賦、經典文章之外，還將就琴棋書畫。為士大夫，不懂琴棋書畫，就會被人恥笑。曹朋這三年來在黃月英的督促下，倒也略通音律，能拂上幾曲……

他穩住了心神，手指在琴弦上拂過。一律琴聲，悠然而起，在駐地上空迴盪。

「枯藤老樹昏鴉，小橋流水人家。古道西風瘦馬，夕陽西下，斷腸人在天涯……」

隨著年齡的增長，曹朋的聲音裡，或多或少有一種滄桑之感。特別是這幾年，變聲期已過，聲帶成熟之後，令曹朋歌聲中帶有一絲絲磁性。

一曲歌罷，周圍的女子露出悲戚之色，有的甚至在暗中流淚……對她們而言，何嘗不是斷腸人？一群遠離家鄉的斷腸人！

遠處王帳中，走出一個女子。她身著白色胡裙，還罩著一件斜襟獸皮襦衣。

「母親，妳怎麼出來了？」一個小女孩跑過來，一把抱住女子的腿，嬌憨問道。

她說的是漢話，聲音清脆動聽。

胡茄十八拍

女子微微一笑，彎下腰來將女孩抱在了懷中。

「阿眉拐，剛才誰在歌唱？」

「好像是那邊傳來的歌聲……哥哥說，來了幾個漢家郎。不過他唱的好難聽，比不得母親的琴聲悅耳。」

女子順著阿眉拐手指的方向看去，心裡一動，突然道：「阿迪拐，咱們過去看看。」

一個粗壯少年，笑呵呵的跑了過來。

「漢家郎，你唱的好是好，但太悲傷了！能否換一首歌呢？」

曹朋聽聞微微一笑，眼角的餘光，在不經意間向王帳方向掃去，就見一個婦人，懷抱一女，手牽一子，緩緩而來。是她嗎？曹朋心裡有些疑惑。看她的裝束，似乎不是普通的匈奴女子。但是髮髻略顯蓬亂，遮住了面龐，以至於看不太清楚。

「君自故鄉來，應知故鄉事。來日倚窗前，寒梅著花未。」

一縷琴聲，一首詩詞……

女人戛然止步，呆呆的向這邊看來。

只見她，面頰微微抽搐，片刻後陡然轉身，向王帳行去。

「母親，為什麼要回去？」

「阿娘有些不太舒服……阿迪拐，你去請那個唱歌之人來帳中，我有事情問他。」

阿迪拐答應一聲，快步跑向曹朋。

而曹朋此時也注意到了那女子的反應，於是歌聲隨之一變：「莫信人言，虺不如熊，瓦不如璋。為孟堅補史，班昭才學，中郎傳業，蔡琰詞章，盡洗鉛華，亦無瓔珞，猶帶栴檀國裡香……」

就見那女子腳下一個踉蹌，險些摔倒在地。
「母親，妳怎麼了？」阿眉拐嬌聲問道。
女子已淚流滿面。
「兀那漢家郎，你亂唱些什麼？」阿迪拐跑上前來，手指曹朋的鼻子，厲聲喝罵道：「我阿娘讓你過去，還不快走！」
「你阿娘是誰？」曹朋故作迷茫的問道。
一旁有人給出了答案，曹朋心中大喜，只是在臉上，仍露出疑惑。
他示意韓德等人在一旁等候，跟著阿迪拐走進了一座大帳裡。只見先前那女子，正端坐席間，雲鬢梳理，挽成了一個漢家女的髮式，正呆呆的看著曹朋進來。
「你，是誰？」
曹朋深吸一口氣，「我是一個商人，封主家之命，前來草原尋找主家當年恩師之女。」
「你那主家，又是何人？」
「敢問您，又是誰？」
女人靜靜看著曹朋，半晌後平息了情緒。
「蔡琰詞章，盡洗鉛華，亦無瓔珞，猶帶栴檀國裡香……昭姬愧不敢當此稱讚，十二載光陰，昭姬沒有想到，故土尚有人還記得昭姬之名。」
曹朋沉靜如水，凝視這席間女子。塞上風霜，掩不住那份典雅之氣；膚色略顯得粗糙，卻仍留有當年那份動人。
曹朋上前，拱手一揖，「在下曹朋，奉曹司空之命，特來塞上尋訪蔡大家……司空說：昭姬，當還家了！」

章十九
胡茄十八拍

淚水猶如泉湧一般，蔡琰突然放聲大哭。連帶著在她身邊的阿眉拐也哭泣起來……

阿迪拐衝上來，一把抓住了曹朋的衣襟：「你這個壞人，竟弄哭了我阿娘！」

這匈奴少年，儼然一頭小老虎般，抓住曹朋的衣襟廝打。曹朋伸出手來，一把將阿迪拐抓起來。少年的身體雖然粗壯，可是在曹朋手中，恍若無物。

「阿迪拐，休得無禮！」蔡琰連忙止住了哭聲，並呵斥阿迪拐。

「先生請放手，阿迪拐只是……」

不等蔡琰說完，曹朋已經鬆開阿迪拐，蹲下身子，一隻手抵著阿迪拐的額頭，任由那阿迪拐施為。

「蔡大家放心，我不會傷到他……我這次前來，就是為了迎接蔡大家回歸故里。」

回家？

這是一個令人悸動的詞句。流落塞上十二載，蔡琰曾無數次想過這個詞，但結果卻是……

她穩定住情緒，一手抱著阿眉拐，一手將阿迪拐摟在懷中，「孟德公已為司空哉？」

「正是。」

蔡琰揚起那種極具風韻的面龐，看著曹朋道：「可是，你準備如何帶我還家？」

「我自當向左賢王懇請。」

「不！」蔡琰突然大聲道：「左賢王斷然不會放我母子返回。」

曹朋敏銳的捕捉到了，蔡琰用的是『我母子』，而不是『我』。歷史上，蔡琰另一大汙點，就是她在返還家鄉時，拋棄了一對兒女。以至於許多人認為，蔡琰是那種心腸狠毒、不顧兒女的女人。可現在看來，她對兒女的愛，全無做作。

試想，劉豹放蔡琰回去，那是不得已而為之。

他可以放走蔡琰，但絕不可能把自己的骨肉也丟棄掉……只是，蔡琰的兒女在後來究竟是怎樣的命運，史書裡似乎沒有記載。此次塞上之行，已經完全超脫出了曹朋所知。他能找到蔡琰，已經屬於萬幸，可想要在劉豹眼皮子底下帶走這一雙兒女，恐怕並不容易。

歷史上，蔡琰為何拋棄兒女？真相已無人知曉。

曹朋看著蔡琰緊摟在懷中的兄妹，猶豫了一下道：「若蔡大家願意返回，我當竭力領他兄妹一同回還。」

蔡琰聽聞，臉上露出驚喜之色：「當真？」

「曹某不才，既然說出了話，就斷然不會反悔。只是，在此之前，還請蔡大家再忍耐一二。我須觀察一下狀況，而後再做計較。還請蔡大家能看護好兒女，切莫被左賢王覺察。」

曹朋說出這番話的時候，已暗中下定決心。

不管歷史上，蔡琰是什麼原因拋棄了兒女，可他現在既然來了，絕不能再使她背負罵名。

章二十 誓不低頭

襄陽，水鏡山莊——

諸葛亮興致勃勃的來到花廳，就見司馬徽端坐正中，神情一如往常般的淡泊，平靜。在花廳裡，孟建和龐林坐在下首。

「老師，不知何事喚亮前來？」

雖然沒有一個人開口，但諸葛亮卻覺察到，似乎有事情發生。於是，他上前拱手一揖，恭敬的詢問。

「孔明，且坐下。」

「是！」

司馬徽猶豫片刻，「還是讓公威來說吧。」

諸葛亮一怔，向孟建看去。

孟建沉吟良久之後，沉聲道：「我昨日收到士元來信，邀我入仕……我思忖一夜，決定應邀。」

「啊？」諸葛亮吃驚不小。

他和龐統的關係頗有些複雜，既有些惺惺相惜，同時又有一絲不屑。

當初，龐統前往許都，結果一去不回，令諸葛亮頗為惱怒。想當初大家說過共同進退，結果龐統卻提前入仕。諸葛亮是那種心高氣傲之人，心裡自然不太舒服。

最可氣的是，龐統把徐庶和石韜都拐走了。

你龐統如果是效力曹操也就罷了，結果卻跑到一個小孩子手下做事。

諸葛亮自然知道曹朋，雖說對曹朋的文采很看重，但說實話還是有些看不入眼。的確，他寫了蒙學三篇，如今被廣為流傳，成為許多私塾村學的啟蒙讀物。可今乃亂世，大丈夫當報效國家，豈可醉心於小道？

如今，龐統又要拉攏孟建。更可氣的是，孟建似乎同意了……

諸葛亮道：「公威莫非也要去為那曹三篇效力乎？」

孟建聽出了諸葛亮話語中的嘲諷之意，卻微微一笑道：「非是為曹三篇效力，乃往河西行事。」

「河西？」

「據士元所言，曹友學下一步甚有可能會督鎮河西。士元邀我前往河西，創一番事業。你也知道，我生平所願，便是建功於異域。河西，乃大漢之邊塞，昔年武帝曾屯田河西，才有了開疆擴土，擊潰匈奴的功業。今士元所求，正合我心意……故而我思忖良久，決意前往，還請孔明多多體諒。」說罷，孟建起身，向諸葛亮拱手。

人各有志，不必強求。

雖然當年大家曾有誓言，可諸葛亮也知道，孟建所言不假。

建功於異域嗎？

諸葛亮心中冷然一笑，曹操的心，未免太大了一些。如今國家紛亂，戰事不斷，河北局勢雖說曹操占了上風，可一時半會兒也難以結束。在這種情況之下，曹操居然想要統治河西？這未免太異想天開，弄個不好，可能會影響到關中局勢。

河西，乃羌胡之地，民風剽悍。

想當年漢武帝也是在舉國平靖，以傾國之力在河西推行屯田，才獲得了成功。

屯田，是一個好辦法。

可問題在於，你的人口，從何而來？難道全部從內地遷移？自秦以來，中原向邊塞地區數次遷移，雖得一時勝利，卻都無法長久。秦始皇如是，漢武帝如是，光武帝亦如是……曹操有何信心，令屯田長久推行呢？要知道，河西地區的混亂，甚至比中原地區更甚一籌……

「公威，此時前往河西，恐非時機。」

孟建道：「我亦知此時往河西非最佳時機，可若是等到了最佳時機，我去又有何意？士元在信中言，正因河西糜爛，才是我輩建立功業的好時候。我已和州平商議，他也同意我這個想法。州平不日將往徐州，觀察海西屯田以及下邳行會之事。我留在書院也無甚大用，所以和老師商議之後，決意往河西一行。」

「老師也認為，河西之事可為？」

司馬徽手持鶴翎蒲扇，輕輕搧了兩下道：「可為不可為，尚未可知。但曹友學有一句話說得好：讀萬卷書，不如行萬里路；行萬里路，不如閱人無數；閱人無數，不如名師指導；名師指導，不如自己去悟。有些事情，終究是要自己決定。公威既然決意應邀前往河西，我也不好阻攔，且看他造化如何……」

諸葛亮頓時沉默無語。

他抬頭看向龐林，「士埛也要去嗎？」

龐林，是龐統的兄弟，年二十一歲。

他笑道：「我尚未決定，只是想去看看而已……畢竟現在這河西只是個設想，能否成功，尚在兩可。

我已有三載未見兄長，所以借此機會，與公威大哥同行。」

諸葛亮點了點頭，有些猶豫不決，他也不知道自己是否應該往河西走一趟呢？

「孔明，今喚你前來，還有一樁事與你知。前些時日，蔡家有意將女兒嫁與你，為此事還專門找到了龐山民商議。你阿姐似乎也頗為滿意，故而讓我轉告你，過幾日到襄陽城裡走一趟，順便看看蔡家女兒。」

蔡家女兒？

諸葛亮有些猶豫。他想了想，「若只是看看，那我走一趟倒也無妨。只是學生如今學業未成，恐怕……對了，公威你們何時啟程？」

「明日一早便動身。」

「這麼著急？」

「倒也不是說著急，而是河西天寒的早，若去的晚了，恐怕會耽擱行程。此時前去，正可查看河西情況。若到了隆冬時節，會有許多麻煩……早一日過去，多一分瞭解。」

「既然如此，那今晚我們當不醉不歸。」

諸葛亮心中頗有些不捨，孟公威慨然答應。

司馬徽坐在一旁，面露笑容，看著諸葛亮等人，暗自道：「也許，就要開始了！」

曹朋回到駐地以後，逕自找到了田豫。

「我找到了蔡大家。」

田豫一怔，頗有些驚喜道：「蔡大家今在何處？」

「左賢王劉豹帳內。」

田豫當然也知道曹朋尋找蔡琰的任務，聽聞之後，頓時露出一抹沉吟之色。

「左賢王，劉豹？」

「正是。」

「這事情，恐怕有些不太好辦啊。」

「怎麼了？」

「據周良密報，劉豹近來和臨沂侯走得很近。此人頗為桀驁，性情暴烈。若我們與他直言討要，恐怕反而會害了蔡大家的性命。」

「他和臨沂侯接觸了？」

「接觸的很頻繁……對了，還有一件事情我要告知與你……我發現了一個人。」

「誰？」

「伏均！」

好熟悉，又陌生的名字。

整整三年了，未曾聽人提起過伏均。

曹朋倒是聽說了，當初曹操曾下令緝捕伏均，可後來音訊全無。

「他在這裡？」

「正是，而且是在右賢王去卑帳下出任從事。本來，我也不曉得他在這裡，還是周良在偶然之間發現了他的蹤跡。周良發現，伏均近來出入臨沂侯大帳頗為密切，而且每一次出入臨沂侯軍帳時，必有左賢王劉豹的人在，所以周良……」

伏均，是右賢王的人，他和臨沂侯劉光接觸，也不足為怪。畢竟劉光是漢帝心腹，從某種程度上而言，劉光和伏均是為同一個人效力。可左賢王……

「可是左右賢王聯手了？」

「看上去倒也不像……前兩日我和去卑私下接觸時，發現他對劉豹頗有些不滿。呼廚泉似乎也有意縱容他和劉豹之間的矛盾，故而他二人聯手，可能性不大。」

曹朋從田豫的話語中，聽出了一絲別樣的意味。他沉吟片刻，沉聲道：「國讓之意，伏均是……」

田豫點點頭，「劉光在用間。」

「也就是說，呼廚泉的意思究竟如何，劉光並不在意。他的目的，是要聯合左賢王劉豹？」

「差不多吧。」

曹朋覺得，自己似乎又小覷了劉光。一直以來他都以為劉光的目標是呼廚泉，卻未想到，劉光的最終目的竟然是劉豹。

如果沒有劉光這一層關係，那麼曹朋倒是有可能迫使劉豹交出蔡琰母子。可劉光……

劉光和自己的關係，非常明顯。

自己要做的事情，他必然會反對。所以劉光斷然不會以使團名義，出面討要蔡琰。因為蔡琰若返回中原，只可能使曹操獲得更多利益。不管怎麼說，蔡琰是蔡邕的女兒，而蔡邕雖然被殺，但卻桃李滿天下，有著不可磨滅的影響力。蔡琰返回中原之後，必然會令許多士大夫傾向曹操，那漢帝的地位就更加危險。

怪不得，田豫說不太好辦……

「國讓，蔡琰必須返回中原。」

「這個我知道。」

「所以，不管用什麼手段，我都要達成目的。」

田豫點點頭，「不管用什麼手段，可是卻不能以使團之名義……甚至不可以被人覺察到和使團的聯繫。除此之外，我會盡力配合你行事，你要多加小心才好。」

曹朋拱了拱手，退出軍帳。

不能用使團之名義嗎？那自己該如何行事！

他回到自己的住所，將龐統找來。他把事情的經過，一五一十的告訴了龐統之後，龐統卻笑了！

「友學，這件事情說難也不難，只看你的手段了。我倒是有一計，說不定能夠成功。不過這樣一來，只怕你將來督鎮河西時，壓力會更大。」

「哦，還請士元指點。」

「此計的關鍵，是要把劉豹的注意力轉移過來。」

轉移過來？

曹朋猛然醒悟，「你是說，明修棧道，暗渡陳倉？」

龐統頓時露出詭異的笑容……

抵達申屠澤後，劉光的心情一直不太愉快。

呼廚泉的態度顯得有些模稜兩可，數次接觸之後，始終都不肯給予劉光一個確切的答覆。包括右賢王去卑也是如此，甚至有幾次，還和劉光弄得是不歡而散。

雖說劉光已有了心理準備，而且還在私下裡與左賢王劉豹接觸頻繁，但是被人拒絕的滋味，終歸讓人心裡有些不太舒服。特別是當初呼廚泉和去卑曾信誓旦旦表示過會效忠漢帝……劉光這次出使塞北，自信滿滿，卻不曾想會是這樣一個結果。

坐在軍帳裡，劉光的心情很低落。

在長安數載，陪伴著漢帝經歷了無數風波，劉光的心智早已成熟，也不是那種受不得挫折的青年。

但是，面對著這樣的情況，劉光還是無法抑制心中的憤怒。

「臨沂侯，何故唉聲嘆氣？」

就在劉光長出一口氣的時候，從帳外走進一人。

「冷宮？」劉光不由得一聲驚呼，連忙起身迎上前去。

自冷飛受傷之後，隱身於雜役當中養傷，劉光就很少與冷飛接觸。如今看去，冷飛的臉色還有些蒼白，透著幾分憔悴……

「冷宮，身子已大好了？」

冷飛一笑，「不過皮肉傷罷了，將養這些天，已恢復了許多。我聽說，臨沂侯最近情緒不好，故而前來探望。怎麼？莫非是和匈奴磋商不利？」

劉光輕輕嘆了口氣，「冷宮，一言難盡。」

他走到軍帳外，見帳外並無可疑之人，於是垂下帳簾，擺手請冷飛在一旁坐下，把這幾天所發生的事情一五一十的告訴了冷飛。

末了，劉光惡狠狠咒罵道：「早就知道呼廚泉不過狼子野心……當初他南匈奴被檀石槐打得無處可走，是我漢室收留了他們，並把朔方交給南匈奴休養生息。而今，朝廷需要他們出力，卻又推三阻四，說出種種理由，其實都只是藉口耳。」

冷飛用關切的目光看著劉光，許久後輕輕嘆息一聲。

臨沂侯的確是漢室棟梁，不論心智還是計謀，都遠勝大多數漢室宗親。如果他早生二十年，說不定如今能獨鎮一方，成就不會遜色於劉表、劉璋等人……只是，有些時候還顯得沉不住氣。就比如現在，其實早在出使之前，他就應該有所準備。

「臨沂侯切莫生氣，胡人天性涼薄，無信無義，早在意料之中。如今朝中時局不穩，朝綱不振，陛下空有名號，卻要受老賊所欺壓……呼廚泉有此反應，也算不得什麼。臨沂侯能有急智，臨時改變策略，足以令陛下欣慰。」

「只是沒想到，伏均那娃兒居然能有此隱忍。此次若能和劉豹結成同盟，伏均當為首功……臨沂侯當高興才是，我漢室又有一個能人出現。等這件事結束之後，臨沂侯可以帶伏均回去，想必陛下會很開心。」

劉光聽聞，心中苦笑。他苦笑這漢室朝綱的衰頽，竟然到了如此地步。

不可否認，伏均這幾年來長進不小，和當初在許都時，截然如同兩人。但也僅只如此……做些小事，搞一些上不得檯面的陰謀詭計，或許還是一個好手，但若說棟梁……如果伏均是棟梁，那麼曹操手下的臣子幕僚，絕對是擎天之柱。

完全不在同一個等級嘛……

可這樣一個人物，對漢帝而言就算是了不得的人物。

想到這些，劉光就忍不住感到一陣迷茫。頃刻間，他甚至有些心灰意冷……因為他覺得，看不到漢室江山的前途！

「臨沂侯，我這次來，是想要請問一下，那曹朋的動靜。」

「曹朋？」劉光一怔，想了想道：「近來曹朋並沒有什麼動靜，似乎身子還未恢復，一直在養傷。故而使團護衛之事，大都是由田紹來負責，曹朋本人倒是深居簡出。」

冷飛一聽，不由得眉頭緊蹙。

「深居簡出嗎？」他想了想，彷彿自言自語道：「那卻是麻煩了！」

「冷宮此話怎講？」

「我一直都在留意觀察，擔心曹朋身體恢復，到時候會壞了臨沂侯的事情。老奴已決心，要把這曹朋留在塞北。可他深居簡出，想要動手，也非一樁易事。」

劉光聽聞，不禁赧然。

他知道，自己近來好像是忽視了曹朋的存在，而今聽冷飛提起，他亦生出同感。曹操手中的勢力太大，曹朋小小年紀已經有偌大聲名，待他真正長大之後，必然會成為曹操手中一把鋒利的鋼刀。那時候，曹操豈非如虎添翼？

冷飛說得不錯，必須要把這曹朋留在塞北！絕不能夠再任由他發展壯大……

「冷宮，當如何行事？」

冷飛也不禁苦笑起來，「我若知道該如何行事，何必來煩勞臨沂侯？三載光陰，這曹朋的進境匪夷所思。此前臨河刺殺，我已經盡量高看了此人，不成想……他身邊的好手眾多，索性此次前來，只帶了兩人。若不能把他留在塞北，那麼讓他回到許都，必然更難下手。但若想要殺他，必須要讓他落單才行。」

劉光沉默了！

冷飛話中的含義，他聽得非常明白。

曹朋的身手，已經讓冷飛感到了頭痛。單對單的刺殺，冷飛或許還有把握……但如果有扈從跟隨，特別是那種強橫一些的扈從，冷飛就未必能夠成功。偏偏曹朋身邊的扈從當中，有不少厲害的角色。夏侯蘭、韓德都不是等閒之人，有萬夫不擋之勇。好在夏侯蘭如今不在，只剩下一個韓德。可即便如此，冷飛也感到頗有些棘手。

曹朋！

劉光閉上眼睛，腦海中閃現過一幅幅場景。

「臨沂侯，我用我手中的刀，換許儀的那匹黑龍，如何？」

章二十 誓不低頭

許都鬥犬館中，曹朋和劉光初次相見。

「臨沂侯，你多保重了……我不是不想與你吃酒，只是家裡確實有事情，還請見諒。」

「臨沂侯，你的禮物我收下了！」

「……」

仔細回憶起來，劉光和曹朋之間的接觸並不算太多。而且大多數時候，都是劉光主動與曹朋接觸。但不管怎樣，劉光對曹朋確實頗有好感。

大河之上，曹朋臉色蒼白，朝著劉光做出割喉禮的動作！

劉光驀地睜開眼睛，「冷宮，此事我會盡力為你製造機會……不過，務必一擊必殺。」

冷飛點頭，露出了森然殺意。

曹朋行出軍帳，在帳外的空地上打了一趟拳，感覺精神格外旺盛。

他正準備回帳中看書，忽聽小營外一陣騷亂和喧譁，曹朋不由得有些好奇，於是領著王雙和韓德行出小帳。只見在小營外的一處空地上，一名校尉正在與一個匈奴人交手，兩人一看就知道是打出了真火。那匈奴人個頭雖然不高，但手中一支龍雀大環，卻是極為凶悍，龍雀大環重約三十多斤，勢大力沉，殺法精妙。而漢軍校尉則是一支鐵槊迎戰，被那匈奴人殺得盔歪甲斜，狼狽不堪。

「怎麼回事？」

「回曹校尉，匈奴人來挑釁了！」

「廢話，我知道……我是說，他們為何挑釁？」

「這個……」一個知情的護軍輕聲道：「校尉有所不知，這個匈奴人是左賢王劉豹的人。昨日咱們的人在匈奴人的集市裡喝酒，不想幾個匈奴人上來尋釁，還打傷了咱們的人。當時苟校尉也在，一怒之下就帶著人和那些匈奴人幹起來，打死了兩個人……本來這也算不得什麼事情，不成想匈奴人今天竟著人上門，要苟校尉抵命。正好田副使受邀出去，臨沂侯和周副使也不在，苟校尉就……」

軍卒話說了一半，但曹朋基本上已明白了事情的原委。

他不禁眉頭一蹙，凝神看去，卻見鬥場中，匈奴人的刀法越來越快，力量越來越大。苟校尉也算是一把好手，但和那匈奴人相比，還是顯得有些不足。在曹朋眼中，苟校尉不過算是二流武將中的好手，而這個匈奴人，顯然已達到了一流武將的水準。最多再有十個回合，苟校尉必敗……

曹朋看了兩眼之後，突然厲聲道：「韓德，去替下苟校尉。」

這是漢家使團駐地，被匈奴人打上門來不說，如果苟校尉戰敗，無疑令使團蒙羞。

曹朋雖然不清楚劉光等人為何不出面阻止，卻也不能眼睜睜看著己方丟了面皮。韓德二話不說，立刻命人牽馬過來，手提圓盤大斧，翻身跨坐到了馬上……

此時，苟校尉已是岌岌可危，前來尋釁的匈奴人，則發出一陣陣的哄笑之聲。

二馬錯身之時，匈奴人猛然反手一刀。龍雀大環掛著風聲，呼的斬向了苟校尉的後腦。苟校尉被那匈奴人殺得手臂痠軟，雖然覺察到了危險，可這身體卻有些遲鈍，無法躲閃開來。

說時遲，那時快，一抹冷芒驟然飛出，鐺的一聲，正砸在了匈奴人的刀脊之上。那匈奴人只覺手臂一震，手中大刀險些脫手飛出，只嚇得匈奴人連忙收回大刀，撥轉馬頭看去。

一枚光溜溜的鐵流星，在陽光下閃著光毫。

匈奴人一見，怒聲罵道：「漢家人，只會暗箭傷人不成？」

「我若要殺你，豈能由你坐在馬上？」

曹朋邁步走上前來，護軍呼啦啦讓開了一條通路。

「漢家人的本事，又豈是你一個未開化的傢伙可以評論？」

曹賊

十二章 誓不低頭

匈奴人大怒，厲聲喝罵：「你又是何人？」

「我是誰，你還沒有資格知曉……想問我的名號，先勝過我的扈從再說。」曹朋冷冷說道：「韓德，若十招之內，此人還坐在馬上，你就提頭來見我吧。」

一句話，引得圍觀眾人頓時譁然……

匈奴人是嘲笑曹朋的口氣狂妄，而漢家護軍則一個個歡呼不止。

護軍們知曉曹朋的本事，一個能斬了顏良的人，又豈是胡狗可以相提並論。雖說這些護軍大都沒有見過曹朋斬顏良的場景，可是曹朋在大河之上與刺客搏殺，他們都看在眼中。曹校尉既然站出來，那胡狗定然討不得便宜……只看曹校尉一登場，幾句話就令匈奴人惱羞成怒，這份本事，普通人是學也學不來的！

韓德催馬上前，替下了荀校尉。

匈奴人見韓德上來，心裡面也沒來由的一咯登。他打量了一下韓德，突然厲聲喝問：「我是左賢王麾下小帥，我叫禿瑰來，來者可敢通名？」

韓德也沒有披戴盔甲，獰笑道：「哪來許多廢話？我不過一無名小卒，今奉我家公子之命，來取你性命，誰在乎你是什麼來頭？給我拿命來！」

話音未落，韓德躍馬衝出。

他的馬並非什麼寶馬良駒，但速度很快，眨眼間就到了禿瑰來近前，手中圓盤大斧斜撩，直奔禿瑰來而去。正所謂行家一伸手，便知有沒有。韓德一斧揮出，那禿瑰來的臉色頓時大變，雙腿夾緊胯下戰馬，扭腰掄刀，攢足了力氣，向外一崩……只聽鐺一聲巨響，禿瑰來攔住了韓德的大斧，但是那斧頭上傳來的巨力，只震得禿瑰來手臂發麻。

胯下馬，希聿聿長嘶，連退數步。

不等禿瑰來回過神，韓德大斧又劈落下來……

「末將多謝曹校尉救命之恩。」這時候，苟校尉已到了曹朋身前。

別看兩人都是校尉，其中區別卻是很大。苟校尉不過是一個檢驗校尉，而曹朋則是有名號的征羌校尉。單從品秩上來說，曹朋就高過了苟校尉一級……而且，就算苟校尉和曹朋同級，他也不敢在曹朋面前托大。下了馬，他作勢要拜，卻被曹朋攔住。

「你我袍澤，何必多禮。此次我等出使，一舉一動都代表著朝廷體面。苟校尉，你做得很好，至少沒有丟了我漢家兒郎的臉面。」

「此卑職應盡本分。」

苟校尉的臉通紅，心中快活的要死。他不過是靠著資歷，一步步爬到檢驗校尉的位子上，可再想要升遷，基本上不太可能。

原因嘛，很簡單！苟校尉的武藝不過二流，身後也沒什麼靠山，所以這一路上，苟校尉一直希望能和曹朋掛上鉤，將來也能有個依仗。只可惜，曹朋最初是隱姓埋名，後來又因為受傷，深居簡出，根本就沒有機會接觸……而今，與曹朋搭上了交情，還被曹朋讚揚，苟校尉又能不開心呢？

這一次，要發達了！

苟校尉臉上雖然竭力做出平靜之態，可這身子骨卻不停的顫抖，因為激動而顫抖。

曹朋並不知道，自己已成為別人眼中的靠山。他和苟校尉寒暄兩句之後，目光便凝注在鬥場之中……

禿瑰來不愧是一員悍將，的確有幾分本領。可是，和韓德相比，似乎差距甚遠。

韓德也是個一流武將，但三年來跟隨曹朋，受益良多。最初，他得曹朋傳授八極拳的開門八式，潛移默化之中，殺法極為凶猛，走的是大開大闔的路數。後來曹朋見他真心投靠，便動了心思，在征得華佗的同意之後，將華佗獨創的五禽功之中的熊戲傳授給了韓德。

這熊戲共有四個動作，熊步、撼運、抗靠、推擠。四勢的效果，則是強健脾胃，增強體力。韓德練了一年，使得他的體格變得極為強悍，配合他的殺法，相得益彰，威力隨之倍增。

禿瑰來的力氣雖大，卻比不得韓德。

而韓德身材高大，手臂又長，只兩三個回合便占居了上風……

換個人，可能會換一種戰法，比如以柔克剛。雖不一定能戰勝韓德，卻也能拖延一下時間。曹朋可是說了，十個回合不能取勝，讓韓德『提頭來見』。偏偏這禿瑰來是個死心眼，明明體格比不上韓德，卻不知變化，仍舊是以剛對剛。

兩人交鋒，全無美感。韓德大斧落下，夾帶雷霆之勢，而禿瑰來則拚死封擋！

五、六個回合過去，禿瑰來已經是手臂痠軟，滿頭大汗。韓德則越打越猛，圓盤大斧的力道隨之增強，越來越重。又是兩個回合過去，禿瑰來在硬扛了韓德一斧之後，嗓子眼裡發甜，一口鮮血噴出。未等他恢復過來，韓德卻依舊不肯放鬆，催馬掄斧就到了禿瑰來跟前，手中大斧再次落下……

「漢家人，手下留情！」

遠處，一隊人馬急匆匆而來。

為首的一個人，大約有六尺七寸的身高，髡髮結辮，額頭還帶著一枚金光閃閃的束髮金環。在他身旁，劉光策馬相隨。眼見著禿瑰來已經抵擋不住，匈奴人連忙大聲呼喊。

曹朋眉頭一蹙，心裡隱隱覺得有些不太對勁。

可是，周圍軍卒都在看著他，曹朋知道，自己這個時候絕不可以露出半分軟弱。他對那匈奴人的呼喊聲視若罔聞，口中厲聲喝道：「信之，還有兩招……」

韓德在馬上身子一顫，臉上露出猙獰笑容，大聲喊道：「公子，一招足矣！」

圓盤大斧，轟然劈落……

禿瑰來幾乎快從馬上滑落下來。平日裡使得極為順手的龍雀大環，此時變得格外沉重，甚至連揮舞都成了問題。

對面這漢人的力量，實在是太大了！

禿瑰來在左賢王帳下眾小帥當中，單以力量而言，絕對屬於前五之列。可是面對韓德的攻擊，他那點力氣根本當不得用處。這傢伙騎在馬上，簡直就是一頭人熊。禿瑰來怎麼也想不明白，韓德的騎術明明比不上他，又如何能坐穩馬上？

在馬上發力，和在地上發力完全是兩個概念。禿瑰來從小在馬背上長大，熟知這馬上發力的要點。可是韓德……

就在禿瑰來胡思亂想之際，他聽到了左賢王劉豹的叫喊聲，心神不由得一鬆。

我家大王來了，你還能怎地？

在他看來，韓德雖然凶狠，但是在申屠澤，終歸要給劉豹幾分面子。

哪知道，韓德根本不理睬劉豹的喊叫，圓盤大斧一式力劈華山，朝著禿瑰來劈下。禿瑰來倉促間，舉大刀相迎，只是這大刀剛舉起來，就感覺不太對勁，刀沉甸甸的，幾乎拿握不住。刀斧交擊的一剎那，禿瑰來手中大刀直接就脫手飛出。圓盤大斧夾帶雷霆之勢，勢無可擋的劈在禿瑰來的頭上，鋒利的斧刃沒入禿瑰來的頭頂，巨大的力量直接將禿瑰來的腦袋砸得一個稀巴爛，腦漿迸濺。

「啊……」

禿瑰來一聲慘叫還沒喊完，人已被劈成了兩半。周圍觀戰的匈奴人，頓時勃然大怒，一個個拔出兵器，就要衝過來為禿瑰來報仇。他們這一動，使團護軍也隨之行動起來。

火藥味頓時變得極為濃郁，兩邊眼看著就要刀兵相見。

「都給我住手！」

從遠處趕來的金環匈奴人，厲聲喊喝。

與此同時，劉光也厲聲道：「護軍，退下！」

兩人一前一後，來到了鬥場中央。而曹朋則慢慢走出來，示意韓德退到他身後。

「來人，給我將這凶漢拿下！」

劉光怒吼一聲，跟隨在他身後的禁軍，立刻就要上來。

「我看哪個敢動手！」

曹朋看著那些禁軍，冷聲喝道：「使團駐地神聖，代表我大漢主權尊嚴。匈奴人登門尋釁，視同與我大漢為敵。韓德奉命出戰，斬殺來犯之敵，乃有功之臣，臨沂侯何故不問青紅皂白，上來就要拿下韓德？你如此作為，不怕寒了將士們的心？」

劉光頓時愕然！

主權？使團駐地？

曹朋這一番話，更多是借鑑後世使館的條文規定。在他看來，且不說這朔方本就是漢家領土，即便這裡是匈奴人的地盤，可使團的駐地，就如同後世的使館一樣，主權神聖，不可侵犯。

可這些觀念，在漢代基本上不存在。

什麼主權神聖，什麼不可侵犯？劉光根本就不知道該從何說起。可仔細琢磨，又覺得有那麼一些道理。

他有心幫助劉豹，可又不知道該從何處著手。

劉豹厲聲道：「你又是何人？」

「我乃征羌校尉曹朋，乃此次使團護軍主將……你是什麼人？何故在我使團駐地縱馬耀武揚威，莫非視我大漢無物嗎？」

說著話，曹朋昂頭凝視，舉起手，厲聲道：「護軍聽令，弓箭準備。」

那意思就是告訴劉豹，在我大漢使團駐地裡，你必須給我老老實實的從馬上下來。

劉豹臉色鐵青。

最近一段時間，他頗有些春風得意。自從于夫羅死後，呼廚泉繼任單于之位，劉豹就存著不安分的心思。于夫羅給他留下了大好基業，即便他無法擔當單于，也有足夠的資本自立為王。

呼廚泉？

劉豹從來就不把這個叔父放在眼裡，更不把他看作單于。因為在劉豹看來，呼廚泉太軟弱了！如果他是單于的話，說不定現在已率領匈奴橫掃鮮卑，雄踞塞上，而不是像此時這般，龜縮於朔方，小心翼翼觀望。

如今，漢室衰頹，已不足以令南匈奴臣服。

所以當劉光秘密與他聯絡時，劉豹頓時心動。

他知道，漢家皇帝是在利用他；可實際上，他又何嘗不可以利用漢家皇帝？至少南匈奴就目前而言，還算是漢家臣子。如果能得到漢家皇帝的支持，他就更有把握登上單于之位。

漢家人不是說過：師出有名！如今，『師』就在劉豹手中，他缺乏的只是一個大義之名。劉光找上門來，對劉豹而言正合心意……

剛才，他正與劉光商議事情，不成想得到消息，說他部下的小帥禿瑰來前來尋釁。

劉豹也希望藉此機會，向劉光展示一下匈奴人的勇武，以期獲得更多的利益和支持。所以在得到消息後，他並不著急，反而有意無意的拖延劉光的速度。哪知道……

劉豹怒氣衝衝向劉光看去，「臨沂侯，你這是什麼意思？」

劉光也覺得面上無光，「曹朋，你想要做什麼？」

十二章 誓不低頭

曹朋笑了笑，環視周圍眾人之後，對劉光道：「臨沂侯，我什麼都不想做，只是想要維護我漢家的顏面。」

他把『顏面』二字咬得很重，令劉光心中不由得感到一絲赧然。

可這赧然之色旋即不見，劉光一咬牙，厲聲道：「匈奴與我漢家，乃兄弟手足，你怎敢擅自殺人，還要維護凶手？我現在以正使之名，命你立刻交出殺人凶手。」

「臨沂侯，你莫不是糊塗了？」

曹朋揚起頭，厲聲道：「我乃司空府所命征羌校尉，負責的是使團安全，與我大漢尊嚴。那匈奴人上門尋釁，就是向我漢室尋釁。信之所殺，乃來犯之敵，此乃大功一件，我若是把他交出，那豈不是令我漢室顏面無存？我這個人就是這樣，我不想將來回到許都，對我的孩子說，我親手將維護我大漢尊嚴的英雄交給外人……如果我真的這樣做，我一輩子都無法在我孩兒面前抬頭，更無顏再見司空。」

「你……」

「臨沂侯，你與匈奴人磋商，是你的事情。可護軍歸我統領，你最好不要插手……還有，左賢王是吧？我再說一次，使團駐地主權神聖，帶著你的人，立刻下馬，否則我會以侵犯我駐地主權之罪，下令開弓放箭……若左賢王聰明，當知我不是玩笑。我現在數三聲，三聲之後，後果自負。」

曹朋再次將手舉起，在他身後，使團護軍的弓箭手呼啦啦上前，蓄勢待發。

劉光不由得心中苦澀。曹朋是擺明了立場，效忠曹操。雖然他早就知道這樣一個結果，可心裡面終究感到幾分黯然。

「曹朋，我是使團正使，我現在命令你……」

「一！」曹朋不等劉光說完，已開始計數。

他和劉光，各為其主。

從最開始他就知道，兩人不可能成為朋友。

在玉皇山烽火臺，曹朋本想點醒劉光，莫要為了一己之私，而置江山不顧，置蒼生百姓不顧。可是，劉光最終的選擇，令曹朋感到失望。大河之上的刺殺，更令曹朋徹底斬斷了他和劉光之間那一絲淡薄的友誼。從那時起，他們就是敵人，不死不休的敵人……

劉豹突然笑了！

「兒郎們，下馬！」他大聲喊喝，從馬上跳下來。

劉豹可不是溫室裡的花朵，而是經歷過朔方那猛烈的朔風。

他看得出，曹朋是個極為強硬的人，絕不會低頭，更不可能向任何人輕易妥協。而劉光空有正使之名，實際上對使團的控制力，僅限於禁軍。

這也說明了，漢家皇帝現在的情況，並不是太好……可越是這樣，劉豹就越高興。原因嘛，非常簡單！他需要的只是一個大義之名，漢家皇帝越是大權旁落，就說明他對匈奴兵馬的渴望越大。渴望越大，劉豹就可以獲得更多的好處……

至於曹朋，劉豹並不在意。

他下馬之後，瞇起眼睛打量曹朋，突然冷笑道：「漢家能有曹校尉這般豪勇之士，果然是大福氣。我聽人說，漢家兒郎勇猛善戰，正好過幾日，就是我南匈奴叼羊大會，不知曹校尉可有勇氣參加？我先說明，叼羊大賽可是非常危險。若曹校尉敢來參加，今天的事情，我權作沒有發生；如果你不敢來，還是老老實實滾回中原，休要在我面前充當什麼英雄好漢……」

劉光則在馬上森然笑道：「既然左賢王邀請，曹校尉，本侯就命你代表我漢家兒郎參加，你看如何？」

這可是一頂大帽子！

誓不低頭

曹朋你不是口口聲聲說要維護漢家顏面嗎?那麼現在,就是你表現的機會。你不但要參加,而且必須取得勝利,否則就是丟失我漢家的尊嚴。

曹朋沒有立刻答應,只靜靜的凝視劉光。

那目光清澈,令劉光心神一顫。不過旋即,他便拋開了愧疚之心:既然你我各為其主,就休要怪我心狠手辣。你曹友學想要做英雄?那麼,我就讓你做個夠。

「怎麼,曹校尉不願應下?」

曹朋收回目光,向劉豹看過去。片刻之後,他微微一笑,「既然左賢王邀請我,曹朋又豈能拒絕?不過,若左賢王派出的是那什麼禿瑰來這樣的角色,那『匈奴勇士』恐怕也名不符實……」

劉豹瞳孔驟然一縮,咬牙切齒道:「到時候,自然會讓你見識到匈奴兒郎的厲害。」

「那我拭目以待!」曹朋毫不示弱,看著劉豹大聲回道。

「那好,咱們十天後,叼羊大賽見分曉。」劉豹冷哼一聲,甩袖就走。

而劉光則怔怔看著曹朋,片刻後在心裡嘆息一聲,撥馬隨著劉豹一同離去……

友學,你我各為其主,休要怪我!

【曹賊　第二部卷三　隱市升龍飛天　完】

狂狷文庫013

曹賊(第二部) 03- 隱市升龍飛天

出版者■典藏閣
作　者■庚新（風回）　繪　者■超合金叉雞飯
總編輯■歐綾纖
製作團隊■不思議工作室
郵撥帳號■50017206采舍國際有限公司（郵撥購買，請另付一成郵資）
台灣出版中心■新北市中和區中山路2段366巷10號10樓
電　話■(02)2248-7896　傳　真■(02)2248-7758
物流中心■新北市中和區中山路2段366巷10號3樓
電　話■(02)8245-8786　傳　真■(02)8245-8718
ISBN■978-986-271-328-0
出版日期■2013年3月
全球華文國際市場總代理／采舍國際
地　址■新北市中和區中山路2段366巷10號3樓
電　話■(02)8245-8786　傳　真■(02)8245-8718
新絲路網路書店
地　址■新北市中和區中山路2段366巷10號10樓
網　址■www.silkbook.com
電　話■(02)8245-9896
傳　真■(02)8245-8819

曹賊. 第二部 / 庚新作. — 初版. -- 新北市 : 華文網，2013.01-
冊；　公分. --(狂狷文庫系列)
ISBN 978-986-271-304-4(第1冊 : 平裝). --
ISBN 978-986-271-322-8(第2冊 : 平裝)
ISBN 978-986-271-328-0(第3冊 : 平裝)
857.7　　101024773

☛您在什麼地方購買本書？☚

☐便利商店__________ ☐博客來　☐金石堂　☐金石堂網路書店　☐新絲路網路書店

☐其他網路平台__________ ☐書店__________市／縣__________書店

姓名：__________地址：__________

聯絡電話：__________電子郵箱：__________

您的性別：☐男　☐女

您的生日：__________年__________月__________日

（請務必填妥基本資料，以利贈品寄送）

您的職業：☐上班族　☐學生　☐服務業　☐軍警公教　☐資訊業　☐娛樂相關產業

☐自由業　☐其他__________

您的學歷：☐高中（含高中以下）　☐專科、大學　☐研究所以上

☛購買前☚

您從何處得知本書：☐逛書店　☐網路廣告（網站：__________）　☐親友介紹

（可複選）　☐出版書訊　☐銷售人員推薦　☐其他

本書吸引您的原因：☐書名很好　☐封面精美　☐書腰文字　☐封底文字　☐欣賞作家

（可複選）　☐喜歡畫家　☐價格合理　☐題材有趣　☐廣告印象深刻

☐其他__________

☛購買後☚

您滿意的部份：☐書名　☐封面　☐故事內容　☐版面編排　☐價格　☐贈品

（可複選）　☐其他

不滿意的部份：☐書名　☐封面　☐故事內容　☐版面編排　☐價格　☐贈品

（可複選）　☐其他

您對本書以及典藏閣的建議__________

____

____

✌未來您是否願意收到相關書訊？☐是　☐否

✍感謝您寶貴的意見✍

✌From__________@__________

♦請務必填寫有效e-mail郵箱，以利通知相關訊息，謝謝♦

印刷品

$3.5
請貼
3.5元
郵票
不思議信箱
FUSIGI POST

235 新北市中和區中山路二段366巷10號10樓

華文網出版集團 收

（典藏閣－不思議工作室）